Stefan Burban

Die Schlacht um Vector Prime

STEFAN BURBAN

DIE SCHLACHT UM VECTOR PRIME

DAS GEFALLENE IMPERIUM 2

ATLANTIS

Eine Veröffentlichung des
Atlantis-Verlages, Stolberg
Juli 2015

Druck: Schaltungsdienst Lange, Berlin

Titelbild: Allan J. Stark
Umschlaggestaltung: Timo Kümmel
Lektorat und Satz: André Piotrowski

ISBN der Paperback-Ausgabe: 978-3-86402-234-0
ISBN der eBook-Ausgabe (ePub): 978-3-86402-265-4

Dieses Paperback/eBook ist auch als Hardcover-Ausgabe
direkt beim Verlag erhältlich.

Besuchen Sie uns im Internet:
www.atlantis-verlag.de

Prolog

Kapitulation ist keine Option

Das Glück favorisiert den Tapferen.
(Sprichwort)

Terranisch-Imperiale Liga
Innerer Sektor 12/8-C
(umkämpftes Territorium)
Koloniewelt Vector Prime

21. November 2849

»Deckung!«

Lieutenant Daniel Red Cloud warf sich flach auf den Boden, als in schneller Folge Driziljäger der Typen Blutstachel und Flüsterwind im Tiefflug vorüberschossen.

Die Drizil feuerten auf alles, was sich bewegte. Legionäre und Milizionäre der Koloniewelt Vector Prime stoben auseinander. Auf den ersten Blick mochte es wie eine Herde aufgescheuchter Hühner wirken, doch bei näherem Hinsehen wurde die Disziplin der Soldaten deutlich. Trotz der beständigen Todesgefahr, in der sie schwebten, handelten sie in höchstem Maße überlegt. Daniel hatte nichts anderes erwartet. Immerhin hatten sie eine hervorragende Ausbildung genossen. Die Männer und Frauen wussten mit einem Minimum an Anweisungen, was zu tun war.

Sie suchten Schutz in jeder Mulde, jedem Bombentrichter und hinter jedem Felsen, der sich ihnen anbot, sodass die meisten Bomben und Geschosse der Drizil harmlos Dreck aufschleuderten oder Bäume entwurzelten. Doch Daniel sah auch Kameraden fallen.

Die Geschosse durchschlugen mühelos die Rüstungen der Legionäre und er hörte ihre Todesschreie über Funk. Ein schwer gepanzerter Legionär, der noch immer seinen A6-Nadelwerfer – eine veraltete Version des A8 – fest umklammert hielt, fiel keine drei Meter von ihm entfernt. Daniel vernahm das Knistern, als dessen Kampfanzug schmolz. Jener gehörte zu den Glücklicheren, denn er war bereits tot. Andere hatte nicht so viel Schwein und schrien sich ihre Lunge heraus, als die säureartigen Geschosse des Gegners sich durch Panzer und Fleisch gleichermaßen fraßen.

Vereinzeltes Feuer folgte den Driziljägern, als sie zu einem neuen Angriff wendeten. Tragbare doppelläufige Laserkanonen – eine verkleinerte Version der Geschütze, die in Raumschiffen zum Einsatz kamen – wurden von Legionären hastig aufgebaut und belegten die feindlichen Jäger mit Abwehrfeuer. Die Maschinen waren zu schnell, als dass gezielter Beschuss möglich gewesen wäre. Die Kanoniere überschütteten einfach die wahrscheinlichsten Anflugvektoren mit Laserimpulsen, in der Hoffnung, irgendetwas zu treffen.

Zwei Blutstachel-Jäger gerieten ins Kreuzfeuer. Einer wurde noch in der Luft in Stücke gerissen, der andere zog nach wenigen Treffern eine Rauchspur hinter sich her. Der Pilot versuchte zwar, die Maschine wieder unter Kontrolle zu bringen, doch vergebens.

Der Jäger verschwand hinter der nächsten Baumgruppe außer Sicht und Daniel hörte nur den Aufschlag und sah eine sich ausbreitende Explosionswolke über den Baumwipfeln.

»Mother an Dolchstoß eins, Mother an Dolchstoß eins.«

Daniel öffnete sofort eine Verbindung. »Hier Dolchstoß eins. Ich höre Sie, Sir.«

Lord General Alexander Great Bears tiefer Bariton war über den Gefechtslärm kaum zu verstehen.

»Bericht!«, verlangte die unnachgiebige Stimme seines Kommandanten.

»Wir haben ziemlich viel Staub aufgewirbelt. Ich würde sagen, uns gilt ihre ganze Aufmerksamkeit.«

»Das ist noch nicht genug, Lieutenant. Der ganze Plan hängt

davon ab, dass die Drizil glauben, es wäre eine Großoffensive im Gange.«

Der Boden vibrierte plötzlich unter Daniels Körper. Kleine Kiesel hüpften in unregelmäßigen Abständen auf und ab.

Oh, oh!

»General? Ich glaube, jetzt haben wir wirklich ihre ganze Aufmerksamkeit. Sie kommen.«

Noch während er das sagte, brachen mehrere Baumstämme am Waldrand entzwei und drei klobige Gebilde schoben sich in Daniels Blickfeld.

Heute ist wirklich nicht mein Tag.

»Dolchstoß eins an alle Feuertrupps, Dolchstoß eins an alle Feuertrupps. Der Gegner setzt seine Schocktruppen ein. Falls mich von meiner Zenturie noch jemand hört: Zwei Klicks zum Stadtrand zurückfallen lassen. Der Gegner muss uns unbedingt verfolgen.«

Es antwortete niemand. Nicht einmal Jonas und Simon. Wenn er es recht bedachte, hatte er sie seit Beginn des Angriffs nicht mehr gesehen.

Die drei Gebilde, die sich aus dem Wald schoben, besaßen entfernte Ähnlichkeit mit Königskrabben. An der höchsten Stelle waren sie knapp vier Meter hoch. Sie bewegten sich auf sechs Beinen vorwärts und statt Scheren verfügten sie zu jeder Seite des Cockpits über eine schwere Energiewaffe, die eine Art Ball aus superheißem Plasma abfeuern konnte. Das waren schwere Drizilwaffen, die einen Legionär bei direkter Berührung in seinem Kampfanzug braten würden. Das Cockpit selbst war eigentlich nur eine durchsichtige Blase aus einem Material, das Glas nicht unähnlich war, nur um ein Vielfaches widerstandsfähiger.

Die Besatzung dieser Fahrzeuge bestand aus acht Drizil.

Die Drizil setzten diese Art Kampffahrzeuge seit knapp einem halben Jahr sehr erfolgreich ein. Das Wort *Kampffahrzeug* war dabei in diesem speziellen Fall nicht ganz zutreffend.

Sie waren nicht unbesiegbar. Daniel selbst hatte bei der Zerstörung von nicht weniger als acht dieser Dinger geholfen. Doch die Opferzahl, die ein solcher Erfolg forderte, war hoch.

Etwas war an diesen Maschinen jedoch überaus faszinierend. Es handelte sich nicht um Maschinen im eigentlichen Sinn. Daniel gab zu, dass er nicht alles der zugrunde liegenden Thematik verstand, doch es schien sich um Lebewesen zu handeln. Lebewesen, die gezüchtet oder gezähmt und dann abgerichtet wurden, um den Drizil als mobile schwere Waffenplattformen zu dienen. Das runde, durchsichtige Cockpit saß direkt auf dem Kopf des Wesens, um so die Befehle direkt per Neuroverbindung ins Gehirn zu übertragen. Vermutlich stammten diese Tiere von einer der Heimatwelten der Drizil.

Die Soldaten von Vector Prime nannten diese Maschinen passenderweise Panzerschleicher, weil sie sich so langsam bewegten. Doch sie brachten auch immer Tod und Zerstörung.

Die Verteidiger von Vector Prime hatten inzwischen Taktiken entwickelt, sich gegen einen Angriff der Panzerschleicher zur Wehr zu setzen. Außerdem war man ständig dabei, aus den verfügbaren Ressourcen neue Technologien zu entwickeln. Die Menschen des Planeten waren mittlerweile sehr gut darin, alles zu recyceln, was man benötigte. Sie hatten auch keine andere Wahl. Entweder man wurde beim Kampf gegen einen Feind wie die Drizil sehr, sehr gut oder man war schon bald tot.

Die führende Maschine feuerte eine Salve ihrer Geschosse ab. Sie schlugen unter den sich zurückziehenden Milizionären ein. Einige wurden augenblicklich zu Asche verbrannt. Ihre Kampfanzüge boten bei Weitem nicht so viel Schutz wie die Anzüge der Legionäre.

Die Truppen zogen sich eilig in die Straßen des nahen Cibola zurück. Die Panzerschleicher rückten näher. Sie nahmen jetzt den Stadtrand unter Beschuss. Daniel wagte es nicht einmal zu atmen, geschweige denn, sich zu bewegen.

Zu beiden Seiten der drei Drizilkreaturen rückte jetzt feindliche Infanterie vor. Für die Fledermausköpfe musste es so wirken, als würde sich der Angriff der Menschen in eine kopflose Flucht verwandeln.

Daniel wartete, solange er es verantworten konnte, und dann ...

»Jetzt!«, schrie er in sein Komm.

Zweitausend Legionäre und fast das Doppelte an Milizionären stürmten bis an die Zähne bewaffnet aus ihren Verstecken. Sie schlugen Abdeckungen beiseite, die sie über ihre Unterstände gelegt hatten und die sie vor den Wärmesensoren der Drizil abgeschirmt hatten.

Mit dem Hass eines Volkes, das jeden Tag ums Überleben kämpfte, stürzten sie sich auf die völlig überraschten Drizil.

An der linken Flanke gingen mehrere Legionäre auf dem Dach eines Gebäudes in Stellung. Zwei von ihnen hoben mithilfe der anderen unhandliche, lange Geschützrohre auf die Schultern.

Die Raketenwerfer feuerten hochexplosive, panzerbrechende Geschosse ab. Daniel verfolgte ihre Flugbahn mit den Augen. Sie bohrten sich in zwei der Vorderbeine des führenden Panzerschleichers. Die Geschosse rissen die Panzerung und die darunterliegende Haut auf, ohne die Beine jedoch abzureißen, wie Daniel es gehofft hatte. Das Monster neigte sich erst bedenklich zur Seite, bevor es sich aufbäumte und mit seinen zwei Vorderbeinen um sich schlug. Selbst auf diese Entfernung konnte Daniel erkennen, dass die Besatzung heftig gestikulierend versuchte, das Tier wieder unter Kontrolle zu bringen.

Die eigentlich grüne Haut des Tieres begann zu fluktuieren. Die wenigen noch lebenden Wissenschaftler Vector Primes vermuteten, dass es sich dabei um eine Art Gefühlsaufwallung handelte. Das Tier war aufgeregt. Sobald die Haut zu fluktuieren begann, waren sie auf dem richtigen Weg.

»Weiter! Noch eine Salve!«

Weitere Raketenwerfer feuerten und schlugen in Flanke und Cockpit des Wesens ein. Die durchsichtige Blase bekam einen deutlichen Sprung und mindestens einer der Drizil wurde von einem Splitter am Kopf getroffen. Er fiel um und Daniel konnte ihn nicht mehr sehen.

Der zweite Panzerschleicher kam seinem bedrängten Artgenossen zu Hilfe. Er feuerte eine Salve seiner Geschosse ab und ebnete damit drei Gebäude am Stadtrand ein, unter anderem auch das, auf dem sich die Raketentrupps der Legion befunden hatten.

Daniel hoffte, dass wenigstens einige überlebt hatten.

Die Infanterie von Legion und Miliz hatten den Driziltruppen inzwischen hohe Verluste zugefügt und sie zum Rückzug gezwungen.

Der führende Panzerschleicher lag halb auf der Seite. Aus seiner Seite sickerte schwarze Flüssigkeit, bei der es sich nur um Blut handeln konnte.

Spezialisten der Miliz brachten an den verbliebenen Beinen Sprengsätze an. Die beiden anderen Kreaturen feuerten nicht, aus Angst, ihrem Artgenossen Schaden zuzufügen. Das war eine wichtige Schwachstelle, die die 24. Legion erst nach hohen Opfern herausgefunden hatte. Offenbar waren diese Wesen nicht in der Lage, sich gegenseitig Schaden zuzufügen, selbst dann nicht, wenn ihr eigenes Überleben davon abhing oder die Drizil versuchten, sie dazu zu zwingen. Das Geheimnis war also, so dicht wie möglich an den Feind heranzugehen, um ihn unschädlich machen zu können. Das war leichter gesagt als getan. Ein Soldat, der es schaffte, an einem Panzerschleicher eine Sprengladung anzubringen, musste vorher über die Leichen seiner Kameraden klettern.

Die Sprengmeister der Miliz zogen sich nach getaner Arbeit wieder zurück und die Ladungen wurden gezündet. Die Beine der Kreatur wurden direkt oberhalb der Gelenke abgetrennt und der Kopf krachte zu Boden. Er bewegte sich schwach. Das Tier war noch am Leben. Legionäre schwärmten über das Cockpit aus und brachten auch dort Sprengladungen an. Die Drizil im Inneren konnten nur hilflos zusehen und sich auf den Tod vorbereiten.

Die beiden anderen Panzerschleicher gerieten beim Anblick ihres zum Tode verurteilten Artgenossen in Panik und zogen sich in den Wald zurück, so schnell ihre dürren Beine sie trugen. Erfahrungsgemäß würden die Drizil eine Weile brauchen, um sie wieder in den Griff zu bekommen. Die Kontrolle der Drizil über diese Tiere hatte ihre Grenzen.

Mit einem lauten Knall knackten die Legionäre das Cockpit der gefallenen Kreatur. Kein Drizil im Inneren überlebte.

»Mother an Dolchstoß eins. Ich erwarte einen Lagebericht.«

Lord General Alexander Great Bear klang sehr ungeduldig.

Daniel stand auf und öffnete eine Verbindung. »Ein Panzerschleicher erledigt, zwei in die Flucht geschlagen. Verluste kann ich zum jetzigen Zeitpunkt nicht beziffern. Die müssen wir noch sichten. Wie ist die Gesamtlage?«

Bedrückte Stille folgte, bevor sich der General erneut zu Wort meldete.

»Es reicht noch nicht. Sie müssen die Drizil noch mehr reizen. Die Drizil müssen Sie als ernste Bedrohung wahrnehmen, sonst gruppieren sie ihre Schiffe nicht so um, wie wir das wollen. Haben Sie verstanden?«

Daniel fluchte wortlos, antwortete dann jedoch. »Verstanden. Wir rücken weiter vor.«

Der Plan, den Alexander Great Bear ausgetüftelt hatte, war recht simpel, in der Umsetzung jedoch erschreckend schwierig.

Vector Prime würde nicht mehr lange durchhalten. Alles, was sie taten, diente nur dem Zweck, die endgültige Niederlage hinauszuzögern. Sie brauchten Hilfe. Dringend.

Und das bedeutete, sie mussten ein Schiff aus dem Vector-Prime-System hinausbekommen. Die Flotte im System war nicht stark genug, die Blockade selbständig zu durchbrechen.

Also mussten die Drizil am Boden so weit gereizt werden, dass sie einen Orbitalschlag anforderten. Hierzu mussten die Drizil die Anordnung ihrer Schiffe umgruppieren und somit einem Ausbruchsversuch eine Chance bieten.

Der Standort ihrer Bodenoffensive war nicht willkürlich gewählt. Irgendetwas in dieser Gegend war den Drizil ungewöhnlich wichtig. Sie versteckten hier etwas. Der Angriff verfolgte nicht nur den Zweck, die Drizil zu reizen. General Great Bear wollte auch wissen, was den Drizil so ungemein wichtig war.

Feuertrupp *Dolchstoß* der Kampfkohorte Tomahawk hatte den Auftrag erhalten, dies herauszufinden. Allerdings bestand Feuertrupp *Dolchstoß* im Augenblick nur aus ihm selbst.

Wo zum Teufel sind nur Jonas und Simon?

Daniel bewegte sich durch den Morast, zu dem der Boden nach tagelangem Regen geworden war. Seine Beine sanken bis zu den Waden ein und ließen sich nur mit schmatzenden Geräuschen befreien. Ein schneller Rundumblick bestätigte ihm, dass es den Soldaten in seiner unmittelbaren Umgebung nicht anders erging. Sie fanden sich zu Grüppchen zusammen, um sich beim Marsch aus dem Morast gegenseitig zu unterstützen.

Einen derben Fluch auf den Lippen, arbeitete er sich Richtung Waldrand vor. Je näher er der Baumgrenze kam, desto leichter fiel ihm die Fortbewegung. Die Kämpfe verlagerten sich immer weiter nach Norden in und hinter den Wald. Wie bei Gefechten nicht ungewöhnlich, entwickelte dieses eine Art Eigendynamik.

Daniel rief auf das HUD seines Helms eine taktische Darstellung der aktuellen Lage auf.

Er fluchte erneut.

Die Kämpfe verlagerten sich tatsächlich nach Norden, wobei die Tendenz eindeutig nordwestlich lag.

Das war noch nicht alles. Die meisten höheren Offiziere – soweit sie noch lebten – befanden sich in unmittelbarer Nähe der Hauptkämpfe. Das bedeutete, dass er im Moment hier und jetzt die Führung innehatte. Die gute Nachricht war allerdings, dass die imperialen Truppen den Drizil ordentlich zusetzten und diese trotz Luftunterstützung auf dem Rückzug waren.

»Hier Dolchstoß eins an alle Soldaten in einem Umkreis von einem Klick: Bei meiner Position sammeln. Wir rücken in das Kampfgebiet vor.«

Es folgte eine Reihe von Bestätigungen, denen Daniel nur mit einem Ohr lauschte. Seine Aufmerksamkeit galt der allgemeinen Lage. Wenn sie sich nicht sehr beeilten, würde die Schlacht ohne sie weitergehen. Er suchte auf seinem HUD nach den Symbolen, die Jonas und Simon symbolisierten, fand sie jedoch nicht. Das war besorgniserregend. Es gab nur wenige Gründe, weshalb die Symbole seiner Freunde nicht auftauchten. Einer war, dass sie nicht mehr lebten.

Innerhalb von dreißig Minuten sammelte Daniel mehr als hundert Legionäre und fast ebenso viele Milizionäre um sich und rückte in den Wald vor.

Die Spuren der Kämpfe, die sie versuchten einzuholen, waren unübersehbar. Sie passierten die Überreste eines zweiten Panzerschleichers. Sein Panzer und die durchsichtige Blase, die das Cockpit darstellte, waren an mehreren Stellen aufgeplatzt. Aus den Löchern im Panzer quoll eklig stinkender Glibber. Das Innere des Cockpits selbst glich einem Mixer voller Hackfleisch. Jemand hatte durch eines der Löcher eine Granate geworfen. In dem engen Gebilde waren die Auswirkungen katastrophal.

Rund um den Panzerschleicher lagen die Überreste von mindestens zwei Dutzend menschlichen Kämpfern. Einige waren unter den monströsen Beinen der Kreatur zerquetscht worden, als sie zu fliehen versuchte. Dies bestätigte die Meinung, die er von diesen Kampftieren hatte. Sie zu Fall zu bringen, war keine einfache Aufgabe.

Daniel strich mit der Hand über den harten, noch unversehrten Teil der Schale. Er fragte sich, ob die Drizil diese Tiere abrichteten oder genetisch züchteten. Was mochte das für eine Welt sein, in der diese Tiere in freier Wildbahn lebten? Er schauderte bei dem Gedanken.

Sein Helm gab plötzlich einen aufdringlichen Ton von sich. Der Annäherungsalarm meldete sich zu Wort. Mit knappen Bewegungen gab er seinen Leuten zu verstehen, sie sollten sich verstecken.

Gehorsam verbargen sich die Soldaten im Unterholz, ungeduldig darauf wartend, wer sich ihnen näherte. Imperiale Einheiten konnten es eigentlich nicht sein. Sie hätten sich lange vorher über Funk gemeldet und ihre Annäherung angekündigt. Es konnte sich eigentlich nur um Drizil handeln.

Und tatsächlich schoben sich schon nach wenigen Minuten feindliche Soldaten durch das dichte Blätterwerk. Sie würdigten sowohl ihren gefallenen Kameraden als auch dem Panzerschleicher keines Blickes. Stattdessen schienen sie mit einer Art Scanner den Weg zu überprüfen, den das Gefecht genommen hatte. Anschließend unterhielten sie sich in ihrer Sprache und zu Daniels großer Überraschung schlugen sie einen anderen Weg ein.

Daniel überlegte fieberhaft. Sein erster Impuls bestand darin anzugreifen. Die Driziltruppe bestand aus knapp fünfzig Mann, keine große Gefahr für seine zusammengewürfelte Einheit.

Doch eine innere Stimme riet ihm dazu, es nicht zu tun. Diese Drizil verbargen etwas, das war offensichtlich. In seinem Helm runzelte er die Stirn. Die Kämpfe verlagerten sich inzwischen nicht mehr nördlich, sondern ganz eindeutig westlich. Die entgegengesetzte Richtung, die diese Drizil jetzt einschlugen.

Daniel hätte am liebsten ausgespuckt, doch dazu hätte er seinen Helm absetzen müssen.

Verfluchte, clevere Mistkerle, dachte er. Lord General Great Bear hatte die Streitmacht nicht nur ausgeschickt, um die Drizil zu einer Umgruppierung ihrer Flotte zu veranlassen, sondern auch, um herauszufinden, was die Drizil im Hinterland von Vector Prime so verzweifelt zu verstecken suchten. Und was immer sie verbargen, sie hatten gerade die terranischen Truppen sehr erfolgreich weggelockt.

»Dolchstoß eins an Mother. Mother, bitte melden.«

Aus dem Komm-Gerät drang lediglich statisches Rauschen. Daniel klopfte mit dem Finger mehrmals gegen seinen Helm, doch dies änderte recht wenig.

Auch das noch. Die Drizil hatten einen Störsender aktiviert. Daniel wechselte mehrere Blicke mit den Soldaten in seiner unmittelbaren Umgebung. Die Verständigung per Handzeichen ergab, dass auch sie weder zum Hauptquartier noch untereinander Funkkontakt herstellen konnten.

Der Tag wurde besser und besser.

Daniel wäre froh gewesen, wenn ein höherrangiger Offizier in der Nähe gewesen wäre, dem er das Kommando hätte überlassen können. Leider trug er jetzt die Verantwortung und musste eine Entscheidung treffen. Entweder zurückziehen, den Einflussbereich des Störsenders verlassen, Bericht erstatten und gegebenenfalls auf Verstärkung warten oder weiter vorrücken und auf eigene Faust herausfinden, was hier vor sich ging.

Letztendlich entschied sich Daniel für einen Kompromiss. Er würde mit dem Gros der Truppe vorrücken, schickte jedoch eine kleine Gruppe von zwanzig Milizionären zurück, die dem Hauptquartier Bericht erstatten sollten. Sollte sich seine Entscheidung als Fehler erweisen und keiner von ihnen zurückkehren, so würde Lord General Alexander Great Bear wenigstens wissen, was aus ihnen geworden war.

Die zwanzig Milizionäre setzten sich so schnell ab, dass Daniel sie schon nach wenigen Sekunden aus den Augen verloren hatte. Er konnte es ihnen nicht verdenken. Am liebsten hätte er auch den entgegengesetzten Weg eingeschlagen.

Gebückt gab er das Zeichen, weiter vorzurücken. Auf seinem HUD verfolgte er die Driziltruppe, hielt jedoch einen großzügig bemessenen Abstand, damit ihre Verfolger sie nicht bemerkten.

Das Verhalten der Drizil war merkwürdig. Sie schienen sich weniger um die Verteidiger von Vector Prime Sorgen zu machen als vielmehr um den Boden unter ihnen. Soweit Daniel es beurteilen konnte, nahmen sie immer wieder Messungen vor. Einige nahmen Bodenproben und verstauten sie in luftdicht versiegelten Behältern. Höchst eigenartig. Und noch etwas fiel Daniel auf. Es gab keinerlei Wachposten. Was immer die Drizil bewachten, musste wichtig sein, sonst würden sie es wohl kaum verstecken. Aber warum dann keine Posten aufstellen? Die Sache wurde immer mysteriöser.

Und plötzlich waren die Drizil verschwunden.

Von einem Augenblick zum nächsten.

Gerade eben noch schlichen sie durch den Wald und im nächsten, lösten sich ihre Symbole von Daniels HUD buchstäblich in Luft auf.

Daniel ließ seine Truppe anhalten und kniete sich auf den moosbedeckten Boden.

Gänsehaut bedeckte seinen Rücken. Ein untrügliches Zeichen, mit dem sich seine Instinkte zu Wort meldeten. Was zum Teufel ging hier vor?

»Dolchstoß eins an Mother. Mother, bitte dringend melden!«, versuchte er erneut eine Verbindung herzustellen. Mit dem gleichen negativen Ergebnis.

Und auf einmal brach die Hölle los.

Drizilgeschosse und Energiestrahlen fegten unter seine Männer. Mehrere Milizionäre und Legionäre wurden von den Beinen gerissen. Nur Zentimeter neben Daniel brach ein Legionär zusammen. Der arme Kerl wand sich unter Schmerzen, als sich die Drizilgeschosse in seine Panzerung und anschließend in seinen Körper fraßen.

In diesem Moment war Daniel dankbar für den Störsender, so musste er dem Mann nicht beim Sterben zuhören. Die Überlebenden des ersten Angriffs zerstreuten sich, um schwierigere Ziele zu bieten, und erwiderten das Feuer. Scharfkantige Hochgeschwindigkeitsprojektile aus terranischen Nadelgewehren fuhren wie Sensen unter das dichte Blätterdach. Drizil stürzten getroffen aus den Bäumen. Kleinere Bäume wurden von den Geschossen glatt durchschlagen, die Drizil dahinter durchlöchert.

Daniel überprüfte sein HUD. Die Drizilangreifer waren nicht zu sehen. Er fluchte erneut. Das war neu. Irgendwie schafften es die Drizil, sich für die Sensoren der Kampfanzüge der Legionäre unsichtbar zu machen. Die Art und Weise, wie die Soldaten ringsum einfach wild in die Bäume schossen, machte klar, dass es ihnen ebenso erging. Das hieß, man musste die Drizil auf Sichtkontakt bekämpfen.

Daniel widerstand dem Drang, ebenfalls wild um sich zu schießen. Mit Gesten und Handzeichen gab er knappe Anweisungen, um Ordnung in das Chaos zu bringen. Die Erfahrung und Ausbildung der terranischen Kämpfer tat ein Übriges. Das Feuer der Soldaten wurde weitaus effektiver und koordinierter. Unter Daniels Anleitung legten die Legionäre und Milizionäre einen Teppich in den Wald vor ihnen. Diese bewährte Taktik ließ kaum einen Fleck aus. Drizilschreie drangen aus dem Dickicht. Das feindliche Feuer wurde merklich geringer und verstummte schließlich ganz.

Auf seinem HUD tauchten nun vereinzelte Drizil auf. Doch die Symbole waren nicht beständig. Sie erschienen und verschwanden genauso schnell. Der Beschuss der menschlichen Soldaten hatte etwas bewirkt. Daniel hatte keine Ahnung was, aber es hatte definitiv einen Effekt auf die Fähigkeit der Drizil, sich zu verstecken.

Er wünschte, er hätte sich mit den anderen Soldaten verständigen können. Daniel war sich durchaus bewusst, dass er sich am besten zurückzog, um auf Anweisungen des Generals zu warten, doch seine Neugier war geweckt. Eine Neugier, die zuweilen an Wagemut grenzte.

Daniel erhob sich hinter seiner Deckung. Die Soldaten in seiner Begleitung taten es ihm gleich. Gemeinsam und zu jeder Zeit mit einem weiteren Hinterhalt rechnend, arbeiteten sie sich vor.

Sie passierten tote Drizil. Erst als sie sich vergewisserten, dass sie wirklich tot waren, schlichen sie weiter. Die Drizil tauchten hin und wieder auf seinem HUD auf, es war jedoch nichts, das man als konstant oder hilfreich hätte bezeichnen können. Es genügte lediglich, um ihre grobe Spur zu verfolgen. In regelmäßigen Abständen versuchte Daniel, das Hauptquartier zu erreichen – mit demselben negativen Ergebnis: Das Störfeld blieb weiterhin aktiv.

Sie blieben den Drizil dicht auf den Spuren. Nach etwa zwanzig Minuten verschwanden auch diese Drizil plötzlich vom HUD. Daniel gebot der Einheit augenblicklich mit erhobener Hand Einhalt und ließ die Männer und Frauen in Deckung gehen. Er rechnete mit einem weiteren Hinterhalt. Als die Drizil das letzte Mal von seinem HUD verschwunden waren, mussten viele seiner Leute sterben.

Doch dieses Mal geschah nichts dergleichen. Daniel spähte aus der Deckung eines alten Baumes in den Wald hinein. Kein Beschuss aus Drizilwaffen tastete nach seinem Körper. Fast wäre es ihm lieber gewesen, die Drizil hätten auf ihn geschossen. Diese Stille zehrte an den Nerven. Dass die Drizil mit einem Mal in der Lage waren, ihre Sensoren zu täuschen, übte auch nicht gerade einen beruhigenden Einfluss auf ihn aus.

Die Soldaten verharrten mehrere Minuten in ihren Positionen, bevor Daniel einigen Aufklärungslegionären zu seiner Rechten bedeutete, weiter vorzurücken.

Die Legionäre lösten sich von der Haupttruppe. Sie hielten sich dicht am Boden. Ihre Kampfanzüge verschmolzen mit der Umgebung, sodass es schwierig wurde, sie nicht aus den Augen zu verlieren.

Daniel bewunderte die Fähigkeit der Soldaten, sich mit solcher Eleganz und tödlichen Anmut zu bewegen. Die Legionäre tauchten nach einigen Minuten wieder auf und bedeuteten durch Handzeichen, dass es sicher war.

Daniel erhob sich. Wenn die Aufklärungslegionäre sich nicht weiter versteckten, musste es wirklich sicher sein. Diese Männer und Frauen waren hoch trainierte Profis.

Wortlos führten die Legionäre Daniel und den Rest der Truppe zu einem Loch im Boden. Das Loch maß etwa drei Meter im Quadrat – und es handelte sich auf den ersten Blick buchstäblich um einen bodenlosen Abgrund. Daniel starrte hinein und tiefe Schwärze starrte zurück. Seltsamerweise waren auch die Sensoren nicht in der Lage, die Tiefe zu ergründen oder herauszufinden, was sich dort unten befand. Dazu hätten sie eigentlich in der Lage sein müssen. Diese Operation wurde seltsamer und seltsamer.

Daniel holte einen Leuchtstab aus seinem Gürtel und warf ihn hinein. Zu seiner grenzenlosen Überraschung blieb der Stab in einer Tiefe von knapp vier Metern liegen. Das Loch war nicht so tief wie anfänglich befürchtet. Das machte das völlige Versagen der Sensoren nur umso verblüffender.

Daniel nahm endlich seinen Helm ab. Er legte den Kopf in den Nacken und sog tiefe die würzige Waldluft in seine Lungen. Einer der Aufklärungslegionäre tat es ihm gleich. Er trug die Abzeichen eines Sergeants.

Der Mann zuckte die Achseln und deutete auf das Loch vor ihnen. »Und jetzt?«

»Gute Frage«, gab Daniel zurück. Tatsächlich war er sich nicht sicher, was er nun tun sollte. In das Loch zu steigen, schien auf den ersten Blick keine wirklich gute Idee zu sein. Man begab sich nicht einfach so in eine Situation, wenn man keine Ahnung hatte, was einen erwartete. Andererseits waren sie nun einmal hier. Wenn sie erst auf Verstärkung warteten, konnte Gott weiß was passieren. In einer Stunde oder weniger konnte es hier bereits von so vielen Drizil wimmeln, dass der General vielleicht entschied, dass es das Risiko nicht wert war – und Daniel wollte unbedingt wissen, was sich dort unten befand.

»Sergeant, Sie bleiben hier und halten diese Position.«

»Und Sie, Sir?«

Daniel sah sich um und deutete auf eine Gruppe von Legionären, die ebenfalls ihren Helm abgenommen hatten, um der Unterhaltung zu lauschen.

»Ihr kommt mit! Wir gehen rein«, ordnete er an. Die Männer wirkten nicht wirklich glücklich, setzten ihre Helme jedoch gehorsam wieder auf.

Daniel konnte gut nachfühlen, was in ihnen vorging. Er selbst war auch nicht wirklich glücklich über die Situation. Ein Teil von ihm verfluchte sich selbst, weil er sich nicht mit dem General im Hauptquartier in Verbindung gesetzt hatte. Doch für derlei Gewissenbisse war es nun zu spät.

Daniel setzte den Helm wieder auf und mit einem Stoßgebet auf den Lippen sprang er in das Loch. Der Trupp folgte ihm. Noch bevor er auf dem Boden aufkam, schalteten die Systeme des Helms automatisch auf Restlichtverstärkung. Die Umgebung erschien von einer Sekunde zur nächsten in einem gespenstischen Grün.

Daniel sah sich um. Sie befanden sich in einem Tunnel. Doch an diesem Tunnel stimmte etwas definitiv nicht. Er war nicht natürlichen Ursprungs, sondern war angelegt worden. Doch er ähnelte keiner Drizileinrichtung, die er schon einmal gesehen hatte. Von den Menschen war der Tunnel jedoch auch nicht angelegt worden. Daniel berührte vorsichtig die Wand. Sie war aus Metall. Es handelte sich jedoch nicht um ein Metall, das er kannte. Es fühlte sich seltsam an und schimmerte in einem tiefen Blauton, vor allem wenn Licht darauf fiel.

Sein Annäherungsalarm piepte erneut. Unvermittelt tauchten Dutzende feindlicher Symbole auf seinem HUD auf. Sie schienen aus dem Nichts zu kommen – und sie waren über ihnen. Er drehte die Akustik seines Helms auf. Über ihnen wurde geschossen. Die Männer und Frauen, die er zurückgelassen hatte, wurden angegriffen.

»Zurück!«, schrie er, ohne sein nutzlos gewordenes Funkgerät zu benutzen, und deutete auf das Loch. Die Soldaten drehten sich um und erklommen den vier Meter höher gelegenen Eingang. Oben angekommen, baute sich bereits ein riesiger Drizil vor ihm auf, der eine gefährlich aussehende Klinge führte. Daniels Ausbildung übernahm die Oberhand und der Legionär wich reflexartig nach links aus, riss sein Gewehr hoch und jagte drei Projektile in den Oberkörper des Drizil. Der gegnerische Soldat fiel ohne einen Laut, doch Daniel schoss ein weiteres Projektil in dessen Kopf – nur um sicherzugehen.

Daniel benötigte lediglich Sekunden, um zu erkennen, dass sie das Gefecht bereits verloren hatten. Aus allen Richtungen drangen Drizil auf sie ein. Ihre fledermausartigen Gegner versuchten eindeutig, sie von dem Loch und ihrem Fund abzudrängen. Sie hatten nur eine Chance.

»In den Wald! Alle in den Wald«, gab Daniel durch, bevor ihm bewusst wurde, dass niemand ihn hören konnte. Und für die normale Akustik waren die Kampfgeräusche zu laut.

Daniel gab aus seinem Nadelgewehr mehrere präzise Salven ab, die einen Drizil glatt durchschlugen und einen zweiten zu Boden schickten – ob tot oder benommen, war nicht auszumachen.

Er wollte gerade seine Leute in den Wald zurückführen, als ihn etwas in den Rücken traf. Was immer es war, es war nicht stark genug, die Panzerung zu durchschlagen, doch es war stark genug, ihm die Luft aus den Lungen zu pressen.

Daniel stürzte schwer. Mit Mühe klammerte er sich an seinem Gewehr fest, als wäre es aus purem Gold. Ein weiterer Schlag schickte ihn vollends zu Boden. Jemand entwand ihm geschickt und unerbittlich das Gewehr. Daniel tastete nach einem seiner Kampfmesser und stach in die ungefähre Richtung seines Angreifers. Er traf etwas und ein unterdrückter Schrei belohnte seine Bemühungen.

Doch er hatte keine Gelegenheit, sich darüber zu freuen. Ein Tritt traf seinen Helm und schleuderte ihn auf den Rücken. Über ihm stand ein Drizil. Mit schreckensgeweiteten Augen bemerkte Daniel, dass ein Netz feiner Haarrisse sein Visier durchzog. Der Helm war nicht mehr dicht. Der Drizil öffnete den Mund zu einem lautlosen Schrei. Daniel bemerkte, wie plötzlich Blut aus seinen Ohren lief und sein Kopf vor Schmerz dröhnte.

Er öffnete seinen Mund, um zu schreien, doch kein Laut drang daraus hervor.

»Mother an Dolchstoß eins. Mother an Dolchstoß eins.«

Lord Alexander Great Bear warf dem Komm-Gerät einen missmutigen Blick zu. Der Komm-Offizier drehte sich zu seinem Kommandanten um und schüttelte wortlos den Kopf.

Der General seufzte. »Also immer noch kein Kontakt.«

Die Feststellung war mehr an sich selbst gerichtet als an einen der anwesenden Offiziere im Kommandobunker der 26. Legion.

Great Bear schüttelte den Kopf. »Wo steht die 2. und 3. Kohorte jetzt? Und zeigen Sie mir die Fortschritte der 24. Legion.«

Im Holotank, vor dem der General stand, änderte sich die Ansicht. Mehrere Symbole erloschen, andere kamen hinzu.

Der General kratzte sich nachdenklich über das unrasierte Kinn. Normalerweise legte er äußert großen Wert auf ein gepflegtes Äußeres, doch die Körperhygiene hatte wie alles andere auch gelitten. Die Verteidiger von Vector Prime pfiffen aus dem letzten Loch. Es fehlte an allem, doch was noch schlimmer war, ihre Verluste wuchsen mit jedem Tag. Zwar bemühten sie sich, die gröbsten Löcher durch Aushebungen innerhalb der Bevölkerung zu stopfen, jedoch konnten sie gar nicht schnell genug Soldaten rekrutieren und ausbilden, um wirklich etwas zu bewirken. Die Verluste der Miliz ließen sich sogar relativ zügig ausgleichen. Wesentlich schwerer wogen jedoch die Verluste der beiden imperialen Legionen auf Vector Prime. Gutes Material war in dieser Hinsicht dünn gesät.

Great Bear seufzte. Es brachte nichts, sich über Dinge den Kopf zu zerbrechen, die man nicht ändern konnte. Fakt war, dass sie ihre Verluste vor Ort ausgleichen mussten, seit sie von jeglichem Nachschub abgeschnitten waren – und auch damit kamen sie nicht mehr lange über die Runden. Es wurde immer schwerer, geeignete Rekruten zu finden. Die Bevölkerung war versprengt und verbarg sich in den Kellern ausgebombter Gebäude oder außerhalb der großen Städte.

Great Bear widmete dem Hologramm erneut einen frustrierten Blick. Wenn sie heute keinen Erfolg hatten, würde Vector Prime über kurz oder lang an die Drizil fallen. Dies war ihre letzte Chance.

Die 2. und 3. Kohorte der 26. Legion hatte die Drizil nahe eines Gebirgsmassivs etwa sechs Klicks nordöstlich von Cibola beinahe eingekesselt. Die Überreste der 24. Legion lieferten sich eine regelrechte Schlacht mit mehreren Driziltruppenverbänden zwei Klicks südlich der Stadt. Soweit Great Bear das überblicken konnte, hatte die 24. mehrere der feindlichen Hauptversorgungslager geplündert und anschließend in die Luft gejagt.

So weit, so gut, dachte Great Bear bei sich.

»Zeigen Sie mir die Lage im All«, ordnete der General an.

Das erste Hologramm verkleinerte sich und ein zweites baute sich auf. Die Kolonie befand sich auf dem vierten Planeten des Systems. Die kleine Flotte, die Vector Prime noch ihr Eigen nannte, formierte sich auf der Rückseite des dritten Planeten, außer Reichweite der gefährlichen Batterien der Raumstation im Orbit von Vector Prime selbst.

Die Flotte bestand nur noch aus etwa dreißig Schiffen, die mehr von Spucke und guten Wünschen zusammengehalten wurden denn von Schweißnähten und Schrauben, außerdem aus gut hundert Torpedoschnellbooten. Das war nicht viel, um die Blockade der Drizil zu durchbrechen.

Noch während er zusah, wechselten einige Drizilschiffe ihre Position und gingen über Cibola und anderen Orten der Kolonie in Stellung. Andere Schiffe änderten ebenfalls ihre Position, um die abgezogenen Schiffe zu ersetzen – mit dem Ergebnis, dass die Blockadelinie des Feindes mit einem Mal sehr viel dünner wirkte.

Great Bear lächelte schmal. »Komm? Eine Nachricht an Commodore Lone Wolf. Schicken Sie ihm nur ein Wort: Jetzt!«

»Nachricht vom Hauptquartier, Commodore. Er sagt: Jetzt!«

Commodore Jacob Lone Wolf unterdrückte einen Seufzer der Erleichterung.

»Na endlich. Alle Schiffe Systeme hochfahren und Gefechtsformation einnehmen. Wir rücken aus.«

Das Flaggschiff der 8. Flotte, die HMS HUNTING SHADOW, setzte sich gehorsam in Bewegung. Ihr folgte das, was von den imperialen Raumstreitkräften im Vector-Prime-System noch übrig war.

Lone Wolfs Flotte umrundete den Planeten auf der Vector Prime abgewandten Seite des Planeten, um so lange wie möglich vor den hoch entwickelten Sensoren der Drizil und der Raumstation im Orbit des Planeten verborgen zu bleiben.

Die Schiffe fuhren unter Schleichfahrt, das bedeutete, ihre Systeme liefen auf Minimalenergie. Die Umrundung des Planeten dauerte auf diese Art quälend lange. Er begrüßte jedoch diese notwendige Verzögerung. Die Drizil erhielten damit mehr Zeit, den eigenen Kopf durch die Schlinge zu stecken. Im geeigneten Augenblick musste er dann nur noch zuziehen.

Commodore Jacob Lone Wolf beobachtete während des ganzen Manövers auf dem taktischen Display zu seiner Rechten die Schiffsbewegungen der Drizil. Mehrere vorgeschobene Schnellboote dienten ihm als Relaisstationen und Beobachtungsposten und versorgten seine Schiffe mit allen notwendigen Daten.

Er hoffte nur, dass die Drizil die Schnellboote lange genug ignorierten, damit er seinen Auftrag ausführen konnte. Aus Erfahrung wusste er, die Drizil ignorierten oftmals kleinere Schiffe, die für sie keine Bedrohung darstellten. Nur größere Kriegsschiffe lösten bei den Fledermausköpfen eine sofortige und tödliche Reaktion aus.

Lone Wolf schüttelte den Kopf. Ein menschlicher Kommandant hätte niemals so gehandelt. Selbst kleinste feindliche Schiffe stellten in irgendeiner Form eine Bedrohung dar, auch wenn sie lediglich – wie in diesem Fall – auf Beobachtungsposten standen. Er konnte nur mutmaßen, dass kleine Schiffe, die alleine operierten, für die Drizil nicht wichtig genug waren, um eigene Schiffe oder Jäger zu deren Zerstörung zu entsenden.

»Wir überschreiten die Tag-Nacht-Grenze des Planeten«, meldete sein taktischer Offizier. »Der Planet schirmt uns nicht mehr vor den Sensoren ab.«

Lone Wolf nickte. »Schutzlamellen schließen.« Die Panzerlamellen schoben sich gehorsam über die durchsichtige Kuppel, aus der die Brücke der HMS HUNTING SHADOW bestand, und schlossen das aufbrandende Sonnenlicht aus. Andernfalls wäre seine Brückencrew nach fast drei Tagen unter Notbeleuchtung geblendet worden.

Die Schiffe der 8. Flotte formierten sich hinter dem Flaggschiff in zwei Kampflinien mit den schweren Schiffen im Zentrum und den leichteren an den Flanken. Die Träger hielten sich wohlweislich hinter dem Zentrum, da sie dort den bestmöglichen Schutz genossen. Ober- und unterhalb der Hauptkampflinie formierten sich die Torpedoschnellboote in Gruppen zu je zwölf Schiffen. Sie bildeten die schnelle Eingreiftruppe Lone Wolfs.

Der Commodore nickte zufrieden. Seine Flotte war so bereit wie nur möglich. Nur eines der Schiffe verhielt sich auffällig.

Die HMS GUARD OF THE EMPIRE – ein Angriffskreuzer der Ares-Klasse. Das Schiff reihte sich nicht in die Formation ein, sondern folgte in einigem Abstand. Das war jedoch nicht weiter schlimm. Dieses Schiff war nicht dafür vorgesehen, in den Kampf einzugreifen, ganz im Gegenteil. Sollte die GUARD OF THE EMPIRE überhaupt beschossen werden, hatten sie alle versagt und die Mission war ernsthaft gefährdet.

Die Flotte beschleunigte in Richtung Sprungpunkt. Einige der feindlichen Schiffe mit Ziel Vector Prime stockten plötzlich auf seinem taktischen Display und gaben Gegenschub, um die unerwartete Aktion der terranischen Schiffe zu unterbinden. Lone Wolf schmunzelte. Das Bremsmanöver würde die Drizil Zeit und Energie kosten – und war völlig sinnlos. Sie würden zu spät kommen.

Größere Sorgen bereiteten ihm die Schiffe der feindlichen Blockadelinie. Auch ausgedünnt waren sie ein überragender Gegner, den es zu respektieren galt.

»Commodore?«, meldete sich sein taktischer Offizier zu Wort.

Lone Wolf forderte ihn mit einem Nicken zum Reden auf.

»Die feindliche Blockadelinie löst ihre Formation auf. Die Schiffe nehmen Fahrt auf.«

»Worauf?«

»Auf uns.«

Lone Wolf nickte. Das hatte er nicht anders erwartet. Die Drizil machten sich bereit, sie abzufangen.

»Befehl an die Flotte: Klar Schiff zum Gefecht!« Der Commodore seufzte tief. »Dies ist ein guter Tag zum Sterben«, zitierte Lone Wolf so leise, dass niemand ihn verstand. Der Spruch stammte von einem seiner Vorfahren, einem Oglala-Sioux-Häuptling, der mit diesem Satz seine Krieger vor der Schlacht am Little Bighorn inspiriert hatte. Auf seinem Display verfolgte der Commodore, wie die Drizilschiffe immer näher rückten. Die feindliche Flotte war fast genauso stark wie seine eigene Einheit. Und das bedeutete, er war im Nachteil gegenüber den verhassten Fledermausköpfen.

Jetzt weiß ich, wie sich Custer gefühlt haben muss.

Lone Wolf atmete noch einmal tief durch und fixierte das taktische Display vor sich.

Er war sich der erwartungsvollen Blicke seiner Brückencrew durchaus bewusst.

»Jäger ausschleusen!«

Die Träger hinter seiner Hauptkampflinie stießen Dutzende kleiner Objekte aus, die sich mit hoher Geschwindigkeit an die Spitze der Formation schoben und dort eine Verteidigungslinie bildeten. Sie würden als Erste auf den Feind treffen und mit etwas Glück bereits im Vorfeld so viel Schaden anrichten, dass seine Kampfschiffe die feindliche Blockade bereits mit der ersten Angriffswelle würden durchbrechen können. Er glaubte zwar nicht daran – dafür waren die Drizil zu gut –, aber hoffen durfte man.

Die feindlichen Geschwader schlossen schnell auf. Die ersten Drizilschiffe drangen bereits in den effektiven Feuerbereich der terranischen Flotte ein.

Zischend stieß Lone Wolf den von seiner Besatzung lang erwarteten Befehl aus und eröffnete damit das Gefecht.

»Feuer!«

Teil I.

Die Überbleibsel des Imperiums

1

Si vis pacem para bellum.
(Wer den Frieden will, rüste zum Krieg.)
Sprichwort

Terranisch-Imperiale Liga
Äußerer Sektor 18/1-A
Koloniewelt Perseus

4. Januar 2850

Sosehr sich Carlo Rix auch bemühte, er konnte sich an das veränderte Aussehen bestimmter Teile von Perseus nicht gewöhnen.

Er stand auf dem Dach eines zweigeschossigen Gebäudes und musterte zum wiederholten Mal die Zerstörung, die er befohlen hatte. Auf einer Fläche von einem Quadratkilometer existierte nichts mehr. Es handelte sich nur noch um eine einzige schwarze Fläche. Die Geschütze der VENGEANCE hatten ganze Arbeit geleistet. Die Druckwelle der Zerstörung hatte in einem Umkreis von zwei weiteren Kilometer alles hinweggefegt: Häuser, Vegetation, alles. Nur noch Schuttberge und vereinzelte Grundmauern ließen erahnen, wo früher einmal Gebäude gestanden hatten. In einem dritten Gebiet, das weitere drei Kilometer im Quadrat umfasste, waren alle Glasscheiben zu Bruch gegangen. Die Bewohner von Perseus nannten dies nun die verbrannte Erde, ein Name, der treffender nicht sein konnte.

Carlo ließ sich auf ein Knie nieder und nahm mit den Händen etwas von der Erde auf, die sich hier überall auf den noch stehenden Gebäuden sammelte. Lestrades Orbitalbombardement hatte mehr bewirkt, als lediglich die Drizil und ihr verdammtes Funkfeuer wegzubrennen. Die Erde war hier dermaßen locker, dass ein einzelner Windhauch reichte, sie abzutragen und über die Landschaft zu verteilen.

Carlo ließ sich die Erde durch die Finger rieseln. Er sollte nicht hier sein. Es war nicht gut für ihn. Es drückte auf sein Gemüt. Das wusste er. Doch er konnte schlichtweg nicht anders. Er kam mindestens einmal pro Woche hierher. Er musste sich immer wieder vor Augen führen, dass sie Perseus gerettet hatten – aber zu was für einem Preis!

Ein Überschallknall ließ ihn aufblicken. Transportschiffe setzten zur Landung an. Einige waren unverkennbar kommerzielle Transporter. Auch ohne sie von Nahem zu sehen, wusste Carlo, dass sie das Logo des neu gegründeten Carellanischen Handelskonsortiums auf der Unterseite trugen. Die Schiffe brachten Nahrungsmittel von Carellan. Zumindest die Versorgungslage stimmte inzwischen und Carellan produzierte genug Lebensmittel für den ganzen Sektor. Schiffe von Carellan flogen regelmäßig Perseus, Birella und Worgan an, um deren Vorräte auf einem annehmbaren Niveau zu halten.

Den Transportern des Konsortiums folgten jedoch auch andere Schiffe: vier klobige, uralte Frachter.

Flüchtlinge, ging es Carlo missmutig durch den Kopf.

Nach der Schlacht von Perseus hatte Carlo weitere Aufklärungsflüge von Lestrade und seinen Schiffen durchführen lassen. Gegen Cavanaughs ausdrücklichen Wunsch. Carlo war nach wie vor der Meinung, dass es nicht nur kontraproduktiv, sondern auch noch sträflich dumm war, das System einzuigeln und so zu tun, als gäbe es die Drizil nicht. Sie mussten wissen, was vor sich ging, und weitere Verbündete gewinnen, sollten ihr Sektor und die Menschen darin überleben.

Mit *diesem* Ergebnis hatte er allerdings nicht gerechnet.

Natürlich gab es weitere Zusammenstöße mit den Drizil, die Lestrades Einheiten fast alle für sich entschieden. Und sie waren auf versprengte Einheiten und Schiffe sowohl von Miliz, imperialer Armee und zerschlagenen Legionen gestoßen.

Das Dumme war nur, dass sich die Nachricht unter den Menschen der besuchten Systeme wie ein Lauffeuer verbreitete. Es gab einen freien Sektor, der den Drizil immer noch erfolgreich Widerstand leistete und sogar eine große Schlacht gewonnen hatte.

Das hatte Carlo nicht gewollt.

Falls es den Drizil noch nicht zu Ohren gekommen war, dass es einen ihrer Erkundungstrupps erwischt hatte, dann würde das bald der Fall sein – und sie würden alles daransetzen, Perseus zu finden und auszulöschen.

Carlo hatte keine Beweise dafür, doch er war sich sicher, dass Lestrades Besatzungen selbst für die Verbreitung der Nachricht über Perseus' Sieg verantwortlich waren. Wer denn auch sonst? Sie waren die Einzigen, die den Sektor auf ihren Erkundungsflügen verließen.

Eigentlich sollte er wütend sein, brachte es jedoch nicht über sich. Die Männer und Frauen waren stolz auf das, was sie geleistet hatten. Und warum auch nicht? Sie hatten keinen Stolz mehr gefühlt, seit das Solsystem gefallen war. Jetzt gingen sie wieder erhobenen Hauptes.

Rund sechs Monate nach der Schlacht von Perseus waren die ersten Flüchtlingsschiffe im System aufgetaucht und hatten um Asyl gebeten. Zu Anfang waren mehrmals von in Panik geratenen Schnellbootbesatzungen Fehlalarme ausgelöst worden, weil man dachte, die unangekündigten Neuankömmlingen seien Drizilschiffe. Einmal wäre es beinahe zur einer Tragödie gekommen, als eine terranische Korvette das Feuer auf eins der Flüchtlingsschiffe eröffnete. Zum Glück erkannte die Besatzung ihren Fehler umgehend, sodass es nicht zu größeren Schäden oder gar Opfern gekommen war.

Und seitdem riss der Flüchtlingsstrom nicht ab.

Mehrere Zehntausend Menschen hatten bisher Perseus, Birella, Worgan oder Carellan erreicht und weitere würden folgen. Mit den Schiffen, die die Flüchtlinge benutzten, hatten sie das Carellanische Handelskonsortium erst gründen und damit die Versorgung des Sektors mit Lebensmitteln garantieren können. Es gab also nicht nur Nachteile.

Darüber hinaus war Carlo durchaus froh über jeden Menschen, der den Drizil entkam. Immerhin kamen auch nützliche Menschen mit den Flüchtlingskonvois an: Techniker, Ingenieure, Wissenschaftler. Jedes Schiff, das einen besetzten oder umkämpften menschlichen Planeten Richtung Perseus verließ, stellte jedoch ein potenzielles Sicherheitsrisiko dar. Es war nämlich nur eine Frage der Zeit, bis die Drizil einem Flüchtlingsschiff nach Perseus folgten. Dass dies noch nicht geschehen war, wunderte ihn über alle Maßen. Eigentlich hatte er schon vor Monaten mit einem weiteren Drizilangriff gerechnet, doch der war bisher ausgeblieben. Möglicherweise lag einer der Gründe darin, dass die Drizil beschäftigt waren. Die Flüchtlinge brachten Nachrichten über zivile Unruhen, Aufstände und immer wieder aufflackernde Kämpfe. Die Drizil gerieten fast täglich mit Einheiten des terranischen Militärs aneinander, das nach dem Zusammenbruch des Imperiums in den Untergrund geflüchtet war. Das mochten alles Erklärungen sein für diese unnatürliche Ruhe, doch sie durften sich nicht darauf ausruhen. Gefahr drohte immer noch.

Lestrades Flotte war inzwischen auf ein ansehnliches Niveau angewachsen und befand sich ständig in Alarmbereitschaft.

Die Bewohner des Sektors und vor allem von Perseus waren froh über diese Ruhepause, gab es ihnen doch die Gelegenheit, zerstörte Gebäude wiederaufzubauen und ein halbwegs geregeltes Leben weiterzuführen.

Carlo wünschte, er hätte entspannter sein können. Stattdessen machte er sich große Sorgen. Das Damoklesschwert einer erneuten Invasion hing wie ein drohender Schatten über allem, was sie hier taten. Und das nächste Mal würden die Drizil nicht so nett sein, mit einer kleinen Truppe und ein paar Dutzend Schiffen anzugreifen. Das nächste Mal würden sie Perseus mit ausreichend Schiffen und Truppen angreifen, um das System für immer auszuradieren, schon allein aus dem Grund, dass sie einen solchen Hort des Widerstands nicht dulden konnten. Sie mussten ein Exempel statuieren, sollten sie je hoffen, das Imperium befrieden zu können. Ihnen blieb schlichtweg keine andere Wahl. Sie mussten diesen Hoffnungsschimmer zerstören. Die Frage war daher nicht, ob, sondern *wann* sie angriffen.

Ein diskretes Hüsteln riss ihn aus seinen Gedanken.

Colonel René Castellano stand hinter ihm und musterte ihn mit einem Lächeln, das beinahe unbeschwert wirkte, doch Carlo erkannte das Mitgefühl, das dahinter mitschwang.

»Träumst du?«

Carlo stand auf und zuckte mit den Achseln. »Ein wenig.«

René trat näher und sah an Carlo vorbei auf die verbrannte Erde. Mit einem Seufzer schüttelte er den Kopf.

»Du solltest das lassen. Du hast das Richtige getan.«

»Ich wünschte, ich könnte dir glauben. Und ich wünschte, ich könnte diesem Ort fernbleiben, doch ich kann einfach nicht. Ich muss immer wieder daran denken, wie viele Menschen hier gestorben sind.«

»Dadurch werden Sie nicht wieder lebendig«, schalt sein alter Freund nicht ohne Sympathie. »Wir brauchen dich im Hier und Jetzt, Carlo.«

»Ich *bin* im Hier und Jetzt«, versetzte der Kommandant der 18. Legion ungerührt.

»Da bin ich mir manchmal nicht so sicher.«

»Lass mir doch meine Macken. In den letzten Monaten hatte ich wenig mehr als das.«

René ließ den Versuch, die Situation ins Lächerliche zu ziehen, über sich ergehen, ohne die Miene zu verziehen.

»Ich mache mir Sorgen, Carlo. Große Sorgen.«

»Ich auch, René.«

Sein Stellvertreter winkte ungeduldig ab. »Nicht wegen der Drizil, die sollen zum Teufel gehen, sondern deinetwegen.«

»Meinetwegen?«

»Ja, allerdings.«

»Wie darf ich denn das verstehen?«

»Du wirkst zunehmend depressiv, Carlo. Ich bin nicht der Einzige, dem das auffällt. In der Legion gibt es schon Gerede darüber.«

»Und wer kam sonst noch zu dieser ... Erkenntnis?«

»Spielt keine Rolle.«

»Da bin ich anderer Meinung«, hielt Carlo mit einem Anflug von Ärger in der Stimme dagegen.

»Wie gesagt, es spielt keine Rolle, aber du musst das in den Griff kriegen. Wir brauchen dich.«

Carlo senkte leicht verlegen den Blick. Seinen Stellvertreter bitten – ja fast schon betteln – zu hören, war er nicht gewohnt.

»Es geht mir gut, René. Wirklich. Es ist nur ...«

»Nur?«, hakte René nach.

»Wir warten jetzt seit gut sechzehn Monaten darauf, dass die Drizil zurückkommen. Diese Ungewissheit zehrt an meinen Nerven. Manchmal wünschte ich, sie würden endlich kommen.«

»Kein Wunder«, prustete René.

»Wie meinst du das?«

»Du denkst doch an nichts anderes. Da würde ich auch depressiv werden. Ich gebe dir einen guten Rat. Falls die Drizil zurückkommen, dann kommen sie, auch ohne dass du an sie denkst. Beschäftige dich mit dem Problem, wenn es so weit ist, nicht vorher. Im Moment haben wir genügend.«

Carlo dachte angestrengt über Renés Worte nach. Schließlich schüttelte er leise lachend den Kopf.

»Danke.«

»Wofür?«

»Dafür, dass du mir den Kopf zurechtrückst, wenn es notwendig ist.«

»Dafür sind wir Colonels doch da«, grinste René über das ganze Gesicht. »Es ist unsere Aufgabe, dafür zu sorgen, dass ihr Generäle nicht abdriftet.«

Carlo deutete nach oben auf die Transporter im Landeanflug.

»Weitere Flüchtlinge«, sagte er, jedoch mehr um das Thema zu wechseln.

René nickte. »Du solltest sehen, in was für einem erbärmlichen Zustand sie ankommen. Sie sind zusammengepfercht wie die Ölsardinen, und das monatelang. Viele überleben den Flug nicht.«

»Irgendwann in nächster Zeit müssen wir das Problem in den Griff kriegen. Dass sich unsere Situation so herumspricht, habe ich nicht gewollt.«

René nickte. »Lässt sich nicht mehr ändern. Und ich bezweifle, dass es zu verhindern gewesen wäre, selbst wenn du das gewollt hättest. Mir bereitet etwas anderes größere Sorgen. Die Flüchtlinge erzählen richtige Schauergeschichten. Die Drizil sind verständlicherweise nicht erfreut, wenn sich Menschen von eroberten Welten absetzen. Die Fledermausköpfe schießen jedes Flüchtlingsschiff ab, das ihnen vor die Geschütze kommt. Im Schnitt erwischen sie sechs von zehn Schiffen und das ist nur eine grobe Schätzung. Die Wirklichkeit wird noch viel schlimmer sein.«

»Davon gehe ich aus.«

»Das Ganze geht schon in Richtung Völkermord. Irgendwann müssen wir den Drizil ihre Grenzen aufzeigen. Immer mehr Menschen besteigen Schiffe und versuchen, uns zu erreichen – trotz des hohen Risikos. Sie wollen lieber in Freiheit leben als unter dem Joch der Fledermausköpfe, auch wenn es ihren Tod bedeutet.«

Carlo wandte sich ab, damit René sein Gesicht nicht sah und bemerkte, wie wütend er war. Dieses Gespräch war ein alter Streitpunkt zwischen ihnen, auf den sie regelmäßig zurückkamen.

»Nicht wieder diese alte Leier, René.«

»Wir sind inzwischen wieder so stark wie schon lange nicht mehr. Carlo. Lestrade hat eine ansehnliche Flotte versammelt und Flynn schindet die neuen Rekruten bis zum Umfallen.« Bei Renés Bemerkung schob sich ungewollt ein Bild vor Carlos inneres Auge. Master Sergeant Angela Flynn, die Ausbildungsoffizierin der Legion, wie sie Hunderte neuer Rekruten bis zum Erbrechen einen Hindernisparcours absolvieren ließ. Das Bild zauberte doch tatsächlich ein Lächeln auf Carlos Gesicht, das er jedoch schnell wieder unterdrückte. Ja, René hatte recht. Sie waren so stark wie lange nicht mehr. Aber waren sie auch stark genug?

»Wir müssen eine Offensive starten«, spann René den Faden weiter. »Es muss nichts Großes sein. Vielleicht ein oder zwei Außenposten, damit die neuen Rekruten etwas Übung kriegen und Erfahrung sammeln – und damit die Fledermausköpfe merken, dass sie noch nicht gewonnen haben.«

»Und die Drizil zu einem Gegenangriff provozieren?«

»Wenn ich mich recht entsinne, hast du als Erster für einen Gegenangriff gestimmt, nachdem die Drizil vertrieben waren.«

»Stimmt und dieser Meinung bin ich nach wie vor. Doch um einen Angriff zu starten, müssten wir Perseus von einem Großteil der Truppen und Schiffe entblößen – und wir würden nicht nur die

Bevölkerung schutzlos zurücklassen, sondern nun auch unzählige Flüchtlinge. Das schmeckt mir nicht. Es fühlt sich einfach nicht richtig an.« Als Carlo bemerkte, wie René geschlagen den Blick abwandte, hielt er seinen Freund mit erhobener Hand zurück.

»René, ich wäre der Erste, der nur zu gerne zurückschlagen würde. Aber wo sollten wir zuschlagen? Das ist das erste Problem. Es gibt zu viele Ziele. Wie sollten wir eines auswählen? Und jedes einzelne wimmelt nur so von Drizil.«

»Ich möchte den Kampf einfach nur mal zu den Drizil tragen, ihre Erfolgsbilanz ein wenig schmälern.«

»Keine Sorge, das werden wir, doch vorher müssen wir uns erst mal um unser Perseus kümmern. Wir müssen wiederaufbauen, was zerstört wurde, und vor allem müssen wir die letzten dieser verdammten Drizil loswerden.« Er sah auf. »Apropos. Gibt es in der Hinsicht Neuigkeiten?«

René zuckte die Achseln. »Nicht wirklich. Perseus ist ein großer Planet und viele Gebiete sind schwer zugänglich. Einige Feuertrupps durchkämmen in diesem Moment die Berge. Vielleicht haben sie ja Glück. Ich würde mich auch bedeutend wohler fühlen, wenn wenigstens dieses Problem gelöst wäre.«

Lieutenant Edgar Cutter, Teamführer Feuertrupp *Schneller Tod*, bedeutete seinen Legionären anzuhalten. Die Höhlen, etwa fünfzig Meter über ihnen, sahen einladend aus. Viel *zu* einladend für Edgars Geschmack.

Er spielte mit dem Gedanken, seinen Trupp auf der allgemeinen Befehlsfrequenz, die den Mitgliedern von *Schneller Tod* vorbehalten war, anzufunken. Nach kurzer innerer Zwiesprache verzichtete er jedoch darauf. Die Drizil konnten vereinzelt terranische Funksignale auffangen. Sie verstanden sie natürlich nicht, da sie verschlüsselt waren, doch sie waren in der Lage, sie mit einer gewissen Fehlertoleranz anzupeilen. Edgar wusste nicht, über welche Möglichkeiten die auf Perseus gestrandeten Drizil verfügten, wollte jedoch lieber kein Risiko eingehen.

Edgar entschied, es bei Handzeichen und nonverbalen Kommandos zu belassen.

Er übermittelte Vincent und Becky die Anweisung vorzurücken. Li blieb bei ihm; sie sollte für die nötige Rückendeckung sorgen. Galen hingegen suchte sich für seinen schweren Nadelwerfer eine etwas erhöhte Position knapp dreißig Meter zu Edgars Linker. Der Spezialist für schwere Waffen des Teams würde Feuerunterstützung liefern falls nötig.

Edgar brachte sein Nadelgewehr in Anschlag. Becky und Vincent rückten hakenschlagend auf den Eingang der Höhle vor. Geschickt nutzten sie die spärlich vorhandene Deckung aus. Die letzten zwanzig Meter würden sie allerdings über offenes Gelände zurücklegen müssen. Falls sich in der Höhle Drizil aufhielten, würden sie genau in diesem Moment zuschlagen.

Edgar warf einen schnellen Blick zum Horizont. Die Sonne stand bereits sehr tief. Noch eine Stunde und sie würde unter den Horizont sinken. Die Kampfanzüge der Legionäre verfügten zwar über eine Nachtsichtfunktion, doch die Drizil waren im Dunkeln trotzdem im Vorteil.

Noch diese Höhle kontrollieren und dann ab zur Kaserne, entschied er in Gedanken.

Becky und Vincent hatten sich inzwischen bis auf knapp zehn Meter an die Höhle herangearbeitet. Edgar widerstand dem Drang, sich zu entspannen. Fast glaubte er, die Höhle würde sich als leer herausstellen.

Er irrte sich.

Mit einem Mal schlug den beiden Legionären Beschuss aus dem Höhleninneren entgegen. Becky und Vincent warfen sich flach auf den Boden. Die meisten Schüsse gingen über sie hinweg, doch Vincent wurde am rechten Arm getroffen. Selbst auf diese Entfernung konnte Edgar deutlich sehen, wie die Panzerung Blasen warf und zu kochen anfing. Es würde nicht lange dauern und das verdammte Zeug würde sich durch die Panzerung ätzen.

Wie dem auch sei, zumindest die Funkstille hatte sich dadurch erledigt.

»Galen!«, schrie Edgar in sein Komm. Das war alles, was der Legionär an Aufforderung brauchte. Das stakkatohafte Rattern seines A8-Nadelschnellfeuerwerfers erfüllte die Luft. Innerhalb von Sekunden bestrich die Minikanone den Eingang der Höhle mit Hunderten kleiner, scharfkantiger Projektile.

Edgar sprintete los, Li ließ sich auf ein Knie nieder und feuerte. Edgar achtete peinlich darauf, nicht Lis Schusslinie auf den Höhleneingang zu blockieren, als er sich Beckys und Vincents Position näherte. Zwei Energieprojektile der Drizil schossen über ihn hinweg, doch sie kamen ihm nicht einmal nahe. Er vermutete, dass die Drizil nun blind schossen, um nicht Galens Wut ausgesetzt zu werden.

Edgar feuerte immer wieder aus der Hüfte. Er hatte seine beiden Legionäre beinahe erreicht. Becky hob den Kopf. Sie bemerkte, dass Edgar sich näherte, und zog etwas von ihrem Gürtel ab. Sie drehte den Auslöser und warf die Schallgranate in Richtung des Feindfeuers. Die Granate prallte vor den Höhleneingang auf den Boden und hüpfte mehrmals über den Felsen, bevor sie knapp innerhalb der Höhle detonierte.

Edgar erreichte Vincent, der verzweifelt bemüht war, mit einer Hand das beschädigte Stück Panzerung vom Rest des Anzugs zu lösen.

»Becky! Li! In die Höhle vorrücken, aber seid vorsichtig«, ordnete Edgar an. »Galen, Feuerschutz!«

Er warf sich neben Vincent auf den kargen Felsboden, zog ein Kampfmesser und begann damit, die beschädigte Platte von Vincents Kampfanzug zu lösen, indem er die Klinge zwischen zwei Verbindungen schob und sie langsam und vorsichtig aufhebelte. Er arbeitete präzise und ignorierte sowohl Vincents Schmerzlaute als auch das Zischen der beschädigten Panzerung. Er wusste, es war riskant, Becky und Li allein zum Höhleneingang zu schicken, doch ihm blieb kaum eine Wahl. Wenn er Vincent hier allein ließ, könnte dieser unter Umständen seinen Arm verlieren. Und solange sie nicht zumindest den Höhleneingang besetzten, lagen sie hier praktisch auf dem Präsentierteller. Ob es ihm gefiel oder nicht, aber der Höhleneingang musste gesichert werden, damit er Vincent helfen konnte. Außerdem waren Becky und Li zwei seiner erfahrensten Leute. Er hatte vollstes Vertrauen, dass sie ein paar Minuten allein klarkamen.

Mit einem Auge bekam er mit, wie Galen das Feuer einstellte und seine höher gelegene Position verließ, als Becky und Li den Höhleneingang erreichten.

Schüsse brandeten auf. Erst die Nadelgewehre der Legionäre, schließlich Drizilwaffen und kurz darauf verstummten beide.

Edgar löste den letzten Teil der beschädigten Panzerung und warf ihn beiseite. Vincent seufzte über Funk erleichtert. »Danke, Boss.«

Edgar klopfte dem jungen Legionäre aufmunternd auf die Schulter. »Schon gut. Komm hoch.«

Vincent erhob sich leicht ungelenkig und hielt sich dabei den Arm. Die Wirkung der Drizilwaffe hatte sich bereits fast durch den Panzeranzug geätzt. Die Haut darunter war ungesund rot angelaufen. Edgar sah Vincents Gesicht nicht, doch er konnte sich lebhaft vorstellen, dass dieser gerade vor Schmerz, den er nicht preisgeben wollte, die Zähne zusammenbiss.

»Das soll sich ein Arzt ansehen, sobald wir zurück sind.«

»Verstanden, Boss.«

Edgar klopfte ihm erneut auf die Schulter. »Das wird schon wieder.«

»Boss?«, klinkte sich unvermittelt Becky in die Unterhaltung ein.

»Ja?«

»Das solltest du dir mal ansehen.«

»Wir kommen.«

Gemeinsam machten sich Edgar und Vincent an den kurzen Aufstieg zur Höhle. Bereits am Eingang stießen sie auf die ersten Spuren des kurzen Kampfes. Vier Drizil lagen im eigenen Blut. Dem Zustand ihrer Leichen nach waren sie Galens Dauerfeuer zum Opfer gefallen.

Weniger als drei Meter dahinter lagen zwei weitere Leichen. Sie bluteten aus Mund, Ohren und Nase. Man musste kein Genie sein, um zu realisieren, dass die Schallgranate sie erledigt hatte. Im hinteren Bereich der Höhle lagen noch einmal zwei Drizil, von Becky und Li niedergemäht. Und noch etwas gab es hier: terranische Ausrüstung, Waffen und sogar einige Lebensmittel, obwohl die Drizil damit gar nichts anfangen konnten, soweit Edgar wusste.

Er nahm den Helm ab. Die Luft roch muffig. Wie nach nassem

Hund. Edgar nahm ein Nadelgewehr eines älteren Typs hoch. Dieses Modell war seit etwa vierzig Jahren ausgemustert und wurde nun gern von Bauern benutzt.

»Volltreffer!«, murmelte er zufrieden.

»Ja«, meinte Li. »Das sind eindeutig die, die unsere Farmen überfallen haben.«

»Auf jeden Fall einige davon. Es gibt mit Sicherheit noch andere versprengte Drizilgruppen.« Er legte das Gewehr zurück. »Aber die hier richten keinen Schaden mehr an.« Edgar machte eine unbestimmte Geste in Richtung der Ausrüstung. »Nehmt alles mit. Wir verteilen es in der Stadt an alle, die etwas damit anfangen können. Es gibt eine Menge Bauern, die täglich um mehr Ausrüstung und mehr Schutz betteln. Wenn wir ihnen was von dem Zeug geben, sind vielleicht einige von ihnen mal eine Weile ruhig.«

Die vier Legionäre nickten und machten sich daran, die Beute zusammenzupacken, während Edgar seinen Helm erneut aufsetzte und sich zum Höhleneingang begab.

Auch sechzehn Monate nach der gewonnenen Schlacht von Perseus gab es immer noch Drizil. Nach ihrer Niederlage hatten sich einzelne Drizilgruppen in die Wildnis des Planeten abgesetzt. Sie überfielen abgelegene Farmen und Gehöfte und taten alles, um zu überleben. Seitdem versuchten Miliz und Legion, sie auszuschalten, mal mit mehr, mal mit weniger Erfolg.

»*Schneller Tod* an *Dämon*. Bitte kommen.«

»Hier *Dämon*. Code übermitteln.«

»Code Alpha Alpha Zebra zwo drei fünf acht neun«, gab Edgar den derzeit gültigen Sicherheitscode durch. Dies war eine relativ neue Sicherheitsmaßnahme und sie blieb so lange gültig, wie es noch Drizil auf Perseus gab. Einige von ihnen beherrschten die menschliche Sprache, und falls es ihnen gelang, an ein Komm-Gerät zu gelangen, bestand die reale Gefahr, dass sie die Legion mit Falschinformationen versorgten. Durch den Code war dies ausgeschlossen.

»Korrekt«, gab der Mann am anderen Ende bekannt. »Gegencode ist Foxtrott Uniform Caesar eins fünf sechs sieben zwo.«

»Korrekt«, meinte Edgar.

»Bericht!«, forderte die gesichtslose Stimme an.

»Unser Planquadrat ist sauber. Haben zwei Drizilverstecke neutralisiert. Wir bringen mit, was wir gefunden haben. Ansonsten machen wir für heute Schluss. Die Miliz soll eine Truppe herschicken, um einen Kontrollposten einzurichten. Sonst nisten sich die Drizil gleich wieder ein, wenn wir weg sind.«

»Verstanden.«

Edgar unterdrückte einen Anflug von Wut. »Und die Idioten von der Miliz sollen gefälligst heute noch kommen. Ich habe keine Lust, die Suchgebiete immer zweimal zu kontrollieren, weil die Miliz es nicht für nötig hält, die Gebiete zu halten, die wir hier sichern.«

Als die Stimme erneut antwortete, meinte Edgar, ein Lachen herauszuhören.

»Verstanden, *Schneller Tod.*«

»*Schneller Tod* Ende.«

Leicht frustriert kappte Edgar die Verbindung. Er öffnete die Verriegelung seines Kampfanzugs und holte eine Karte hervor, die er vor sich ausbreitete. Mit einem Stift markierte er die aktuelle Position seines Teams mit einem großen X.

Ein weiteres Planquadrat sicher, dachte er bei sich. *Wenn wir aber in dem Tempo weitermachen, wird Perseus erst in Jahren drizilfrei sein.*

Er schnaubte amüsiert. *Wenigstens werden wir dann nicht arbeitslos.*

Er aktivierte seinen Komm. »Kommt, Leute. Ich will noch vor Mitternacht in einem warmen gemütlichen Bett liegen. Seht zu, dass ihr fertig werdet.«

Es gab keinen Widerspruch von seinem Team bezüglich der Idee mit dem Bett.

2

Commodore Horatio Lestrade beugte sich interessiert in seinem Kommandosessel an Bord der HMS VENGEANCE nach vorn und beobachtete ein Dutzend Schiffe, wie diese ihre Gefechtsübung abschlossen.

Im Gegensatz zu Carlo Rix sah Lestrade den Umstand, dass Perseus nun von einer Vielzahl von Schiffen angesteuert wurde, differenzierter.

Natürlich belasteten die vielen Flüchtlinge die Ressourcen dieses Sektors und beschworen die Gefahr eines weiteren Drizilangriffs regelrecht herauf. Doch es gab auch einen Lichtblick. Perseus entwickelte sich zu einem Hoffnungsschimmer in der Galaxis. Kriegsschiffe und Truppentransporter, die ansonsten nicht gewusst hätten, wohin sie sich wenden sollten, flogen nun Perseus an. Ob geplant oder nicht, Perseus war nun ein Sammelpunkt für die Überreste des imperialen Militärs. Ein Umstand, der Lestrade mit großer Befriedigung erfüllte.

Nach der Schlacht um Perseus, die sie nur knapp gewonnen hatten, waren ihre Ressourcen nahezu am Ende gewesen, die Flotte praktisch zerschlagen. Mittlerweile verfügte die Flotte wieder über eine Schlagkraft von gut und gerne neunzig Großkampfschiffen und über eine große Anzahl Schnellboote. Sie kamen aus allen Winkeln des Imperiums und brachten nicht nur ihre Kampfkraft, sondern auch noch Informationen mit. Ihre Daten über das, was vom Imperium noch übrig war, erwiesen sich inzwischen als längst nicht mehr so lückenhaft wie vor der Invasion. Sie brachten überwiegend schlechte Nachrichten mit: Nachrichten von verlorenen Schlachten, von Massakern, von zerstörten Planeten und unterjochter Bevölkerung – doch vereinzelt auch Nachrichten über anhaltenden Widerstand.

Diese Nachrichten waren es, die die Menschen auf Perseus, Birella, Worgan und Carellan aufrecht hielten. Ansonsten hätten sie die Hoffnung vielleicht bereits verloren.

Nun galt es, die versprengten Teile der Streitmacht im Perseus-System zu einer schlagkräftigen Truppe zu schmieden. Und das war Lestrades Aufgabe. Manchmal war er nahe daran zu verzagen. Die Schiffe gehörten größtenteils zu unterschiedlichen Flotten, unterschiedlichen Geschwadern, hatten nie zusammen gedient. Einige von ihnen waren die letzten Überlebenden ihrer Einheiten. Sie waren demoralisiert. Die Drizil hatten sie in einer offenen Schlacht gestellt und geschlagen – und dieses Gefühl ließ sich nur schwer aus ihren Köpfen wieder vertreiben. Doch sie machten Fortschritte. Kleine Fortschritte zwar, doch Lestrade war bereit, sich mit kleinen Schritten abzufinden und sogar anzufreunden.

Hinzu kam, dass viele der Schiffe, die Perseus anliefen, schwer beschädigt waren. Die Werft auf Worgan arbeitete Tag und Nacht, um die gröbsten Gefechtsschäden zu beheben und die Schiffe schnellstmöglich für den Dienst in der stetig wachsenden Flotte von Perseus fit zu machen.

Sein Erster Offizier, Commander Eugene Mueller, trat an die Seite seines Kommandanten und musterte das Geschwader auf dem taktischen Hologramm ebenfalls.

Die Schiffe simulierten gerade den Angriff eines Geschwaders von einem Dutzend Fregatten der Vandal-Klasse und zwei Zerstörern der Watchman-Klasse. Die Verteidiger bestanden aus zehn Angriffskreuzern der Ares-Klasse, unterstützt von zwanzig Schnellbooten. Die Verteidiger gewannen, ihre Verluste waren allerdings höher, als Lestrade es gern gesehen hätte – und auch höher, als nötig gewesen wäre.

»Sie sind nicht übel«, kommentierte Mueller mit einem Augenzwinkern.

Lestrade kannte seinen XO lange genug, um zu erkennen, dass die Bemerkung nicht ausschließlich ernst gemeint war. Trotzdem entschloss er sich, den Scherz darin zu übergehen.

»Sollten sie auch besser sein«, entgegnete der Commodore. »Nach all der Zeit und Energie, die wir in sie investiert haben.«

»Das wird schon«, antwortete Mueller achselzuckend und immer noch lächelnd. Er überraschte seinen Kommandanten ein weiteres Mal mit unerschütterlichem Vertrauen in dessen Fähigkeiten. Seit Lestrade sein Geschwader aus dem belagerten Solsystem und anschließend durch die Belagerung des Perseus-Systems geführt hatte, schien sein XO zu glauben, er könne über Wasser gehen. Er war sich nicht sicher, ob er das gut finden sollte.

»Terminieren Sie drei weitere Übungen. Die Besatzungen müssen fitter werden. Sie haben alle zu lange auf der Flucht verbracht und das müssen wir aus ihren Köpfen rauskriegen.«

»Das wird nicht einfach. Diese Besatzungen haben eine ganze Menge hinter sich.«

»Wer nicht? Aber auf dieser Erklärung dürfen wir uns nicht ausruhen – und *die* auch nicht. Falls beziehungsweise wenn die Drizil hier wieder auftauchen, will ich vorbereitet sein.«

Lestrade kratzte sich über das rasierte Kinn, während er überlegte. »Merken Sie auch einen Termin für eine unangekündigte Übung vor. Mal sehen, wie die Besatzungen reagieren, wenn sie denken, es wäre ernst.«

»Meinen Sie nicht, das ist noch zu früh?«

Lestrade zuckte die Achseln und lehnte sich in seinem Kommandosessel zurück. »Mag sein. Es gibt nur zwei Möglichkeiten, wie diese spezielle Übung enden kann. Entweder die Leute reißen sich am Riemen und überraschen mich oder sie bauen totalen Mist und wir sehen, woran wir noch arbeiten müssen. Vor allem die Reaktionszeiten machen mir Sorgen. Ich will eine Eingreiftruppe für schnelle Intervention. Sie soll etwa zwanzig Schiffe umfassen, die immer kampfbereit sein müssen. Im Ernstfall wird diese Interventionstruppe die erste sein, die Feindkontakt haben wird, während die anderen Schiffe noch ihre Systeme hochfahren.«

Mueller zog beeindruckt eine Augenbraue hoch. »Das klingt nach einem guten Plan. Haben Sie schon Ideen, welche Schiffe daran beteiligt sein sollen?«

Lestrade musterte in Gedanken versunken eines der Symbole auf seinem taktischen Display. Es handelte sich um einen Angriffskreuzer der Ares-Klasse, die HMS CONQUISTADOR.

»Vielleicht«, meinte er lediglich so leise, dass Mueller ihn kaum verstand.

Captain Javier Estrada, Kommandant der CONQUISTADOR, hielt es kaum auf seinem Sitz, so angespannt war er.

Verglichen mit Schlachtkreuzern herrschten auf einem Kreuzer der Ares-Klasse beinahe schon beengte Verhältnisse auf der Brücke. Die Stationen für Navigation und Kommunikation befanden sich rechts und links des Kommandosessels, die für Taktik direkt vor und leicht unter dem Kommandosessel, sodass Javier über den Kopf von Lieutenant Mark Connor, seinem taktischen Offizier, hinweg einen ungehinderten Blick auf die Feindschiffe werfen konnte.

Javier war normalerweise kein religiöser Mann, doch im Moment meinte er durchaus, ein Stoßgebet könnte angebracht sein. Die Einheit, die er während dieser Übung kommandierte, schlug sich ganz wacker. Sie erlitten zwar hohe Verluste gegen die simulierten Drizil, doch er war sich sicher, immer noch gewinnen zu können.

Die CONQUISTADOR hatte der 3. Flotte bei Norkan angehört. Der Planet war nicht nur strategisch äußerst wichtig, er hatte darüber hinaus auch noch Einrichtungen zum Unterhaltung und zur Wartung einer ganzen Flotte beherbergt und genug Nachschublager, um den Kampf gegen die Drizil auf unbestimmte Zeit hinweg fortsetzen zu können. Aus diesem Grund hatte das System auch ganz oben auf der Zielliste der Drizil gestanden. Norkan hatte länger durchgehalten als die meisten anderen Systeme. Die Drizil schickten Welle um Welle und kämpften den Widerstand der 3. Flotte schließlich nieder. Nur elf Schiffe hatten das Gemetzel überlebt. Auf der anschließenden Flucht durch unzählige Systeme waren neun davon zerstört worden. Nur die CONQUISTADOR und eine Korvette hatten überlebt. Egal, wohin sie sich auch wandten, überall trafen sie auf Drizilschiffe.

Zum Glück waren sie schließlich durch Zufall auf einen Flüchtlingskonvoi getroffen, dem auch Kriegsschiffe angehörten. Durch sie waren Javier und der Captain der Korvette auf Perseus aufmerksam geworden und schließlich hier gelandet. Es tat gut, nach all diesen Erlebnissen endlich wieder Teil einer richtigen Flotte zu sein.

Javier seufzte.

Auch wenn diese Flotte nur ein Schatten der einstigen Größe imperialer Raumstreitkräfte war. Das Perseus-System bot wenigstens ein wenig Schutz. Durch all diese Erlebnisse, hatte Javier eine ganz eigene Sicht der Dinge – er hasste die Drizil mit Inbrunst. Aus seiner Sicht war nur ein toter Drizil ein guter Drizil.

Commander Estelle Doriega, seine XO, trat an seine Seite und speiste einige Sensordaten in sein taktisches Display ein.

»Wir haben neun Vandal-Fregatten und einen der Zerstörer erledigt«, meldete sie stolz.

»Ja, und acht Schiffe dabei verloren«, meinte Javier in seinem beruflichen Stolz leicht verletzt.

»Mag sein, aber wir gewinnen.«

Javier deutete durch das Brückenfenster auf den fernen Punkt, der die VENGEANCE darstellte. »*Er* beurteilt uns nicht nur nach dem Ausgang des Gefechts, sondern auch, wie es verlaufen ist.«

Estelle musste gar nicht erst fragen, wer mit *er* gemeint war.

»Wir sind erst seit einer Woche im Perseus-System. Die Leute sind erschöpft. Er wird das verstehen.«

»Er soll es aber nicht verstehen. Es soll gar nicht erst vorkommen.« Er drehte den Kommandosessel, um seine XO Auge in Auge zu mustern. »Denken Sie, die Drizil fragen danach, ob unsere Leute müde sind oder nicht, wenn sie hier eintreffen?«

Estelle senkte betreten den Blick.

»Sehen Sie? Genau das meine ich«, erwiderte Javier, ihre wortlose Geste richtig interpretierend. »Lestrade hat vollkommen recht, wenn er uns hart rannimmt. Wenn die Drizil kommen, müssen wir bereit sein.«

Alarmsirenen heulten plötzlich über die Brücke.

»XO?«

Estelle eilte an ihre Station und rief Sensordaten ab, bevor sie sich erneut ihrem Kommandanten zuwandte. »Die Vorpostenlinie meldet sich. Ein Schiff ist soeben ins System eingedrungen und identifiziert sich nicht.«

»IFF-Kennung?«

»Es strahlt keine ab.«

Javier warf einen weiteren Blick aus dem Fenster in Richtung der VENGEANCE.

»Ob das wohl eine von Lestrades Überraschungen ist, um uns auf Trab zu bringen?«

»Sagen Sie mir, dass das zur Übung gehört«, forderte Lestrade gepresst.

»Negativ«, verneinte sein XO. Mueller überflog die Sensordaten, um seinem Kommandanten möglichst rasch ein möglichst umfassendes Bild der Lage zu liefern. »Ein fremdes Schiff ist nahe zwei Schnellbooten aus dem Hyperraum gekommen. Ohne Vorwarnung. Es reagiert auf keine Funksprüche, identifiziert sich nicht und strahlt auch keinen IFF-Code ab.« Muellers Station piepte, als neue Daten hereinkamen. »Die Schnellboote sind jetzt nah genug für eine erste Abtastung. Ich leite die Daten an Ihre Station weiter.«

Nahezu ohne Verzögerung baute sich ein Schema des fremden Schiffes als Hologramm vor Lestrades Augen auf. Ungewollt pfiff er durch die Zähne. Mueller stellte sich neben ihn und musterte den Neuankömmling ebenfalls.

»Es ist einer von uns«, erwiderte er überrascht.

Der Commodore nickte. »Angriffskreuzer der Ares-Klasse. Sieht ziemlich mitgenommen aus. Die haben einiges erlebt, so viel steht mal fest.« Das Schiff wies beträchtliche Schäden an der Außenhülle auf. Mindestens fünf Decks waren zum Vakuum hin offen. Noch während Lestrade die Schäden einer ersten oberflächlichen Begutachtung unterzog, kam der Schiffsrumpf, auf dem Kennung und Namen des Schiffes vermerkt waren, in den Sichtbereich der Schnellboote.

Lestrade vergrößerte den entsprechenden Ausschnitt.

»HMS GUARD OF THE EMPIRE«, murmelte er vor sich hin. Er warf seinem Ersten Offizier einen wortlosen Blick zu. Dieser konsultierte bereits die Schiffsdatenbank.

»Das gehört zur 8. Flotte«, verkündete er schließlich. »Vector Prime.«

Ein weiterer Abschnitt des Schiffes – diesmal im Heckbereich – kam ins Sichtfeld. Bei dem Anblick, der sich ihm bot, stürzte Lestrade buchstäblich nach vorn und nur der Sicherheitsgurt hielt ihn auf dem Sessel. Einige Objekte steckten im Heckbereich des Angriffskreuzers in der Außenhülle, nahe der Antriebssektion.

»Enterschiffe der Drizil«, hauchte Mueller.

»Sechs von ihnen.«

»Ihre Befehle, Commodore.«

Lestrade überlegte nur einen Moment. »Nehmen Sie Kurs auf das Schiff. Schicken Sie einige Kreuzer voraus, um es abzufangen. Nehmen Sie dazu die CONQUISTADOR.« Er warf seinem XO einen leicht gequälten Blick zu. »Und verschaffen Sie mir eine Verbindung zu Rix auf dem Planeten. Das dürfte ihm nicht gefallen.«

»General Rix? General Rix, ich muss Sie dringend sprechen!«

Carlo widerstand dem Impuls, seine Schritte zu beschleunigen, als die Stimme ihn von hinten ansprach.

René und er waren gerade auf dem Weg zum Raumhafen und er hatte so gehofft, diesem Gespräch zumindest heute aus dem Weg gehen zu können. Der Mann, der ihn da ansprach, erwies sich als ungemein nervtötend.

Carlo zwang sich dazu, seinen Körper zu entspannen, als er sich umdrehte. Ein Mann, der auf die sechzig zuging, eilte ihm hinterher. Er war von eher kleiner, hagerer Statur, das Haar war bereits ergraut und er trug eine dicke Brille auf der Nase. Ein Umstand, der im Zeitalter von problemlosen Augenkorrekturen eine Kuriosität darstellte.

Professor Nicolas Cest, ehemals Leiter der Universität von Cambridge, war erst seit knapp vier Wochen zu Gast auf Perseus. Es war auf einem von nur zwei Flüchtlingsschiffen angekommen, die es tatsächlich geschafft hatten, aus dem Solsystem zu entkommen.

Vier Wochen auf Perseus und jeden einzelnen Tag dieser vier Wochen hatte er Carlo mit demselben Anliegen genervt.

»Professor?«, meinte Carlo betont freundlich. »Was kann ich heute für Sie tun?«

»Das wissen Sie ganz genau«, erwiderte der Professor anklagend.

»In der Tat«, meinte Carlo. »In der Tat. Und meine Antwort ist exakt die gleiche wie in den vergangenen vier Wochen. Man wird sich darum kümmern, wenn unsere dringendsten Probleme beseitigt sind.«

»Und wann wird das sein?«

»Auch das kann ich Ihnen noch nicht sagen.«

»Ich brauche aber ein Labor, und zwar eines, das meinen Anforderungen entspricht.«

Und genau da lag das Problem. Der Professor wollte ein Labor, und zwar nicht irgendeines. Carlo hatte dem Mann bereits kurz nach dessen Ankunft angeboten, eines der Labore in Misarat zu benutzen. Diese reichten ihm jedoch nicht. Er wollte, dass ihm eigens ein Labor eingerichtet wurde. Eines auf dem höchsten Stand der Technik selbstverständlich.

Solche Labore waren im Perseus-System dünn gesät. Das einzige, das vielleicht entfernt die Möglichkeit bot, den Professor zufriedenzustellen, befand sich auf der VENGEANCE. Jedoch war die VENGEANCE ein militärisches Schiff und Professor Cest war Zivilist, wodurch ihm der Zugang verwehrt blieb – und Carlo hatte nicht die Absicht, dies zu ändern.

Cest war während seiner Zeit auf der Erde zum führenden Experten für die Drizil aufgestiegen. In seinen Laboren waren Experimente und Untersuchungen an Drizilleichen durchgeführt worden. Ziel war es, die Möglichkeit einer biologischen Kriegsführung gegen die Drizil zu ergründen. Auf irgendetwas mussten sie schließlich empfindlich reagieren. Es hieß, der Kaiser persönlich habe Cests Forschungen gefördert, in der Hoffnung, das Kriegsglück noch zu wenden. Nach eigener Aussage hatte der Professor vor der Einnahme des Solsystems ganz dicht vor einem Durchbruch gestanden. Aus diesem Grund wollte er seine Forschungen unbedingt fortsetzen.

Carlo war in dieser Hinsicht eher skeptisch. Wie alle Soldaten zog er eine eher martialische Lösung vor, eine, die die direkte Konfrontation vorsah. Den Gegner mithilfe eines biologischen Kampfstoffes zu bezwingen, erachtete er als unehrenhaft.

Ganz davon abgesehen hatten Cest und seine Mitarbeiter sechs Jahre Zeit für die Entwicklung eines solchen Stoffes gehabt und es hatte sich nichts Positives daraus ergeben. Warum sollten sie also ausgerechnet jetzt Erfolg haben?

Erschwerend kam hinzu, dass Carlo den Professor nicht mochte. Der Mann hielt sich selbst für ein Genie – und das Schlimme war, er hatte recht.

»Mein Labor ...«

»Ist für die Sicherheit dieses Sektors nur von untergeordneter Bedeutung.«

Der Professor riss entrüstet die Augen auf. »Wie können Sie es nur wagen? Meine Forschungen sind von essenzieller Bedeutung für die Kriegsanstrengungen.«

»Ach, wirklich?«, meinte Carlo, dem beinahe der Kragen platzte. »Und welche Ergebnisse haben Sie vorzuweisen?«

Cest stutzte.

»Nun ... nun ja ...«, stammelte er aus dem Konzept gebracht.

»Nun ja was?«

»Die Drizil verfügen über eine extrem robuste Physiologie. Etwas zu finden, das sie auf molekularer oder zellularer Ebene angreift, benötigt nun einmal Zeit.«

Carlo zählte innerlich langsam bis zehn. Er versuchte, sich bewusst zu machen, dass er nicht wirklich auf Cest wütend war, sondern einfach durch die Gesamtumstände frustriert. Er führte das Gespräch erst fort, als er sicher war, sich beherrschen zu können.

»Das verstehe ich, Professor. Aber Sie müssen verstehen, dass wir vor einer Vielzahl von Problemen stehen, von denen die wichtigste die sehr reale Gefahr eines Angriffs ist, von der Unterbringung und Versorgung unzähliger Flüchtlinge ganz zu schweigen. Wenn Sie mir dafür brauchbare Lösungen anbieten können, bin ich gerne bereit, über Ihr Labor zu reden. Nicht vorher.«

Ein Wagen brauste mit quietschenden Reifen über das Flugfeld. Augenblicklich lenkte er die Aufmerksamkeit Renés und Carlos auf sich. Der Wagen bremste ab und kam schlagartig vor den beiden Offizieren und dem Professor zum Stehen. Am Steuer saß Master Sergeant Angela Flynn, dieses Mal ausnahmsweise in Uniform und nicht in ihrem Kampfanzug.

»Sir, steigen Sie bitte ein. Wir müssen zum Kontrollzentrum.«

»Was ist?«, fragte Carlo alarmiert. »Probleme?«

»Sir, das müssen Sie selbst entscheiden.«

»Sechs Enterschiffe der Drizil stecken in der Außenhülle«, berichtete Lestrade Carlo Rix über eine Komm-Verbindung, die die VENGEANCE direkt mit dem Kontrollzentrum des Raumhafens in Haaras verband. »Ich vermute, die Drizil haben das Schiff von hinten erwischt, als es in den Hyperraum wechseln wollte. Etwas mehr rechts und sie hätten mit der Penetration der Außenhülle den Antrieb erledigt. Vielleicht war das auch der Plan der Fledermausköpfe. Die Besatzung des Ares-Kreuzers hatte großes Glück.«

»Wie man's nimmt«, murmelte Eugene Mueller an seiner Seite leise.

»Gibt das Schiff immer noch keine Signale ab?«, fragte Carlo Rix am anderen Ende der Verbindung.

»Nein, nichts. Das überrascht mich aber auch nicht besonders. Das Energieniveau ist so niedrig, dass sie vermutlich nicht einmal Rauchsignale übermitteln könnten.«

»Halten Sie es für möglich, dass da drin überhaupt noch jemand am Leben ist?«

»Möglich wäre es. Unsere Sensoranzeigen sind in dieser Hinsicht nicht ganz eindeutig. Es gibt nur einen Weg, das sicher festzustellen.«

»Ja, schicken Sie Ihre Marines rein. Wir müssen feststellen, ob es Überlebende gibt oder ob das Schiff auf Autopilot hierher geflogen ist.«

»Ich will nicht unsensibel erscheinen, aber ich mache mir mehr Sorgen über diese Enterschiffe. Gut möglich, dass sie ein Signal abstrahlen, durch das die Drizil uns finden könnten.«

»Würden Ihre Sensoren das denn nicht anzeigen?«, wollte Carlo wissen.

»Vielleicht«, meinte Lestrade zweifelnd. »Jedoch hat die Erfahrung der letzten Jahre gezeigt, dass wir einige Schwierigkeiten mit der Driziltechnik haben. Wenn überhaupt, würden wir ein Signal vielleicht nur durch puren Zufall auffangen.«

»Ich verstehe. Wann starten Sie die Operation?«

»Sobald unser Gespräch beendet ist.«

»Verstanden. Halten Sie mich auf dem Laufenden.«

»Natürlich. Lestrade Ende.«

Mit einem Klicken wurde die Verbindung von der anderen Seite unterbrochen.

Die VENGEANCE befand sich im Augenblick über der GUARD OF THE EMPIRE. Durch die gläserne Kuppel, in der sich die Brücke des Kriegsschiffes befand, verfügte Lestrade über einen ungehinderten Blick auf das Schiff, das unter ihm schwebte. Der Antrieb des Angriffskreuzers war nahezu verstummt. Nur die Manövrierdüsen trieben es unendlich langsam ins innere System. Die CONQUISTADOR und drei weitere Ares-Kreuzer umringten den unerwarteten Eindringling, bereit, auf jede Bedrohung schnell, entschlossen und endgültig zu reagieren.

Lestrade schüttelte mitfühlend den Kopf. Schiff und Besatzung hatten tatsächlich einiges mitgemacht. Die Außenhülle wies zahlreiche Beschädigungen und sogar Brüche auf. Einige waren groß genug für Drizillenkwaffen. Ja, in der Tat. Die GUARD OF THE EMPIRE hatte einen höllischen Kampf hinter sich.

»Eugene?«, wandte er sich an seinen Ersten Offizier.

»Sir?«

»Sagen Sie Major Ross Bescheid. Sie soll ein Team zum Übersetzen bereithalten.«

»Ja, Sir.«

Während sein XO den Befehl weitergab, lenkte der Commodore seine Aufmerksamkeit wieder zurück auf den beschädigten Angriffskreuzer.

Das dürfte sehr interessant werden, dachte er bei sich.

Der Sturmboothangar der VENGEANCE öffnete sich und entließ die schlanke Silhouette eines imperialen Sturmbootes in die Kälte des Alls.

Major Melissa Ross saß festgeschnallt in ihrem Sitz, ihr Kampfanzug war bereits versiegelt und sie ließ ein letztes Mal ein Diagnoseprogramm ablaufen, um sicherzugehen, dass es während des Einsatzes keine Probleme geben würde.

Insgesamt drei Sturmboote näherten sich dem havarierten Schiff von drei Seiten. Jedes Sturmboot beförderte dreißig Marines. Sollte alles glattlaufen, würden sich die drei Teams auf der Brücke des

Angriffskreuzers treffen. Die Marines waren auf alles vorbereitet. Sogar Flammenwerfer führten sie mit sich, falls das Schiff mit der Grünen Pest infiziert war.

Der Pilot steuerte das Schiff sanft auf die Backbordseite des Kreuzers und brachte das Sturmboot schließlich mit Manövrierdüsen zum Stillstand.

In ihren Ohren knackte es, als der Pilot eine Verbindung herstellte. »Luftschleuse oder Außenhülle?«, fragte er.

Darüber hatte sie bereits ausführlich nachgedacht und eine Entscheidung getroffen. Beide Möglichkeiten boten Vor- und Nachteile. An der Luftschleuse ließ sich schneller andocken und konnten die Soldaten schneller ausgeschleust werden, doch das war ein Aspekt reiner Bequemlichkeit. Sollten dort drin irgendwelche Überraschungen auf sie lauern, dann sicher an den Luftschleusen. Ein eindringender Gegner ließ sich an einer Luftschleuse leichter in Schach halten. Und sie gab sich keinen Illusionen hin, es mochte sich um ein imperiales Schiff handeln, doch nichtsdestoweniger waren *sie* diesmal die eindringenden Gegner. Die Außenhülle aufzuschneiden, dauerte länger, bot aber die sicherste Alternative, das Schiff zu betreten, da es für den Gegner nicht vorhersehbar war, wo das Sturmboot die Außenhülle öffnen würde. Oder besser gesagt, sie würden es erst im letzten Moment feststellen können.

»Außenhülle«, antwortete sie prompt auf die Frage des Piloten.

Dieser kappte wortlos die Verbindung, ließ das Schiff etwas zur Seite und nach oben tänzeln und aktivierte das Lasermodul an der Schnauze des Sturmbootes.

Das kleine Schiff berührte beinahe zärtlich die Außenhülle des Kreuzers, ein insektenhaftes Summen erfüllte das Mannschaftsabteil, als das Lasermodul seine Arbeit tat und die Außenhülle glatt wie mit einem Skalpell durchschnitt. Augenblicklich verankerte sich die Schnauze des Sturmbootes und verhinderte ein Entweichen der Atmosphäre.

»Wir sind durch«, verkündete der Pilot wenige Augenblicke später.

»Rampe öffnen!«, befahl Melissa und schnallte sich los. Der Trupp Marines tat es ihr gleich und gemeinsam marschierten sie in den vorderen Teil des Bootes. Die Rampe öffnete sich gehorsam und bis auf ein mechanisches Zischen völlig geräuschlos.

Zwei Marines zogen Schallgranaten ab und warfen sie durch das Loch, kaum dass die Öffnung groß genug war. Die Marines warteten auf das *Plopp!*, das die Detonation der Sprengkörper markierte. Melissa war die Erste, die sich durch die Öffnung ins Innere der GUARD OF THE EMPIRE quetschte.

Im Inneren herrschte Schwerelosigkeit. Geräte und Ausrüstung, die nicht festgemacht waren, flogen ihr in den Weg und sie schob sie mit einer ungeduldigen Bewegung beiseite. Sie aktivierte die Magnetfunktion ihrer Stiefel und diese saugten sich auf der glatten, metallenen Oberfläche des Decks fest.

Hinter ihr folgte das restliche Team. Die erfahrenen Soldaten schwärmten unverzüglich im Halbkreis aus und sicherten die Stellung, wobei jeder von ihnen ebenfalls die Magnetstiefel zum Einsatz brachte.

Der erwartete Angriff blieb jedoch aus. Keine Drizil griffen sie aus dem Hinterhalt an. Genauer gesagt, war niemand zu sehen. Sie befanden sich in einem Korridor, der vermutlich eine der Waffenstationen an Backbord mit einem Teil der Mannschaftsquartiere verband. Den Markierungen am nächsten Schott zufolge, befanden sie sich auf Deck vier.

Sie überprüfte die Anzeigen, die ihr der Anzug lieferte, und öffnete eine Verbindung zu ihrer Einheit.

»Der Korridor hat Druck«, informierte sie ihre Leute, »aber lasst die Anzüge auf interne Sauerstoffversorgung. Das Schiff ist leck wie ein Schweizer Käse. Bereits in der nächsten Abteilung kann die Sache schon ganz anders aussehen.«

Sie aktivierte eine Parallelverbindung zur VENGEANCE.

»VENGEANCE? Hier Ross. Wir sind drin und bisher kein Widerstand. Wir rücken weiter vor. Stand by.«

Es erfolgte keine Antwort. Sie hoffte, dass ihre Nachricht durchgekommen war und nicht irgendein Störsender die Meldung unterband.

Wortlos winkte sie ihren Trupp vorwärts. Fünf Marines blieben zurück, um den Zugang zum Sturmboot zu bewachen.

Die auf Einsätze im Raum spezialisierten Soldaten bewegten sich mit kühler Präzision durch die Überreste des Schiffes. Die Energie des Kreuzers war am Ende. Nur die Notbeleuchtung tauchte die Korridore in entfernt so etwas wie Licht, doch auch dies nur flackernd. Die Soldaten schalteten zur Sicherheit auf Restlichtverstärkung.

Nicht jeder Abschnitt, den sie durchsuchten, stand unter Druck. Sie mussten sich den Weg durch drei Schotten schweißen, um überhaupt weiterzukommen. Bei Druckabfall wurde der beschädigte Bereich luftdicht versiegelt, um den Rest des Schiffes zu schützen. Normalerweise wäre sie nicht auf diese Art vorgegangen, um mögliche Überlebende auf der anderen Seite nicht zu gefährden. Doch ihre Anzeigen bestätigten ihr, dass es auch auf der anderen Seite keine Atmosphäre mehr gab. Ihre anfängliche Einschätzung erwies sich leider nur als allzu wahr. Das Schiff glich einem Schweizer Käse. Sie rechnete nicht damit, Überlebende zu finden.

Es dauerte annähernd eine Stunde, ehe sie auf die ersten Leichen stießen. Es handelte sich ausnahmslos um Menschen. Die fünf Männer und drei Frauen waren durch explosive Dekompression gestorben. Sie schwebten durch den Korridor und erschwerten das Vorankommen des Trupps. Die Marines banden sie an einem Rohr fest und merkten sie zur späteren Bergung vor.

Im nächsten Abschnitt stießen sie schließlich auf den Grund der Dekompression, die den acht Besatzungsmitgliedern den Tod gebracht hatte. Eine Waffenstellung hatte einen direkten Treffer erlitten. Wo diese vorher gewesen war, klaffte nun ein großes Loch in der Hülle. Einer der Männer, der sie bemannt hatte, schwebte am anderen Ende des Korridors. Alles unterhalb der Hüfte fehlte und der Rest war schwarz verkohlt.

Armer Teufel, dachte Melissa mitfühlend.

»Hier Ross«, gab sie erneut eine Meldung durch. »Wir sind jetzt zwei Decks unterhalb der Brücke. Rücken weiter vor.«

Dieses Mal wartete sie gar nicht erst auf eine Bestätigung. Auf der Innenseite ihres Helms rief sie eine schematische Darstellung des Schiffes auf und ließ sich den Standort der beiden anderen Teams markieren.

Eines der Teams bewegte sich auf das Heck und die Enterschiffe der Drizil zu. Das andere arbeitete sich von unten nach oben vor und war gerade etwa auf Höhe der Mannschaftsquartiere der Marines dieses Schiffes. Beide Teams würden noch eine ganze Weile benötigen, um es auf die Brücke zu schaffen. Ihre Leute waren am nächsten dran.

Sie durchquerten gerade die Krankenstation, als plötzlich etwas auf die Schulter eines Marines direkt hinter Melissa tropfte. Der Mann schrie erschrocken auf und sprang wie von der Tarantel gestochen zwei Schritte zur Seite. Zwei Marines rissen Flammenwerfer hoch. Der Marine wischte sich wie verrückt über die Schulter. Der Glibber floss an ihm herab.

»Beruhige dich!«, wies Melissa ihn an und winkte die Marines mit den Flammenwerfern zurück. »Es ist tot.«

Sie blickte zur Decke, wo ein großes Loch klaffte, durch das noch mehr vom dem ekligen Glibber tropfte.

»Verdammte Drizil!«, fluchte sie. »Die haben das Schiff mit der Grünen Pest infiziert.« Beherzt griff sie in die große Lache, die sich inzwischen auf dem Boden sammelte, und begutachtete die gefürchtetste Waffe im Arsenal der Drizil mit fachkundigem Blick. »Das Zeug kann aber niemandem mehr schaden. Sieht aus, als hätte die Besatzung es abgefackelt. Vielleicht ist auch der Druckverlust dafür verantwortlich.«

Sie erhob sich wieder. »Wie dem auch sei, weniger Arbeit für uns.« Ihre Bemerkung löste leichtes Gelächter unter den Marines aus, das jedoch entschieden zu angespannt wirkte. Die Aussicht, lebendig gefressen zu werden, hatte diese Wirkung wohl sogar auf gestandene Profis.

Je näher sie der Brücke kamen, desto häufiger stießen sie auf Spuren der brutalen Schlacht, die um die GUARD OF THE EMPIRE getobt haben musste.

Die Besatzung hatte bis zum letzten Magazin um jeden Abschnitt des Schiffes gekämpft. Mehrere Korridore waren mit Barrikaden versperrt. Vor und hinter den Barrikaden türmten sich Leichen – gleichermaßen Menschen wie Drizil.

Die Besatzung hatte sich teuer verkauft.

Melissa und die Marines in ihrer Begleitung, räumten einige Barrikaden beiseite und schnitten weitere Druckschotten auf. Die massiven Türen waren verschlossen, nicht weil in diesem Teil des Schiffes ein Vakuum herrschte, sondern um die Enterer aufzuhalten. Manchmal überkam Melissa sogar der Eindruck, die Besatzung des Schiffes habe mit Absicht von innen Löcher in die Außenhülle des Schiffes gesprengt, um die Drizil zu erledigen oder zumindest aufzuhalten. Innerlich schüttelte Melissa den Kopf. Die Männer und Frauen, die den Ares-Kreuzer verteidigt hatten, mussten wirklich verzweifelt gewesen sein. Was hatte sie angetrieben, dass sie zu derart extremen Mitteln gegriffen hatten? Allein der Wunsch, sich in Sicherheit zu bringen, konnte hierfür nicht verantwortlich sein. Hier spielte definitiv noch etwas anderes eine große Rolle. Etwas, das Melissa zum jetzigen Zeitpunkt nicht verstand.

Nach einer endlos scheinenden Zeit kamen sie endlich an der massiven Panzerschutztür an, die die Brücke im Notfall vom Rest des Schiffes isolierte. Marines der GUARD OF THE EMPIRE und Drizil trieben in der Schwerelosigkeit tot vor der Tür. Die Drizil waren von den Nadelgewehren der Marines zerfetzt, während die Kampfanzüge der Marines von den Waffen de Drizil regelrecht zerschmolzen waren. In einem Fall fehlte buchstäblich der ganze Kopf eines Marines und der obere Torso des Kampfanzugs wirkte, als wäre er in Säure gebadet worden.

Blut von Menschen und Drizil schwebte tröpfchenweise vor den Männern und Frauen unter Melissas Befehl und vereinigte sich zu abstrakten Kunstwerken.

Melissa war dankbar für die Magnetfunktion ihrer Schuhe, ansonsten wäre es ihren Marines ebenso ergangen wie diesen Blutstropfen.

»VENGEANCE? Hier Ross. Wir sind jetzt vor der Brücke. Öffnen jetzt die Tür.«

Sie winkte drei Marines nach vorn, die sich damit abmühten, die Panzertür aufzuschneiden. Leider waren diese Türen dafür konstruiert, sich genau einer solchen Aktion zu widersetzen. Im Endeffekt dauerte es beinahe fünf Stunden, sich durch die widerstandfähige Legierung zu schneiden.

Für Melissa dehnte sich dieser Zeitraum ins Unermessliche. Minuten fühlten sich wie Stunden an und Stunden wie Tage.

Doch schließlich musste dieses letzte Hindernis vor der Beharrlichkeit der Marines kapitulieren. Melissa war die Erste, die die Brücke betrat. Augenblicklich fühlte sie einen Schauder ihr Rückgrat hinabgleiten. Es überkam sie das Gefühl, eine Gruft zu betreten.

Die Panzerlamellen um die Brücke waren voll aktiviert. Jedoch waren sie letztendlich nicht stark genug gewesen, um dem brutalen Beschuss standzuhalten, dem die GUARD OF THE EMPIRE ausgesetzt gewesen war.

Direkt über der taktischen Station klaffte ein Loch von vielleicht fünf Metern im Durchmesser in den Panzerlamellen und darunter in der durchsichtigen Brückenkuppel ein Loch von vielleicht der halben Größe. Dieser Treffer war das Todesurteil von Schiff und Besatzung gewesen. Die Brücke war mit scharfkantigen Splittern bombardiert worden. Taktischer Offizier und Navigator sahen buchstäblich von der Hüfte aufwärts aus, als wären sie in einen Fleischwolf geraten.

Die Mitglieder der Brückencrew, die nicht sofort getötet worden waren, hatte das Vakuum erledigt. Einige hatten es noch geschafft, die Notfallausrüstung anzulegen, die unter jeder Station und an den Wänden jeder Brücke zu finden war. Die Kapazität einer solchen Ausrüstung war jedoch begrenzt. Die Luft eines solchen Anzugs reichte nur für wenige Stunden. Zu wenig für die Besatzung der GUARD OF THE EMPIRE, um sich in Sicherheit zu bringen. Ihnen war irgendwann die Luft ausgegangen. Sie waren qualvoll erstickt.

Melissa kam an einem Junioroffizier vorbei. Der Bursche konnte kaum älter als neunzehn sein. Seine Augen waren weit aufgerissen. Seine im Tode erstarrten Hände krallten sich immer noch in seine Kehle, in dem verzweifelten Versuch, Luft zu bekommen.

»Michelsky? Laden Sie das Logbuch und die Datenbank des Schiffes herunter«, befahl sie einem ihrer Marines. Sie musterte mit kundigem Blick den desolaten Zustand der Brücke. »Falls möglich.«

Ihre Männer machten sich daran, die Leichen der Brückenbesatzung auf die Seite zu schaffen, damit die Marines besser arbeiten konnten. Einer ihrer Männer widmete sich derweil einer Konsole, auf der ein einzelnes rotes Licht brannte.

»Boss? Das sollten Sie sich mal ansehen.«

Melissa gesellte sich zu ihm und legte ihm die Hand auf die Schulter. »Was gibt es denn, Michelsky?«

»Das dort«, er deutete auf einen kleinen Kasten, der mit der Kommunikationskonsole verbunden war, »gehört eindeutig nicht hierher.«

»Was ist es? Driziltechnik?«

Der Mann schüttelte energisch den Kopf. »Nein, menschliche Technik. Sieht aber irgendwie beinahe wie ein Flickenteppich aus. Als hätte man in aller Schnelle versucht, etwas zu improvisieren.«

»Können Sie schon sagen, was?«

Der Mann zuckte andeutungsweise mit den Schultern, was in seinem Kampfanzug gar nicht so einfach war. »Hier ist so ziemlich alles defekt, was nur defekt sein kann, aber ich vermute, es ist eine Art Störsender.«

»Deswegen bekommen wir also keine Verbindung mit der VENGEANCE.«

»Würde ich meinen, ja.«

»Seltsam«, meinte Melissa. »Kriegsschiffe besitzen Systeme, um die Kommunikation feindlicher Kriegsschiffe zu stören. Warum sollte jemand ein solche Gerät bauen wollen?«

»Um solche Fragen zu beantworten, bekomme ich nicht genug Sold«, meinte der Marine verschmitzt. »Soll ich es ausschalten?«

»Gute Frage. Ich hätte gern wieder Verbindung mit der VENGEANCE.« Sie zögerte. »Aber die Brückencrew hatte ihre Gründe, dieses Ding zu bauen. Lassen Sie es vorerst an. Sollen sich die Eierköpfe darüber den Kopf zerbrechen.«

»Aye, Major.«

Sie klopfte dem Mann auf die Schulter. »Fangen Sie jetzt mit dem Logbuch und der Datenbank an. Ich will hier langsam fertig werden. Bei dem Schiff läuft es mir eiskalt den Rücken runter.«

Michelsky blickte sich unbehaglich um. »Kann man wohl sagen. Ist mein erstes Geisterschiff.«

Bevor Melissa etwas erwidern konnte, meldete sich einer der Marines zu Wort, der damit beschäftigt war, die Toten zu bergen.

»Major?«

Sie blickte sich um. Der Marine stand neben dem Kommandosessel, in dem immer noch die Gestalt des Captains saß. Der Mann war förmlich in sich zusammengesunken. Er wurde nur durch die Sicherheitsgurte auf seinem Sessel gehalten.

»Ja? Was gibt es denn?«

Sie konnte das Gesicht des Marines hinter dem voll verspiegelten Visier seines Kampfanzugs nicht sehen, jedoch hörte sie grenzenlose Überraschung des Mannes aus dessen Stimme heraus. »Der Captain ... er lebt noch.«

3

»Wie konnte er das überleben?«, fragte Carlo Rix.

Er stand am Kopfende des Bettes, in dem der Captain der GUARD OF THE EMPIRE lag. Die Versorgungslage auf Perseus war selbst sechzehn Monate nach der Drizilinvasion immer noch nicht zur Gänze hergestellt, sodass sie alle übereingekommen waren, den Captain des neu angekommenen Schiffes auf der Krankenstation der VENGEANCE zu behandeln.

Der Chefarzt des Schlachtkreuzers, ein älterer Offizier mit schütterem Haar und einem so komplizierten Namen, dass Carlo ihn immer wieder vergaß, schüttelte den Kopf.

»Sie haben recht. Eigentlich müsste er tot sein. Ich denke, er lebte von den Sauerstoffbehältern seiner toten Brückencrew. Das ist die einzige Erklärung, die ich finde.«

Commodore Horatio Lestrade zuckte die Achseln. »Wie er überlebt hat, ist für mich zunächst einmal zweitrangig. Viel wichtiger ist, was für Informationen er für uns hat. Wie haben seit beinahe zwei Jahren nichts mehr von Vector Prime gehört. Nicht seit unseren Aufklärungsflügen. Was uns betrifft, könnte Vector Prime inzwischen genauso gut in einem Schwarzen Loch verschwunden sein.«

»Oder von den Drizil eingenommen worden sein.«

»Das ist die Möglichkeit, die mir am meisten Angst macht«, stimmte Lestrade zu. »Nach der Zerstörung einiger wichtiger Planeten durch die Drizil ist Vector Prime nun *die* Welt, die sich am ehesten als Angriffsbasis für weitere Operationen gegen Perseus eignet. Falls die Drizil es geschafft haben, das System zu befrieden ...«

»... dürfen wir bald schon mit weiteren Besuchern rechnen«, vollendete Carlo den Satz.

Lestrade nickte. »Vector Primes Fall wäre eine Katastrophe. Und ich will noch nicht mal davon reden, dass die Einnahme des Planeten die Drizil in die beneidenswerte Lage versetzen würde, Truppen und Schiffe für eine weitere Invasion freistellen zu können. Es wäre in jeder Hinsicht ein Albtraum.«

»Gab es weitere Überlebende?«

Lestrade schüttelte bedauernd den Kopf. Für einen Augenblick ließ er die Mundwinkel hängen. »Keine.«

»Und die Drizil?«

Lestrade lächelte schief. »Auch alle tot. Die Besatzung hat ihr eigenes Schiff praktisch demontiert, um die Drizil aufzuhalten. Was immer diese Menschen angetrieben hat, sie waren bereit, dafür zu sterben.« Der Commodore schüttelte leicht fassungslos den Kopf. »Meine Leute sind gerade dabei, Logbuch und Datenbank auszuwerten. Vielleicht bringt uns das Erkenntnisse.«

»Ich schicke Ihnen Professor Cest. Er soll helfen. Dann kann er sich wenigstens nützlich machen.«

»Ich bin für jede Hilfe dankbar.«

»Wie geht es ihm?«, wandte sich Carlo an den Arzt.

Der Doktor runzelte die Stirn angesichts einer Frage, die er ohne Zweifel als bestenfalls sinnlos erachtete.

»Gebrochene Rippen, ein gequetschter Lungenflügel, Gehirnerschütterung, Sauerstoffmangel.« Der Mann deutete auf die blauen Lippen und Fingerspitzen des Captains. »Sein Zustand ist immer noch kritisch. Das hätte er höchstens noch ein paar Stunden durchgehalten. Nicht länger. Dann wäre er erstickt.«

»Können Sie ihn aufwecken?«

Der Arzt warf Carlo einen Blick zu, als hätte dieser den Verstand verloren. Auch Lestrade wirkte wenig erfreut über diese Forderung.

»Das könnte ihn umbringen«, protestierte der Arzt. »Er ist ja jetzt schon fast tot.«

»Wecken Sie ihn auf!«, forderte Carlo.

»General …«, begann Lestrade, doch Carlo ließ ihn gar nicht erst ausreden.

»Die Drizil könnten der GUARD OF THE EMPIRE dicht auf den Fersen sein. Wenn wir mit unliebsamen Besuch rechnen müssen, dann ist es unabdingbar, dies sofort zu erfahren.«

Lestrade machte den Eindruck, noch etwas sagen zu wollen, überlegte es sich jedoch anders und nickte dem Arzt zu.

Dieser blickte von einem zum anderen. »Nein, das lehne ich ab.«

»Na los,tun Sie es, Doktor«, forderte Lestrade, wenn auch halbherzig.

»Nein. Der hippokratische Eid ...«

»Muss hinter militärischen Erwägungen zurückstecken«, beharrte Carlo.

»Tun Sie es, Doktor«, schloss sich Lestrade an. »Falls Sie sich weigern, lasse ich Sie ablösen und wird jemand anders es tun. Sehen Sie es positiv. Wenn Sie es tun, können Sie hierbleiben und helfend eingreifen, sollte etwas schiefgehen.«

Der Doktor wollte zunächst widersprechen, griff aber schließlich nach einer subkutanen Spritze, zog ein Mittel auf und injizierte es in die Halsschlagader seines Patienten.

Die ganze Zeit über murmelte er etwas Unverständliches, doch es hörte sich definitiv nicht nach Komplimenten an.

Carlo wartete unruhig auf das Erwachen des Mannes. Zunächst geschah nichts. Doch dann bewegte der Mann unruhig und zittrig seine Hände unter der Decke. Plötzlich schlug er die Augen auf. Die Pupillen bewegten sich hektisch von einer Seite zur anderen. Er begutachtete den Raum, soweit es ihm möglich war, ohne den Kopf zu bewegen.

»Wo ... wo bin ich? Die ... die Drizil?«

»Ganz ruhig«, beruhigte der Arzt mit dem unaussprechlichen Namen den Captain der GUARD OF THE EMPIRE. »Sie sind hier in Sicherheit. Im Perseus-System. Hier gibt es keine Drizil.«

»P... Perseus? Ich habe es geschafft? Gott sei Dank.«

Carlo trat näher ans Bett heran, damit der Captain ihn sehen konnte. Lestrade hielt sich absichtlich zurück, überließ Carlo das Feld. Augenblicklich richtete sich die ganze Aufmerksamkeit des Captains auf den Kommandanten der 18. Legion.

»Ich bin General Carlo Rix. Wie ist Ihr Name, Captain?«

Der Mann atmete schwer. Jeder Zug in seine Lungen, schien ihn furchtbare Kraft zu kosten. »Jonathan ... Captain Jonathan Hawkeye, 8. Flotte, Vector Prime.«

»Captain«, fragte Carlo betont ruhig. »Warum sind Sie hier? Ist Vector Prime gefallen?«

»Gefallen?« Der Mann war vollgepumpt mit Medikamenten, schien kaum wahrzunehmen, was um ihn herum vor sich ging. Er redete wie jemand, der sich im Fieberwahn wand. »Nein, ich denke nicht. Also ... ich weiß nicht. Wir verließen Vector Prime vor etwa einem ... ich denke, es ist wohl ein halbes Jahr her. Alexander Great Bear ...«

Carlo beugte sich tief über Hawkeyes Gestalt. »Was ist mit Alexander? Was ist mit ihm?«

»Nachricht«, lallte der Mann undeutlich.

»Er ist dabei, in eine Ohnmacht abzugleiten«, informierte der Arzt sie. »Wenn Sie noch etwas aus ihm herausbekommen wollen, müssen Sie sich beeilen.«

Carlo packte den Captain an der Schulter und rüttelte ihn sanft. »Was ist mit der Nachricht. Welche Nachricht?«

»Schiffsdatenbank«, war alles, was der Mann noch sagte, bevor er die Besinnung verlor.

»Wecken Sie ihn noch mal auf«, verlangte Carlo.

»Auf keinen Fall.« Dieses Mal machte Lestrades Chefarzt keinen Hehl daraus, dass er keinen Millimeter von seiner Meinung abweichen würde. »Wenn ich das noch mal mache, stirbt er ganz sicher.«

Carlo seufzte. »Na schön. Dann eben nicht.« Er wandte sich Lestrade zu. »Ihre Leute müssen die Schiffsdatenbank schneller auswerten. Wir brauchen diese Nachricht, schnellstens! Die Besatzung dieses Ares-Kreuzers war bereit in den Tod zu gehen, um uns zu erreichen. Ich will wissen, was auf Vector Prime vor sich geht.«

4

Als Carlo den Raum betrat, warteten bereits alle auf ihn. Es war drei Tage her, seit sie den Captain der GUARD OF THE EMPIRE befragt hatten. Der Mann lag seither im Koma und laut dem Arzt gab es kaum noch Hoffnung, dass er je wieder aufwachen würde.

Lestrades Leute hatten die vergangenen drei Tage gut genutzt. Ein Team unter Leitung von Professor Cest hatte die GUARD OF THE EMPIRE buchstäblich auseinandergenommen und eine ganze Menge an Informationen zutage gefördert.

Nun wollte Carlo den Anwesenden die Ergebnisse präsentieren. Er wusste jetzt schon, dass es eine hitzige Diskussion geben würde, denn es standen schwere Entscheidungen an. Entscheidungen, die jedoch getroffen werden mussten.

Außer Lestrade und René waren noch sämtliche Kohortenkommandeure anwesend Akira Hitoshi für Obskurus, Sam Hutchinson für Invictus, Abbigail Cummings für Ferreus und Diana Breuer für Rigidus. Diana Breuer bot für Carlos Augen noch einen recht ungewohnten Anblick in der Runde. Sie war nach Marie Schneiders Tod als Kommandantin von Kampfkohorte Rigidus nachgerückt. Marie Schneider würde für Carlo unersetzbar bleiben. Sie hatte fünfzehn Jahre unter ihm gedient, und das sehr gut. Doch Diana war eine erfahrene Offizierin. Darüber hinaus war sie Maries Stellvertreterin gewesen. Sie würde diese Position sicherlich gut ausfüllen.

Der Lord Gouverneur von Perseus, James Cavanaugh, war natürlich ebenso anwesend wie sein Schatten, der Milizgeneral Victor Lecomte. Lecomte brachte seinerseits seinen Adjutanten Neil Delaware mit. Eine Angewohnheit, der er seit der Schlacht um Perseus frönte. Niemand wusste so genau, warum er dies tat. Delaware war ein eher ruhiger Zeitgenosse. Er beteiligte sich nur äußerst selten an einer Gesprächsrunde. Vielmehr zog er es vor, zu schweigen und stattdessen einfach nur das Gesagte in sich aufzunehmen. Carlo konnte den Mann eigentlich ganz gut leiden, einfach aus dem Grund, dass er im Gegensatz zu Lecomte seinen Mund hielt.

Zu guter Letzt gab es drei neuere Mitglieder des inneren Zirkels, der die Entscheidungen auf Perseus traf. Bei einem handelte es sich um Professor Nicolas Cest, der für alle wissenschaftlichen Themen Verantwortung zeigte. Das zweite trug die beige Uniform der imperialen Armee. Es handelte sich um Colonel Justin Janneck, den ranghöchsten Offizier der regulären imperialen Armee, der es aus den umkämpften imperialen Gebieten nach Perseus geschafft hatte.

Carlo wusste selbst nicht so recht, was er von der imperialen Armee an sich und Janneck im Besonderen halten sollte. Die imperiale Armee gab es noch nicht lange, vielleicht knappe fünf Jahre. Sie war in der Hochphase des Krieges ins Leben gerufen worden.

Das Imperium war während seiner ganzen Geschichte in Unruhen und Bürgerkriege verwickelt gewesen. Es hatte immer Kolonien gegeben, die den Traum der Sezession träumten. Doch die imperialen Legionen waren immer mehr als ausreichend gewesen, die Lage in den Griff zu bekommen. Gegner von außen hatte es nie gegeben.

Dann waren die Drizil gekommen.

Das Imperium hatte bislang noch nie gegen Nichtmenschen gekämpft. Die Legionen hatten den Anforderungen der imperialen Kriegsführung in allen Belangen genügt. Doch gegen die Drizil war das nicht genug.

Nach den anfänglichen Gefechten war klar gewesen, dass die Legionen zahlenmäßig weit unterlegen waren. Also fing man zu Kriegsbeginn an, eine reguläre Armee aufzubauen. Sie waren weder so gut ausgebildet wie die Legionen noch so gut ausgerüstet. Sie wurden hauptsächlich mit älteren Kampfanzügen ausgestattet, die die Legionen nicht mehr verwendeten. Ihre Mankos glichen sie damit aus, dass sie sich schneller ausheben ließen als eine Legion und auch ihre Ausbildung verlief weitaus zügiger. Und die Armee zeitigte durchaus anfängliche Erfolge.

Doch die imperiale Führung stellte sehr schnell fest, dass es bei der ganzen Sache ein grundlegendes Problem gab: Es war unglaublich schwer, in Kriegszeiten aufzurüsten und eine völlig neue Waffengattung auszuheben. Kurz gesagt, es war zu wenig und zu spät. Die imperiale Armee half den Legionen, länger durchzuhalten, und entlastete sie auf vielerlei Weise, doch sie konnte den Kriegsverlauf weder stoppen noch umkehren. Hätte man mehr Zeit gehabt, sich auf den Kampf mit den Drizil vorzubereiten, wäre dies möglicherweise anders gewesen.

Perseus kam nie in den Genuss eigener Einheiten der Armee. Es war zwar geplant, Truppen auf Perseus zu stationieren, doch es kam nie dazu. Auf Vector Prime auch nicht, was das betraf. Erst gab es Lieferschwierigkeiten, was die notwendige Ausrüstung betraf, dann wurden Einheiten, die für Perseus vorgesehen waren, an andere – wichtigere – Brennpunkte des Krieges verlegt. Die Driziloffensive schob der Sache dann endgültig einen Riegel vor.

Während der ersten Angriffswelle wurden buchstäblich neunzig Prozent der Armeestandorte getroffen und große Teile ihrer Einheiten ausgelöscht.

Vor zehn Monaten, ein halbes Jahr nach dem Invasionsversuch der Drizil auf Perseus, waren unvermittelt altersschwache Transporter mit imperialen Soldaten an Bord im Sektor aufgetaucht – zu Carlos grenzenloser Überraschung. Bis zu diesem Moment war er der festen Überzeugung gewesen, die imperiale Armee sei vollständig ausgelöscht worden.

Inzwischen hatten sich fast achtzehntausend Soldaten der regulären Armee wieder gesammelt, etwa zwölftausend von ihnen allein auf Perseus, der Rest auf die übrigen Planeten des Sektors verteilt. Janneck war der ranghöchste Offizier und somit de facto der Oberbefehlshaber der Armeeeinheiten. Etwas, das dem Mann gar nicht behagte, er hätte die Verantwortung nur zu gern abgegeben. Diesen Eindruck machte er jedenfalls auf Carlo. Wie dem auch sei, die imperiale Armee mochte den Legionen nicht das Wasser reichen können; als Verstärkung zur Verteidigung des Sektors waren sie jedoch durchaus willkommen.

Bei dem letzten Neuankömmling der Runde handelte es sich um Commodore Christian van Bergen. Der Holländer kommandierte den einzigen anderen Schlachtkreuzer der Swordmaster-Klasse, der es nach Perseus geschafft hatte – die HMS SPARTAN.

Der Mann bekleidete denselben Rang wie Lestrade, verfügte jedoch über weniger Dienstjahre. Für Carlos Dafürhalten war das ein Glück, sonst wäre das Kommando der Flotte automatisch auf ihn übergegangen und er war der Meinung, dass der Flottenoffizier nicht bereit für eine solche Bürde war. Zum einen fehlte ihm Lestrades Erfahrung, zum anderen neigte er zu einer gewissen starren Denkweise. Es mangelte ihm an taktischer Flexibilität. In einer Gefechtssituation neigte er dazu, wie aus dem Lehrbuch zu agieren, und im Kampf gegen die Drizil konnte das tödlich sein. Manchmal konnte man nämlich den Eindruck gewinnen, die Fledermausköpfe hätten dasselbe Handbuch gelesen. Trotzdem würden der Mann und sein kampfstarkes Schiff eine Bereicherung der Verteidigungsfähigkeiten der wachsenden Perseus-Flotte darstellen.

Carlo stellte sich an das Kopfende des Tisches und musterte die Versammelten der Reihe nach. Es wäre ihm lieber gewesen, alle Gouverneure auf einen Schlag einweihen zu können, doch das war nicht möglich. Diese befanden sich gerade auf ihrem jeweiligen Planeten. Er hatte ihnen bereits Torpedoboote geschickt, um sie über die aktuelle Lage zu informieren.

Er seufzte. Es spielte eigentlich keine große Rolle. Für die Entscheidungen, die anstanden, waren die Abwesenden ohnehin nur von untergeordneter Bedeutung.

»Zuerst die guten Nachrichten«, begann Carlo ohne Umschweife. »Vector Prime hält noch stand.«

Kollektives Aufseufzen war die Folge. Die Situation entbehrte nicht einer gewissen Komik und war beinahe dazu angetan, Carlo ein Lächeln zu entlocken.

»Zumindest war dies vor dem Abflug der GUARD OF THE EMPIRE so«, fuhr er fort. »Solange wir nichts Gegenteiliges hören, gehen wir weiterhin von dieser Prämisse aus.«

»Und die schlechten Neuigkeiten?«, wagte Hutch als Erster zu fragen.

Carlo beugte sich vor und stützte seinen massigen Oberkörper mit beiden Fäusten auf die Tischfläche. Die Last der Verantwortung legte sich wie ein bleischwerer Umhang um seine Schultern.

»Vector Prime wird nicht mehr lange standhalten – und wenn

es so weit ist, werden die Drizil ihre ganze Aufmerksamkeit uns zuwenden.«

Betäubtes Schweigen antwortete. Erst nach einigen Augenblicken zwang sich Cavanaugh zu einem gezwungenen Lachen. Carlo fragte sich, ob sich das Lachen in den Ohren des Gouverneurs genauso künstlich anhörte wie in seinen eigenen.

»Malen Sie die Sache jetzt nicht absichtlich ein wenig zu schwarz, General?«

»Warum sollte ich?«

Cavanaugh zuckte die Achseln. »Keine Ahnung. Vielleicht haben Sie sich zu sehr an die Macht gewöhnt. Solange die militärische Lage akut bleibt, gilt Ihr Wort bei allen militärischen Entscheidungen mehr als meines. Die zivile Führung ist praktisch ausgehebelt.«

René schnaubte verächtlich, doch Carlo gebot ihm mit einer verhaltenen Geste, sich zurückzuhalten. Er wandte sich erneut Cavanaugh zu.

»Nichts liegt mir ferner, Cavanaugh. Ich gehe sogar noch weiter. Ich bin der Erste, der die absolute Gewalt über Perseus und den Sektor zurück in die Hände der Zivilregierung legt, sobald die Gefahr gebannt ist.«

»Was aber noch auf unbestimmte Zeit in der Zukunft liegt«, hielt der Gouverneur dagegen.

René warf dem arroganten Gouverneur einen giftigen Blick zu. »Dafür können Sie sich bei den Drizil bedanken.«

»Schon gut, Colonel, kein Grund untereinander in Streit zu verfallen«, befahl Carlo förmlich.

René zögerte, gehorchte jedoch widerstrebend und hielt den Mund.

Carlo schlug seine Augen nieder, jedoch nur, um Cavanaugh anschließend mit einem vernichtenden Blick zu strafen. »Da Sie mir anscheinend ausschließlich niedere Beweggründe unterstellen, werde ich jemand anders die Lage darlegen lassen.«

Carlo betätigte einen Schalter und über dem Tisch baute sich das bärtige Antlitz eines muskelbepackten Soldaten auf, der einige Narben im Gesicht trug. Zwei von ihnen wirkten zum Zeitpunkt der Aufnahme der Nachricht erschreckend frisch und glühten noch rot.

»Hier spricht Lord General Alexander Great Bear von der 24. Legion auf Vector Prime«, begann das Hologramm zu sprechen. Die nächsten Worte schienen dem Abbild des stolzen Offiziers sichtlich schwerzufallen. »Ich bitte hiermit formal um militärische Unterstützung durch die 18. Legion und jede andere Einheit, die uns Hilfe gewähren kann.« Der General wandte für ein oder zwei Sekunden den Blick vom Aufzeichnungsgerät ab, bevor er sich fasste und weitersprach. »Wir verlieren Vector Prime. Wir konnten die Finsternis eine Weile aufhalten, doch wir sind nun an der Grenze unserer Möglichkeiten angelangt. Unsere Flotte umfasst nur noch wenige Schiffe und kann unsere Bodenoperationen nicht länger unterstützen. Die beachtlich bewaffnete Raumstation über unseren Köpfen ist fest in den Händen der Drizil. In den letzten Monaten haben wir drei Versuche gestartet, sie zurückzuerobern. Wir ... ich habe jede Kriegslist, jede Taktik eingesetzt, die mir eingefallen ist: ohne Erfolg. Unsere Angriffe wurden jedes Mal zurückgeschlagen. Ohne die Kontrolle über die Raumstation ist jeder Versuch, auch die Kontrolle über den Planeten zurückzugewinnen, zum Scheitern verurteilt.« Great Bear schüttelte den Kopf, als könne er nicht fassen, was er als Nächstes sagte. »Vor etwa drei Monaten ist der Kommandostand der 26. Legion überrannt worden und ihr Befehlshaber, Lord General Marvin Cold Heart, ist gefallen. Seitdem führe ich die Überreste beider Legionen. Wir versuchen, so gut es geht, unsere Verluste durch freiwillige Rekruten aus der Bevölkerung auszugleichen, doch das ist nur eine Bekämpfung der Symptome und nicht der Krankheit. Tatsache ist, wir brauchen Hilfe. Das Reparaturschiff der Flotte ist zerstört, sodass Commodore Lone Wolf nun keine Möglichkeit mehr hat, seine Schiffe zu reparieren. Das Vector-Prime-System ist darüber hinaus abgeriegelt und steht unter Blockade. Wir haben vor, zur Ablenkung einen Bodenangriff zu starten, um eine Attacke gegen die Blockadelinie zu führen. Auf diese Weise hoffen wir, die Guard of the Empire mit dieser Nachricht durchzubringen. Nur Gott allein weiß, wie viele Schiffe wir nach dieser Operation noch besitzen, doch wir sehen keine Alternative. Die Datenbank der Guard of the Empire ist zum Bersten voll mit allen taktischen Informationen, die uns zum jetzigen Zeitpunkt zur

Verfügung stehen. Ich hoffe, dass etwas dabei ist, was Ihnen hilft, einen Entsatzangriff zu planen. Falls wir keine Hilfe bekommen, wird Vector Prime nicht mehr lange standhalten. Einige meiner Offiziere …« Great Bear stockte. »Einige meiner Offiziere sind sogar der Meinung, dass wir Kapitulationsverhandlungen aufnehmen sollten. Vor einem Jahr noch hätte ich dies strikt von mir gewiesen, doch jetzt …« Great Bear stockte erneut. Er wirkte auf dem Hologramm unendlich müde. Der General der 24. Legion straffte seine Schultern und starrte direkt in die Kamera. »Carlo, bitte helft uns, falls ihr könnt.«

Das Abbild des Generals fror ein und erlosch schließlich ganz. Carlo fixierte jeden Einzelnen und versuchte, die allgemeine Stimmung abzuschätzen. Schock und Fassungslosigkeit schienen die vorherrschenden Emotionen zu sein.

»Sie haben alle ganz richtig gehört«, eröffnete Carlo die Diskussion. »Vector Prime wird fallen. Das ist so sicher wie das Amen in der Kirche.«

Immer noch sagte niemand ein Wort, noch nicht einmal Cavanaugh. Great Bears Rede hatte ihm den Wind aus den Segeln genommen. Wäre die Lage nicht so ernst gewesen, Carlo hätte sich zu einem Gefühl der persönlichen Genugtuung hinreißen lassen.

Carlo nickte. »Wie ich sehe, sitzt der Schock tief. Das ist gut. Das bedeutet, wir sind uns alle der Tragweite des soeben Gehörten bewusst.« Er kratzte sich nachdenklich über seinen Dreitagebart. Normalerweise zog er eine glatte Rasur vor, doch in den letzten Tagen war er einfach nicht dazu gekommen.

»Vielleicht fangen wir am besten mit der Analyse der geborgenen Datenbank an. Professor Cest. Ich nehme an, Sie haben uns einiges zu sagen.«

Der Professor nickte und platzierte seine Brille ganz vorn auf seine Nasenspitze, damit er jeden der Anwesenden über den Rand hinweg mustern konnte.

»In der Tat. Die Datenbank erwies sich als ausgesprochen wertvoller Fund. Es wird noch einige Zeit dauern, sie vollständig zu analysieren, aber bereits zum jetzigen Zeitpunkt kann ich sagen, dass sie unter anderem Geheimdienst- und Aufklärungsberichte über die im Vector-Prime-System stationierten Drizilverbände enthält, und zwar sowohl, was Bodentruppen, als auch, was Flotteneinheiten betrifft. Außerdem die von den Drizil verwendeten Taktiken. Diese waren besonders interessant, da sich die Drizil vor allem in den Monaten vor dem Aufbruch der GUARD OF THE EMPIRE entscheidend weiterentwickelten. Des Weiteren die Standorte der Driziltruppen im System zum Zeitpunkt des Aufbruchs des Ares-Kreuzers. Diese Informationen werden jedoch nur von geringem Interesse sein – wenn überhaupt. Diese Daten sind Monate alt. Ich denke, wir können davon ausgehen, dass sie längst nicht mehr aktuell sind. Zu guter Letzt hat General Great Bear uns eine Art Tagebuch geschickt. Eine Aufzeichnung über den Verlauf der Kämpfe vom ersten Tag der Drizilinvasion auf Vector Prime bis einen Tag vor Aufbruch der GUARD OF THE EMPIRE. Die Lektüre war in höchstem Maße aufschlussreich.«

»Reden Sie weiter«, forderte Carlo.

»Die Drizil setzen neuerdings auch – wie soll ich sagen? –, nun ja, man könnte es als eine Art Kampffahrzeug beschreiben, allerdings trifft das den Kern der Sache nicht ganz genau.« Der Professor betätigte auf seiner Tischseite einen Schalter und ein Hologramm erschien. Die Menschen rings um den Tisch sogen kollektiv den Atem ein.

»Die Soldaten von Vector Prime nennen es Panzerschleicher und ich denke, wir sollten den Namen weiterverwenden«, fuhr Cest ungerührt fort. »Es handelt sich wohl um eine Art Tier. Es verfügt naturgemäß über eine starke Panzerung über ledriger Haut. Beides ist sehr hart und für Nadelgewehre nicht zu durchdringen. Außerdem ist sie energieabsorbierend, weshalb auch Energiewaffen keine Lösung sind.«

»Das ist übel. Damit wäre die Mehrzahl unserer Waffen nutzlos gegen diese Viecher«, warf René ein.

»Das ist korrekt«, stimmte Cest zu.

Hutch räusperte sich. »Wie gehen die Truppen auf Vector Prime mit diesen ... diesen Dingern um?«

»Da gibt es mehrere Möglichkeiten. Sie bringen die Panzerschleicher zu Fall, indem Soldaten Sprengladungen an deren Beinen anbringen und zünden. Diese Taktik ist jedoch verständlicherweise sehr verlustreich. Es gibt jedoch noch eine andere. Eine, die ich als recht ... nun ... als recht innovativ ansehe.«

»Und die wäre?«, fragte Carlo.

»Die Soldaten auf Vector Prime setzen Raketenwerfer für die Infanterie ein.«

Die Soldaten am Tisch – einschließlich Lecomte und Janneck – warfen sich verwirrte Blicke zu.

»Das ist ein ziemlicher Rückschritt in der Waffentechnik«, meinte Akira Hitoshi. »Raketenwerfer werden bei der Infanterie nicht mehr seit mindestens vierhundert Jahren eingesetzt. Die Technik ist völlig überholt.«

»Welche Munition verwenden sie?«, wollte René wissen.

Cest konsultierte zunächst seine vor ihm auf dem Tisch liegenden Unterlagen, bevor er antwortete. »Panzerbrechende Geschosse mit einem Kern aus Wolframcarbid. Im Prinzip handelt es sich um vergrößerte Versionen der Nadelwerfer, nur eben verstärkt, explosiv und panzerbrechend genug, um die Schale dieser Kreaturen«, er deutete auf das Hologramm, »zu durchdringen.«

»Puh, das ist aber wirklich alte Technik.«

»Wo haben sie die Dinger überhaupt her?«, fragte Carlo.

»Sie machen sie wohl selbst«, meinte Cest. »Die Baupläne haben sie in alten Datenbanken gefunden und Vector Prime verfügt über eine beachtliche Industrie. Einige der Anlagen scheinen sich noch immer in der Hand terranischer Truppen zu befinden und das meiste davon wurde mittlerweile wohl unter die Oberfläche verlegt, zumindest soweit das möglich war. Ironischerweise wird anscheinend gerade diese überholte Technik extrem erfolgreich speziell gegen die Panzerschleicher, aber auch gegen reguläre Driziltruppen eingesetzt. Gerade *weil* sie überholt ist. Die Drizil sind eine moderne Armee. Mit dieser Art Technik haben sie keinerlei Erfahrungen und daher auch nur geringe Möglichkeiten, sie abzuwehren.« Cest schüttelte amüsiert den Kopf. »Manchmal muss man einen Schritt rückwärts machen.«

»Das ist ja alles hochinteressant«, mischte sich Cavanaugh ein, »doch wovon reden wir hier eigentlich? Sie tun ja alle so, als wäre eine Intervention im Vector-Prime-System schon beschlossene Sache?«

»Ist es das nicht?«, meinte René.

»Nein, das ist es nicht.« Cavanaughs Stimme steigerte sich leicht ins Hysterische. »Wir haben uns von den Auswirkungen der letzten Auseinandersetzung noch nicht erholt und Sie planen schon die nächste.«

»Um ehrlich zu sein, ich bin auch nicht begeistert davon«, stimmte Carlo überraschend zu. »Ich habe mich erst vor einigen Tagen mit Colonel Castellano, er deutete auf René, darüber unterhalten und mich für eine eher passive Politik ausgesprochen.«

»Ha!«, stieß Cavanaugh triumphierend aus.

»Ich habe meine Meinung jedoch inzwischen ändern müssen«, ergänzte Carlo. »Vector Primes prekäre Lage ändert alles. Ich hatte gehofft, Vector Prime würde die Drizil auf Abstand halten und vielleicht sogar vertreiben können. Vor dem Krieg war es immerhin eines der am besten gesicherten Systeme außerhalb des Solsystems. Aber jetzt ...«

»Das kann unmöglich Ihr Ernst sein. Als die Drizil das Solsystem überrannten, schickten Sie Aufklärungsflüge in die angrenzenden Systeme und lockten dadurch die Drizil an. Ich sagte Ihnen, es sei ein Fehler, aber Sie wollten nicht hören. Als die Invasion zurückgeschlagen war, nahmen Sie die Aufklärungsflüge wieder auf. Ich sagte Ihnen wiederum, es wäre ein Fehler. Und was geschah? Lestrades Schiffsbesatzungen teilten jedem Menschen, den sie trafen, mit, wo er Perseus finden kann. Es ist nur eine Frage der Zeit, bis den Drizil klar wird, wo sie uns suchen müssen. Und jetzt wollen sie die Drizil weiter provozieren, indem sie einer Welt helfen, die vermutlich bereits gefallen ist? Die Drizil haben uns jetzt beinahe zwei Jahre in Ruhe gelassen, aus welchen Gründen auch immer. Belassen wir es doch dabei. Vielleicht haben sie kein Interesse mehr an Perseus.«

»Reines Wunschdenken«, hielt Carlo dagegen.

»Außerdem bezweifle ich, dass die Drizil uns so einfach in Ruhe lassen«, warf Cest ein.

»Wie meinen Sie das?«, fragte Carlo.

»Ich habe das Gerät untersucht, das die Marines an Bord des

Ares-Kreuzers gefunden haben. Es handelt sich tatsächlich um einen enorm leistungsfähigen Störsender. Anfangs war mir nicht klar, wozu er dient – dann habe ich mir die Enterschiffe der Drizil mal angesehen. Alle Enterschiffe senden ein extrem starkes Positionssignal aus. Die Besatzung der GUARD OF THE EMPIRE muss dies erkannt haben. Also haben sie in aller Eile etwas zusammengebastelt, um das Signal zu unterbrechen. Ich möchte fast behaupten, das Gerät ist genial. Wenn man die Umstände, unter denen es gefertigt und installiert wurde, betrachtet, ist die Leistung schlichtweg beeindruckend.«

»Soll das etwa heißen, die Enterschiffe senden das Signal immer noch?«, fragte Akira mit großen Augen.

Cest schüttelte den Kopf. »Keine Panik. Ich habe sämtliche Enterschiffe demontiert, um die Technik zu untersuchen. Die senden nie wieder etwas. Aber hätte die Brückencrew des Ares-Kreuzers nicht die Kommunikationskonsole in einen großen Störsender verwandelt, dann wüsste jetzt jeder Drizil in diesem Teil der Galaxis, wo Perseus zu finden ist.«

»Sehen Sie?!«, meinte Carlo.

»Was soll ich sehen?«

»Die Drizil wissen von uns, aber nicht, wo sie uns finden können. Sie suchen uns und früher oder später werden sie uns aufspüren. Es gibt nur einen Weg. Wir müssen ihnen zuvorkommen.« Carlo zögerte, bevor er sein nächstes Argument in die Waagschale warf. »Außerdem verfügt Vector Prime über außerordentlich wichtige Ressourcen: Bodenschätze, eine Raumstation, die man als Werft nutzen kann, und eine Bevölkerung, die immer noch bereit ist, Widerstand zu leisten. Alles Dinge, die wir dringend brauchen. Vector Prime würde uns die Möglichkeit bieten, die Frontlinie wieder etwas in Richtung der Drizil zu verschieben.«

Der Gouverneur wandte sich an den Befehlshaber seiner Miliz. »Lecomte, verdammt noch mal, sagen Sie doch auch mal was! Sitzen Sie nicht nur stumm da wie ein Fisch!«

»Ich ... ich bin mir nicht sicher, was ich zu dieser Diskussion beitragen soll, außer ... die letzte Invasion hat uns fast in die Steinzeit zurückgeschickt. Vielleicht wäre es gar nicht so schlecht, den Kampf zum Feind zu tragen, anstatt die Schlachten hier auf Perseus auszutragen.«

Cavanaugh sah Lecomte an, als hätte dieser den Verstand verloren. Lecomte fiel unter dem unerbittlichen Blick Cavanaughs in sich zusammen. Carlo verkniff sich nur mit Mühe ein Schmunzeln. Lecomte hatte tatsächlich einmal Rückgrat bewiesen. Was für eine angenehme Überraschung.

»Falls Sie tatsächlich zu diesem Abenteuer aufbrechen, was wird aus Perseus?«, startete Cavanaugh einen letzten Versuch. »Wollen Sie den Sektor tatsächlich unverteidigt lassen?«

Carlo schüttelte den Kopf. »Natürlich nicht. Die Miliz bleibt hier. Außerdem haben wir inzwischen genügend Truppen gesammelt, um Vector Prime zu Hilfe zu kommen und trotzdem in ausreichender Stärke an der Heimatfront vertreten zu sein.« Er deutete auf René. »In den letzten Monaten haben einige dezimierte Zenturien anderer Legionen den Sektor erreicht. Colonel Castellano hat diese zu einer Hilfslegion zusammengelegt. Sie umfasst inzwischen beinahe tausend Mann. Diese Hilfslegion bleibt auf jeden Fall hier, um Perseus zu sichern. Außerdem schlage ich vor, dass Commodore van Bergen hier vor Ort das Kommando über die zurückbleibenden Flotteneinheiten übernimmt, während Commodore Lestrade die Entsatzstreitmacht übernimmt. Ich selbst werde die Bodentruppen bei dieser Operation führen.«

Bei der Erwähnung seines Namens neigte van Bergen bestätigend leicht den Kopf. Er wirkte nicht glücklich darüber, zurückbleiben zu müssen, doch Carlo war es lieber so. Wenn er gegen die Drizil in den Kampf zog, dann brauchte er jemanden an seiner Seite, dem er voll und ganz vertrauen konnte. Es war unwahrscheinlich, dass es in ihrer Abwesenheit auf Perseus Probleme mit den Drizil geben würde.

Sobald diesen klar wurde, was vor sich ging, würden sie alles an Ressourcen in Marsch setzen, um Vector Prime zu halten. Zu diesem Zeitpunkt musste die Stellung der Menschen auf der Kolonie bereits gesichert sein – andernfalls wurde es eine kurze Offensive.

Cavanaugh blickte von einem zum anderen und sah nur Ablehnung für die eigene Position in den Augen der übrigen Gesprächsteilnehmer. Schließlich stand er auf. Er wusste, wann er verloren hatte.

»Wie ich sehe, stehe ich allein da, mit meiner Meinung. Daher sehe ich keinen Grund, hier noch länger in dieser Runde zu bleiben. Aber ich halte das trotzdem für einen Fehler. Das letzte Mal haben wir knapp überlebt. Das könnte dieses Mal anders sein.« Mit diesen Worten drehte er sich um und verließ wutentbrannt das Zimmer. Lecomte warf Carlo noch einen entschuldigenden Blick zu und eilte dem Gouverneur hinterher, seinen Adjutanten im Schlepptau.

Carlo atmete hörbar auf. »Da dieser Punkt jetzt geklärt ist, sollten wir uns Gedanken machen, wie wir Vector Prime am besten helfen. Vorschläge?«

»Die Blockadelinie wird kein Problem sein«, meldete sich Lestrade zu Wort. »Wir können an beliebiger Stelle an der Systemgrenze aus dem Hyperraum kommen und sie überraschen. Wir wären mit an Sicherheit grenzender Wahrscheinlichkeit in der Überzahl und könnten die Linie einfach durchstoßen. Etwas anderes macht mir mehr Sorgen.«

»Die Raumstation«, nickte Carlo.

»Ganz recht. General Great Bear hat vollkommen recht. Wer die Station kontrolliert, kontrolliert auch den Orbit des Planeten. Ein Invasionsversuch kann nur erfolgreich sein, wenn wir die Station einnehmen oder zumindest als Bedrohung ausschalten.«

»Ein Frontalangriff?«, meinte Abbigail Cummings.

Lestrade schüttelte den Kopf. »Würde ich nicht empfehlen. Die Station ist schwer bewaffnet. Ein direkter Angriff wäre mit hohen – sehr hohen – Verlusten verbunden.«

»Und zudem vermutlich von vornherein zum Scheitern verurteilt«, schloss sich Cest an. »In Great Bears Aufzeichnungen steht, die Drizil verloren mehr als zweihundert Schiffe, als sie die Station einnahmen. Sie schickten einfach Welle um Welle und erzwangen sich dadurch den Zugang zur Raumstation. Für eine solche Taktik fehlen uns die Reserven. Da müssen wir schon ein wenig eleganter an die Sache herangehen.«

»Ich wäre für Vorschläge offen.« Lestrade sah Cest auffordernd an, der lediglich mit den Achseln zuckte.

»Kommt darauf an, was Sie bevorzugen, die Station zu erobern oder zu zerstören.«

»Sie wäre schon von enormem Nutzen«, sagte Carlo. »Ich würde sie wirklich nur höchst ungern in die Luft jagen. Könnten wir sie einnehmen, wären wir schon einen großen Schritt weiter. Die Station würde dabei helfen, uns die Drizilschiffe vom Leib zu halten, während wir die Bodenoffensive starten.«

»Außerdem hätten wir eine feste Basis und könnten unsere Schiffe reparieren und aufmunitionieren lassen. Ja, die Station könnte tatsächlich von großem Vorteil sein«, fügte Lestrade hinzu.

»Tja, nur wie?« Carlo wartete auf Vorschläge, doch es kamen keine. Er gab gerne zu, dass die Sache auch wirklich verzwickt war. Mit ihren limitierten Möglichkeiten eine schwer bewaffnete, vom Feind eingenommene Raumstation zu besetzen, war kein Kinderspiel.

Plötzlich lachte Akira laut auf. »Im schlimmsten Fall schicken wir ein Schiff mit einer Atombombe in das Ding hinein und jagen es doch in die Luft. Besser, als eine Menge Schiffe zu verlieren.«

»Sehr witzig«, erwiderte Hutch sarkastisch.

»Nicht so schnell, Major Hutchinson.« Professor Cest gebot mit erhobener Hand Einhalt. »Major Hitoshi ist da vielleicht auf was gestoßen.«

»Das war nur ein Scherz, Professor«, lenkte Akira ein.

»Trotzdem ist das keine üble Idee.«

»Wie bitte?« Carlo zog eine Augenbraue hoch.

Cest winkte ab. »Nicht das mit der Atombombe, sondern das mit dem Schiff. Wir bringen eine Entertruppe einfach mit einem Schiff an Bord – mit einem Drizilschiff.«

Nun hatte der Professor endgültig die Aufmerksamkeit aller. Einige wirkten zweifelnd, doch sie hörten immerhin zu. Der Professor sprach angestrengt weiter, und während er sprach, formte sich das Bild seines Plans aus einzelnen Puzzleteilen zu einem großen Ganzen.

»Wir besorgen uns ein Schiff der Drizil. Die Schiffe verfügen sicherlich über alle gültigen Sicherheitscodes. Es wird mir bestimmt nicht schwerfallen, diese zu knacken. Anschließend durchbrechen wir mit diesem Schiff die Blockade und docken an der Raumstation an. Lestrades Marines nehmen die Raumstation ein und wir greifen an und sichern die Umgebung.«

»Klingt ja wie ein Kinderspiel«, erklärte Hutch zweifelnd.

»Wird schwierig genug«, antwortete Akira. »Könnte aber machbar sein.«

»In Troja hat es funktioniert«, meinte Cest ernst. »Die alten Tricks sind immer noch die besten.«

Carlo warf seinem Stellvertreter einen langen Blick zu. »René?«

Dieser zuckte die Achseln. »Ist der beste Plan, den ich bisher gehört habe.«

Carlo überlegte und blickte schließlich auf. »Also schön, mal angenommen, wir machen es so, wo bekommen wir ein intaktes Schiff der Drizil her?«

Cest schnaubte. »Fast das ganze Imperium ist besetztes Territorium. Es sollte uns nicht schwerfallen, ein paar Drizilschiffe zu finden.«

Lestrade machte eine verkniffene Miene. »Zu finden? Nein. Eines unschädlich zu machen? Ja.«

Carlo warf dem Commodore einen schiefen Blick zu und dieser seufzte tief. »Aber dieses Problem zu lösen, wird wohl meine Aufgabe sein.«

5

Carlo stieg nachdenklich die Stufen zum Zellentrakt hinab. Die Besprechung spukte noch immer in seinem Kopf herum.

Er hätte es nie zugegeben, doch Cavanaughs Befürchtungen spiegelten seine eigenen schlimmsten Ängste wider. Gut möglich, dass jeder Hilfsversuch für Vector Prime zu spät kam. Schlimmer noch, es war gut möglich, dass eine Entsatzstreitmacht, die nach Vector Prime auslief, in einen Hinterhalt geriet oder – noch schlimmer – die Drizil hierher führte.

Ganz wohl war ihm daher tatsächlich nicht, den Angriffsbefehl zu geben, vor allem da er – zugegebenermaßen – vor nicht einmal einer Woche selbst noch versucht hatte, René einen ähnlichen Vorschlag auszureden.

Verdammter Krieg!, fluchte er in Gedanken. Carlo hätte viel dafür gegeben, wenn die Kampfhandlungen vorbei wären, doch es half nichts, sich etwas zu wünschen, das man nicht beeinflussen konnte.

Wie so oft in den letzten Monaten, wenn er seine Gedanken ordnen wollte, suchte er die Gefängniszellen auf. Er sprach nun recht häufig mit dem gefangenen Drizilclanführer. Dieser beherrschte die menschliche Sprache recht gut, was so manche anregende Diskussion begünstigt hatte. Seine beiden Begleiter schwiegen die meiste Zeit über. Der ranghohe Drizil hatte einmal erklärt, sie sprächen keine menschliche Sprache, ja sie verständen sie nicht einmal.

Carlo war sich da nicht so sicher. Immer wenn er sich mit dem Clanführer unterhielt, beobachtete er die beiden anderen Gefangenen. Sie wirkten entschieden zu interessiert an dem Gespräch, um wirklich glaubhaft nichts mitzubekommen. Carlo ließ den gefangenen Drizil diese kleine Scharade. Solange es niemandem schadete, hatte es keinen Sinn aufzudecken, dass er ihr Spiel durchschaut hatte.

Den Drizil und ihn verband zwar keine Freundschaft, doch beinahe so etwas wie gegenseitige Toleranz und Respekt. Zwei Feinde, die sich auf Augenhöhe begegneten.

Als Carlo den Raum betrat, in dem sich die Zelle mit den drei Drizil befand, wartete der Clanführer bereits aufrecht stehend auf ihn.

Carlo verkniff sich ein verhaltenes Lächeln. Das machte der Kerl immer so. Woher der Drizil wusste, dass er in den nächsten Minuten durch die Tür kommen würde, hatte sein Gegenüber nie verraten. Carlo schätzte, dass es zu den Spielchen gehörte, die wohl jeder Gefangene mit seinem Wärter spielte.

»Carlo, mein Freund. Wie geht es dir heute?«, begrüßte der Drizil Taran ihn fast ohne Akzent.

»Selin tau. Eli ka nel do«, antwortete Carlo. Der Drizil hatte ihm in den letzten anderthalb Jahren ein paar Brocken der Drizilsprache beigebracht. Wie Taran ihm versicherte, war sein Akzent grauenhaft, die Aussprache kaum verständlich, doch Carlo wurde mit jedem Mal besser. Die Worte, mit denen er den Drizil begrüßt hatte, bedeuteten in etwa so viel wie: *»Ich grüße dich. Deine Anwesenheit ist eine Ehre für mein Haus.«*

Dieser neigte erfreut den Kopf. »Und deine Handhabung meiner Muttersprache ist eine Ehre für mich. Auch wenn deine Aussprache immer noch furchtbar ist.« Der Drizil stieß etwas aus, das Carlo mittlerweile als Lachen identifizierte.

Er nickte den Wachen im Raum knapp zu, die ihn daraufhin mit den Gefangenen allein ließen. Carlo trug keinen Helm. Es war ein Vertrauensbeweis an seine Gefangenen. Er war schon oft mit ihnen allein gewesen und er hätte gelogen, hätte er gesagt, dass ihm kein ungutes Gefühl die Kehle hinaufstieg. Doch bisher hatten die Drizil ihm nichts getan. Er hoffte, dass ihr Selbsterhaltungstrieb sie weiterhin davon abhalten würde. Sie wussten, sollte ihm durch die drei Drizil etwas zustoßen, würden sie nicht überleben.

Der Drizil trat so nahe, wie es ihm die Gitterstäbe erlaubten, und neigte in einer fragenden Geste leicht den Kopf. In diesem Moment wirkte er erschreckend menschlich.

»Etwas bedrückt dich, nicht wahr?«

»Du bist inzwischen erstaunlich gut darin, menschliche Mimik zu lesen«, erwiderte Carlo verblüfft.

»Um ehrlich zu sein, es war nur geraten. Was bedrückt dich?«

»Wir ziehen in den Krieg«, erwiderte Carlo ohne Umschweife und war selbst überrascht, wie offen er mit einem Wesen sprach, das eigentlich sein Feind war. Doch andererseits, wem sollte der Drizil schon über ihre Gespräche berichten? Er konnte nirgends hin.

»Das liegt in der Natur des Krieges, mein Freund.«

»Ja, ich weiß, aber dieses Mal ...« Er ließ den Satz vielsagend ausklingen.

»Ist es anders? Warum?«

»Weil dieses Mal mehr auf dem Spiel steht. Falls wir verlieren, verlieren wir nicht nur eine Schlacht. Es könnte das Ende des menschlichen Widerstands in diesem Teil der Galaxis bedeuten, falls wir verlieren.« Er musterte seinen Gefangenen eindringlich. »Weißt du, was das bedeutet?«

»Ja«, erwiderte der Drizil amüsiert. »Ich komme nach Hause.«

Carlo prustete. »Ja, das auch. Aber Perseus hat sich zu etwas entwickelt, einem Hoffnungsschimmer. Wenn der verloren geht ...«

»Du wirst sicherlich verstehen, dass es mir lieber wäre, dieser Hoffnungsschimmer ginge verloren. Es würde für mein Volk vieles vereinfachen.«

»Und genau das will ich verhindern, Taran. Wir können diesen Krieg vielleicht nicht mehr gewinnen, aber wir können dein Volk vielleicht zu einem Unentschieden treiben. Wir können dein Volk möglicherweise an einen Punkt bringen, an dem eine Fortsetzung des Krieges zu kostspielig wird.«

»Das bezweifle ich. Das Ganze ist schon zu weit vorangeschritten. Wir können nicht mehr zurück, genauso wenig wie ihr. Manchmal denke ich, dieser Krieg kann nur dadurch beendet werden, dass eine Seite aus der Galaxis getilgt wird.«

»An diese Möglichkeit zu denken, weigere ich mich. Es muss Wege zu einer Koexistenz geben.«

»Dieser Weg ist schon seit Langem verbaut. Dafür haben eure Führer gesorgt.«

Carlo stutzte und warf dem Drizil einen scharfen Blick zu. »Das ist das zweite Mal, dass du andeutest, wir wären schuld an diesem Krieg. Erkläre es mir.«

»Nein.«

»Wieso nicht?«

»Weil wir darüber nicht sprechen. Es handelt sich um ein Tabu, das tief in unserer Kultur verwurzelt ist. Wir können – wir dürfen – nicht darüber sprechen. Aber glaub mir eines, Carlo. Man hätte diesen Krieg verhindern können. Es hätte gar nicht so weit kommen müssen. Doch es war *eure* Führung, die sich entschied, einen anderen Weg einzuschlagen. Und eines musst du wissen. Mein Volk ist nicht sehr flexibel. Ist ein Weg einmal eingeschlagen, gibt es kaum noch Mittel, es von seinem Tun abzubringen.«

Carlo fluchte unterdrückt, stand auf und ging unruhig auf und ab.

Taran musterte ihn lange, bevor er das Gespräch wieder aufnahm.

»Ihr habt vor, den Planeten anzugreifen, den ihr Vector Prime nennt.« Es handelte sich um eine Feststellung, keine Frage.

Carlo blieb schlagartig stehen und warf dem Drizil einen scharfen Blick zu, den dieser gleichmütig erwiderte.

»Wie kommst du darauf?«

»Logisches Denken«, erwiderte Taran. »Es ist die einzige Welt in Reichweite, die einen Angriff wert wäre. Alle anderen infrage kommenden Welten sind zu weit weg für eine Intervention eurerseits.« Der Drizil neigte fragend den Kopf. »Wird die Welt noch von menschlichen Truppen verteidigt?«

Nun war es an Carlo, fragend den Kopf zu neigen, vor allem um Zeit zu gewinnen und sich über die Absichten des Drizil klar zu werden. Egal, was Carlo auch sagte, der Drizil hatte weder die Möglichkeit, das Gesagte an seine Vorgesetzten weiterzugeben, noch, die Angaben Carlos auf dessen Wahrheitsgehalt zu überprüfen. »Warum interessiert dich das?«

»Ich bin nur neugierig.«

Carlo überlegte und traf schließlich eine Entscheidung. »Ja, sie wird noch von menschlichen Truppen verteidigt.«

»Es spielt keine Rolle«, erwiderte der Drizil ungerührt. »Ihr werdet verlieren.«

»Du scheinst dir dessen ja sehr sicher zu sein. Du weißt nicht einmal, wie viel Truppen und Schiffe wir aufbieten.«

»Irrelevant. Ihr werdet verlieren. Ginge es um eine andere Welt, würde ich sagen, es besteht die entfernte Möglichkeit, erfolgreich zu sein, doch nicht in diesem Fall. Vector Prime gehört zu einer Handvoll Welten, die wir niemals aufgeben werden. Das können wir gar nicht.«

»Vector Prime ist wertvoll, ja, aber auch ihr müsst weichen, wenn die Verluste zu ...«

»Vector Primes Wert steht hier nicht zur Diskussion. Der Planet ist auf andere Art wertvoll für uns.«

»Warum?«, fragte Carlo verwirrt.

»Weil ...« Der Drizil stockte, als wäre ihm mit einem Mal klar geworden, dass er dabei war, zu viel zu verraten. Er trat vorsichtig zwei Schritte von den Gitterstäben zurück und stieß einen Laut aus, den Carlo für einen Ausdruck der Frustration hielt. »Das spielt keine Rolle.«

»Das denke ich doch. Warum ist Vector Prime dermaßen wichtig für euch?«

»Das ist Teil unseres Tabus. Ich kann nicht darüber sprechen. Es ist zu ... schmerzvoll. Zu ... schambehaftet. Ich kann dir nur eines sagen, Carlo. Wenn du nach Vector Prime aufbrichst, dann mach dich bereit zu sterben. Niemand, der dich begleitet, wird zurückkommen. Mein Volk wird Vector Prime verteidigen bis zum letzten Mann, einfach deswegen, weil wir keine andere Wahl haben. Wenn ihr Vector Prime angreift, werdet ihr uns Schaden zufügen, ja, ihr werdet uns eine Menge Schiffe kosten, ja, aber am Ende, werdet ihr unterliegen.«

»Du sprichst in Rätseln, mein Drizilfreund.«

»Das Universum steckt voller Rätsel, Carlo. Lass ab von deinem Plan, Vector Prime zu befreien. Wenn du das versuchst, wird es ein Blutbad geben. Auf beiden Seiten. Sobald euer Angriff scheitert – und das wird er –, werden die Clans sich erneut Perseus zuwenden und dieses Mal werden sie nicht eher ruhen, bis sie euch ausfindig gemacht haben, und das wird das Ende eurer kleinen sicheren Enklave bedeuten. Bleibt hier und kümmert euch um eure eigenen

Angelegenheiten. Wenn ihr das tut, lassen euch die Clans vielleicht auf absehbare Zeit in Ruhe. So, wie ich die Situation einschätze, haben sie im Moment anderes zu tun, als sich mit euch zu befassen. Das könnte sich ändern, wenn ihr sie provoziert.«

Carlo musterte seinen Gefangenen einen endlos scheinenden Augenblick. Er erwog ernsthaft die Möglichkeit, dass der Drizil lediglich versuchte, ihn einzuschüchtern, um die Befreiung Vector Primes durch imperiale Truppen zu verhindern. Doch etwas störte ihn an der ganzen Sache. Carlo bildete sich ein, über eine gute Empathie bei Gesprächspartnern zu verfügen, und er war im Grunde von der Aufrichtigkeit in den Worten des Drizil überzeugt.

Taran glaubte fest an das, was er sagte.

Er war der Überzeugung, dass jeder Mann und jede Frau der Entsatzstreitmacht sterben würde.

Und vor allem hatte er Angst. Große Angst.

»Wir werden sehen, ob du recht hast, mein Freund.« Carlo lächelte schmal. »Und du auch.«

Der Drizil stutzte. »Wie bitte?«

»Du wirst uns nach Vector Prime begleiten. Deine zwei Freunde bleiben hier.«

Der Drizil warf ihm einen rätselhaften Blick zu. »Warum tust du das?«

»Weil ich dich lieber dort habe, wo ich dich im Auge behalten kann, und vielleicht werde ich weitere Fragen an dich haben.« Carlos Lippen teilten sich zu einem ironischen Lächeln. »Was auch immer auf Vector Prime passiert, unser Schicksal wird das deine sein.«

Die Legionäre von Sturmkohorte Aquila waren unter Aufsicht von Colonel René Castellano dabei, schwere Ausrüstung in den Truppentransporter zu laden.

René hätte sich bedeutend wohler gefühlt, wenn er ein paar dieser Raketenwerfer gehabt hätte, die die Legionäre auf Vector Prime inzwischen herstellten und sehr erfolgreich einsetzten. Leider gehörte dies zu den Dingen, die sich erst bereinigen ließen, wenn sie ihren Zielort erreichten. Sobald sie landeten, mussten sie schnellstmöglich

Kontakt zu Elementen der 24. und 26. Legion herstellen und selbst ein paar dieser Dinger in Besitz nehmen.

»Colonel Castellano?«, sprach ihn plötzlich eine Stimme an. »Colonel Castellano?«

René drehte sich betont langsam um. »Professor Cest?«

»Wo kann ich General Rix finden?«

»Er ist beschäftigt. Kann ich Ihnen helfen?«

Cest wirkte zweifelnd, beschränkte sich jedoch auf Naserümpfen.

»Vielleicht«, antwortete er schließlich wenig überzeugt. »Es geht um mein Labor.«

Nicht schon wieder!, schoss es René durch den Kopf.

»Ich brauche unbedingt ein Labor. Wenn Sie wieder gegen die Drizil zu Felde ziehen, sind meine Forschungen wichtiger als je zuvor.«

»In welcher Hinsicht?«

»Biologische Kriegsführung, Colonel. Ihre Marines werden jede nur erdenkliche Hilfe brauchen, um die Raumstation einzunehmen. Biologische Kriegsführung bietet da einige Möglichkeiten.«

»Tatsächlich?« René hob eine Augenbraue. »Haben Sie in den letzten Tagen Fortschritte gemacht, von denen ich nichts weiß?«

»Nun ... das nicht. Aber ich habe ja immerhin auch kein Labor.«

René seufzte. »Professor, ich will ehrlich zu Ihnen sein. In etwa drei bis vier Monaten stehen unsere Schiffe im Vector-Prime-System. Ich kann mir nicht vorstellen, dass Sie bis dahin Erfolge verzeichnen, die uns hilfreich sein könnten.«

Cests Gesicht lief purpurrot an. Eine derartige Behandlung war er offenkundig nicht gewohnt, schon gar nicht von jemandem, den er intellektuell als unterlegen ansah. Doch bevor der Professor zum Widerspruch ansetzen konnte, hob René beschwichtigend die Hand.

»Aber keine Sorge. Sie bekommen Ihr Labor. General Rix hat bereits alles in die Wege geleitet.«

Cests schlechte Laune war von einer Sekunde zur anderen wie weggewischt. »Nun, das ... das ist natürlich etwas anderes. Das ist in höchstem Maße erfreulich.« Cest machte Anstalten, sich umzudrehen, als René sich zu einer letzten Bemerkung genötigt sah.

»Ihr Transport steht schon bereit. Sie sollten noch heute packen.«

Cest warf René einen verwirrten Blick zu. »Transport? Packen?«

»Sie wollten ein voll ausgestattetes Labor. Das einzige, das Ihren Anforderungen genügt, ist auf der VENGEANCE.«

»Die ... VENGEANCE?« Cest räusperte sich. »Colonel, das muss ein Irrtum sein. Die VENGEANCE ist ein Kriegsschiff – darüber hinaus ein Kriegsschiff, das dabei ist, in eine Schlacht zu ziehen.«

René seufzte erneut und darüber hinaus fiel es ihm immer schwerer, den Kerl nicht am Kragen zu packen und zu würgen, bis er sich nicht mehr rührte. »Ganz recht, Professor. Ein Kriegsschiff, das dabei ist, in eine Schlacht zu ziehen. Das tun Kriegsschiffe recht häufig, müssen Sie wissen. Und nein, es handelt sich keineswegs um einen Irrtum. Es war General Rix' persönliche Anweisung.«

»Colonel, Sie verstehen nicht. Ich bin ein Mann der Wissenschaft, kein Mann der Schlacht. Ich bin nirgendwo mehr fehl am Platz als in einer Schlacht.«

»Aber Sie haben etwas, das wir brauchen werden: Wissen.« Er deutete mit dem Zeigefinger auf den Professor. »Die Idee mit dem Trojanischen Pferd war Ihre Idee. Und es war Ihre Idee, die Codes an Bord des Drizilschiffes zu knacken, damit unsere Marines gefahrlos an der Raumstation andocken können.«

»Ja ... schon ... Aber ich dachte, Sie bringen die Codes hierher.«

»Dauert zu lange. Wir brauchen Sie vor Ort.«

Der Professor straffte seine Schultern und machte den vergeblichen Versuch, größer zu wirken. »Tut mir leid, Colonel, das muss ich ablehnen. Ich bleibe auf Perseus – wo es sicher ist.«

René legte das Klemmbrett aus den Händen und trat zwei Schritte an den Professor heran. Man konnte seine Haltung nicht direkt als bedrohlich bezeichnen, doch die Botschaft war unmissverständlich.

Cest trat unwillkürlich zwei Schritte zurück. Trotzdem gelang es ihm nicht ganz, aus dem Schatten zu entkommen, den Renés Gestalt warf.

»Lassen Sie mich eines ganz klar sagen, Professor. Wir fliegen in spätestens drei Tagen ab und Sie werden sich an Bord der VENGEANCE befinden. Auf die eine oder andere Weise. Aber sie werden mitfliegen.«

Der Professor schluckte schwer, nickte abgehackt und ging noch drei Schritte rückwärts. Bevor er sich vollends umwandte, fand er noch den Mut, eine Frage zu stellen. »Und wo besorgen wir uns das Drizilschiff? Wohin fliegen wir zuerst?«

René lächelte. »An einen der wenigen Orte in Reichweite, wo wir sicher sein können, auf Drizilschiffe zu treffen.«

Teil II.

Invasion auf Vector Prime

6

Ich fürchte die Griechen,
selbst wenn sie Geschenke bringen.
(Vergil)

Terranisch-Imperiale Liga
Innerer Sektor 12/8-C
(umkämpftes Territorium)
Koloniewelten Vector Prime
und Barinbau

18. Mai 2850

Das Barinbau-System lag in direkter Nachbarschaft von Vector Prime – nur wenige Lichtjahre entfernt. Doch im Gegensatz zu seinem großen Nachbarn, handelte es sich bei Barinbau um eine wenig industrialisierte Welt. Die Bevölkerung betrug nur knapp zweihunderttausend Menschen, verteilt über den ganzen Planeten. Es gab keine Siedlung, die mehr als zwanzigtausend Einwohner zählte. Eine imperiale Legion war dort nie stationiert worden.

Die Drizil hatten dementsprechend keine Probleme damit gehabt, den Planeten einzunehmen. Die Miliz war innerhalb weniger Stunden überwältigt und der Planet in nicht einmal einer Woche befriedet worden. Die Drizil unterhielten dort nun eine Versorgungsbasis, mit der sie ihre Truppen und Schiffe bei Vector Prime unterstützten. Somit war der Angriff auf Barinbau in mehr als nur einer Hinsicht sinnvoll.

Die Besatzungsmacht bestand aus etwa drei Dutzend Drizilschiffen, die fest im Barinbau-System stationiert waren, außerdem noch etwa neuntausend Soldaten auf dem Planeten selbst. Bis auf die Versorgungsbasis war Barinbau buchstäblich wertlos.

Drei Dutzend Schiffe waren natürlich eine verschwindend geringe Schutztruppe für eine Versorgungsbasis. Unter gewöhnlichen Umständen konnte man dies nur als dumm bezeichnen, doch die Drizil waren alles andere als dumm.

Man musste ihnen zugutehalten, dass sie nicht mit einem Angriff auf das System rechneten. Darüber hinaus waren sie in Dutzende Schlachten in Dutzenden Systemen verwickelt, weshalb ihre Ressourcen weit verteilt waren. Vermutlich konnten sie deshalb gar nicht mehr Schiffe zum Schutz der Basis entbehren.

Ein Fehler, den sie noch heute zutiefst bedauern würden.

Der Angriff wurde von einem imperialen Kampfverband bestehend aus dreißig Großkampfschiffen – angeführt von der HMS CONQUISTADOR – und zweiundneunzig Torpedoschnellbooten sowie einem zweiten Kampfverband bestehend aus fünfzig Großkampfschiffen – angeführt von der HMS VENGEANCE – und fünfundneunzig Torpedoschnellbooten geführt. Beide Verbände sprangen aus unterschiedlichen Vektoren ins System.

Dem Kampfverband um die CONQUISTADOR fiel die Aufgabe zu, das System abzuriegeln, damit es keinem feindlichen Schiff gelang zu entkommen. Währenddessen würde die VENGEANCE das gegnerische Wachgeschwader ausschalten und für die sichere Landung der Bodentruppen sorgen.

Allen Beteiligten war klar, dass Timing und Überraschung eine entscheidende Rolle spielten. Es durfte den Drizil nicht gestattet werden, Vector Prime zu warnen. Ansonsten wäre der sorgfältig ausgeklügelte Plan bereits im Vorfeld gescheitert. Dies bedeutete, kein Drizilschiff durfte entkommen.

Bei der Planung war ein Faktor besonders heftig diskutiert worden. Sollte Barinbau erobert werden? Oder sollte man es dabei belassen, lediglich die Drizilpräsenz im Weltraum auszuschalten, um an das benötigte Schiff zu kommen? Letztendlich war man übereingekommen, dass man Barinbau als Bedrohung neutralisieren musste. Dies barg den Vorteil, dass man die Versorgungsbasis nach Einnahme des Systems für eigene Zwecke nutzen konnte. Der Plan sah vor, die Raumstreitkräfte des Gegners im System zu überwältigen und eine Landung durchzuführen, um die Driziltruppen am Boden zu eliminieren. Ohne Raumüberlegenheit sollte dies kein größeres Problem darstellen.

Die Drizil nutzten Barinbau als Basis für ihre Angriffe auf Vector Prime und andere nahe immer noch umkämpfte Systeme. Nun würde das, was von den imperialen Streitkräften noch übrig war, Barinbau als Sprungbrett für ihre Invasion auf Vector Prime nutzen.

Zeitlich versetzt nach den beiden Kampfverbänden, sprangen vier Truppentransporter ins System. Einer beförderte Sturmkohorte Aquila, der zweite achttausend Soldaten der imperialen Armee unter dem direkten Kommando von Colonel Justin Janneck. Diese würden die feindliche Nachschubbasis erobern.

Die übrigen Transporter beförderten die Kampfkohorten Rigidus und Ferreus sowie drei Zenturien der Aufklärungskohorte, die sich um die Besatzungstruppen auf Barinbau selbst kümmern würden. Man war übereingekommen, die Reste der Legion sowie der imperialen Armee im Perseus-Sektor zu belassen, um die dortige Militärpräsenz aufrechtzuerhalten. Vor allem der Lord Gouverneur, James Cavanaugh, hatte darauf bestanden.

Captain Javier Estrada ließ sofort nach dem Eintritt ins System alle taktischen Daten auf sein Display einspeisen. Er murmelte etwas Unverständliches vor sich hin, während er sich einen Überblick über die Lage verschaffte.

Die Träger unter seinem Kommando begannen bereits damit, ihre Jäger auszuschleusen. Die Vanguard-Aufklärer starteten umgehend ihre Sensoranordnung und sammelten Daten, die direkt ans Flaggschiff gesendet wurden.

Durch Lestrades Aufklärungsflüge wusste Javier, dass die Driziltruppen auf der Oberfläche Barinbaus lediglich auf drei Standorte konzentriert waren. Damit hielten sie den Planeten im Würgegriff. Doch diese Daten waren fast ein Jahr alt. Mit aktuelleren Informationen hätte sich Javier wesentlich wohler gefühlt.

Die Symbole, die die Drizilschiffe darstellten, begannen bereits lediglich Sekunden nach dem Eintreffen der ersten imperialen Schiffe, ihre Positionen zu ändern. Eines musste man den Drizil lassen. Sie reagierten schnell und entschlossen. Es musste ihnen unmittelbar klar gewesen sein, dass sie keine Chance hatten, dennoch machten sie sich bereit zum Kampf. Und nur Augenblicke später wusste Javier auch warum.

»Da versuchen drei Schiffe zu entkommen. Schicken Sie ein paar Staffeln Mammoth-Jäger und die Hälfte der Torpedoboote. Sie sollen die Austrittsvektoren aus dem System abriegeln.«

»Aye, Sir.«

»Und Estelle?«, hielt er seine XO noch zurück. »Das System umfassend scannen.«

»Haben wir bereits getan, Captain. Wir haben die Standorte aller drei Dutzend feindlicher Schiffe verifiziert. Alle sind da, wo sie sein sollten. Die meisten gruppieren sich um den zweiten Mond des dritten Planeten. Dort befindet sich die Versorgungsbasis.«

»Genau das macht mir Sorgen. Das System ist ein Versorgungsposten. Wo sind die Konvois, die Vector Prime mit Nachschub versorgen? Eigentlich sollte hier mehr Schiffsverkehr herrschen. Besser, wir gehen auf Nummer sicher. Die Vanguards sollen das ganze System erneut scannen und erst damit aufhören, wenn ich es befehle. Wir gehen kein Risiko ein.«

»Aye, Captain.«

Drei Mammoth-Staffeln, eskortiert von jeweils einer Staffel Shadow-Abfangjäger und etwa vierzig Schnellbooten entfernten sich rasant auf einem Abfangvektor, um die drei fliehenden Drizilschiffe zu stellen. Die Vanguards mit ihrer hoch entwickelten Überwachungselektronik identifizierten die Schiffe bereits als Fregatten der Vandal-Klasse. Die Einheiten, die er geschickt hatte, würden mit ihnen ohne Weiteres fertigwerden.

Er widmete seine Aufmerksamkeit wieder seinem taktischen Display. Estelle hatte recht. Die übrigen Schiffe formierten sich, um die Basis zu schützen.

»Hmm ...«

»Sir?«, hakte seine XO nach.

»Ach, nichts weiter. Mir ist nur gerade aufgefallen, dass die Drizil ihre Schiffe um diesen Mond konzentrieren. Die Verteidigung der menschlichen Kolonie scheint bei ihnen keinen hohen Stellenwert zu besitzen.«

»Warum auch?«, winkte seine XO abfällig ab.

»Na ja, immerhin befinden sich ein paar Tausend Drizilsoldaten auf der Oberfläche. Ohne Schutz durch Jäger oder Kriegsschiffe sind sie leichte Beute.«

»Sie können nicht erwarten, dass die Drizil das Leben ihrer Leute so hoch einschätzen, wie wir das tun würden.«

Javier schürzte die Lippen. »Ich bezweifle, dass das so einfach ist. Ich frage mich, wie wir uns in einer solchen Situation entscheiden würden.«

»Die Drizil verlieren diese Schlacht. Das ist so sicher wie das Amen in der Kirche. Vermutlich hoffen sie, in der Nähe der Basis länger durchzuhalten.«

»Mag sein.« Unvermittelt weckte etwas seine Aufmerksamkeit. Lestrades Hauptstreitmacht näherte sich dem Mond und begann damit, die feindliche Streitmacht einzukreisen. Ein kleiner Pulk Symbole löste sich jedoch und strebte dem fünften Planeten des Systems zu, auf dem sich die Kolonie befand.

»Sehen Sie?«, meinte seine XO triumphierend. »Der Weg für unsere Bodentruppen ist schon frei.«

»Hoffen wir, dass es weiter so gut läuft.«

»Die Vanguards sollen laufend Bericht erstatten und ihre Daten umgehend an das Flaggschiff schicken«, befahl Lestrade gepresst, während seine Flotte auf den Mond zuhielt. Die Drizilflotte bestand aus zwei Flaggschiffen der Intruder-Klasse und etwa dreißig kleineren Einheiten. Vom Zerstörer bis hin zum Träger war alles vorhanden. Er streifte die beiden Truppentransporter und ihren Jäger-Geleitschutz nur mit einem beiläufigen Blick. Im Orbit der Kolonie befanden sich nur ein paar wenige Abwehrstellungen der Drizil. Sie waren kaum der Rede wert. Das System interessierte sie eigentlich gar nicht. Es gab nur zwei Gründe, aus dem sich die Drizil für die Eroberung und Besetzung von Barinbau entschlossen hatten: seine relative Nähe zu Vector Prime und weil es einfach da war.

Lestrade widerstand dem Impuls, sich bereits als Sieger zu fühlen. Ja, der Feind war weit unterlegen. Ja, er war eingekreist und es gab kein Entkommen. Doch Kommandanten, die einen Feind unterschätzten, endeten nur allzu oft in einem Sarg. Falls man genug von ihnen fand, um damit überhaupt einen Sarg zu füllen.

Nein, er musste mit Bedacht vorgehen. Mit Bedacht und Umsicht.

»Jägerschirm steht«, informierte sein XO ihn.

Lestrade nickte beifällig, ohne zu antworten. Muellers Hinweis war eigentlich nicht notwendig, hatte Lestrade doch schon die Aufstellung der Jäger als Speerspitze der Flotte auf seinem Hologramm wahrgenommen. Mueller hielt sich jedoch streng ans vorgeschriebene Protokoll. Eine Eigenschaft, die Lestrade an dem Mann überaus schätzte.

»Wie lange, bis wir in Waffenreichweite sind?«

»Noch zweiunddreißig Minuten.«

Das hasste Lestrade besonders. Das Warten vor dem ersten Schlagabtausch. Die Minuten schienen sich endlos zu dehnen.

Endlich – kurz bevor die Großkampfschiffe in Feuerreichweite waren – lösten sich Driziljäger aus der feindlichen Flottenformation. Sie stürzten sich auf die terranischen Jäger und verwickelten sie in ein heftiges Feuergefecht.

Die Angriffsspitze bildeten die Shadow-Abfangjäger, dahinter folgten in einigem Abstand die Mammoth. Die Vanguard-Jäger hielten sich aus dem Kampf heraus und bezogen Position oberhalb der beiden aufeinander zusteuernden Flotten. Damit behielten sie den Überblick und waren in der Lage, jede Veränderung in der Aufstellung oder Taktik des Feindes sofort an die VENGEANCE zu übermitteln.

Lestrade verfolgte die Jägerschlacht mit wachsender Anspannung. Maschinen beider Seiten zerplatzten und ihre Piloten starben einen furchtbaren Tod. Die Taktik der Drizil war für Lestrade schon bald offenkundig.

»Sie wollen einen Korridor für ihre Großkampfschiffe frei schießen. Ich gehe jede Wette ein, dass die bereits Projektile mit der Grünen Pest in den Abschussrohren haben.«

»Befehle, Commodore?«

»Auf meinen Befehl Jägerschirm auflösen. Wir brauchen selbst

Platz zum Feuern, aber ich ziehe es vor, den Zeitpunkt eines Torpedogefechts selbst zu bestimmen.«

Imperiale und Driziljäger beharkten sich auf kürzeste Distanz. Die Drizil waren jedoch in der Unterzahl. Sie stemmten sich mit dem Mut der Verzweiflung gegen den Ansturm, doch es war schon nach wenigen Minuten abzusehen, dass sie die Jägerschlacht nicht gewinnen konnten.

Die Mammoth hielten das Zentrum des Angriffs, während Shadows die Flanken sicherten und die Wucht des gegnerischen Vorstoßes abfingen. Wie ein Schneepflug räumten Lestrades Jäger die feindlichen Maschinen aus dem Weg. Zwei Mammoth und drei Shadows vergingen im feindlichen Feuer, doch im Gegenzug wurde fast ein Dutzend feindlicher Jäger vernichtet.

Lestrade hatte die Schiffe unter seinem Kommando in zwei Flügel aufgestellt. Die beiden Angriffsflügel stießen unerbittlich gegen die feindliche Hauptflotte vor.

»Jetzt, Eugene!«

Vor seinen Augen löste sich der Jägerschirm auf. Die Maschinen stoben nach beiden Seiten auseinander und zerpflückten auf ihrem Weg die überlebenden Driziljäger, während diese sich noch neu formierten, um auf das unerwartete Manöver zu reagieren.

»Feuer!«, befahl Lestrade, bevor die Drizil sich von ihrem Schock erholen und ihrerseits das Feuer eröffnen konnten.

Vierzig imperiale Großkampfschiffe stießen ihre Lenkwaffen aus, die auf Flammenzungen aus den Torpedorohren schossen. Nur Sekunden später eröffneten die Drizil das Feuer.

Energietorpedos der Drizil bewegten sich wesentlich langsamer als vergleichbare Waffen der Menschen, sodass die imperialen Torpedos ihre Ziele früher erreichten.

Die Drizil eröffneten das Feuer mit Abwehrlasern und Raketenwerfern. Das Abwehrfeuer zerstörte gut die Hälfte der Geschosse, bevor sie ihnen gefährlich werden konnten.

Es blieben jedoch noch genügend übrig, um Schaden anzurichten.

Eine Menge Schaden.

Ein halbes Dutzend Drizilschiffe vergingen im nuklearen Sturm, als die Geschosse unbarmherzig auf sie einprügelten. Eines der feindlichen Flaggschiffe wurde hart getroffen, als Torpedos sowohl Back- als auch Steuerbord einschlugen.

Sekundärexplosionen verheerten die Steuerbordträgfläche des großen Kriegsschiffes, als allein dort ein halbes Dutzend Geschosse einschlugen. Das Schiff neigte sich schwerfällig auf die Backbordseite. Die Besatzung war offenbar erfahren und rollte ihr Schiff um die eigene Achse, um den imperialen Angreifern die relativ unbeschädigte Panzerung auf der anderen Seite des Schiffes zuzuwenden.

Ein Träger brach in der Mitte auseinander. Ein Zerstörer verlor fast die Hälfte seiner Bewaffnung und zog nach dem Ende des Bombardements einen Schwanz aus geborstener Panzerung und entweichender Atmosphäre hinter sich her.

Die Menschen hatten den ersten schweren Treffer gelandet.

Die Drizil hingen in den Seilen, hielten sich jedoch noch aufrecht.

Jetzt waren *sie* am Zug.

»Reihen schließen«, ordnete Lestrade an. Die imperialen Schiffe rückten unwillkürlich enger zusammen. Dies bot den Vorteil, sich gegenseitig zu unterstützen.

Die Energietorpedos flogen todbringend auf die imperialen Schiffe zu. Hin und wieder blitzte etwas Metallisches zwischen ihnen auf. Auf seinem taktischen Display konnte Lestrade es nicht genau erkennen, doch er war sich sicher, es handelte sich um Kapseln mit der Grünen Pest.

»Nach eigenem Ermessen Feuer frei!«

Die Punktverteidigungslaser der imperialen Schiffe flammten auf und verdampften die anfliegenden Geschosse. Energietorpedos und Hülsen mit der Grünen Pest wurden gleichermaßen zerstrahlt. Die Anzahl feindlicher Geschosse nahm rapide ab und die Hoffnung, sie kämen ohne Blessuren davon, ergriff von Lestrade Besitz.

Es war eine vergebliche Hoffnung.

Einer von Lestrades Guardian-Begleitkreuzern explodierte unter einem Dutzend Einschlägen. Das Schiff wurde förmlich auseinandergerissen. Die Besatzung hatte nicht einmal die Zeit, in die Rettungskapseln zu steigen. Lestrade bezweifelte, dass die Leute überhaupt mitbekommen hatten, was geschehen war.

Ein Träger erlitt zwei Volltreffer mittschiffs und drehte mit zerschmettertem Bug ab. Es war ein Wunder, dass die Brücke nichts abbekommen hatte. Eine Korvette ging verloren, als ein Drizilgeschoss in die Antriebssektion einschlug und eine Kettenreaktion auslöste. Eine weitere Korvette fing sich zwei Kapseln der Grünen Pest ein. Die Besatzung gab das Schiff auf und stieg in die Rettungskapseln, doch vorher überflutete die Grüne Pest fünf Decks mitsamt den dortigen Crewmitgliedern.

Ein Dutzend anderer Schiffe erlitt in unterschiedlichem Umfang Schäden, doch darüber hinaus ging kein weiteres Schiff verloren. Während die Verlust- und Schadensmeldungen über sein Display rollten, arbeitete Lestrades Verstand fieberhaft.

Irgendwie musste er die feindliche Verteidigungslinie aufbrechen, sonst waren diese Verluste erst der Anfang.

Die feindlichen Schiffe zogen ihre Linien enger zusammen. Die Drizil waren zahlenmäßig weit unterlegen, ihre Niederlage nur eine Frage der Zeit. Beinahe hätte Lestrade mit ihnen Mitleid bekommen können, doch dann schweiften seine Gedanken zum Fall des Solsystems zurück. Er erinnerte sich, wie sein Kommando um ihn herum in Stücke geschossen worden war. Wie die verzweifelten Menschen von den anrückenden Horden an Drizilschiffen überrannt worden waren. Wie seine Freunde und Kameraden gefallen waren.

Mit einem wütenden Schnauben schob er den Gedanken an Mitleid von sich.

Heute ist Zahltag, schoss es ihm durch den Kopf. *Es gibt keine andere Lösung. Augen zu und durch.*

Die terranischen Schiffe, angeführt von dem mächtigen Schlachtkreuzer VENGEANCE, schlossen schnell zu den verhassten Drizil auf, die mit stoischer Gelassenheit die Stellung hielten.

Beide Seiten tauschten Torpedosalven aus, doch vor allem auf Drizilseite sank die Geschossdichte mit jedem Schiff, das ausfiel.

Lestrade krallte seine Fingernägel in die Lehnen seines Kommandosessels, als eine Torpedosalve in das mittlere Modul seines Flaggschiffs einschlug. Dort befand sich das Torpedodeck. Er rief die Schadensanalyse ab, doch der Treffer hatte die Panzerung seines Flaggschiffs nicht knacken können.

Andere Schiffe hatten nicht so viel Glück. Ein Ares-Kreuzer brach aus der Formation aus und zog dabei einen Schwanz entweichender Atmosphäre und geborstener Panzerung hinter sich her. Ein Schlachtkreuzer der Behemoth-Klasse, die BLACK PRINCE, verlor auf zwei Decks die Lebenserhaltung durch einen Volltreffer mittschiffs. Das Kriegsschiff, das nur unwesentlich kleiner war als die VENGEANCE, behielt jedoch seine Position auf der Steuerbordseite des Flaggschiffs bei. Seine Torpedos zerlegten im Alleingang zwei feindliche Zerstörer und einen Träger. Einer der Zerstörer brach in der Mitte auseinander, während der andere, seiner Manövrierfähigkeit beraubt, in die Atmosphäre des Mondes eintrat und zur Oberfläche hinabtrudelte. Das Trägerschiff wurde nach einem Volltreffer ins Flugdeck von Sekundärexplosionen in Stücke gerissen.

Im Gegenzug verlor Lestrade jedoch zwei Korvetten und ein halbes Dutzend Schnellboote im unerbittlichen Feuer der beiden Intruder-Kampfschiffe. Der Commodore knirschte unterdrückt mit den Zähnen. Die Flotte wurde möglichst intakt für den Angriff auf Vector Prime benötigt. Aus diesem Grund wurde es Zeit, eine Entscheidung herbeizuführen, bevor es den Drizil gelang, ihm schmerzhaftere Verluste beizubringen.

»Eugene«, befahl er gepresst, »die Mammoths nach vorn. Auf die Intruder konzentrieren.«

Sein XO bestätigte den Befehl nicht, doch auf Lestrades taktischem Display formierten sich die Schweren Jäger zu einem Pulk und nahmen Kurs auf die beiden feindlichen Großkampfschiffe. Umschwärmt wurden sie von mehreren Dutzend Shadow-Abfangjägern.

Die Reihen der feindlichen Jagdmaschinen waren bereits durch die Kämpfe zuvor ausgedünnt, doch die überlebenden Driziljäger stellten sich dem Ansturm ihrer menschlichen Widersacher entgegen – und wurden einfach beiseitegefegt. Die Zwillingsgeschütze der Mammoth spien ohne Unterlass Laserimpulse und die Flüsterwind- und Blutstachel-Jäger vergingen im terranischen Kreuzfeuer.

Doch auch die Angreifer mussten Federn lassen. Drei Abfangjäger und zwei Mammoths gingen während des Anflugs verloren, in Stücke geschossen von todesmutigen Drizilpiloten, die diesen Wagemut bereits Sekunden später mit ihrem Leben bezahlten.

Als die Mammoths in den Feuerbereich der Drizilflotte eindrangen, stoben die Shadows wie auf ein unsichtbares Zeichen hin auseinander und machten den Weg frei.

Den Mammoths schlug auf ihrem Weg zu den Drizilschiffen schweres Abwehrfeuer entgegen. Raketen und Laser fegten acht von ihnen aus dem All, bevor die Maschinen nahe genug waren, um ihre tödliche Last abzuwerfen.

Die übrigen jedoch kamen durch – und klinkten die Torpedos unter ihren Tragflächen aus.

Die Geschosse rasten wie von der Leine gelassene Kampfhunde auf die beiden Ziele zu. Abfangraketen und Strahlbahnen tasteten mit schier unheimlicher Präzision nach den terranischen Geschossen, brachten sie zur Detonation oder verdampften sie schlicht. Doch es waren zu viele, um sie alle aufzuhalten. Ein Umstand, dem sich die Drizil stellen mussten.

Die erste Welle an Geschossen schlug in das führende Intruder-Flaggschiff ein.

Die Explosionen verteilten sich über den Bug des Schiffes, der verblüffende Ähnlichkeit mit einem Drizilkopf aufwies, über die Backbordseite bis hin zur Antriebssektion. Die Steuerbordseite wurde auf ganzer Länge aufgerissen, die Antriebssektion glatt vom Rumpf getrennt. Aus der Bruchstelle ragten Verstrebungen und Kabel ins Freie. Funken schlugen aus dem gepeinigten Schiff. Die Stichflamme einer Sekundärexplosion brach sich Bahn aus dem, was einmal die Brücke gewesen war.

Das Schiff stellte das Feuer ein und trudelte um die eigene Achse. Luken wurden abgesprengt und Rettungskapseln ins Freie katapultiert.

Dieses Schiff stellte keine Bedrohung mehr dar. Es war nur noch eine leblose, zerbrochene Hülle. Lestrade vermerkte den Standort für eine mögliche Bergung. Abgesehen von den beträchtlichen Schäden der Steuerbordseite und der Antriebssektion, schien der Rumpf noch relativ intakt. Vielleicht fanden die Techniker in den unbeschädigten Sektionen Technologie, die sich noch verwerten oder analysieren ließ.

Das zweite Intruder-Flaggschiff hatte jedoch wesentlich größeres Glück. Das Schiff erlitt ein halbes Dutzend Volltreffer am Bug und mittschiffs. Die Panzerung riss an drei Stellen auf und Atmosphäre entwich explosionsartig ins All. Des Weiteren trafen drei Torpedos die Antriebssektion, die dem Angriff jedoch standhielt. Der Intruder blieb in vollem Umfang kampf- und einsatzfähig.

Lestrade fluchte unterdrückt.

Dann eben auf die harte Tour, dachte er bei sich.

»Backbordbatterien klarmachen! Navigator: Kurs auf das feindliche Zentrum nehmen! Wir brechen jetzt ihre Formation auf.«

Die VENGEANCE beschleunigte gehorsam. Die wenigen noch einsatzfähigen feindlichen Jäger stellten keine Bedrohung mehr dar, doch von den überlebenden Drizilschiffen schlug dem Schlachtkreuzer heftiges Feuer entgegen.

Energiestrahlen sowie Lichtblitze hämmerten auf die Panzerung der VENGEANCE ein, ohne diese durchbrechen zu können. Der Schlachtkreuzer war entwickelt und gebaut worden, um der brutalen Feuerkraft der vordersten Frontlinie widerstehen zu können. Die Versuchung war groß, das Feuer zu erwidern, doch Lestrade bezähmte seinen Drang, den Feind zu schlagen. Es war überaus wichtig, den richtigen Augenblick abzupassen.

Zu beiden Seiten der VENGEANCE nahmen mehrere Korvetten sowie Kreuzer der Ares- und Guardian-Klasse ihre Positionen ein. Deren Kommandanten kannten weniger Zurückhaltung und ihre Batterien spuckten Megajoule an Energie gegen den Gegner.

Eine feindliche Fregatte fiel aus, als zwei Kreuzer der Ares-Klasse sie ins Visier nahmen. Drei Korvetten überschütteten einen Drizilzerstörer mit Lichtimpulsen und perforierten dessen Rumpf am Bug und mittschiffs. Der Zerstörer machte zunächst den Eindruck, den Beschuss halbwegs intakt überstanden zu haben, doch dann zerplatzte er ohne Vorwarnung. Die Trümmerstücke schnitten durch die Panzerung einer der Korvetten, die sich zu nah an dem Inferno befunden hatte. Das Schiff brach nach Backbord aus und zog sich beschädigt aus dem Kampf zurück. Lestrade ließ sich die Schadensanalyse der Korvette übermitteln. Sie hatte noch Glück im Unglück gehabt. In einem Deck nahe der Antriebssektion herrschte nun Vakuum, doch die Druckschotten hielten stand.

Das Drizilkampfschiff der Intruder-Klasse kam beständig näher.

Auf dem holografischen Display der Brücke erschien es wie ein gewaltiger Racheengel, bereit, die VENGEANCE ins Verderben zu stürzen. Der Intruder teilte gewaltige Schläge aus. Ein Ares-Kreuzer erlitt eine Reihe verheerender Treffer am Bug. Das Schiff machte den Eindruck, es wäre gegen eine Wand gelaufen, aufgrund der gewaltigen Energien, die auf es einwirkten. Eine Korvette ging verloren, als die Backbordbatterien des Intruders mit dem kleinen Schiff kurzen Prozess machten. Sie tranchierten das unglückselige Schiff wie einen Truthahn. Die Besatzung hatte nicht den Hauch einer Chance.

Und trotzdem wartete Lestrade noch ab. Er hatte gelernt, dass alle Ausbildung und alle Simulationen in einer Raumschlacht nur bedingt von Nutzen waren. Nein, es kam vor allem auf Instinkt an. Sein Bauchgefühl riet ihm, noch zu warten.

Die VENGEANCE glitt wie ein tödlicher Hai inmitten des Alls auf die Steuerbordseite des Intruders. Der Commodore wartete noch drei Atemzüge lang, doch dann ...

»Feuer!«

In einer brutalen Aufwallung an Energie, schlugen die Batterien der VENGEANCE los. Ein Dutzend Strahlbahnen verbanden von einer Sekunde zur nächsten den Schlachtkreuzer mit dem Drizilkampfschiff. Schicht um Schicht der Panzerung schmolzen die Energiestrahlen davon. Der Intruder nahm Fahrt auf und drehte nach Backbord ab, fort von dem rachsüchtigen Schiff und dessen Besatzung, die danach trachteten, es aus dem All zu tilgen.

Die Besatzung des Drizilschiffes hatte gut, effizient und vor allem schnell reagiert. Niemand hätte schneller reagieren können. Lestrade bezweifelte, dass eine terranische Besatzung an deren Stelle schneller hätte handeln können.

Und doch half es ihnen nichts.

Noch während des Ausweichmanövers schlug eine zweite Salve der VENGEANCE in die Panzerung des Feindschiffes ein und zerschlug die Reste wie mit einem riesigen Hammer.

Die tödliche Energie aus einem Dutzend Strahlengeschütze fraß sich tief in das sensible Innenleben des Intruders. Die Energie ließ sich durch nichts aufhalten. Wer das Pech hatte, ihr in die Quere zu kommen, wurde einfach verdampft.

Die Antriebsaggregate des Intruders begannen, bedenklich zu flackern, und erstarben schließlich ganz. Von der eigenen Bewegungsenergie weitergetragen, driftete das Schiff fort von dem Mond.

Zwei Ares-Kreuzer schlossen sich dem Angriff an und überschütteten das wehrlose Schiff Salve um Salve. Eine Sekundärexplosion riss die rechte Tragfläche des Schiffes ab, eine zweite die Antriebssektion. Eine dritte Explosion zerriss schließlich das, was von dem Intruder noch übrig war. Rettungskapseln hatten das Schiff nicht verlassen.

Erst jetzt realisierte Lestrade, dass die Schlacht geschlagen war. Seine Streitkräfte hatten die übrigen feindlichen Einheiten ausgeschaltet. Ihre Überreste bildeten ein kleines Trümmerfeld außerhalb des Mondorbits.

Lestrade ließ sich schwer in seinen Sessel fallen. Statusmeldungen der Flotte trafen ein – zunächst tröpfchenweise, dann in immer schnellerer Folge.

»Bericht!«, forderte Lestrade.

Sein XO wusste, was zu tun war. Der Commodore wollte eine aussagekräftige Zusammenfassung aller eintreffenden Statusberichte, um sich nicht sämtliche Meldungen selbst ansehen zu müssen.

»Wir haben etwa ein Dutzend Schiffe verloren, vielleicht doppelt so viele sind zum Teil schwer beschädigt, aber reparabel. So gut wie alle Schiffe melden Verluste unter der Besatzung.« Commander Eugene Mueller seufzte erleichtert. »Doch alles in allem hätte es schlimmer ausgehen können.«

Lestrade nickte und massierte sich müde die Nasenwurzel mit Daumen und Zeigefinger. »Nachrichten von der CONQUISTADOR?«

»Noch nicht, aber wenn alles nach Zeitplan verläuft, müsste sich Estrada und sein Kampfverband in etwa jetzt Barinbau selbst nähern.«

»Hoffen wir, dass alles nach Plan verläuft. Alles steht oder fällt mit Estradas Fähigkeit, das System abzuriegeln und Barinbau zu besetzen.«

»Soll ich eine Nachricht abschicken?«

Lestrade überlegte. »Ja, ich will wissen, wie weit Estrada inzwischen vorgedrungen ist und ob er auf Widerstand stieß.«

Lestrade musterte den Mond, der unter ihm seine Bahn zog. »Und schicken Sie auch eine Nachricht an General Rix und Colonel Janneck. Ihre Truppen können landen und die Versorgungsbasis in Besitz nehmen. Der Mond gehört uns.«

7

Die vier Mammoth-Staffeln drehten ab. Sie hinterließen mehrere Wracks, die früher einmal Fregatten der Vandal-Klasse gewesen waren.

Javier schnalzte zufrieden mit der Zunge, während die Staffeln wieder ihre Positionen oberhalb des Kampfverbands einnahmen.

Dieser Teil des Systems war nun gesichert. Es bestand nicht mehr die Gefahr, dass feindliche Schiffe entkamen, um Vector Prime zu warnen. Javier konnte sein Augenmerk nun endlich auf Barinbau selbst richten.

Er zögerte für einen Moment.

Nein, noch nicht. Etwas musste noch erledigt werden.

»Die GLORIOUS, die BISMARCK und zwei der Träger sollen zurückbleiben und hier Stellung beziehen«, ordnete er an. »Nur zur Sicherheit.«

Seine XO, Estelle Doriega, zog fragend eine Augenbraue hoch. »Rechnen Sie mit Überraschungen?«

»Eigentlich nicht, aber besser, wir sind auf alles vorbereitet.«

Seine XO nickte und gab den Befehl weiter. Gehorsam scherten die vier Schiffe nebst ihrem Jägergeleitschutz aus und bezogen Posten nahe des Systemausgangs. Sollten sie tatsächlich noch auf Schiffe treffen, die zu entkommen versuchten, würden diese vier schwer bewaffneten Kriegsschiffe das zu verhindern wissen.

Die Vanguard-Jäger versorgten die CONQUISTADOR mit allerhand Daten über die Raumschlacht, die Lestrade nahe der feindlichen Versorgungsbasis austrug. Javier verfolgte das ungleiche, aber erbitterte Gefecht auf seinem taktischen Sekundärdisplay. Lestrade würde schon bald die Oberhand erlangen.

Mit Ausnahme der drei flüchtenden Schiffe war Javiers Kampfverband noch keinen feindlichen Einheiten begegnet. Im Orbit um die

Kolonie befanden sich mehrere Abwehrsatelliten der Drizil. Diese waren jedoch nicht stark genug, sich gegen einen imperialen Verband zur Wehr zu setzen. Javier rechnete nicht mit erheblichen Schwierigkeiten.

»Ein Ruf von der VENGEANCE«, meldete unvermittelt sein Komm-Offizier. »Commodore Lestrade möchte über unsere Fortschritte informiert werden.«

»Stellen Sie ihn durch.«

Das Abbild Lestrades baute sich vor seiner Nase auf.

»Commodore«, begrüßte er ihn respektvoll.

»Captain Estrada. Wie ist die Lage?«

»Bisher mäßiger Feindkontakt. Wir haben drei Fregatten erledigt, die zu fliehen versuchten. Wir nähern uns jetzt der Kolonie.«

»Ausgezeichnet. Geben Sie Bescheid, sobald Sie den Orbit gesichert haben. Dann schicken wir die Truppentransporter der Legion auf den Planeten. Wir sind derzeit noch dabei, die Versorgungsbasis zu sichern.«

»Verstanden. CONQUISTADOR Ende.«

Das Abbild verschwand.

»So weit, so gut«, kommentierte Estelle.

Javier nickte lediglich. Er empfand immer Misstrauen, falls etwas zu gut verlief. Diese Mission stellte da keine Ausnahme dar.

Der Kampfverband stieß ohne Zwischenfälle nach Barinbau vor. Der Flug dauerte über eine Stunde. Während dieser Zeit wurde auf der Brücke der CONQUISTADOR so gut wie nicht gesprochen, und wenn es einmal der Fall war, dann lediglich in knappen, präzisen Befehlen. Die ganze Zeit hindurch ließ Javier sein taktisches Hologramm nicht aus den Augen.

Sobald sie in die Todeszone der Abwehrsatelliten eindrangen, begannen diese auch bereits zu reagieren. Die Drizil hatten um die dreißig im Orbit ausgesetzt. Es handelte sich im Wesentlichen um relativ einfache Konstrukte. Jedes verfügte über einen Energietorpedowerfer sowie zwei Laserbatterien. Die Laserbatterien waren lediglich im Nahkampf effektiv. Javier hatte keine Absicht, so nah an den Gegner aufzuschließen, dass die Laserbewaffnung der Satelliten ein Problem darstellte.

Javier bezweifelte insgeheim, dass die Abwehrsatelliten dafür gedacht waren, jemanden vom Planeten fernzuhalten; sie sollten vielmehr die Bevölkerung *auf* dem Planeten halten.

Die Abwehrsatelliten machten den ersten Zug, als sich die imperialen Schiffe näherten. Jeder Satellit stieß in schneller Folge zwei Geschosse aus und nach zehn Sekunden weitere zwei.

»Feindlicher Abschuss«, meldete Mark Connor, sein Lieutenant an der Taktik.

»Abwehrmaßnahmen einleiten.«

Als Reaktion auf den Angriff zogen die imperialen Schiffe ihre Linie enger zusammen, damit die Nahbereichsabwehr sich gegenseitig unterstützen konnte. Die Punktverteidigungslaser richteten sich auf die Anflugvektoren der feindlichen Geschosse aus und Schadenskontrollmannschaften sowie Krankenstation bereiteten sich auf das Schlimmste vor. Ansonsten gab es nicht viel, was man tun konnte – außer Warten.

Die erste Welle an Geschossen überschritt die unsichtbare Linie, die den Bereich markierte, in dem die PVL der imperialen Schiffe am effektivsten waren.

Augenblicklich begannen die Punktverteidigungslaser zu feuern. Sie woben ein tödliches Netz, wobei sie die Flugbahn der feindlichen Geschosse kreuzten. Die erste Welle wurde von den PVL komplett zerstrahlt, ohne Schaden anzurichten.

Doch schon war die zweite Welle heran. Mit einem Auge registrierte Javier, dass die Satelliten inzwischen zwei weitere Torpedoschwärme auf die Reise geschickt hatten.

»XO? Wann sind wir in optimaler Schussdistanz?«

»Noch zwei Minuten, Captain«, antwortete Estelle, während sie sowohl Navigation als auch Taktik beaufsichtigte.

Auch die zweite Welle wurde zerstört, doch die Geschosse kamen Javiers Verband beträchtlich näher, als er es gern gesehen hätte.

Dann kam der dritte Schwarm.

Auch dieses Mal eröffneten die PVL mit der für sie typischen Präzision das Feuer. Doch einige der Geschosse durchbrachen die Abwehr.

Zwei Schnellboote vergingen.

Jedes wurde lediglich von einem Energietorpedo getroffen, doch diese Geschosse reichten allemal aus, den ungepanzerten Rumpf eines Schnellbootes in nichts aufzulösen.

Eine Korvette wurde direkt über der Brücke getroffen, doch die Panzerung hielt stand, auch wenn das Schiff ausscheren musste, um sich aus dem Gefahrenbereich zu bringen. Ein weiterer Treffer an derselben Stelle hätte die Brücke der Korvette ausgelöscht. Ein Träger und ein Schlachtkreuzer der Behemoth-Klasse wurden ebenfalls mehrfach getroffen, beide Schiffe meldeten aber nur geringfügige Schäden an der Panzerung.

Die vierte Welle war noch auf dem Weg, Javier hatte jedoch nicht die Absicht zuzulassen, dass die Satelliten eine fünfte auf den Weg schickten.

»Alle Schiffe einen Torpedofächer legen! Taktik, geben Sie die betreffenden Koordinaten weiter! Wir erledigen alle Satelliten mit einer Salve.«

»Aye, Sir«, meldete Connor und gab die Daten in seinen Zielcomputer ein.

Satelliten waren einfach und billig herzustellen und stellten eine gute Ergänzung für eine stationäre Verteidigung dar. Sie hatten jedoch einen entscheidenden Nachteil: Sie verfügten über keinerlei Abwehrmöglichkeiten, besaßen keine Abwehrlaser oder Abfangraketen, nichts, was einen Torpedo abschießen konnte. Ohne Unterstützung durch Jäger oder Großkampfschiffe handelte es sich im Prinzip um ziemlich große und vergleichsweise recht teure Tontauben.

»Feuer!«

Der imperiale Verband eröffnete aus allen Rohren das Feuer. Beide Salven passierten sich auf halbem Weg.

Die PVL zerstrahlten wiederum einen guten Prozentsatz der feindlichen Geschosse. Durch die übrigen verloren sie ein weiteres Schnellboot. Ein Begleitkreuzer der Guardian-Klasse wurde leicht mittschiffs beschädigt, blieb aber einsatzfähig.

Die Antwort der imperialen Schiffe hingegen fegte alle dreißig Satelliten aus dem Orbit von Barinbau. Die Trümmerstücke, die übrig blieben, traten in die Atmosphäre ein, waren jedoch zu klein, um

Schaden auf der Oberfläche anzurichten. Sie würden in der Atmosphäre verglühen.

Javier nickte erfreut. Er wandte sich an seine XO.

»Befehl an den Verband: Position im Orbit beziehen. Die Vanguards sollen so viele Daten über Feindstellungen wie möglich sammeln, anschließend schicken Sie die Mammoth und Shadows hinunter, um die Feindstellungen zu bombardieren. Vielleicht können wir etwas Druck von der Legion nehmen, damit sie nur noch aufräumen muss. Ach ja, und Nachricht an Commodore Lestrade: Der Orbit von Barinbau ist gesichert.«

Er lehnte sich zurück. Vielleicht war der Auftrag doch so einfach, wie es den Anschein hatte.

Noch im selben Moment, in dem sich dieser Gedanke in seinem Geist formierte, bereute er ihn auch schon, doch leider konnte er ihn nun nicht mehr zurücknehmen.

»Einkommende Daten der Aufklärungsjäger«, meldete seine XO plötzlich. »Steigende Energiewerte von der anderen Seite des Planeten.«

Javiers Kopf fuhr herum. »Identifizieren!«

Die Sekunden verstrichen quälend langsam, während die XO Daten der Vanguards und der Sensoren der CONQUISTADOR sammelte und diese in Einklang brachte.

»Feindlicher Konvoi auf der anderen Seiten des Planeten. Im Orbit. Sie fahren gerade ihre Systeme hoch.«

Javier fluchte. »Ich wusste, dass das Ganze zu einfach war. Ich brauche die Schiffsklassen und alle Daten, die Sie mir liefern können, vor allem Flugbahn, Masse, Geschwindigkeit.«

»Zwei Zerstörer, zwei Fregatten, acht Transportschiffe und ...« Sie stockte.

»Und was?«, hakte Javier ungeduldig nach.

»Und ein Flaggschiff der Intruder-Klasse.«

Javiers Hände verkrampften sich. »Was zum Teufel tut so ein Konvoi im Orbit der Kolonie? Und warum haben wir ihn nicht früher entdeckt?«

Estelle zuckte die Achseln. »Vermutlich Nachschub für Vector Prime. Die Schiffe hatten ihre Systeme heruntergefahren. So dicht über der Kolonie konnten unsere Sensoren sie nicht vom Planeten unterscheiden.«

Javier schüttelte energisch den Kopf. »Ein Nachschubkonvoi würde die Versorgungsbasis auf dem Mond anlaufen, aber nicht die Kolonie selbst.«

»Das ist die einzige Erklärung, die mir auf die Schnelle einfällt«, meinte Estelle.

»Ist auch egal«, knurrte Javier. »Was immer die hier tun, wir müssen mit ihnen fertigwerden. Nehmen Sie Kurs auf uns?«

»Nein, sie verlassen in diesem Augenblick den Orbit mit Kurs auf den Sprungpunkt. Sie wollen fliehen.«

»Das wird ja immer besser. Können wir sie noch abfangen, bevor sie den Orbit verlassen?«

»Negativ.«

»Auf Verfolgungskurs gehen. Informieren Sie die BISMARCK und ihre Begleitschiffe, dass sie Besuch bekommen. Und schicken Sie eine Nachricht an Lestrade, dass wir uns im Gefecht mit einem großen Konvoi befinden, der sich auf einem Austrittsvektor aus dem System befindet.«

»Das gefährdet den ganzen Plan. Das wird ihm nicht gefallen.«

»Daran kann ich jetzt auch nichts mehr ändern.«

»Soll ich die Jäger zurückrufen, um bei der Verfolgung des Konvois zu helfen?«

Javier erwog den Gedanken ernsthaft. Die Jäger seines Kommandos wären bei der Verfolgung des feindlichen Konvois von unschätzbarem Wert. Dann jedoch sah er auf seinem taktischen Hologramm, wie sich bereits die Truppentransporter der Legion näherten, um die Barinbau-Kolonie zu befreien. Es blieb keine Zeit, die feindlichen Stellungen der Drizil auf der Oberfläche zu bombardieren *und* den Konvoi zu verfolgen. Daher hatte er gar keine Wahl.

»Nein, die Jäger bleiben hier, um der Legion zu helfen, den Planeten zu sichern. Wir gehen ohne die Jäger gegen den Konvoi vor.«

Estelle beugte sich erneut vor.

»Ist das klug, Captain?«

»Klug? Nein. Notwendig. Ja. Verfolgungskurs auf den Konvoi. Sollte auch nur ein Schiff entkommen, ist ohnehin alles aus.«

Edgar setzte als erster Legionär von Sturmkohorte Aquila einen Fuß auf die Barinbau-Kolonie. Sofort fiel ihm der dunkle, wolkenverhangene Himmel auf, der sich über eine karge, schmutzig braune Ebene spannte.

»Ach du liebes bisschen«, maulte Galen, als der Legionär hinter ihm die Rampe herabschritt. »Für so ein Dreckloch wollen wir kämpfen? Lassen wir es doch den Drizil, damit sind sie gestraft genug.«

»Würde ich gern, geht leider nicht«, gab Edgar zurück. Die Legionäre der Kohorte stürmten in disziplinierten Zweierreihen die Rampe herunter und nahmen vor dem Truppentransporter Aufstellung. Als René Castellano als Letzter die Rampe herunterschritt, nahmen die Feuertrupps zackig Haltung an.

Über den Transporter brauste eine Staffel Mammoth-Jäger im Tiefflug vorbei in Richtung der nächstgelegenen Ortschaft. Kurz darauf tastete Energiewaffenfeuer vom Boden nach den Jagdmaschinen, die den Beschuss erwiderten. Nur Sekunden später war eine große Explosion zu hören.

Becky, die neben Edgar stand, beugte sich verschwörerisch herüber. »Wundert mich, dass uns die Fledermausköpfe bei unserer Ankunft keinen Empfang bereitet haben.«

»Sie werden sich in ihren Stellungen verschanzt haben. Sie wissen, dass sie keine Chance mehr haben und wollen es uns so schwer wie möglich machen.«

»Still ihr zwei«, flüsterte ein Legionär hinter Edgar, »der Chef spricht!«

René Castellano räusperte sich. »Legionäre, ich weiß genau, was ihr im Augenblick denkt. Barinbau erscheint euch kaum wichtig genug, um dafür in den Kampf zu ziehen, und aus militärischer Sicht habt ihr recht. Barinbau ist in der Tat kaum der Rede wert.« Der Colonel drehte sich um und deutete auf die Ortschaft, die sich am Horizont abzeichnete. »Aber auch auf dieser Welt gibt es Menschen. Menschen, die inzwischen seit über zwei Jahren unter dem Joch der Drizil stehen. Wenn der heutige Tag vorbei ist, dann werden sie wieder frei sein. Sie werden wieder Teil des Imperiums sein. Sie werden wieder zu uns gehören.« Er wandte sich breitbeinig seinen

Legionären zu. Der Tonfall seiner Stimme steigerte sich. »Oder seht ihr das anders?«

Das Gebrüll aus eintausendeinhundert Kehlen antwortete ihm.

Colonel Justin Janneck von der Armee Seiner Majestät, war der erste imperiale Soldat, der den Fuß auf den zweiten Mond des dritten Planeten setzte.

Seine Soldaten schwärmten hinter ihm die Rampe des Truppentransporters herunter und nahmen augenblicklich Gefechtsstellung ein. Über ihnen flogen Shadow- und Mammoth-Jäger Deckung aus der Luft. Vereinzeltes Luftabwehrfeuer verfolgte sie aus getarnten Stellungen. Einer der Shadows wurde am Heck getroffen und der Pilot verlor die Kontrolle über die Maschine. Sie trudelte zur Oberfläche hinab und bohrte sich mit der Schnauze voran in den Boden, wo sie in einem Feuerball aufging.

Die imperialen Soldaten formierten sich zu Kompanien zu je zweihundert Mann und marschierten auf das zu, was von der Versorgungsbasis noch übrig war.

Zwei Kompanien eilten voraus und sicherten einen Bereich mit knapp vierhundert Metern im Durchmesser, den Janneck als Kommandoposten nutzen konnte. Bisher schlug ihnen noch kein Widerstand entgegen. Janneck war beinahe ein wenig enttäuscht.

Major Christopher Knight, sein Adjutant, trat zu ihm und öffnete den Verschluss seines Helmes. Der junge Offizier mit dem brünetten, kurz geschorenen Haar und der schmalen Narbe über der Oberlippe, rümpfte angewidert die Nase.

»Was für ein Gestank.«

Jannecks Helm war noch geschlossen, sodass er die Luft nur gefiltert wahrnahm, doch konnte er sich lebhaft vorstellen, was sein Adjutant meinte. Von einigen Gebäuden, in denen sich vermutlich Munition befunden hatte, und einigen Treibstoffsilos waren nur noch rauchende Ruinen übrig. Das Gemisch aus brennendem Benzin und den verkohlten Überresten von Torpedohülsen konnte einem die Galle in den Hals treiben.

»Schließen Sie Ihren Helm, Major. Augenblicklich!«

Der Offizier tat wie angewiesen, zuckte jedoch gleichzeitig mit den Achseln. »Wozu? Hier gibt es keine Drizil mehr. Die Flotte hat sie alle weggebombt.«

»Und das wissen Sie, weil …?«

Der Offizier deutete vage auf die Szenerie, die sich ihnen bot. »Sehen Sie sich doch um? Da gibt es nichts mehr. Sah der Plan nicht ursprünglich vor, die Versorgungsbasis intakt einzunehmen?«

»Eigentlich schon«, erwiderte Janneck. »Doch das Abwehrfeuer war zu stark.« Er deutete auf mehrere schwere Laserstellungen, die ins All deuteten. Diese Stellungen hatten Lestrade zwei Schiffe gekostet. Der Commodore war daraufhin kein Risiko mehr eingegangen, hatte die Standorte der Stellungen identifiziert und kurzerhand großzügig bombardieren lassen.

Die imperiale Armee übernahm nur die Aufräumarbeiten. Janneck begrüßte diese Gelegenheit. Die imperiale Armee war eine relativ neue Gruppierung und wie die meisten seiner Männer auch, hatte er nicht viel Kampferfahrung vorzuweisen. Der Krieg war beinahe schon verloren gewesen, als sein Regiment aufgestellt wurde. Der Erfahrungsstand war nicht das einzige Problem, dem sich Janneck gegenübersah. Ein gravierenderes war die Disziplin. Dies trat vor allem verglichen mit den imperialen Legionen zutage.

Etwas, das ihm gar nicht behagte. Er hatte immer das Gefühl, die Legionäre sähen auf seine Leute und ihn herunter. Die Armee musste den Legionen beweisen, dass sie mindestens ebenso gut waren.

Sein Adjutant war da ein gutes Beispiel. Kein imperialer Legionär hätte es gewagt, in einer heißen Kampfzone seinen Helm zu öffnen. Drizil, die nur auf eine Gelegenheit lauerten, ihnen eine blutige Nase zu schlagen, bildeten da lediglich eine der Gefahren. Niemand wusste, ob vielleicht bei dem Bombardement schädliche Stoffe ausgetreten waren. Schlimmstenfalls könnten Nervengifte freigesetzt worden sein. Niemand wusste, was die Drizil in ihren Vorratslagern alles horteten.

Wollten die Überreste der imperialen Armee auch nur im Entferntesten hoffen, eines Tages mit den Legionen gleichzuziehen, dann lag noch ein langer Weg vor ihnen. Eine Problematik, die ihm manchmal den Schlaf raubte.

Janneck übernahm die Führung über eine Gruppe, das Nadelgewehr fest in der Hand. Das HUD seines Helms versorgte ihn mit allen notwendigen Daten. Sein Adjutant schien tatsächlich recht zu haben. Abgesehen von den imperialen Soldaten, die die Ruinen durchstreiften, gab es keine Überlebenden. Es fiel ihm schwer, das zu glauben. Waren alle Drizil tatsächlich bei der Verteidigung gefallen?

Das HUD auf der Innenseite seines Helms flackerte leicht, stabilisierte sich wieder und flackerte erneut.

»Knight?«

»Sir?«

»Macht Ihr HUD auch Zicken?«

»Ja, hat gerade angefangen.«

Janneck klopfte mit der flachen Hand zweimal von außen gegen seinen Helm, doch das Flackern hörte nicht auf. Sein Adjutant bemerkte es.

»Durch das Bombardement fliegen hier eine Menge Partikel durch die Luft. Vielleicht liegt es daran. Wer weiß, was die Drizil hier lagerten?«

Diese Bemerkung löste leichtes Schmunzeln bei Janneck aus, hatte sein Adjutant doch unbewusst die Gedanken seines Vorgesetzten ausgesprochen. »Möglich«, antwortete der Colonel wenig überzeugt.

»Lassen Sie trotzdem die Hälfte der Truppen zurück, um die Landezone zu bewachen. Nur für alle Fälle. Und der Rest soll sich nicht zu sehr verteilen. Wir sichern Sektor um Sektor.«

»Verstanden, Sir«, bestätigte der Major.

Die Sensoren seines Kampfanzugs meldeten sich unvermittelt zu Wort. Das HUD projizierte einen sporadisch auftretenden Kontakt auf eine kleine Karte. Der Kontakt war nicht weit entfernt, weniger als hundert Meter – und er bewegte sich.

Plötzlich war er weg.

Was zum … Janneck ließ ein Diagnoseprogramm ablaufen, um etwaige Fehlerquellen seines Anzugs entweder aufzudecken oder auszuschließen.

Das Diagnoseprogramm kam zum Ergebnis, dass sein Kampfanzug perfekt funktionierte.

Janneck drehte sich zu seinem Adjutanten um. »Major ...«

In diesem Augenblick wurde ein Soldat zu seiner Rechten von drei Entladungen aus einer Drizilwaffe getroffen. Janneck hörte den Mann über Komm erschrocken aufkeuchen. Die Gestalt des Soldaten sank mit schmerzerfülltem Gurgeln zu Boden.

»Hinterhalt!«, schrie Janneck und warf sich zur Seite. Dort, wo er eben noch gestanden hatte, fauchten mehrere Geschosse durch die Luft und wirbelten Staub und Gesteinssplitter hinter ihm auf.

Janneck kam zwischen den Überresten einer Mauer zum Liegen. Er brachte sein Gewehr in Anschlag und sandte eine Salve in die ungefähre Richtung, aus der der Angriff erfolgt war.

In die imperialen Soldaten kam Bewegung. Sie verteilten sich zwischen den Trümmern, ihre Waffen spuckten Hunderte Hochgeschwindigkeitsprojektile, die sogar Mauern durchdrangen, solange sie nicht zu dick waren.

Weitere Drizilgeschosse suchten sich ihre Opfer. Drei imperiale Soldaten fielen in ebenso vielen Sekunden. Das Antwortfeuer fegte durch die Geisterstadt, zu der die Versorgungsbasis geworden war.

Der Drizilangriff endete so abrupt, wie er begonnen hatte. Janneck zögerte. Nur ungern wollte er seine Leute unnötig in Gefahr bringen, doch sie konnten auch nicht in ihrer derzeitigen Position verharren. Mit Handzeichen winkte er zwei Trupps nach vorn.

Die Soldaten erhoben sich in ihren Kampfanzügen seltsam ungelenk und kamen dem Befehl – wenn auch leicht widerwillig – nach.

Die Männer und Frauen schlichen geduckt durch die Ruinenlandschaft. Halb erwartete Janneck jeden Augenblick einen weiteren Angriff, doch die Soldaten erreichten den Ort, den er für den feindlichen Standort hielt, ohne Zwischenfälle.

Die Soldaten verharrten für einige Sekunden und gaben dann durch einfache Handzeichen zu erkennen, dass im Moment keine Gefahr mehr drohte.

Janneck erhob sich und eilte zu den beiden Trupps – Knight im Schlepptau. Der Unteroffizier, der das Kommando über den Trupp führte, deutete auf den Boden. Dort lagen acht Drizil – von den Geschossen der imperialen Soldaten niedergemäht.

Die Projektile der Nadelgewehre hatten die Deckung der Drizil glatt durchschlagen und die feindlichen Soldaten regelrecht durchsiebt. Das war jedoch nicht das eigentlich Interessante.

Die Drizil hatten einen Eingang verteidigt. Eine Rampe führte unter die Erde. Die Rampe hätte eigentlich beleuchtet sein sollen, doch die Drizil hatten die Leuchten an den Wänden zerstört und nun starrte Janneck eine bedrohliche Dunkelheit entgegen.

»Colonel? Was bedeutet das?«

»Ich brauche eine Verbindung zu Lestrade. Sofort! Ich denke, wir sind hier auf etwas gestoßen, das viel wichtiger als eine Versorgungsbasis ist.«

Ein Drizil stürmte aus dem Türrahmen eines zerstörten Gebäudes. In der rechten Hand trug er eine bösartig aussehende Hakenklinge. Edgar hatte keine Zeit, seine Waffe herumzureißen. Stattdessen ließ er sie fallen und zog in einer fließenden Bewegung die beiden Klingen, die im Gürtel steckten.

Der Drizil stach zu. Edgar wich geschmeidig seitlich aus, sodass der Angriff ins Leere ging. Seine beiden Klingen kamen gleichzeitig nach oben. Eine schlitzte dem Drizil die Kehle auf, die andere perforierte den Helm des feindlichen Soldaten und drang in dessen Schläfe. Er war tot, noch bevor ihm bewusst wurde, was geschah. Der nun steuerlose Körper stolperte noch zwei Schritte weiter, fiel zu Boden und blieb schließlich regungslos liegen.

Edgar säuberte ungerührt seine Klingen an einem Stück Stoff, das früher mal ein Vorhang gewesen sein mochte, und hob seine Waffe auf.

Er sah sich aufmerksam um und machte sich nicht einmal die Mühe, in Deckung zu gehen. Was hier ablief, konnte man nicht einmal eine Schlacht nennen. Sturmkohorte Aquila walzte die letzten Drizilverteidiger einfach platt.

Unweit seiner Position stand das, was von einer feindlichen Geschützstellung noch übrig war. Lestrades Jäger hatten ganze Arbeit geleistet. Von der Laserstellung war nur noch ein geschwärztes, verbogenes Gerippe übrig. An manchen Stellen war das Metall mit dem Fleisch der Kanoniere verschmolzen worden, die diese Stellung bemannt hatten.

Die Bombardements der Mammoths und Shadows hatten den feindlichen Widerstand praktisch zerbrochen, noch bevor die Legionäre den ersten Drizil auch nur gesehen hatten.

Auf der gegenüberliegenden Straßenseite flankierten Becky und Li die Tür eines Hauses. Plötzlich holte Li mit dem Fuß aus und trat die Tür ein, nahezu zeitgleich warf Becky eine Schallgranate in die Öffnung. Die beiden Legionäre warteten, bis der Sprengkörper detonierte, anschließend stürmten sie ins Innere. Ein kurzer Schusswechsel war zu hören und keine zwei Minuten später kamen beiden Legionäre ins Freie. Becky hob die rechte Hand und zeigte ihm einen Daumen nach oben.

Galen und Vincent traten zu ihm. Die Rüstungen beider Legionäre waren verdreckt und in Vincents Fall zeigten sie sogar Spuren von Drizilwaffen, doch die beiden waren zu Edgars Erleichterung ansonsten unverletzt.

Vincent nickte ihm zu. »Die Parallelgasse ist gesäubert.«

Galen trug etwas in der Hand.

Edgar öffnete sein Komm. »Colonel Castellano? Hier Truppführer *Schneller Tod.*«

»Hier Castellano. Ich höre.«

»Wir haben den Sektor 315 gesichert. Rücken jetzt in den nächsten vor.«

»Verstanden. Wenn wir weiter in diesem Tempo arbeiten, ist der Planet bis zum Einbruch der Nach unter Kontrolle.«

Der Colonel kappte die Verbindung, ohne auf eine Antwort zu warten.

Edgar sah sich erneut um. Das Ganze hatte mehr von einer Polizeiaktion denn wirklich von Krieg.

Galen warf Edgar kommentarlos das Ding, das er in Händen hielt, vor die Füße. Es handelte sich um den zerbeulten Helm eines feindlichen Soldaten.

Edgar vermochte nicht, Galens Gesicht zu sehen, doch er war sich sicher, dass der Mann grinste. Galen genoss das Vergießen von Drizilblut einfach zu sehr.

Edgar widmete dem Helm zu seinen Füßen einen langen Blick. Der Colonel hatte zweifellos recht. Wenn alles in diesem Tempo weiterging, würde es morgen früh keinen lebenden Drizil mehr auf Barinbau geben.

8

Javiers Kampfverband verfolgte den Drizilkonvoi seit nicht ganz einer Stunde. Die Drizilkriegsschiffe hätten für gewöhnlich eine wesentlich höhere Beschleunigung zustande gebracht. Tatsächlich wären sie sogar in der Lage gewesen, die imperialen Schiffe weit hinter sich zu lassen.

Sie waren jedoch gezwungen, mit der Geschwindigkeit des langsamsten Schiffes zu fliegen, und das waren nun mal die Transporter. In der Nähe des Konvois zu bleiben, entpuppte sich für die Drizil nun als größter Nachteil – und stellte für Javier vielleicht seinen größten Vorteil dar. Der imperiale Kampfverband holte langsam, aber beständig auf.

Die BISMARCK, die GLORIOUS und die beiden Träger hatten bereits Stellung in der Flugrichtung des Gegners bezogen und würden alles tun, um diesen an der Flucht zu hindern. Sie mussten den Gegner nicht zerstören, lediglich aufhalten und Javier die Gelegenheit bieten aufzuschließen.

Er hoffte, dies überstieg deren Fähigkeit nicht. Der feindliche Verband war nicht einfach zu knacken. Dessen Konvoi wurde von Dutzenden kleiner Symbole umschwärmt. Javier runzelte die Stirn.

Seine XO trat näher und beugte sich verschwörerisch vor. »Was macht Ihnen Sorgen?«

»Diese Symbole, das sind Jäger, aber der Konvoi verfügt nicht über Träger.«

»Und was sagt Ihnen das?«

»Dass die Jäger zur Garnison auf dem Planeten gehören – oder vielmehr gehörten. Sie eskortieren den Konvoi bis zum Sprung aus dem System, aber da stellen sich mir zwei Fragen: Erstens, warum blieben die Jäger nicht bei der Kolonie, um diese zu verteidigen, oder besser gesagt, warum haben sie nicht die Satelliten bei unserer Annäherung unterstützt? Unsere Verluste wären weit höher ausgefallen, wenn die Jäger die Abwehrsatelliten vor unseren Torpedos abgeschirmt hätten.«

»Leuchtet mir ein. Und zweitens?«

»Jäger sind nicht sprungfähig und diese Schiffe haben nicht die Möglichkeit, die Jäger vor dem Sprung aufzunehmen. Also egal, wie das Gefecht auch ausgeht, die Jägerpiloten verlieren auf jeden Fall. Entweder wir vernichten den Konvoi samt Jägern oder dem Konvoi gelingt die Flucht und er springt aus dem System. In diesem Fall stranden die Jäger aber weitab der Kolonie und werden von uns erledigt. Wie dem auch sei, die Piloten sind so gut wie tot.«

»Das sind verdammt gute Fragen.«

»In der Tat und ich komme nur auf eine logische Erklärung.«

Estelle nickte wissend. »Die Jäger beschützen etwas in dem Konvoi. Etwas, das so wichtig ist, dass sie sich bedenkenlos dafür opfern und sehenden Auges in den Tod gehen.«

»Zur selben Schlussfolgerung bin ich ebenfalls gelangt.« Javier schnaubte. »Wir dürfen den Konvoi auf keinen Fall entkommen lassen. Lestrade wird nicht gerade erfreut darüber sein, falls uns diese Schiffe durch die Lappen gehen.«

»Aufbringen oder zerstören?«

Javier überlegte fieberhaft, schließlich schüttelte er den Kopf. »Wir dürfen kein Risiko eingehen. Zuallererst ist es wichtig, dass diese Schiffe nicht entkommen. Sollen sich die Eierköpfe in den Trümmern umsehen, um herauszufinden, was hier vor sich geht.«

Estelle bekam einen leicht geistesabwesenden Ausdruck, als sie eine Meldung über den Knopf in ihrem Ohr empfing. »Wir sind in knapp fünf Minuten in optimaler Feuerdistanz.«

»Befehl an das Geschwader: Klar Schiff zum Gefecht!«

Captain Jürgen Schröder vom Angriffskreuzer der Ares-Klasse HMS Bismarck verfolgte mit einem flauen Gefühl in der Magengrube wie sich der Drizilkonvoi näherte.

Javier Estradas Geschwader näherte sich von achtern und begann gerade damit auszuschwärmen, um eine möglichst große Verteilung seiner Langstreckenbewaffnung zu erreichen.

Das wurde auch Zeit, dachte er bei sich.

Die BISMARCK und der Begleitkreuzer der Guardian-Klasse HMS GLORIOUS hatten bereits Posten bezogen, ebenso die beiden Träger POTEMKIN und SUN TZU. Die Jäger beider Träger bildeten eine Abwehrlinie vor den Trägern. Trotzdem gab sich Schröder keinen Illusionen hin. Die beiden Zerstörer und ihre begleitenden Fregatten konnten sie schlagen, keine Frage. Der Intruder stand auf einem ganz anderen Blatt, von den Jägern, die eigentlich gar nicht dort sein dürften, mal ganz abgesehen.

Auf seinem Holodisplay liefen zwei verschiedene Zählwerke rückwärts. Das eine markierte die Zeit, die Estrada benötigte, um das Feuer eröffnen zu können, das andere zeigte die Zeit, die die Drizil benötigten, um optimale Schussdistanz zu Schröders kleinem Kommando erreichen zu können. Das erste zeigte um die vier Minuten an – das zweite etwa eine Minute.

Schröder seufzte.

»Torpedorohre klar machen. Wir eröffnen demnächst das Gefecht.«

Auf seinem Holodisplay verfolgte Javier, wie die Kampfgruppe der BISMARCK das Gefecht mit einer Torpedosalve eröffnete. Etwa zur selben Zeit stießen die fünf Drizilkriegsschiffe einen Schwarm Energietorpedos aus. Parallel hierzu gaben die Jäger beider Seiten Vollschub. Sie versuchten dabei nicht nur, die Jäger des Gegners ins Visier zu nehmen, sondern auch dessen Lenkwaffen, um die Überlebenschancen der eigenen Schiffe zu erhöhen.

Javier knirschte vor Anspannung mit den Zähnen und ballte die Hände. Die fünf Drizilschiffe verwickelten die vier imperialen in ein heftiges Gefecht. Etwa drei Dutzend kleiner Jägersymbole verschwanden mit schockierender Plötzlichkeit innerhalb weniger Augenblicke vom Plot. Fast die Hälfte davon hatten den imperialen Streitkräften angehört.

Die Lenkwaffen beider Parteien erzielten erste Treffer. Javier war noch zu weit entfernt und die Situation zu chaotisch, um auszumachen, wer die Oberhand hatte. Im Moment schien das Gefecht noch relativ ausgeglichen.

Javier kratzte mit den Fingernägeln über die Lehnen seines Kommandosessels.

»Wie lange noch, XO?«, fragte er drängend.

»Nicht ganz zwei Minuten«, gab diese gepresst zurück.

Solche Augenblicke hasste er. Ein Gefecht mit ansehen zu müssen, in das er noch nicht eingreifen konnte, so etwas zehrte an den Nerven eines jeden Soldaten. Doch bald würde sich das ändern.

Schröder musste nur lange genug durchhalten.

Die BISMARCK wurde schwer getroffen. Vier Energietorpedos fanden ihren Weg durch die Abwehr des Angriffskreuzers und schmolzen Panzerung von Bug und Steuerbord. Die entsprechenden Bereiche glühten auf Schröders taktischem Hologramm von einer Sekunde zur nächsten orange auf. Wie es schien, war die Panzerung nicht durchbrochen, doch ein weiterer Treffer an Steuerbord mochte dies durchaus erreichen. Er musste diese Schwachstelle unbedingt im Auge behalten.

Jeweils ein Zerstörer und eine Fregatte widmeten sich der BISMARCK und der GLORIOUS, während sich der Intruder noch vornehm zurückhielt und damit begnügte, die acht Transporter an dem Gefecht vorbeizueskortieren.

Schröder hatte die SUN TZU und die POTEMKIN zurückgezogen, um sie nach Möglichkeit aus dem Gefecht herauszuhalten. Lediglich durch ihre PVL unterstützten die Träger die Nahbereichsabwehr der beiden Kreuzer. Die gegnerischen Kriegsschiffe kamen jedoch beständig näher, sodass sich Schröder bald entscheiden musste, entweder die Träger in den Kampf zu schicken oder eben nicht. Es war jedoch gut möglich, dass er deren Feuerkraft bald brauchen würde – so limitiert diese im Nahkampf auch war.

Die BISMARCK und die GLORIOUS schlugen mit ihrer Energiebewaffnung zu und brannten Schicht um Schicht der Panzerung von Bug und oberem Deckaufbau eines Zerstörers und einer Fregatte.

Ein Gegentreffer des linken Drizilzerstörers schlug eine Bresche in die Panzerung der GLORIOUS unterhalb der Brücke. Der eher schwach gepanzerte Begleitkreuzer brach nach unten aus, um den Schaden aus der Schusslinie der feindlichen Schiffe zu bringen.

Die Transportschiffe versuchten sich derweil aus dem Staub zu machen, indem sie sich an der BISMARCK vorbeischlichen. Schröder wusste ganz genau, wie es weitergehen würde. Sobald die Schiffe das Gefecht passiert hatten, würden sie Geschwindigkeit aufnehmen und aus dem System springen. Das durfte nicht passieren.

»Nach Backbord schwenken. Alle Batterien auf die Transportschiffe ausrichten und Feuer!« Er zögerte, doch dann sagte er mit entschlossener Stimme: »Die SUN TZU und die POTEMKIN näher heranziehen. Sie müssen diesen Zerstörer etwas beschäftigen.«

Mit flammenden Lasern mischten sich die beiden Träger ins Gefecht ein und überschütteten den Drizilzerstörer mit einem wahren Lichtgewitter. Währenddessen schwenkte die BISMARCK gehorsam in Richtung der feindlichen Transporter und beharkte sie mit mehreren Salven.

Drei der Transporter wurden getroffen und augenblicklich in sich ausbreitende Trümmerwolken verwandelt. Die Transporter waren kaum gepanzert und ihre Waffen nicht der Rede wert. Sie waren nicht dafür konstruiert, sich mit einem imperialen Angriffskreuzer der Ares-Klasse anzulegen.

Doch noch während sich in Schröder ein Triumpfgefühl aufbaute, mischte sich der Intruder ein. Das gewaltige Schiff schob sich wie ein riesiger bedrohlicher Schatten vor die restlichen Transportschiffe, um sie vor dem Beschuss durch die BISMARCK abzuschirmen.

Die Batterien des Intruders – Geschütze, die einen Swordmaster zerlegen konnten – schlugen gegen die BISMARCK los. Das Deck unter Schröders Füßen erzitterte unter Dutzenden Einschlägen. Sein taktisches Hologramm rief eine schematische Darstellung des Angriffskreuzers auf und mehrere Decks leuchteten in Unheil verkündendem Rot auf.

»Wir müssen aus dem Feuerbereich des Intruders raus«, schrie sein XO über den Lärm unzähliger Sirenen hinweg.

»Unmöglich. Wenn wir uns zurückziehen, sind diese Schiffe weg. Weiterfeuern!«

Die Batterien der BISMARCK schlugen zurück und erledigten einen weiteren Transporter, der sich zu weit aus dem Schutz des Intruders gewagt hatte. Die übrigen Geschütze bestrichen die Backbordpanzerung des mächtigen Feindschiffes, ohne diese durchbrechen zu können.

Der einem Kopf nicht unähnliche Bug des Intruders machte auf Schröder den Eindruck, dieser würde grinsen und seine Bemühungen auslachen.

Die nächste Salve des Intruders knackte die Panzerung achtern und hätte um ein Haar den Antrieb der BISMARCK ausgeschaltet.

Die SUN TZU und die POTEMKIN lieferten sich inzwischen ein erbittertes Duell mit dem feindlichen Zerstörer und der Fregatte. Die beiden Träger waren eindeutig unterlegen, weigerten sich jedoch, klein beizugeben.

Die GLORIOUS verwandelte die Drizilfregatte, mit der sich der Kreuzer herumärgerte, mit einem brutalen Bombardement aus allen Bordwaffen in einen Flammenball. Der Zerstörer hingegen schlug zurück und verheerte die Außenhülle des Begleitkreuzers. Drei Decks wurden zum Vakuum hin geöffnet, als das Feindschiff die Panzerung durchbrach.

Schröder fragte sich, wie lange sie noch durchhielten.

Plötzlich scherte einer der Träger aus und brach das Gefecht ab. Das Schiff machte oberflächlich noch einen durchaus robusten Eindruck. Schröder konnte keinen Grund erkennen, aus dem sich die POTEMKIN zurückzog.

»XO, rufen Sie die POTEMKIN. Ich möchte wissen, was dort vor sich geht.«

»Wir werden bereits gerufen«, erwiderte der weibliche Lieutenant an der Komm. »Nur Audio.«

»Lassen Sie hören.«

»Hier POTEMKIN! Hier POTEMKIN!« Die Stimme des Captains klang zwar nicht panisch, aber Schröder vermochte doch, die Angst in der Stimme des Mannes wahrzunehmen.

»Dies ist ein allgemeiner Notruf an alle imperialen Schiffe. Wir geben den Träger auf. Wiederhole: Wir geben den Träger auf. Wir haben die Grüne Pest an Bord. Versuchen Sie nicht, bei uns anzudocken. Das Startdeck sowie drei Sektionen sind bereits befallen. Wir können es nicht aufhalten. Ich wiederhole: Die Grüne Pest ist an Bord. Wir gehen in die Rettungskapseln.«

»Das ist alles«, verkündete die Kommunikationsoffizierin.

Schröder erschauderte. Die Grüne Pest. Das Schreckgespenst aller imperialer Raumfahrer, die es mit den Drizil zu tun bekamen. An beiden Flanken des Trägers wurden Luken abgesprengt und Rettungskapseln ins Freie katapultiert.

Er wünschte, sie hätten etwas für die Gestrandeten tun können, doch sie konnten die Kapseln nicht aufnehmen, solange das Gefecht andauerte.

Da er nun auf sich allein gestellt war, konzentrierten sich ein Zerstörer und eine Fregatte auf den Träger SUN TZU. Die Fregatte sah zwar übel aus und ihr Antrieb fluktuierte aufgrund mehrerer Treffer, die die beiden Träger hatten landen können, doch ihre Batterien waren noch fähig, dem imperialen Schiff hart zuzusetzen.

Dies brachte Schröders Gedanken zurück zu dem Intruder. Die überlebenden Frachter nahmen Fahrt auf. Sobald sie ihre Mindestgeschwindigkeit aufgebaut hatten, würden sie den Sprung durchführen und alles wäre verloren.

Schröder überprüfte den Standort seiner verbliebenen Jäger. Einige von ihnen halfen der SUN TZU, andere hielten die Driziljäger auf Abstand. Von denen war keine Hilfe zu erwarten.

»Bringen Sie uns unter den Intruder. Wir müssen aus dem Bereich seiner Hauptbewaffnung raus. Vielleicht kriegen wir die restlichen Transportschiffe vor die Rohre.«

Die BISMARCK machte einen Satz nach vorn, als die Antriebsaggregate über Gebühr beansprucht wurden, doch das Manöver gelang und der Angriffskreuzer schob sich unter das feindliche Kampfschiff. Die Besatzung des Intruders versuchte, das Manöver auszugleichen, war jedoch nicht schnell genug. Sie konnten nun nicht mehr mit der BISMARCK gleichziehen, ohne eine Kollision zu riskieren. Ihre Reaktion bestand darin, seitlich abzuschwenken, um Distanz zwischen sich und den imperialen Angriffskreuzer zu bringen. Da sich die BISMARCK im Moment im toten Winkel der Hauptbewaffnung des Intruders befand, war dieses Manöver die einzige Möglichkeit, das lästige menschliche Schiff erneut vor die Waffen zu bekommen.

Doch damit entblößten sie die Transportschiffe, die sie eigentlich hatten schützen wollen.

Schröder zögerte keine Sekunde.

»Auf die Transportschiffe zielen und ... Feuer!«

Die Laserbatterien der BISMARCK spuckten Tod und Zerstörung. Dieser Feuerkraft hatten die Transporter nichts entgegenzusetzen. Einen nach dem anderen verwandelten Schröders Geschützmannschaften die Transporter erst in Wracks und schließlich in sich ausbreitende Wolken heißen Gases.

Ein Problem weniger, dachte Schröder erleichtert. In diesem Moment brachte sich der Intruder wieder in Erinnerung. Die BISMARCK erlitt mehrere direkte Treffer an Steuerbord und mittschiffs, einen direkt hinter der Brücke.

Unzählige Warnsirenen buhlten um seine Aufmerksamkeit. Mindestens die Hälfte der Geschütze an Steuerbord waren ausgefallen – soweit er das überblicken konnte, die meisten mit der vollen Mannschaft.

Die SUN TZU verschwand vom Plot. Die GLORIOUS fand sich nun im Gefecht mit einem angeschlagenen Zerstörer, einer mitgenommenen Fregatte und einem nahezu unbeschädigten Zerstörer wieder. Das Schiff tat das einzig Mögliche – und trat unter dem Dauerfeuer dreier feindlicher Schiffe den Rückzug an.

Die Brücke der BISMARCK wurde getroffen. Das Licht fiel für eine Sekunde aus und wurde durch die rote Notbeleuchtung ersetzt.

»Wo zum Teufel bleibt die CONQUISTADOR?«, fragte Schröder atemlos.

Sein XO antwortete nicht. Der Captain der BISMARCK drehte sich um und sah seinen Ersten Offizier zusammengesunken am Boden liegen, den starren Blick zur Decke gerichtet. Eine herabstürzende Verstrebung hatte den Mann erschlagen.

Die BISMARCK wehrte sich im Rahmen ihrer Möglichkeiten, doch sie hatte das Gefecht verloren, so viel war klar.

Die Besatzung des Intruders wollte Blut sehen für den Verlust der Transporter – auch das war offensichtlich. Unter normalen Umständen hätte er der Besatzung befohlen, in die Rettungskapseln zu gehen. Er war sich jedoch nicht sicher, ob die Drizil nicht das Feuer auf die wehrlosen Kapseln eröffnen würde. Derlei war in der Vergangenheit bereits vorgekommen.

Die Bismarck schlug mit ihrem schwindenden Waffenarsenal zurück, sehr wohl wissend, dass sie damit nicht allzu viel mehr ausrichten konnten.

Der Intruder stellte unvermittelt das Feuer ein. Schröders Kopf dröhnte aufgrund der Vielzahl unterschiedlicher Warnmeldungen. Das feindliche Kampfschiff glitt siegessicher näher. Einmal mehr glaubte er, am Bug des Schiffes ein grinsendes Gesicht wahrzunehmen.

Er wusste sehr genau, was die Drizil an Bord dieses Schiffes bezweckten. Sie kamen für einen letzten Kernschuss so nahe wie möglich. Sie wollten den Menschen verdeutlichen, dass sie keine Chance mehr hatten.

Schröder schloss die Augen.

Und wartete.

Verwirrt öffnete er seine Augen wieder. Der erwartete Todesstoß blieb aus.

Sein taktisches Hologramm fiel flackernd immer wieder aus, doch er konnte genügend Daten entnehmen, um sich ein Bild der Lage zu machen.

Der Intruder drehte nach Backbord ab. Das Schiff erzitterte unter den Einschlägen Dutzender Torpedos. Flammen leckten über die Außenhülle. Eine gewaltige Sekundärexplosion riss die halbe Antriebssektion ab und das Schiff brach beinahe manövrierunfähig nach Steuerbord aus, wobei es um ein Haar mit der Bismarck kollidierte.

Hinter dem malträtierten Intruder kam die Kampfgruppe der Conquistador in Sicht, die aus allen Rohren feuernd die Drizilschiffe bedrängte.

Die bereits angeschlagene Fregatte brach nach nur einem direkten Torpedotreffer auseinander. Die beiden Zerstörer wollten abdrehen, fanden sich jedoch im Fokus von drei Schlachtkreuzern der Behemoth-Klasse und zwei Dutzend Schnellbooten wieder. Es war klar, diese Schiffe würden das System allesamt nicht mehr verlassen.

Schröder ließ sich schwer in seinen Sessel fallen und atmete erleichtert auf.

Sie hatten es geschafft.

Die Anwesenheit imperialer Streitkräfte im Barinbau-System blieb den Drizil bei Vector Prime weiterhin verborgen.

Sie waren immer noch im Spiel.

9

General Carlo Rix stieg in Begleitung von Commodore Horatio Lestrade, Colonel Renè Castellano, Colonel Justin Janneck sowie Professor Nicolas Cest die Stufen in die geheime Anlage hinab, die die Soldaten der imperialen Armee unterhalb der Versorgungsbasis ausgehoben hatten.

Die Stufen führten in einen Korridor, der wiederum in eine Hauptkammer führte. Bei der Erstürmung der Anlage waren Korridor und Hauptkammer in tiefe Dunkelheit gehüllt gewesen. Nach der Einnahme war nun alles hell erleuchtet und alle zehn Schritte stand eine Doppelwache bestehend aus Armeesoldaten.

Die Männer schwiegen, bis sie die Hauptkammer erreichten. Sie war quadratisch mit einer Kantenlänge von etwa dreißig Metern.

In der Mitte der Kammer lagen auf einem Haufen elf Drizil. Die Männer machten einen großen Bogen um die Leichen und beäugten sie misstrauisch, als könnten sie jede Sekunde wieder zum Leben erwachen.

Eine Seite der Kammer wurde durch ein großes Holodisplay eingenommen. Auf zwei anderen Seiten stand eine Menge fremdartiger Gerätschaften, die mit nichts Ähnlichkeit besaßen, was Carlo schon einmal gesehen hatte. Er konnte nicht einmal raten, wozu das alles diente. Auf der nördlichen Seite der Kammer standen mehrere Tische. Es waren die Gegenstände, die darauf ausgebreitet lagen, die das Interesse der Männer fesselten.

Dort lagen Einzelteile imperialer Kampfanzüge. Sie waren fein säuberlich nach Funktion und Waffengattung gestapelt. Von den Marines bis zur imperialen Armee, vom Helm bis hin zum Beinschutz war alles vertreten. Es wirkte beinahe, als hätten die Drizil diese Gegenstände katalogisiert, was an und für sich nicht viel Sinn ergab.

»Was haben Sie sonst noch gefunden?«, wollte Carlo wissen.

»Gefängniszellen«, antwortete Janneck bedrückt.

Carlo wandte sich ihm zu und hob fragend eine Augenbraue.

»Mit Menschen darin«, sah sich der Armeecolonel zu einer weiteren Erklärung genötigt. »Alle tot. Es wirkt, als seien sie gefoltert worden. Sie hatten Deformationen und unzählige Wunden.« Der Mann wirkte erschüttert. Carlo ließ sich nichts anmerken, doch er war froh, diese Zellen nicht inspiziert zu haben. Wenn auch nur die Hälfte von Jannecks Bericht den Tatsachen entsprach, konnte der Inhalt dieser Zellen einen Menschen in dessen Albträumen verfolgen.

Carlo drehte sich um, damit keiner seiner Begleiter die Abscheu über diesen Fund in seinen Augen sah.

Professor Cest stürzte sich sogleich auf die Aufgabe, die Drizilaufzeichnungen durchzugehen, um den Zweck dieser Anlage herauszufinden. Bereits nach wenigen Sekunden hatte er alles und jeden im Raum vergessen, so vertieft war er in seine Arbeit. Carlo tippte unruhig mit der Fußspitze auf den Boden, doch schließlich hielt er es nicht mehr aus.

»Erzählen Sie noch mal ganz genau von Anfang an, wie Sie diese Anlage gefunden haben, Colonel«, wandte er sich an Janneck.

Der Armeecolonel räusperte sich verhalten und begann zu erzählen. »Wie befohlen nahmen wir die Versorgungsbasis ein. Wir stießen zunächst auf keinen nennenswerten Widerstand. Doch plötzlich meldeten sich die Frühwarnsysteme unserer Anzüge. Es war im ersten Moment kein Feind zu erkennen, und wenn doch, dann tauchte er nur sporadisch auf unseren HUD auf.«

»Und dann?«, hakte René nach.

»Wir wurden beschossen. Der Angriff kam aus dem Nichts. Unsere Kampfanzüge konnten die Angreifer nicht richtig erfassen. Sie waren da, dann verschwanden sie wieder, dann waren sie wieder da. Es war, als würden wir Geister jagen. Wir trieben die Angreifer schließlich zurück und stießen auf diese versteckte Anlage.«

Carlo nahm einen der Legionshelme vom Tisch und unterzog ihn einer eingehenden Untersuchung. Der Helm war etwas älter. Auf der Stirnseite prangte das Zeichen der 8. Legion. Er schüttelte verwundert den Kopf. Die 8. Legion existierte seit über vier Jahren nicht mehr. Sie war schon lange vor der Einnahme des Solsystems durch die Drizil vernichtet worden.

»Wie viele Drizil fanden sie vor?«

»Etwa fünfzig Soldaten. Sie kämpften bis zum letzten Mann. Wir mussten sie alle töten.« Janneck deutete auf die Leichen am Boden. »Wir betraten anschließend diese Kammer und fanden diese Leichen am Boden. Keiner dieser Drizil trug eine Waffe.« Janneck zögerte. »Und, General, wir haben diese Drizil nicht umgebracht. Sie waren schon tot, als wir diese Kammer einnahmen.«

Carlo nickte. Zu diesem Schluss war er auch bereits ohne Jannecks Stellungnahme gelangt. Keiner der Drizil wies Wunden auf, die von imperialen Nadelgewehren stammten. Die Wunden deuteten vielmehr auf den Einsatz von Drizilwaffen hin.

»Sie haben ihre eigenen Leute umgebracht«, kam Lestrade zum selben Ergebnis. »Aber warum?«

»Damit sie nicht in Gefangenschaft geraten und reden können«, mischte sich Cest unvermittelt ein.

Die Männer wandten sich ihm zu. Sie hatten die Anwesenheit des eigenbrötlerischen Professors beinahe vergessen.

»Cest?«, forderte Carlo den Mann zum Reden auf.

»Ich konnte natürlich in der kurzen Zeit noch keine Analyse durchführen, aber nach einer ersten oberflächlichen Begutachtung halte ich das hier für eine geheime Forschungsanlage. Die Drizil gingen hier irgendwelchen Experimenten nach.«

»Können Sie schon sagen, welchen?«, wollte Carlo wissen.

»Dafür bräuchte ich viel mehr Zeit.«

»Nehmen sie sich die«, beschied Carlo. »Wir bleiben eine Weile hier.«

»Ach ja?«, fragten Cest und Lestrade gleichzeitig.

»Allerdings. Ich will wissen, wozu diese Anlage dient und warum bisher niemand von etwas Ähnlichem berichtet hat. Diese Anlagen existieren doch nicht erst seit gestern. Es müssen zuvor schon Legionäre auf sie gestoßen sein.«

»Anzunehmen«, gab Cest ihm recht, »doch vermutlich hat niemand überlebt, der etwas hätte berichten können.«

»Ich will das genau wissen. Nehmen Sie sich die Zeit für eine umfassende Untersuchung. Wir haben ohnehin keine andere Wahl, als hierzubleiben.« Er wandte sich Lestrade zu. »Wir konnten keine intakten Schiffe einnehmen. Korrekt?«

Lestrade seufzte. »Leider nicht. Das Gefecht lief viel zu hektisch ab und die Drizil leisteten schwereren Widerstand als erwartet.«

Carlo nickte. »Das war kein Vorwurf, Commodore. Lediglich eine Feststellung. Es wirft uns aber in unseren Zeitplänen nicht wirklich weit zurück. Barinbau ist ein Versorgungsstützpunkt. Das heißt, früher oder später wird ein Konvoi hier auftauchen, der Kriegsmaterial nach Vector Prime befördern will. Vermutlich eher früher. Also legen wir uns auf die Lauer. Lassen Sie die Trümmer der Schlacht beseitigen und postieren Sie Ihre Schiffe so, dass ein eintreffender Konvoi mit dem geringsten Risiko für unsere Leute aufgebracht werden kann. Diesen nutzen wir anschließend, um uns ins Vector-Prime-System zu schleichen.«

Lestrade nickte. »Verstanden.«

»Und Sie, Professor, nutzen Sie die Zeit, um mir ein paar Antworten zu verschaffen.«

Galen legte sich der Länge nach in die Sonne – in vollem Kampfanzug. »So könnte ich es durchaus aushalten.«

»Mach es dir nicht zu gemütlich. Ich bin sicher, wir rücken bald wieder ab.«

Der Himmel war immer noch wolkenverhangen. Es schien hier gar kein anderes Wetter zu geben. Die Temperaturen lagen derzeit jedoch konstant bei angenehmen vierundzwanzig Grad. Die Kolonie war bereits seit einem halben Tag befriedet und viele Legionäre nutzten die erzwungene Ruhepause, um vor dem Angriff auf Vector Prime etwas Kraft zu schöpfen. Zumindest so lange, bis die hohen Tiere wussten, wie es nun weitergehen sollte.

Feuertrupp *Schneller Tod* hatte es sich am Rande der Ortschaft bequem gemacht, bei dessen Befreiung er geholfen hatte. Die Legionäre – mit Ausnahme von Galen – hatten ihre Rüstungen abgelegt und genossen das warme Wetter. Es gab hier ohnehin nicht viel anderes zu tun.

Mehrere Shuttles durchstießen die Wolkendecke und brausten über die Soldaten hinweg. Vincent folgte ihnen mit den Augen. Sie setzten auf der anderen Seite der Ortschaft zur Landung ab.

»Weitere Soldaten?«, fragte er in die Runde.

Edgar schüttelte den Kopf. »Lebensmittel. Der örtliche Drizilkommandant dachte wohl, Rationierung wäre eine gute Methode, die Kontrolle über die menschliche Bevölkerung zu behalten. Die Fledermausköpfe ließen den Menschen kaum genug zum Leben. Lestrade und Rix haben beschlossen, ihnen so viel von unseren Notrationen zu überlassen wie möglich. Lestrades Leute richten Verteilungsstellen auf dem ganzen Planeten ein.«

»Wird es reichen?«, hakte Vincent besorgt nach.

Edgar zuckte die Achseln. »Ich hoffe es.«

»Was wird aus den Leuten, wenn wir abziehen?«

Erneut zuckte Edgar die Achseln. »Rix lässt eine kleine Truppe der Armee hier, um beim Wiederaufbau zu helfen. Barinbau gehört wieder uns.« Der Truppführer lächelte schmal. »Was immer das heißen mag.«

»Und wenn die Drizil zurückkommen?«

»Dann fällt das System wieder zurück an sie«, mischte sich Galen mit träger Stimme ein. »Ist nicht zu ändern.«

»Wie kannst du nur so was sagen?«

»Ganz leicht«, erwiderte Galen unbekümmert. »Musst es einfach mal ausprobieren.«

»Dazu bin ich nicht der Typ«, entgegnete Vincent gehässig. »Mir gehen die Menschen nämlich nicht am Arsch vorbei.«

Bei den meisten anderen Menschen hätte diese Äußerung mindestens zu einer wütenden Erwiderung geführt, vielleicht sogar zu Handgreiflichkeiten. Er kannte Galen jedoch besser. Wie erwartet reagierte der Legionär mit humorlosem Lachen darauf.

»Dann wirst du noch mal richtig Probleme kriegen, Junge.« Galen öffnete die Augen und setzte sich halb auf. Er fixierte Vincent mit festem Blick. »Wir sind im Krieg und etwas, das dir dort als Erstes klar wird, ist, du kannst nicht alle retten. Heute erobern wir einen Planeten zurück, morgen kommen vielleicht die Drizil und nehmen ihn uns wieder ab. Was willst du tun? Trübsal blasen und um jeden einzelnen Menschen trauern? Das funktioniert nicht. Alles, was du tun kannst, ist in die nächste Schlacht ziehen und die Fledermausköpfe dafür büßen lassen.« Er lächelte erneut. Ein erstaunlich kaltes Lächeln. »Und das ist *meine* Methode.«

Galen legte sich erneut auf den Rücken, obwohl die Sonnenstrahlen gar keine Chance hatten, durch die Wolkendecke zu stoßen. Vincent betrachtete ihn eine Weile stirnrunzelnd.

»Ich bezweifle, dass ich je so denken könnte.«

»Dein Problem.« Galen war immer noch die Ruhe selbst. »Ist nur meine bescheidene persönliche Meinung, aber du hängst dich emotional zu sehr rein.«

Vincent rümpfte die Nase. »Das ist *meine* Methode.«

Bevor Galen darauf antworten konnte, lenkte eine Bewegung in einem nahen Hauseingang Vincent ab. Edgar folgte dessen Blick. Ein kleines Kind stand dort. Verängstigt, verunsichert. Ein Junge von vielleicht sechs Jahren.

Er fragte sich, wie lange er sich wohl schon in diesem Haus versteckt hielt. Er trug verschlissene Kleidung und war nur noch Haut und Knochen. Edgar verfluchte im Stillen den Drizilkommandanten, der diesen Leuten ein solches Los aufgezwungen hatte.

Vincent kam in eine hockende Position hoch. Er kramte in seinen Taschen, bis er etwas zutage förderte. Edgar lächelte. Es handelte sich um eine Tafel Schokolade. Mit langsamen Bewegungen, um das Kind nicht zu verschrecken, winkte er den Jungen heran.

Das Kind reagierte anfangs nicht, blieb wie angewurzelt in der Tür stehen. Doch schließlich siegte der Hunger und es kam näher. Es beäugte Vincents Hand und die Tafel Schokolade misstrauisch. Plötzlich, ohne Vorwarnung, griff der Junge zu und schnappte sich die Süßigkeit. Er riss die Verpackung auf und stopfte sich ein großes Stück in den Mund. Mit seligem Lächeln begann er, darauf herumzukauen.

Vincent betrachtete den Jungen einen Moment, doch dann stand er auf, nahm den Jungen bei der Hand und ging mit ihm in Richtung der Shuttles.

»Hey, wo willst du denn hin?«, rief ihm Becky hinterher.

»Zur Verteilungsstelle. Der Junge braucht etwas Anständiges zu essen.« Wie aus Trotz fügte er noch hinzu: »Meine Methode ist wirklich besser.«

Die übrigen Mitglieder des Feuertrupps sahen ihm hinterher, sogar Galen, der vorgab, etwas ganz anderes zu betrachten. Er konnte Edgar jedoch nicht täuschen.

Edgar lächelte und beugte sich verschwörerisch zu Becky hinüber: »Galen hat mit seiner Einstellung nicht unrecht. Vincent sorgt sich zu viel um Dinge, die er nicht beeinflussen kann.« Er lachte bellend auf. »Aber verdammt noch mal, ich mag den Kerl.«

10

Die Flotte hielt sich länger im Barinbau-System auf, als irgendjemand vermutet hätte – und länger, als Carlo es gern sah.

Nach zehn Tagen war immer noch kein Konvoi aufgetaucht, den Lestrades Schiffe hätten aufbringen können. Zum jetzigen Zeitpunkt hatte Carlo seinen Fuß eigentlich schon auf den Boden von Vector Prime setzen wollen.

Die imperialen Truppen und Schiffe nutzten die erzwungene Pause des Feldzugs, so gut es ging. Die Barinbaukolonie galt inzwischen weitestgehend als gesichert – und das hatten sie mit einem Minimum an Verlusten hinbekommen. Die Aufklärungslegionäre jagten letzte versprengte Nachzügler der feindlichen Besatzungstruppen, die sich in die Wälder des Planeten oder in die Berge geflüchtet hatten.

Lestrades Schiffe lagen auf der Lauer, bereit, einen eintreffenden Konvoi auszuschalten und durch die Marines in Besitz zu nehmen. Die Schnellboote hatten die größten Trümmer der Raumschlacht beseitigt, um einen Neuankömmling im System nicht misstrauisch werden zu lassen. An Bord der kampfunfähigen Schiffe waren eine große Anzahl Drizil gefangen genommen worden, die nun in einer verlassenen Schule auf dem Planeten interniert waren, bis man eine bessere Möglichkeit fand, sie wegzuschließen.

Die imperiale Armee nahm währenddessen die Versorgungsbasis in Besitz und setzte sie, so gut es ging, instand. Die Basis war noch sehr viel umfangreicher, als es ursprünglich den Anschein gehabt hatte, und würde bei der Befreiung von Vector Prime gute Dienste tun. In unterirdischen Silos fanden sie Unmengen an Waffen, Ausrüstung und Treibstoff. Sie hatten die Bombardierung der Oberfläche durch Lestrade recht gut überstanden. Der Driziltreibstoff war an und für sich nicht dazu geeignet, in terranischen Jägern eingesetzt zu werden, konnte jedoch angepasst werden. Mit den Waffen ließ sich auf Vector Prime eine Bürgerwehr ausheben. Die Legionen dort würden mit Sicherheit an Personal- und Materialmangel leiden und wären für jede Hilfe zweifellos dankbar.

Einer war richtig froh über den Aufenthalt in Barinbau.

Professor Nicolas Cest.

Der Mann hielt sich nur noch in der unterirdischen Forschungseinrichtung auf, trank nicht viel und aß noch weniger. Am Ende des zehnten Tages nach ihrer Ankunft im System ließ Carlo ihn durch zwei Legionäre aus der Anlage eskortieren, damit der Professor etwas schlafen und sich stärken konnte. Ansonsten hätte der Mann sicherlich alles andere vergessen und sich zu Tode geschuftet.

Am Morgen des elften Tages rief Carlo schließlich zu einer Besprechung. Es drängte ihn zu erfahren, was Cest alles herausgefunden hatte.

Carlo, René, Lestrade und Janneck erwarteten Cest in einer Lounge an Bord der VENGEANCE. Vom Fenster der Lounge aus hatte man einen ungehinderten, atemberaubenden Blick auf einen Nebel, der den siebten Planeten des Systems beinahe völlig einhüllte. Unter ihnen zog der Mond mit der feindlichen Versorgungsbasis seine Bahn, umkreist von Lestrades beeindruckender Streitmacht.

Professor Cest wirkte ausgeruhter als das letzte Mal, dass Carlo ihn gesehen hatte, auch wenn er immer noch leicht fahrig und zerzaust aussah.

Carlo ließ dem Mann noch ein paar Augenblicke, um sich zu sammeln. Cest hatte einen ganzen Stapel Dokumente mitgebracht, die er auf dem Tisch vor sich ausbreitete.

»Also, Professor?«, eröffnete Carlo das Gespräch. »Zu welchem Ergebnis sind Sie gekommen?«

Cest räusperte sich.

»Ich könnte noch Monate in dieser Anlage verbringen und hätte dennoch nicht einmal die Oberfläche angekratzt, trotzdem ... denke ich, wir haben ein großes Problem.«

Die Anwesenden blickten auf und musterten den Akademiker scharf.

»Inwiefern?«, fragte Carlo.

»Wie bereits vermutet, handelt es sich um eine Forschungseinrichtung zu militärischen Zwecken. In dieser Anlage haben die Drizil nach Möglichkeiten gesucht, sich einen Vorteil gegenüber unseren Kampfanzügen zu verschaffen.« Er nahm einige Blätter aus seinem Dokumentenstapel und verteilte sie unter den Offizieren. Die Männer beäugten misstrauisch die Papiere vor sich. Auf dem Deckblatt war ein seltsames Gerät abgebildet. »Sie hatten teilweise Erfolg.«

»Was ist das?«, fragte René.

Cest schüttelte den Kopf. »Ich will nicht behaupten, alles verstanden zu haben, aber ich denke, es handelt sich um eine Art Tarnung. Einmal aktiviert, verhindert es, dass die Sensoren in den Kampfanzügen Drizilsoldaten wahrnehmen. Es ist, wie Colonel Janneck sagte: als würde man Geister jagen.«

Ein Raunen ging durch die versammelten Offiziere.

»Aber die Drizil tauchten hin und wieder auf unseren HUD auf«, warf Janneck beunruhigt ein.

Cest nickte. »Weil das Gerät nicht ausgereift ist und das ist die gute Nachricht. Genauer gesagt, ist es weit davon entfernt. Es ist noch lange nicht für die Serienproduktion geeignet. Ich halte die Soldaten, denen Sie begegnet sind, für Teilnehmer einer Art Feldtest. Jeder Drizil verfügte über ein zweites Gerät, das Daten aufzeichnete.«

»Welche Art Daten?« Janneck wirkte von Minute zu Minute beunruhigter.

»Alle Arten. Laufzeit der Tarnung, Energieverbrauch, Effizienz et cetera.« Cest kratzte sich am Kinn, bevor er sagte: »Und Sie hatten recht, General. Es gibt noch mehr Einrichtungen dieser Art. Ich fand Unterlagen über ihr Forschungsprogramm. Dieses Programm wurde kurz nach Beginn des Krieges initiiert. Die meisten dieser Anlagen befinden sich auf den Drizilheimatwelten, doch nach erfolgreichem Beginn ihrer Offensive, haben sie die Forschungen hierher verlegt.«

»Näher an die Front und das zu erwartende Einsatzgebiet ihrer Tarnung?« Carlo runzelte die Stirn.

»So scheint es zu sein.«

»Gibt es Anzeichen, dass die Drizil so etwas auch für ihre Schiffe entwickeln?«, fragte Lestrade gepresst. Bei der Frage merkten alle Anwesenden auf, sahen erst in Lestrades, schließlich in Cests Richtung, doch der Professor winkte lediglich ab.

»Nein, keine und ich bin mir sicher, dass wir uns in dieser Richtung auch keine Sorgen machen müssen. Ich glaube nicht, dass die Tarnung überhaupt in einem Maßstab einsetzbar wäre, um ein ganzes Schiff vor unseren Sensoren zu verbergen. Jedenfalls nicht in den nächsten Jahrzehnten. Der Energieverbrauch wäre zu hoch. Ein auf diese Art geschütztes Schiff, könnte weder seinen Antrieb noch seine Waffen hochfahren, wäre also völlig nutzlos.«

Kollektives Aufseufzen wurde rund um den Tisch laut.

Carlo nickte. »Das sind wirklich gute Neuigkeiten. Schlimm genug, dass die Drizil in der Bodenkriegsführung aufrüsten. Einen ähnlichen Vorteil im Raumkampf und wir wären geliefert.«

»Ich habe übrigens noch etwas herausgefunden, und zwar, was es mit dem überraschend gut bewaffneten Konvoi auf sich hatte, den die Kampfgruppe der CONQUISTADOR aufgerieben hat.«

»Jetzt bin ich aber neugierig.«

»Der Konvoi brachte Nachschub für die Forschungseinrichtung und sollte für Praxistests freigegebene Tarnungsgeräte an die Truppen auf Vector Prime liefern. Und das Intruder-Flaggschiff beförderte ein ziemlich hohes Tier, das hier war, um sich persönlich über die Fortschritte der Forschungen zu informieren. Soweit ich es verstanden habe, handelte es sich um einen waschechten Clanführer. Könnte sogar sein, dass er für die gesamten Militäroperationen im Vector-Prime-System verantwortlich war.«

Carlo pfiff beeindruckt durch die Zähne. »Nicht übel, ohne es zu wissen, haben wir einen Volltreffer gelandet.«

Cest neigte leicht den Kopf. »Es war zwar Zufall ... aber ja, es war tatsächlich ein Volltreffer.«

»Dann sollten wir uns jetzt beraten, wie unsere nächsten Schritte aussehen«, beschied Carlo.

»General? Da wäre noch etwas«, wandte Cest ein. »Ich habe noch etwas entdeckt, etwas weit Bedeutenderes als die Forschungen der Drizil.«

Carlo hob überrascht eine Augenbraue. »Und was wäre das?«

Cest durchwühlte seinen Dokumentenstapel und förderte weitere Blätter Papier zutage, die er unter die Offiziere verteilte.

Carlo begutachtete sie der Reihe nach, wurde aber nicht so recht schlau daraus. Auf dem Deckblatt war das Holodisplay aus der Forschungsanlage in abgeschaltetem Zustand abgebildet.

Auf den nächsten Blättern waren Fotos des Holodisplays, wie es verschiedene Bilder in die Luft projizierte. Bei einem Bild handelte es sich um fremdartige Symbole, beinahe wie Hieroglyphen. Auf einem anderen Bild projizierte das Holodisplay eine Sternkarte in die Luft.

Carlo warf dem Professor einen fragenden Blick zu. »Was sehe ich mir da an?«

»Ich habe es geschafft, das Drizilholodisplay in Betrieb zu nehmen.« Cest hob das Bild mit den fremdartigen Symbolen hoch. »Das hier ist eine Sprache, wie sie mir noch nie untergekommen ist. Ich bin mir jedoch in einem Punkt sehr sicher ... es handelt sich nicht um die Sprache der Drizil.«

»Um wessen Sprache dann?«, wollte Lestrade wissen.

»Genau das ist die Frage. Zu diesem Bild gab es einige Anmerkungen der Drizilforscher. Ich habe noch nicht den ganzen Text übersetzt, aber ich konnte einen Satz halbwegs übersetzen, der etwas mit *Meister* zu tun hat. Und noch ein anderes Wort ist mir aufgefallen: Nefraltiri. Dieses Wort wird relativ häufig wiederholt.«

»Was bedeutet das?« Carlo war zutiefst verwirrt über diese Eröffnung.

Cest ließ die Dokumente auf den Tisch gleiten. »Ich habe keine Ahnung.« Er hob ein weiteres Blatt Papier an, dieses Mal das Foto, in dem die Sternkarte projiziert wurde. »Das hier ist auch äußerst interessant. Es wird Ihnen allen vielleicht schon aufgefallen sein, dass das Holodisplay eine Sternkarte in die Luft projiziert.«

»Allerdings«, brachte sich Lestrade in Erinnerung. »Aber einige Dinge sind seltsam.«

»Damit treffen Sie den Nagel auf den Kopf. Diese Sternkarte geht weit über unsere eigene Galaxis hinaus. Es sind Welten verzeichnet, deren Existenz wir nicht einmal ahnten.«

»Das ist für mich nicht besonders überraschend, Professor«, wiegelte Carlo ab. »Uns war seit Längerem bekannt, dass die Drizil schon über die bemannte Raumfahrt verfügten, als die Menschen noch in Höhlen lebten. Natürlich haben sie schon einen großen Teil des Weltraums erkundet. Was ist daran so erstaunlich für Sie?«

»Erstaunlich für mich sind diese Linien.« Der Professor deutete auf einige hauchfeine Linien, die mehrere Planeten miteinander verbanden. Diese Linien waren so unscheinbar, dass sie Carlo zuvor gar nicht aufgefallen waren.

Carlo blickte den Professor scharf an. »Nur weiter, Professor. Ich will Ihnen nicht jedes Wort aus der Nase ziehen müssen. Was sind das für Linien?«

Cest zögerte. »Nun, auch das weiß ich noch nicht. Aber ich habe all diese Systeme, die durch Linien miteinander verbunden sind, mit unseren Aufzeichnungen verglichen.« Er deutete auf ein System. »Das hier ist Marianna.« Er deutete auf ein zweites. »Dieses System ist Kirin.« Sein Finger wanderte zu einem dritten. »Das hier ist Allesan. Und so geht es weiter.«

Betäubtes Schweigen senkte sich über den Raum. Carlo kniff die Augen zusammen und musterte den Professor eingehend.

»Wollen Sie damit sagen ...?«

»Ganz recht«, stimmte Cest zu. »Fast alle Systeme im imperialen Raum, die auf dieser Karte von Linien verbunden sind, wurden von den Drizil während ihrer Offensive entweder zerstört oder waren zumindest Schauplätze massiver orbitaler Bombardements.«

Carlo schluckte schwer.

»Es gibt nur zwei Ausnahmen«, fügte Cest hinzu.

»Welche?«

»Vector Prime und Sol.«

»Das Solsystem auch?«

Cest nickte und nahm einen weiteren Ausdruck zu Hand. Auch auf diesem befand sich die Sternkarte, doch dieses Mal war sie vergrößert, sodass ein einzelnes System hervorstach. »In der Tat. Diese Linien verbinden nicht nur einzelne Systeme, sondern innerhalb der Systeme auch Planeten. Die Linie führte innerhalb des Solsystems zum vierten Planeten.«

Carlo schluckte erneut. »Der Mars.«

»Was immer diese Linien bedeuten, der Mars spielt eine zentrale Rolle darin.« Der Professor schnaubte. »Neben den Linien fand ich weitere Anmerkungen in Drizilsprache und erneut Symbole in dieser fremdartigen Sprache. Ich werde Zeit brauchen, beides zu übersetzen. Vor allem bei diesen Hieroglyphen weiß ich noch nicht einmal, wo ich anfangen soll. Ich werde die Hilfe einiger Linguisten brauchen, um weiterzukommen.«

Carlo überlegte und schüttelte schließlich den Kopf. »Sie werden noch Gelegenheit erhalten, sich um diese Problematik zu kümmern, doch im Augenblick liegt Dringenderes an.«

Cest zuckte zurück, als hätte er eine Ohrfeige erhalten. »Was könnte wichtiger sein als das hier?«

»Vector Prime. Es wird meines Erachtens nicht mehr lange dauern, bis ein Konvoi hier eintrifft, den wir benutzen können, um unser Ziel zu infiltrieren. Unsere Chancen, in Vector Prime Fuß zu fassen, stehen gut. Aber damit ist es nicht getan. Vector Prime zu nehmen, ist nicht das Ende vom Lied. Wir müssen Vector Prime auch halten. Und damit bringe ich das Problem auch schon auf den Punkt. Falls wir es schaffen, Vector Prime zu sichern, ist es abzusehen, dass mit einer Gegenoffensive zu rechnen ist. Die Drizil werden das System nicht so einfach aufgeben, nur weil wir es uns zurückholen. Und sie haben einfach viel mehr Schiffe und Truppen als wir. Professor, Sie müssen sich eine Möglichkeit einfallen lassen, wie wir die Drizil zukünftig aus dem System heraushalten können.«

»Oh, und *das* erwarten Sie von mir?«, meinte Cest sarkastisch. »Wunder dauern etwas länger.«

Carlo lächelte. »Man ist allgemein der Meinung, Sie wären ein Genie. Beweisen Sie es uns.«

Carlo machte Anstalten aufzustehen. »Wenn sonst nichts mehr anliegt, wären wir hier fertig.«

»Einen Augenblick noch, General«, hielt Cest ihn zurück.

»Ja, Professor?«

»Wenn ich das für Sie tue, dann erwarte ich etwas als Gegenleistung.«

Carlo seufzte und warf Cest einen leicht genervten Blick zu. »Lassen Sie mich raten ...«

»Ganz recht«, nickte Cest. »Ich will meine Forschungen – meine ursprünglichen Forschungen – wieder aufnehmen dürfen. Das Labor an Bord der VENGEANCE ist … annehmbar.«

Carlo seufzte erneut und ließ sich Cests Angebot durch den Kopf gehen. Eigentlich hatte er sich schon entschieden, wollte dem Professor jedoch nicht die Genugtuung bieten, zu schnell nachzugeben. Der Professor verstand sein Handwerk tatsächlich. Ihn auf der VENGEANCE weiterforschen zu lassen, konnte sich durchaus als Vorteil erweisen. Außerdem brauchte Cest zweifellos ein Labor, wollte er die vor ihm liegende Aufgabe bewältigen.

Nachdem er zu einer Entscheidung gelangt war – oder vielmehr so tat, als wäre er erst jetzt zu dieser Entscheidung gelangt –, hob er mahnend einen Zeigefinger. »Aber Vector Prime hat Vorrang. Ihre primäre Aufgabe darf durch Ihre Forschungen nicht gefährdet werden.«

Cest nickte aufgeregt. »Einverstanden.«

»Falls das jetzt endgültig alles war …«, begann Carlo.

»Ich brauche noch einige Leichen«, wurde er von Cest unterbrochen.

»Wie bitte?«

»Tote Drizil. Für meine Forschungen brauche ich tote Drizil. Zum Sezieren und Untersuchen.«

»Professor. Ihre Forschungen auf der Erde wurden vom Kaiser persönlich gefördert. Ich nehme an, man hat Ihnen damals so viele Drizilkörper wie nötig zur Verfügung gestellt.«

»Das ist richtig, aber es brauchte Zeit, sie von der Front zur Erde zu schaffen. Monate. Selbst eingefroren war die Zelldegenerierung so weit fortgeschritten, dass die Leichen nur noch von bedingtem Nutzen waren. Unten auf Barinbau oder diesem Mond gibt es genügend Leichen. Relativ frische Leichen. Die Verwesung beginnt bei Drizil wesentlich später als bei Menschen, das bedeutet, die Leichen könnten mir sehr weiterhelfen.«

Carlo schauderte bei Cests Enthusiasmus. »Also schön. Colonel Janneck, Sie sorgen dafür, dass Cest bekommt, was er haben will.«

Der Armeecolonel wirkte nicht wirklich erfreut über diese Aufgabe, nickte jedoch ergeben.

»Gut«, machte Carlo einen neuen Ansatz, das Treffen zu beenden. »Falls das jetzt endgültig alles ist ...« Er blickte Cest scharf an, forderte ihn wortlos auf, gefälligst den Mund zu halten. Der Professor verstand den Wink. »... dann kommen wir in einigen Tagen wieder zusammen. Hoffen wir, dass wir bis dahin einige Drizilschiffe in die Hand bekommen. Wir brauchen mindestens sechs Schiffe, um genügend Truppen auf die Raumstation zu bringen. Erst dann wäre eine Einnahme überhaupt möglich. Acht wären besser. Unsere Freunde auf Vector Prime brauchen uns. Es wird langsam Zeit, sich um die Drizil dort zu kümmern.«

11

Es dauerte noch drei Tage, bis endlich ein Konvoi aus zehn Schiffen die Hyperraumgrenze ins Barinbau-System überschritt und Kurs auf das innere System nahm. Der Konvoi bestand aus acht Transportern, die von zwei Fregatten begleitet wurden.

Captain Javier Estrada beobachtete von seiner Brücke aus das Eintreffen des feindlichen Konvois und wie sie einen Kurs einschlugen, der sie in einer elliptischen Bahn zur Versorgungsbasis bringen würde. Sein Angriffskreuzer und vier weitere Schiffe lagen in einem kleinen Asteroidenfeld nahe der Systemgrenze auf der Lauer. Ein ähnlich zusammengesetztes kleines Geschwader lag auf der abgewandten Seite von Barinbau und ein drittes im Orbit des vierten Planeten. Die übrige Flotte saß hinter dem sechsten Planeten in Wartestellung. Der Konvoi saß bereits in der Falle, die Besatzungen wussten es nur noch nicht.

Javier schüttelte leicht den Kopf. Zwei Fregatten waren kein überwältigend großer Geleitschutz für einen Konvoi dieser Größe. Die Drizil mussten sich schon sehr sicher fühlen.

Er schmunzelte. Die Arroganz des Gegners kam ihnen sehr zupass. Sein Lächeln verblasste leicht, als ihm ein anderer Gedanke durch den Kopf schoss. Vielleicht schickten sie nur zwei Fregatten, um diese Schiffe zu eskortieren, weil sie nicht mehr Schiffe zur Verfügung hatten. Möglicherweise hatte ihre Expansion ihre Ressourcen zu weit verteilt. Diese Möglichkeit wäre natürlich weit wünschenswerter.

Der Plan für den Überfall war relativ simpel, hing jedoch vom peinlich genau abgestimmten Timing ab. Falls alles glattging, würden die Kriegsschiffe gar nicht erst zum Einsatz kommen. Der Konvoi würde in den Orbit um den Mond einschwenken, um seine Ladung löschen zu lassen.

Drizilfrachter verfügten nicht über eigene Möglichkeiten, Ladung auf einen Planeten zu bringen. Eigens zu diesem Zweck besaßen feindliche Versorgungsbasen eine große Anzahl Shuttles.

Es würden auch Shuttles von der Basis aufsteigen – ganz so, wie die Drizil es erwarteten. Doch anstatt Arbeiter, die kamen, um die Ladung zu löschen, beförderten die Shuttles Marines, die die Mannschaft ausschalteten und die Schiffe in Besitz nahmen.

Sobald der Kampf an Bord der Frachter begann, würden Schnellboote die beiden Fregatten torpedieren und mit so wenig Aufwand wie möglich außer Gefecht setzen. Anschließend würden die Fregatten ebenfalls geentert und die Besatzungen neutralisiert.

In weniger als einer Stunde sollte der Konvoi gesichert sein. Zumindest sah der Plan das vor.

Die imperialen Schiffe, die sich hinter Barinbau versteckten, würden Funkverkehr der Drizil simulieren und hin und wieder einzelne Gesprächsfetzen durchsickern lassen, um den Besatzungen des Konvois vorzuspielen, ihr Wachgeschwader befände sich derzeit im Orbit der Kolonie. Cests Mitarbeiter hatten die letzten Tage damit zugebracht, einige Meldungen in Drizilsprache zu übersetzen. Die Täuschung musste nicht lange vorhalten, lediglich lange genug.

Jede Faser seines Körpers war gespannt, als er auf seinem taktischen Display verfolgte, wie die feindlichen Schiffe Kurs auf den Mond nahmen. Nichts an ihrem Verhalten ließ den Schluss zu, ihr Plan sei durchschaut worden.

Wenn das nur mal so bleibt, dachte Javier.

So etwas war noch nie versucht worden. Die Drizil hatten keinerlei Grund anzunehmen, etwas sei nicht in Ordnung. Javier hoffte sehr, dass dem so blieb.

Vierundzwanzig transatmosphärische Shuttles durchstießen die Atmosphäre und steuerten zielstrebig die Transportschiffe im Orbit an. Drei Shuttles für jeden Transporter. Den Aufzeichnungen der Basis zufolge war dies die Standardvorgehensweise für die Fledermausköpfe. Doch statt Arbeiter beförderte jedes der Transportschiffe sechzig Marines. Mehr als genug, um die Besatzung eines Frachtschiffes außer Gefecht zu setzen.

Major Melissa Ross von der HMS VENGEANCE saß auf dem Kopilotensitz des vierten Shuttles. Gemeinsam mit zwei anderen Shuttles steuerten sie den zweiten Frachter an. Die beiden Fregatten waren nicht in den Orbit eingeschwenkt, sondern wachten über die Löschung der Ladung von einer Position knapp über den Transporter.

Clever, dachte sie. *Die Jungs überlassen nur wenig dem Zufall.*

Sie streichelte geistesabwesend ihr Nadelgewehr, während der Pilot des Shuttles das kleine Schiff auf die Öffnung zusteuerte, die sich unter dem Frachter auftat.

Melissa spähte aus dem kleinen Cockpitfenster und beobachtete, wie sich die Formation der Shuttles auflöste, als die übrigen Flugzeuge ebenfalls ihre Frachter ansteuerten.

»Das war es also. Von jetzt an sind alle auf sich allein gestellt.«

Dass sie diese Bemerkung laut ausgesprochen hatte, bemerkte sie erst, als der Pilot sie leicht mit dem Ellbogen anstupste. »Wird schon schiefgehen.«

»Mal den Teufel nicht an die Wand«, gab sie mit einem verschmitzten Lächeln zurück. Sie wurde jedoch schlagartig wieder ernst. Die Öffnung vor ihnen wurde zunehmend größer. Als würden sie auf das gefräßige Maul einer ewig hungrigen Bestie zusteuern.

»Sie sollten besser nach Ihren Leuten sehen. Es geht gleich los.«

Sie nickte. »Wie lange noch?«

»Sechs, vielleicht sieben Minuten bis wir drin sind. Sobald die Hangartore geschlossen sind und der Druck im Frachtraum wiederhergestellt ist, öffne ich die Luken und Sie können loslegen.«

»Verstanden«, sagte sie und quetschte sich am Sitz des Piloten vorbei in den Frachtbereich des Shuttles.

»Es geht los«, verkündete Melissa. »Macht euch fertig.«

Die Männer und Frauen setzten die Helme ihrer Kampfanzüge auf und verschlossen diese luftdicht. Als sie sicher war, dass alle Marines ihre Anzüge verschlossen hatten, setzte Melissa ihren eigenen Helm auf. Das HUD fuhr selbständig hoch, sobald der Anzug verschlossen war, und versorgte sie mit allen notwendigen Informationen.

Bei ihren Marines nahm sie eine unterschwellige Aura gespannter Erwartung wahr. Sie erkannte es in der Art und Weise, wie die Männer und Frauen dastanden, wie sie ihre Waffen hielten, wie sie sich gegenseitig Blicke zuwarfen. Sie war sich ziemlich sicher, dass einige der Marines über private Komm-Kanäle im Augenblick schwatzten und die Lage diskutierten. Das war zwar gegen die Vorschriften, ließ sich aber nicht vermeiden. Das war immer so. Solange es ihnen half, die Anspannung vor einem Gefecht abzubauen, sollte es ihr recht sein.

Ein spürbarer Ruck ging durch das Shuttle.

»Wir sind im Frachter«, informierte der Pilot sie über Komm. »Bereithalten. Die Drizil bauen gerade den Druck im Hangar wieder auf.«

Die Zeit schien sich ewig auszudehnen, obwohl der ganze Vorgang nur wenige Minuten dauerte.

In Gedanken ging sie die einzelnen Schritte durch, die die Besatzung des Drizilfrachters vornehmen musste. Druck aufbauen, Frachtbucht sichern, die ersten Frachtcontainer zum Verladen vorbereiten. Wenn diese ganze Vorgehensweise auch nur entfernt dem Äquivalent auf terranischen Schiffen entsprach, dann würden die Arbeiter den Shuttles kaum einen Blick gönnen, und zwar so lange nicht, bis die Luken der kleinen Schiffe sich öffneten und die Fracht endgültig verladen wurde. Denn ab diesem Moment trug das Personal des Shuttles die Verantwortung für die Fracht. Und vorher trug die Besatzung des Frachters sie, ergo würden sie ihr Hauptaugenmerk auf die Frachtcontainer richten.

»Und nicht vergessen«, instruierte sie ihre Marines ein letztes Mal, »erst den Hangar und die Frachtbucht sichern und anschließend auf schnellstem Weg zur Brücke durchschlagen! Lasst euch nicht in den Korridoren festnageln! Sie dürfen keine Gelegenheit erhalten, eine Warnung rauszuschicken. Diese Fregatten würden lieber ihre Frachter mitsamt Besatzungen wegpusten als zulassen, dass uns das alles in die Hände fällt.«

Es folgten keine Bestätigungen. Das war auch gar nicht nötig. Die Männer und Frauen, die ihr auf diesen Einsatz gefolgt waren, kannten ihre Aufgabe. Sie wussten, was von ihnen erwartet wurde – und wie der Preis für ihr Scheitern aussah.

Die Besatzung eines Drizilfrachters umfasste etwa siebzig oder achtzig Mann, wobei die meisten Arbeiter waren. Es dienten nur wenige Soldaten an Bord von Frachtern. Trotzdem musste jeder Drizil als feindlicher Soldat behandelt werden. Sie waren alle potenziell gefährlich.

»Falls sich ein Drizil ergibt, knebelt ihn sofort«, rief sie ihren Leuten ins Gedächtnis. »Ich will keinen von euch verlieren, weil ihm das Trommelfell geplatzt ist.«

Die Männer und Frauen luden ihre Waffen durch. Die unterschwellige Atmosphäre im Frachtabteil des Shuttles änderte sich abrupt von optimistisch aufgeregt zu gespannter Erwartung.

Melissa zählte leise bis zehn.

Dann nickte sie einem Marine in der Nähe der Frachtluke zu. Dieser betätigte den Türöffner. Die Luke glitt gemächlich auf. Als die Luke sich zu einem Drittel geöffnet hatte, zogen drei Marines Schallgranaten ab und warfen sie durch den Spalt.

Melissa hörte nicht, wie die Granaten detonierten, jedoch vernahm sie die infernalischen, gequälten Schreie der Drizil. Die Frachtluke war inzwischen beinahe zur Gänze geöffnet.

Die Marines stürmten ins Freie.

Melissa führte sie an.

Die Marines schwärmten augenblicklich fächerförmig aus und bildeten mit den Marines aus den anderen drei Shuttles drei Brückenköpfe innerhalb des Hangars. Die Marines formierten sich jeweils zu Doppelreihen. Die erste ließ sich auf ein Knie nieder, während die zweite dahinter in Stellung ging, beide Reihen mit den Waffen im Anschlag.

Melissa nahm sich die Zeit für einen Rundumblick.

Dutzende Drizil lagen am Boden, einige offensichtlich betäubt, andere wälzten sich schreiend hin und her. Sie hielten sich ihre Ohren, aus denen Blut sickerte.

Wenige Waffen wurden von den Drizil so gefürchtet wie Schallgranaten. Sie entpuppten sich schon auf einem Schlachtfeld als äußerst effektiv, hier jedoch, in der Enge eines Raumschiffshangars, erwiesen sie sich als tödlich.

Einige Drizil – gekleidet in die unverwechselbaren Panzer von Kriegern – erholten sich schneller als andere und brachten ihre Waffen in Anschlag.

Die Nadelgewehre eröffneten ratternd das Feuer und mähten die Drizil nieder. Auch Arbeiter, die sich gerade wieder auf die Füße kämpften, wurden von dem Waffenfeuer erfasst und durchlöchert. Das Gefecht – wenn man es denn so nennen konnte – dauerte weniger als drei Minuten.

Die Marines schwärmten aus, suchten unter den am Boden liegenden Drizil nach Überlebenden und gingen neben allen Zugängen in Position.

Der Hangar war gesichert, und das, ohne einen einzigen Marine verloren zu haben.

Bis zu diesem Zeitpunkt dauerte die Aktion noch keine fünf Minuten.

Der Frachtbereich verfügte über drei Türen ins Innere des Schiffes. Sie führten zu den Mannschaftsquartieren und zur Brücke – und alle drei schlugen mit beängstigender Plötzlichkeit zu.

Melissa fluchte und öffnete einen Kanal zu einem ihrer Truppführer.

»Sie wissen Bescheid. MacWorthy, die Türen aufsprengen! Wir dürfen uns nicht aufhalten lassen.«

Ein halbes Dutzend Marines eilten zu den Türen und brachten zu beiden Seiten der Türflügel kleine Sprengsätze an. Während die Soldaten die Sprengung vorbereiteten, öffnete Melissa einen Kanal zur VENGEANCE.

Sie sagte nur ein einzelnes Wort.

»Zuschlagen!«

Lestrade merkte überrascht auf, als er die einkommende Meldung vernahm. Die Botschaft kam schneller als erwartet. Etwas musste schiefgelaufen sein.

»Komm, Befehl an die Torpedoboote: Zuschlagen!«

Lieutenant Commander Mary O'Donnell nahm die Meldung der VENGEANCE mit etwas mehr Gleichmut auf als Lestrade zuvor die von Ross. Mary kommandierte Torpedoboot 195. Seit der Schlacht um Perseus hatten Torpedobootbesatzungen es sich angewöhnt, ihren Schiffen Spitznamen zu geben. Dies entsprach nicht unbedingt der Sitte des imperialen Militärs, doch nachdem Schnellboote eine ungemein große Rolle bei der Verteidigung Perseus' gespielt hatten und viele von ihnen dabei zerstört wurden, hatten die Besatzungen entschieden, dass es nur recht und billig war, dass Schnellboote ebenfalls Namen führten und nicht nur Nummern. Offiziell blieben die Nummern natürlich weiterhin in Gebrauch, die Besatzungen bevorzugten jedoch im Gespräch untereinander die Spitznamen ihrer Schiffe.

Die Besatzung entschied sich – gegen den ausdrücklichen Wunsch ihrer Kommandantin – für den Namen BLOODY MARY.

Während der Schlacht um Perseus war die BLOODY MARY an der Torpedierung von einunddreißig feindlichen Großkampfschiffen beteiligt gewesen. Elf davon wurden als Totalverlust beziffert und bei vieren wurde die BLOODY MARY als Beihilfe geführt. Für ein Schnellboot eine unerhört großartige Leistung, ohne dabei verloren zu gehen.

Mary nickte ihrem Navigator zu, der mit seinen Manövrierdüsen das Schiff in Position manövrierte. Die BLOODY MARY und ihre acht Begleiter hatten den Auftrag, die beiden Fregatten auszuschalten, die derzeit auf der anderen Seite des Mondes kreuzten. Um dies zu erreichen, würden sie in den Orbit einschwenken und diesen benutzen, um den Mond zu umrunden. Dies barg den Vorteil, die Antriebe der Schnellboote erst auf der anderen Seite des Mondes zünden zu müssen. Die Fregatten würden die Annäherung der Torpedoboote erst im letzten Moment bemerken.

Lestrade hatte sich bewusst gegen den Einsatz von Großkampfschiffen entschieden. Sie wollten die Fregatten kapern, nicht zerstören, doch in einem Feuergefecht würden sie vielleicht keine andere Wahl haben – oder noch schlimmer: Der Feind würde ihnen gar keine andere Wahl lassen.

Durch das Brückenfenster beobachtete Mary, wie ihr Schnellboot sanft in den Orbit einschwenkte und sich von der Schwerkraft des Mondes mitziehen ließ. Die übrigen acht Schiffe folgten ihr.

Sie warf einen Blick auf das Chronometer. In knapp zwanzig Minuten würden sie in Position sein.

Die Informationen erwiesen sich als nicht ganz korrekt. In den Frachtern steckten weit mehr Drizilsoldaten, als sie vermutet hatten. Die Marines mussten sich einen blutigen Weg durch die Korridore bahnen.

Melissa duckte sich. Über ihr schlugen Drizilgeschosse in die Deckenverkleidung ein und überschütteten sie mit einem Funkenschauer.

Ihr Nadelgewehr hustete zweimal auf und sowohl Panzerung des Drizil als auch dessen Außenskelett wurden perforiert. Der feindliche Soldat stürzte, einen lautlosen Schrei auf den wulstigen Lippen, zu Boden.

Melissa gab einem Trupp Marines das Handzeichen vorzurücken. Sie deckte den Vormarsch ihrer Soldaten mit angelegter Waffe.

In ihren Ohren knackte es. »Hier Baker-Trupp. Mannschaftsquartiere gesichert. Wir haben einige Gefangene gemacht, doch die meisten Drizil in unserem Abschnitt sind tot.«

»Gut gemacht, Baker-Trupp«, gab sie zurück. »Halten Sie Ihre Position. Charlie-Trupp? Status?«

»Hier Charlie-Trupp, stehen kurz vor Einnahme der Antriebssektion.«

»Geben Sie durch, sobald Sie erfolgreich waren. Able-Trupp Ende.« Sie kappte die Verbindung.

Ihre Marines hatten inzwischen die nächste Kreuzung erreicht und gaben ihr zu verstehen, dass die Umgebung gesichert war.

Sie erhob sich mit einem müden Seufzen und wollte den übrigen Marines in ihrer Begleitung gerade befehlen, sich dem führenden Trupp anzuschließen, als plötzlich wieder Leben in einen der am Boden liegenden Drizil kam.

Der Drizil schnellte mit beängstigender Geschwindigkeit auf die Beine und trat ihr die Waffe aus der Hand. Zwei Marines hinter ihr rissen die Nadelgewehre hoch, doch der Drizil erwies sich als geschickter und erfahrener Kämpfer. Er nutzte Melissa als Deckung, zog einen bösartig aussehenden Dolch und hackte wie ein Besessener auf ihren Kampfanzug ein.

Was anfangs wie eine wild gewordene Abfolge von Stichen wirkte, entpuppte sich als gerissene Methode, sie aus ihrem Anzug zu schälen. Der Drizil nutzte geschickt die wenigen Schwachpunkte, die ein imperialer Kampfanzug bot, stach seinen Dolch in die Verbindungspunkte und hebelte die Rüstungsteile auseinander.

Melissa schlug dem Drizil zweimal ins Gesicht, der letzte Schlag zersplitterte dessen Helm und trieb dem feindlichen Soldaten die Splitter ins linke Auge. Ihr Gegner schnaubte nur, gab jedoch ansonsten mit keinem Muskelzucken zu erkennen, dass ihn die Verletzung behinderte.

Melissa gab jeden Versuch auf, den Angreifer durch pure Muskelkraft auf Abstand halten zu wollen. Sie griff mit beiden Händen nach hinten und zog ihre beiden Kampfmesser.

Mit dem beruhigenden Gewicht der beiden Klingen in den Händen ging sie zum Angriff über.

Mit dem rechten Messer stach sie nach dem unversehrten Auge des Drizil, das andere nutzte sie, um die gegnerische Klinge abzulenken.

Der Drizil wich der einen Klinge aus, war jedoch gezwungen, sich mit der anderen zu befassen. Vorsichtig ging er zwei Schritte zurück, doch Melissa ließ ihn nicht gewähren. Sie setzte ihm nach und war dabei mit zwei Klingen deutlich im Vorteil.

Der Drizil versuchte, zum Gegenangriff überzugehen, und stach nach der hauchdünnen Kluft zwischen dem Halsstück und dem Brustpanzer ihres Kampfanzugs. Wie von Zauberhand geführt, fand der Dolch des Drizil sein Ziel. Melissa spürte die Spitze der Klinge an ihrer Haut ritzen, als diese die Isolation des Verbindungsstücks durchdrang. Der Computer meldete einen Bruch der Integrität des Anzugs. Ihr HUD färbte den Bereich ihres Halses in bedrohlichem Rot.

Ironischerweise ergab sich für Melissa genau dadurch eine Gelegenheit, diesen Kampf zu beenden. Noch während der Drizil sich darum bemühte, den Dolch tiefer zu treiben, stach Melissa mit beiden Messern dorthin, wo bei einem Menschen die Nieren gewesen wären.

Der Drizil kreischte unterdrückt auf.

Trotzdem übte er weiter Druck auf seine Klinge aus. Er war entschlossen, Melissa mit sich in den Tod zu reißen.

Diese drehte ihre Messer in den Wunden herum und riss sie wieder heraus, anschließend stieß sie ein weiteres Mal zu, diesmal etwa zehn Zentimeter oberhalb der ursprünglichen Einstichstellen. Der Drizil heulte erneut auf. Ihn schien die Kraft zu verlassen. Der feindliche Soldat wollte unbedingt an seiner Klinge festhalten, sank aber letztendlich vor Melissa auf die Knie. Die Marine zögerte nicht lange und stieß ihm beide Kampfmesser in den Hals. Der Drizil gurgelte im Todeskampf, Blut quoll aus seinem Mund und er kippte seitlich um.

Melissa hielt sich vor Anstrengung keuchend an der Wand fest. Einer ihrer Männer wollte zu ihr eilen, um zu helfen, doch sie winkte ihn zurück.

»Alles in Ordnung«, informierte sie ihn. »Nur kurz verschnaufen.«

In diesem Moment wurde der Frachter durch etwas von außen erschüttert. Das Deck unter Melissas Füßen erzitterte besorgniserregend.

»Oh, oh«, meinte sie. »Das ist nicht gut.«

»Commander?«

»Ich sehe es«, gab Mary O'Donnell gepresst zurück. »Bereit machen zum Zünden der Triebwerke.«

»Aber es ist noch zu früh«, meinte Daniel König, ihr XO.

»Wir haben keine Zeit mehr«, meinte sie. »Sehen Sie mal dort raus.«

Die beiden Fregatten hatten vor wenigen Minuten damit begonnen, die Frachter zu beschießen. Die Besatzungen der zwei Drizilkriegsschiffe waren offenbar entschlossen, die Transporter nicht in feindliche Hände fallen zu lassen – egal, was das für die Drizil an Bord dieser Schiffe bedeutete.

Drizilfregatten mochten zwar nicht gut genug bewaffnet sein, um es mit einem Angriffskreuzer der Ares-Klasse aufzunehmen, für ein paar Transporter reichte es jedoch allemal. Noch während Mary das sich anbahnende Gefecht beobachtete, schlug eine der Fregatten mit einer Breitseite gegen einen der Frachter los. Die Energiestrahlen schnitten große Teile aus dem Rumpf des wehrlosen Schiffes. Eine weitere Salve beendete das Zerstörungswerk und der Frachter verwandelte sich vor den Augen der Schnellbootbesatzung in eine Wolke superheißen Gases und sich ausbreitender Trümmer.

Eine Klaue eiskalter Furcht kroch ihr Rückgrat hinauf. An Bord dieses Schiffes hatten sich nicht nur Drizil, sondern auch fast zweihundert Marines aufgehalten.

»Wir müssen uns um diese Fregatten kümmern«, verkündete sie mit verkniffener Miene. »Sofort!« Sie rief ihr taktisches Hologramm auf. »Komm, Schnellboote 91, 95, 101 und 128 greifen die Fregatte an, die den Frachtern am nächsten ist. Boote 41, 158, 211 und 213 folgen uns. Wir erledigen die andere. An alle Schiffe: Versucht, nur Antrieb, Waffen und Lebenserhaltung auszuschalten. Die Schiffe dürfen nicht – ich wiederhole: nicht – zerstört werden.«

Die Schnellboote lösten die Formation auf und strebten ihren Zielen entgegen. Die Frachter wurden indessen von heillosem Chaos erfasst. Einige der Schiffe scherten aus dem Orbit aus, nachdem sie realisiert hatten, dass ihre einstigen Beschützer sie lieber tot als in Feindeshand sehen wollten. Mary hoffte nur, dass es den Marines bald gelang, die Kommandobrücken einzunehmen.

Die Besatzungen an Bord der Fregatten bemerkten rasch, dass eine neue Bedrohung auf sie zuraste. Der Beschuss ihrer Batterien verlagerte sich von den Frachtern auf die heranbrausenden Schnellboote.

Wenigstens schießen sie jetzt nicht mehr auf die Frachtschiffe, dachte Mary mit verkniffener Miene.

»Erste Torpedosalve vorbereiten«, befahl sie und nahm keine Notiz davon, wie ihr dicke Schweißperlen über die Stirn rannen.

Die Fregatte vor ihr wurde immer größer – und das feindliche Abwehrfeuer intensiver. Mary ignorierte mit aller Kraft, dass nur ein Bruchteil der Energie, die auf sie zuraste, genügte, ihr Schiff und ihre Besatzung in eine Ansammlung unzusammenhängender Moleküle zu verwandeln.

Die anderen Schiffe nahmen Flankenposition zur Bloody Mary ein. Sie würden das Feuer gleichzeitig eröffnen und mit etwas Glück die Fregatte mit der ersten Salve ausschalten.

Schnellboot 211 wurde von drei Energiestrahlen am Bug und unter der Brücke getroffen. Der Besatzung blieb keine Zeit, sich bewusst zu werden, was geschah. Das Boot verwandelte sich in einen Feuerball.

»Commander?«, fragte ihr XO.

»Noch nicht. Wir haben vielleicht nur einen Versuch.«

Die Schnellboote rasten weiterhin auf das Ziel zu. Ihr taktischer Offizier warf ihr über die Schulter einen schnellen Blick zu. »Ziel ist erfasst. Trefferchance achtzig Prozent.«

»Jeder oder nie«, drängte König.

Mary nickte. »Feuer!«

Die Schnellboote lösten ihre Torpedos gleichzeitig aus. Zehn Geschosse rasten auf das feindliche Schiff zu. Die Besatzung reagierte augenblicklich. Abfangraketen und Abwehrlaser eröffneten das Feuer und fegten vier der Geschosse aus dem All. Nur Sekunden später löste sich Schnellboot 158 unter der Energie feindlichen Feuers auf. Vier weitere verloren die Zielerfassung aufgrund der elektronischen Kriegsführung des Gegners und verfehlten die Fregatten um mindestens dreißig Kilometer.

Zwei der Torpedos saßen. Explosionen blühten zwischen den Antriebsaggregaten und an der Backbordseite auf.

Der Antrieb der Fregatte verstummte mit einem Mal und das feindliche Feuer ließ merklich nach.

»Schadensanalyse!«, verlangte sie sofort.

»Der Feind hat den Antrieb und etwa sechzig Prozent seiner Waffenenergie verloren. Lebenserhaltung und ein Teil der Bewaffnung noch aktiv.«

Ein Streifschuss rüttelte die BLOODY MARY durch.

Offensichtlich, dachte sie frustriert.

»Für einen neuen Anflug wenden.«

Die überlebenden Schnellboote nahmen Fahrt auf und hielten erneut auf das feindliche Schiff zu. Mary wagte nicht, sich über den Status des anderen Kriegsschiffes zu informieren. Falls die zweite Fregatte intakt blieb, würde sie Mary und ihre Begleitschiffe in Stücke schießen, ganz egal, ob sie dieses Schiff knackten oder nicht.

Ein weiteres Schnellboot verging unter den Energiewaffen der Drizil.

»Wir müssen die Energiegeneratoren treffen. Und diesmal keine Fehler mehr.«

Dieses Mal näherten sie sich von Steuerbord. Waffenfeuer blitzte auf. Die BLOODY MARY vollführte einen komplizierten Tanz zwischen den Energiestrahlen hindurch. Mehrmals kamen ihnen die Entladungen so nah, dass ihr eine Gänsehaut den Rücken hinablief.

Nur noch ein kleines Stück, beschwor sie in Gedanken.

Sie war sich der Besorgnis ihrer Brückencrew durchaus bewusst, doch darauf konnte sie keine Rücksicht nehmen. Der nächste Schuss musste einfach sitzen.

»Feuer!«, schrie sie. Auf Stichflammen schossen zwei Flugkörper aus den geöffneten Torpedoluken.

Die Fregatte lag beinahe bewegungslos im All, trieb nur durch die eigene Bewegungsenergie weitergetragen auf den Mond zu. Doch ihre Bewaffnung war immer noch tödlich und höchst gefährlich.

Ein Energiestrahl kreuzte die Flugbahn der BLOODY MARY. Die Waffe besaß nur noch den Bruchteil der Energie, die sie normalerweise aufwies – zum Glück für die Besatzung des Schnellbootes. Wäre dem anders gewesen, hätte die BLOODY MARY umgehend zu existieren aufgehört. Aber auch so waren die Auswirkungen gewaltig.

Der Antrieb des Schnellbootes setzte flackernd aus, mehrere Konsolen auf der Brücke explodierten. Der taktische Offizier verbrannte sich den linken Arm, als aus seiner Konsole eine Stichflamme emporschoss. Der XO eilte zu dem schreienden Mann und zog ihn in Sicherheit.

»Bericht!«, verlangte Mary. Sie schmeckte Blut auf den Lippen. Sie hatte sich auf die Zunge gebissen.

»Keine Energie mehr«, erklärte ihr XO. »Keine Waffen, kein Antrieb, keine Sensoren, Lebenserhaltung arbeitet nur noch mit Notenergie.«

Mary lehnte sich in ihren Sessel zurück. »Dann wissen wir nicht, ob der Angriff Erfolg hatte.«

»Nein, Ma'am. Leider nicht.«

Es folgten angespannte Minuten. Die Besatzung wartete auf den Todesstoß der Fregatte, um das Werk zu vollenden. Die Situation war für Mary überaus frustrierend. Ihr Schnellboot trieb von der Fregatte davon, sodass sie sich nicht einmal über einen Blick durch das Brückenfenster informieren konnte, ob die Fregatte noch intakt war oder nicht.

Plötzlich lauschte die Komm-Offizierin auf eine eingehende Meldung. Ihre Reaktion bestand zunächst in Überraschung, schließlich in Erleichterung.

»Fregatte ausgeschaltet«, vermeldete sie mit einem Lächeln.

Auf der Brücke der BLOODY MARY brach spontaner Jubel aus, den die Kommandantin jedoch schnell unterband.

»Wen haben Sie in der Leitung?«

»Den Kommandanten von Schnellboot 213. Er meldet beide Fregatten außer Gefecht. Die andere Staffel hat drei Schnellboote verloren, aber wir haben die Schiffe. Die VENGEANCE wurde bereits informiert und ist dabei, Marines auf die beiden Fregatten zu entsenden.«

Mary gönnte sich einen Stoßseufzer. »Fragen Sie ihn, ob es ihm Umstände bereitet, uns abzuschleppen. Ich befürchte, wir schaffen das nicht mehr aus eigener Kraft.«

»Statusmeldung, Commander?«, fragte Lestrade.

Sein XO, Commander Eugene Mueller, lächelte, als er neben seinen Kommandanten trat. »Wir empfangen Meldungen von allen Drizilfrachtern. Unsere Marines haben die Schiffe gesichert. Unsere Truppen haben sich bereits Zugang zu den beiden Fregatten verschafft und arbeiten sich auf die Brücke vor. Nur minimaler Widerstand. Es hat geholfen, dass unsere Schnellboote die Lebenserhaltung ausgeschaltet haben. Die meisten Drizil leiden bereits an Sauerstoffmangel. Ich gratuliere, Commodore. Die Operation war ein Erfolg.«

»Bis auf den Verlust dieses einen Transporters, aber da kann man nichts machen.« Er grinste. »Doch sie haben recht, die Marines und die Besatzungen der Schnellboote haben ausgezeichnete Arbeit geleistet. Schleppen Sie die Schiffe in den Orbit und schaffen Sie die überlebenden Drizil dann auf die Oberfläche. Ach ja, und sagen Sie Cest Bescheid. Er soll schnellstmöglich an die Arbeit gehen und die

Sicherheitscodes der Drizilschiffe entschlüsseln. So bald wie möglich schlagen wir gegen Vector Prime los.«

12

Eine imperiale Flotte aus annähernd sechzig imperialen Kriegsschiffen, angeführt von der HMS VENGEANCE, und einer Anzahl Torpedoboote befand sich im Sprung nach Vector Prime. In ihrem Kielwasser folgten die Truppentransporter der Sturmkohorte Aquila sowie der Kampfkohorten Rigidus und Ferreus, außerdem noch der Truppentransporter Colonel Jannecks.

Was jedoch noch wichtiger war, zwei Drizilfregatten und sieben Transporter waren beinahe einen vollen Tag vor Lestrade und Rix Richtung Vector Prime gesprungen. In ihrem Innern warteten beinahe dreitausend imperiale Marines darauf, die Raumstation im Orbit um die Vector-Prime-Kolonie einzunehmen.

Es hatte gut eine Woche gedauert, bis Cest und seine Spezialisten den Code geknackt hatten, mit dem sich die Einsatzgruppe Zutritt in die Todeszone der Raumstation verschaffen und diese entern konnten. Lestrades Leute hatten die Zeit gut genutzt und sich mit der Bedienung der gekaperten Schiffe vertraut gemacht. Jedenfalls, so gut es in der knapp bemessenen Zeit ging.

Etwa tausend Soldaten und einige Schiffe waren im Barinbau-System belassen worden, um dieses befreite System zu sichern. Es war eigentlich nur eine symbolische Geste. Jeder wusste, dass eine so kleine Truppe nicht ausreichen würde, das System gegen einen erneuten Einfall des Feindes zu halten. Das System gänzlich ohne Schutz zurücklassen, wollte aber auch niemand.

Mit ein klein wenig Glück würden die Drizil bald derart beschäftigt sein, dass sie vorläufig keine Zeit aufwenden konnten, einen Gedanken an Barinbau zu verschwenden. Die wahre Action würde bei Vector Prime stattfinden.

Jeder Mann und jede Frau der Einsatzgruppe wartete nun gespannt darauf, ihr Zielsystem zu erreichen. Dort würde sich entscheiden, ob all ihre Bemühungen Früchte trugen oder ob sie in Blut und Feuer untergehen würden.

Ihr trojanisches Pferd – die Schiffe mit den Marines – würde Vector Prime fast einen vollen Tag vor der Einsatzgruppe erreichen. Falls die Marines ihren Auftrag erledigen konnten, würden die Waffen der Raumstation auf ihrer Seite kämpfen, sobald sie eintrafen. Falls nicht, würden diese Waffen ihre Streitmacht in Stücke schießen.

Es gab nur einen einzigen Menschen in der gesamten Flotte, der sich in diesem Moment nicht darüber den Kopf zerbrach, innerhalb der nächsten Tage vielleicht als flüchtiges Gas im Weltraum zu enden. Diese eine Person hatte ganz andere Probleme.

Professor Nicolas Cest.

Dieser hatte seit Reiseantritt sein Labor an Bord der VENGEANCE nicht verlassen, da er an zwei wichtigen Projekten arbeitete. Eines dieser Projekte verfolgte er mit Inbrunst, das andere eher mit mäßigem Interesse.

»Und wenn wir irgendwie die Navigationscomputer der Drizil überlisten könnten?«, meinte sein Assistent Dick. Dieser schälte gerade eine Orange, die sich seinen Bemühungen jedoch vehement widersetzte.

»Und wie sollte das möglich sein?«, fragte Cest zurück, der in ein Mikroskop starrte, als würde er dort die Antworten auf alle Fragen des Universums finden. »Die Drizil wissen bereits, wo sich das Vector-Prime-System befindet. Wie sollen wir die Navigationscomputer ihrer gesamten Flotte beeinflussen?«

»Stimmt, das ist ein Problem.« Dick biss von dem bereits freigelegten Fruchtfleisch der Orange ab und dachte angestrengt nach. Cest blickte kurz auf und warf ihm einen amüsierten Blick zu. Sein Assistent machte in solchen Momenten immer den Eindruck, sein Kopf müsse jeden Augenblick explodieren.

Die beiden diskutierten seit Tagen über ein und dasselbe Problem: Wie ließ es sich bewerkstelligen, die Drizil aus dem Vector-Prime-System herauszuhalten, vorausgesetzt natürlich, das Militär schaffte es, die Drizil überhaupt aus dem System zu treiben?

Dick rieb sich die Nase, als er über die Problematik nachdachte, mit einem Mal hellte sich seine Miene auf. »Ein Störsignal vielleicht. Das wäre die Lösung.«

Cest seufzte. »Dasselbe Problem. Ein Störsignal reicht maximal über ein System, nicht über eine Galaxis. Ich befürchte, du denkst in zu großen Maßstäben. Wenn ich dich richtig verstehe, dann willst du das System verstecken.«

»Ganz genau.«

»Das kannst du vergessen«, platzte es aus dem Professor heraus. »Du kannst nicht genug Einfluss auf die Driziltechnik ausüben, um ein ganzes System vor ihnen zu verstecken.«

»Was ist mit einem Computervirus?«

Cest sah mit erhobener Augenbraue von seinem Mikroskop auf.

»Du siehst eindeutig zu viel fern.«

»Ich finde, es ist eine gute Idee«, hielt sein Assistent leicht beleidigt dagegen.

»Und wie willst du einen Computervirus an Bord ihrer Schiffe einschleusen?«

»Ähm ... darüber habe ich nicht nachgedacht.«

»Hab ich auch nicht erwartet. Mach dich lieber mal nützlich und bring mir ein paar neue Gewebeproben. Am besten Hirngewebe.«

Dick erhob sich schwerfällig von seinem Stuhl, ging zur Kühlkammer, in der die Drizilleichen aufbewahrt wurden, und kam wenige Minuten später mit den Proben zurück.

Cest deutete vage auf einige weitere Mikroskope. »Unter jedes eine Probe.«

»Haben Sie eigentlich schon mal *bitte* gesagt?«

»Hast du eigentlich schon mal etwas getan, ohne etwas Sinnloses zu plappern?«, entgegnete Cest, ohne von seinem Mikroskop aufzublicken.

»Nicht, seit ich für Sie arbeite.«

Jetzt sah sich Cest doch genötigt, von seinem Mikroskop aufzublicken. Er widmete Dick einen langen, entnervten Blick. »Herrje, ich schwöre dir, wenn du nicht langsam etwas Respekt lernst ...«

»Dann was?«, entgegnete Dick vergnügt.

»Dann läufst du zu Fuß nach Vector Prime.«

Beide wussten, es war eine leere Drohung – und noch nicht einmal eine besonders glaubwürdige, doch beide bemühten sich um eine neutrale Miene – bis Dick lauthals zu lachen anfing und es sogar um Cests Mundwinkel verräterisch zuckte.

Von all seinen Assistenten war Dick mit Abstand der am wenigsten nervende. Für jemanden wie Cest war es überaus schwierig, Aufgaben zu delegieren, da er gemeinhin der Meinung war, niemand könne seine Anforderungen so gut erfüllen wie ... nun ja ... wie er selbst. Bei Dick war er geneigt, eine Ausnahme zu machen. Aus diesem Grund hatte er die anderen Assistenten auch zum Essen geschickt. Manchmal waren sie viel weniger hilfreich, als sie dachten, sondern eher ... nervtötend.

Cest widmete sich erneut den Gewebeproben der Drizil und deutete lapidar in eine Ecke des Raumes. Dort waren auf mehreren Tischen Ausrüstungsteile imperialer und feindlicher Soldaten aufgebaut. Es handelte sich um einzelne Stücke, die die Legionäre aus der geheimen Forschungsanlage geborgen hatten.

»Gib wenigstens vor, dich nützlich machen zu wollen. Katalogisier das.«

Dick warf einen lustlosen Blick in die Ecke, erbarmte sich jedoch, stand auf und schlenderte gemütlich hinüber, während er den Rest der Orange aß.

Er hob das erste Stück auf – einen Drizilhelm – und betrachtete es von allen Seiten. »Wissen Sie, Sie können Lestrade nicht ewig ausweichen. Und Rix schon gar nicht.«

»Ich kann dir nicht ganz folgen«, erwiderte Cest, ohne aufzublicken, obwohl er ganz genau wusste, was sein Assistent meinte.

»Sie verkriechen sich so in diese Gewebeproben, dass Sie gar nicht merken, wie die Tage verstreichen. Wir erreichen bald Vector Prime.«

»Und?«

»Und soweit ich weiß, haben Sie immer noch keine Ahnung, wie sich das System gegen eine erneute Drizilinvasion absichern lässt.«

»Mir wird schon was einfallen.«

»Das bestimmt. Aber rechtzeitig? Ich bezweifle es.«

»Kümmere dich nur um deine Arbeit. Mehr verlange ich gar nicht – und übrigens auch sonst keiner.«

Dick kam herüber – immer noch den Drizilhelm in der Hand – und legte ihn neben dem Mikroskop ab.

»Wissen Sie, was Ihr Problem ist? Sie sind besessen von den Drizil. Besessen davon, deren Genom zu entschlüsseln.«

»Ich bin überzeugt, dass darin der Schlüssel liegt, um diesen Krieg zu gewinnen«, entgegnete Cest ruhig.

»Vielleicht sollten Sie erst mal herausfinden, wie wir der neuen Driziltechnik entgegenwirken können. Es wird schwierig für unsere Soldaten sein zu zielen, wenn die Ziele für unsere Sensoren praktisch unsichtbar sind.«

Cest sah plötzlich von seinem Mikroskop auf und blickte seinen Assistenten an, als hätte dieser soeben etwas unglaublich Kluges gesagt.

»Was hast du gesagt?«

»Ich sagte, es wird schwierig für unsere Soldaten sein, die Drizil zu bekämpfen, wenn sie für die Sensoren der Kampfanzüge praktisch unsichtbar sind.« Dick war leicht verwirrt ob der Reaktion seines Arbeitgebers.

»Das ist es!«, brach es aus Cest heraus.

»Was ist was?«, brachte Dick immer noch verwirrt hervor.

»Keine Zeit für Erklärungen.« Cest griff sich den Drizilhelm und stürmte zur Tür.

»Wo wollen Sie denn hin?«, rief ihm Dick noch hinterher, doch der Professor war bereits außer Hörweite.

»Ich habe es!«, sagte Cest. »Jetzt weiß ich, was wir machen.«

Lestrade und Rix sahen sich ratlos an, bevor sie erneut Cest musterten, als hätte der Professor nun endgültig den Verstand verloren.

»Professor«, meinte Lestrade, der sich jedes Quäntchen Geduld abrang, das er erübrigen konnte. »Sie haben mich von meiner Brücke und General Rix aus einer Lagebesprechung geholt, um uns etwas mitzuteilen. Bitte werden Sie deutlicher. Was haben Sie?«

Cest holte tief Luft. »Eine Idee, wie wir Vector Prime vor weiteren Angriffen der Drizil abschirmen.«

Nun besaß er Lestrades und Rix' volle Aufmerksamkeit. »Wie?«, fragten beide unisono.

»Wir verminen das System, und zwar jeden Sektor, aus dem eine Flotte ins System eindringen könnte.«

Die aufkeimende Hoffnung in den Augen beider Männer erstarb genauso schnell, wie sie aufgeflammt war.

Lestrade schüttelte den Kopf. »Ihre Bemühungen in allen Ehren, aber das ist nicht machbar.«

»Ganz im Gegenteil. Es ist sehr wohl machbar«, beharrte Cest überheblich grinsend.

»Nein, ist es nicht. Lassen wir mal außen vor, dass die Sensoren der Drizil enorm leistungsfähig sind und sie ein Minenfeld schon von Weitem orten und zerstören könnten. Lassen wir genauso außer Acht, dass diese Technik steinalt ist und wir nichts haben, womit man Minen legen könnte. Wir müssten also erst einmal Minenleger bauen oder Schiffe zu Minenlegern umrüsten. Das größte Problem, das ich sehe, ist, dass man für ein Minenfeld dieser Größe eine unglaublich große Anzahl bräuchte und man diese erst einmal herstellen und dann auslegen müsste. Bevor das erledigt ist, haben uns die Drizil bereits bei den Eiern.« Er räusperte sich verlegen. »Bitte verzeihen Sie meine Ausdrucksweise.«

»Schon in Ordnung«, erwiderte Rix, der sich nur mit Mühe ein Lächeln verkniff. Der General wurde jedoch schnell wieder ernst. »Aber Commodore Lestrade hat recht, Professor. Es war kein schlechter Ansatz, aber die Idee ist nicht umsetzbar.«

»Und wenn doch?«, fragte Cest, der durch die Ausführungen der beiden Männer nicht im Mindesten beeindruckt schien.

Die beiden Offiziere warfen sich erneut verwirrte Blicke zu, doch sie waren zumindest neugierig.

»Erklären Sie das«, forderte Lestrade ihn auf.

»Sie haben natürlich beide recht. Unter normalen Umständen stünden wir vor gravierenden Problemen. Doch makabrerweise ist es gerade unsere Situation, die Auswege bietet.« Er hob seinen Zeigefinger.

»Fangen wir mit der Verfügbarkeit und der Produktion an. Sie haben beide recht, wir besitzen keine Minen und keine Produktionsstätten, aber wir besitzen etwas, das wir problemlos ersatzweise nutzen können, und wir bräuchten sie nicht mal großartig umbauen. Eine Ressource, die wir sowohl in großer Stückzahl besitzen als auch in großer Stückzahl herstellen können.«

»Und was wäre das?«, fragte Lestrade.

»Torpedos.«

»Torpedos?«

»Ganz genau. Wir programmieren sie einfach auf Detonation bei Annäherung und schießen sie durch die Rohre hinaus.«

Lestrade öffnete den Mund, doch bevor er etwas sagen konnte, kam ihm Cest zuvor. »Ich weiß, was Sie sagen wollen. Die Schiffstorpedos haben eine zu große Reichweite. Es ließe sich nie ein brauchbares Minenfeld erstellen. Die Streuung wäre zu groß. Das stimmt natürlich. Aus diesem Grund nutzen wir die Torpedos der Schnellboote.«

Rix runzelte die Stirn. »Was würde das bringen?«

Jetzt war es Lestrade, der antwortete. »Langsam bekommt die Sache Konturen«, meinte dieser. Er wandte sich an Rix. »Ich glaube, ich weiß, wovon der Professor spricht. Die Torpedos an Bord der Schnellboote haben die gleiche Sprengkraft wie die an Bord der Großkampfschiffe. Der einzige Unterschied ist, sie sind kleiner, daher reicht der Brennstoff nicht weit. Sie haben eine geringere effektive Reichweite. Dies ist dem Umstand geschuldet, dass an Bord von Schnellbooten weniger Platz zur Verfügung steht. Da die Torpedos aber eine geringere Reichweite haben, könnten wir die Verteilung weit genauer berechnen und tatsächlich ein Minenfeld erstellen, sogar mit relativ geringem Aufwand. Sobald der Brennstoff verbraucht ist, treiben die Minen nur noch, angetrieben von der eigenen Masseträgheit. Sie würden sich aber nicht sehr weit verteilen. Man müsste nur peinlich genau berechnen, wann wir wo eine größere Anzahl Minen abschießen müssten. Ein Minenfeld wäre zwar nur eine Notlösung und würde nicht alle unsere Probleme lösen, aber es würde uns Zeit verschaffen, unsere Position auf Vector Prime zu festigen und auszubauen.«

»So ist es.« Cest klatschte aufgeregt in die Hände.

»Schön und gut«, antwortete Rix nachdenklich. »Wir könnten also ein Minenfeld erstellen. Das löst aber noch nicht das Problem, dass die Drizil die Minen wegpusten, sobald sie die sehen.«

»Es sei denn, sie sehen die nicht!«

»Wie bitte?«, meinte Lestrade.

Cest holte den Drizilhelm hervor und legte ihn vor den Offizieren auf den Tisch. »Ich kam auf die Idee, als ich die Tarntechnik der Drizil untersuchte.« Er zögerte leicht. »Nun gut, eigentlich kam mein Assistent auf die Idee – obwohl das mehr Zufall war. Der Mann ist manchmal einfach nur nervtötend. Ich könnte Ihnen da Dinge erzählen ...«

»Professor ...!«, mahnte Lestrade.

»Oh, natürlich!« Cest lächelte erneut. »Wir tarnen unsere Minen. Dazu setzen wir ähnliche Methoden ein wie die Drizil bei ihren neuen Kampfanzügen. Das Prinzip ist ganz ähnlich. Wir schirmen die Minen vor den Frequenzen ab, die die Drizilsensoren verwenden.« Er kicherte. »Das ist noch nicht mal besonders schwierig, da ich nur einige Gefechtsaufzeichnungen Ihrer Schiffe brauche. Ich bin sicher, wir finden die Frequenzen in kürzester Zeit heraus und dann können wir auch schon damit beginnen, Störsender mit der entsprechenden Frequenz in die Torpedos einzubauen. Bis wir Vector Prime erreichen, könnten wir bereits eine ziemlich große Anzahl umgerüsteter Torpedos haben.«

Lestrade sah mit einem Ausdruck der Verwunderung auf. »Heißt das, Sie könnten auch unsere Schiffe vor ihren Sensoren verstecken?«

Cest schüttelte bedauernd den Kopf. »Nein, das können wir so wenig wie die Drizil. Dasselbe Problem, der Energieverbrauch ist zu hoch. Aber etwas Kleines wie einen Torpedo – kein Problem. Torpedos sind relativ billig zu produzieren. Sobald Vector Prime gesichert ist, haben wir die dortige industrielle Kapazität zur Verfügung. Dann können wir sogar richtige Minen produzieren, die von vornherein über die Störsender verfügen. Die Drizil können nicht auf die Minen schießen, wenn sie diese nicht sehen können.«

Lestrade beugte sich interessiert vor. »Könnten Sie auch unsere Torpedos so modifizieren, dass sie für Drizilsensoren unsichtbar werden? Das wäre ein ungeheurer taktischer Vorteil.«

Cest schüttelte den Kopf. »Bedauerlicherweise nicht. Um die Störsender einzubauen, brauche ich Platz. Wir sind gezwungen, die Zielerfassungs- und -verfolgungscomputer auszubauen. Sie könnten die

Torpedos natürlich trotzdem abschießen, aber sie würden nur geradeaus fliegen, was sie in einem Raumkampf recht nutzlos machen würde.«

»Schade«, erwiderte Lestrade und lehnte sich zurück. »Für einen Moment hatte ich doch tatsächlich die Hoffnung, wir wären mal im Vorteil.«

»Das sind wir im Prinzip auch. Das Minenfeld wird die Drizil aus Vector Prime heraushalten – und darüber hinaus auch noch aus jedem anderen System, das wir auf diese Weise sichern wollen. Ein Invasionsversuch wäre für die Drizil derart kostspielig, dass sie es sich zweimal überlegen würden, uns anzugreifen.«

Lestrade und Rix sahen sich lange an.

»Das ist brillant«, sagte Rix schließlich.

»Ja, das ist es«, stimmte Lestrade zu. »Professor, trommeln Sie Ihre Assistenten zusammen. Sie alle haben jede Menge Arbeit vor sich.«

»Dick!«, schrie Cest, als er zurück in sein Labor stürmte.

Dieser schreckte von seiner Tätigkeit hoch. »Was ist denn?«

»Lass alles stehen und liegen und ruf sofort die anderen. Es gibt Arbeit.«

»Hoffentlich etwas Interessanteres als das hier.« Er deutete auf die Rüstungsteile und den Computer, mit dem er alles katalogisiert hatte.

»Allerdings. Wir stellen Minen her.«

»Was tun wir?«

»Wir stellen Minen her. Na ja, das soll zumindest das Endergebnis sein. Bis dahin ist es allerdings noch ein weiter Weg. Und jetzt, hol die anderen.« Er drückte Dick mehrere handgeschriebene Listen in die Finger. »Ich habe bereits alle fürs Erste notwendigen Arbeiten verteilt. Du sagst allen, was sie zu tun haben, und überwachst alles. Wenn es Fragen gibt, ihr wisst ja, wo ihr mich findet.«

»Und was machen Sie?«, fragte Dick auf dem Weg zur Tür.

»Ich widme mich noch etwas den Gewebeproben«, sagte der Professor verträumt, während er sich über eins der Mikroskope beugte.

»War ja klar«, sagte Dick wenig überrascht.

Das hörte Cest schon nicht mehr. Zu fasziniert war er von den Proben der Drizil. Sie waren wirklich unerhört frisch. In den letzten Tagen hatte er mehr über das Genom der Drizil gelernt als in den ganzen Jahren auf der Erde. Und zum ersten Mal überhaupt bekam er Proben weiblicher Drizil in die Finger.

Plötzlich – als er die Probe eines weiblichen Drizil untersuchte – sah er etwas, das nicht dorthin zu gehören schien. Er vergrößerte die Ansicht seines Mikroskops bis hin zur Maximalstufe. Fassungslos musterte er seinen Fund.

»Was zur Hölle ist denn das?«

13

Der Drizilkonvoi, bestehend aus zwei Fregatten sowie sieben Frachtern, drang außerhalb des Blockaderings in das Vector-Prime-System ein.

Eine der Fregatten nahm augenblicklich Führungsposition ein. Im Gänsemarsch folgten die sieben Frachter und die zweite Fregatte bildete das Schlusslicht. Nichts deutete darauf hin, dass an diesem Konvoi irgendetwas Besonderes war.

Major Melissa Ross stand auf der Brücke der Führungsfregatte neben dem Kommandopult, an dem normalerweise der Drizilkommandant Dienst tat, und versuchte, sich ihre Unruhe nicht anmerken zu lassen.

Es war ein äußerst ungewohntes Gefühl, an Bord eines Drizilschiffes Dienst zu tun. Die Brückenkontrollen und Armaturen waren für Drizil konstruiert, nicht für Menschen. Das war jedoch nicht der einzige Unterschied.

Menschliche Kommandobrücken bestanden aus einer durchsichtigen Kuppel, die der Brückencrew einen Dreihundertsechzig-Grad-Rundumblick ermöglichten. Die Kuppel bestanden aus einem glasähnlichen, bruchsicheren Material. Im Bedarfsfall konnten die Kuppeln zusätzlich durch Stahllamellen abgeschottet werden.

Drizilschiffe hingegen verfügten über nichts Vergleichbares. Anstelle eines Fensters ins All nahm ein großer Bildschirm eine Seite der Brücke ein. Auf diesen Schirm konnten taktische Daten direkt eingespeist werden.

Melissa beobachtete angespannt, wie auf dem Schirm die feindliche Blockadelinie immer näher rückte.

Lestrade hatte einige erfahrene Besatzungen zusammenstellen lassen, um die neun Schiffe nach Vector Prime zu fliegen. Der Name des Lieutenant Commanders, der die Führungsfregatte befehligte, war Nelson Carmichael. Trotz seiner fast vierzig Jahre wirkte Carmichael relativ jung, beinahe zu jung für eine solch verantwortungsvolle Mission. Doch Lestrade hatte den Mann persönlich ausgewählt, also musste er gut sein – so hoffte Melissa jedenfalls.

Insgeheim bewunderte sie den Mann schon jetzt in gewisser Weise. Auf der Kommandobrücke eines Drizilschiffes gab es keine Sitzgelegenheiten. Die Drizil erledigten ihre Arbeiten entweder im Stehen oder Hängen. Der Mann hielt es bereits seit Stunden in derselben Stellung aus, und soweit Melissa es beurteilen konnte, hatte er sich dabei kein einziges Mal von der Stelle gerührt, ganz im Gegensatz zu ihr.

Der Aufenthalt auf einer Drizilbrücke war gelinde gesagt verwirrend. Fast war man geneigt zu sagen, der Anblick war so fremdartig, dass er in den Augen wehtat. Professor Cest hatte einen Algorithmus entwickelt, der die Texte, die über die Bildschirme liefen, von Drizil in menschliche Sprache übersetzten. Zwar nicht in Echtzeit, aber doch schnell genug. Doch damit nicht genug, hatte der Professor auch noch ein Übersetzungsmodul installiert, das es der Besatzung ermöglichen würde, mit anderen Drizilschiffen zu kommunizieren.

Cests Algorithmus arbeitete bereits. Auf allen Bildschirmen tauchten am laufenden Band Schriftzeichen und Symbole auf, nur um kurz darauf von menschlichen Worten abgelöst zu werden.

»Gleich gilt's. Wir nähern uns der Blockadelinie«, informierte Carmichael sie.

»Dann werden wir sehen, ob Cest tatsächlich das Genie ist, für das er sich hält«, erwiderte sie mit emotionsloser Miene.

Carmichael schnaubte amüsiert.

Als hätte Melissas Bemerkung eine Reaktion heraufbeschworen, drehte sich der Offizier am Kommunikationspult zu seinem Kommandanten herum. »Sir? Ein Signal vom feindlichen Führungsschiff für diesen Abschnitt. Sie bitten um Identifikation und Kommunikation per Videosignal.«

Melissa bemerkte, wie Carmichael einen Kloß im Hals herunterschluckte.

»Senden Sie unseren Identifikationscode und sagen Sie ihnen, wir hätten technische Probleme und könnten derzeit nur per Audio kommunizieren.«

Der Mann drehte sich zu seinem Pult um und sprach hinein. Carmichael beugte sich verschwörerisch zu Melissa herüber.

»Mal überraschen lassen, ob dieser Algorithmus wirklich so gut ist, wie Cest behauptet hat.«

»Falls nicht, dann wird das eine recht kurze Offensive«, stimmte Melissa zu. »Es macht mir allerdings mehr Sorgen, ob denen auffällt, dass der Konvoi jetzt ein Schiff weniger umfasst als beim Aufbruch.«

»Sie fragen, welcher Art unsere technischen Probleme sind«, informierte der Kommunikationsoffizier.

Melissa schluckte einen wüsten Fluch herunter, doch Carmichael war die Ruhe selbst und ließ sich von der Reaktion der Drizil nicht beeindrucken.

»Sagen Sie, die Langstreckenkommunikation sei ausgefallen, wir können kein Videosignal erzeugen und der Antrieb arbeite nur noch mit dreiviertel Kraft.«

Melissa warf ihm einen fragenden Blick zu.

»Falls ausschließlich die Kommunikation in Mitleidenschaft gezogen wurde, werden die Drizil vielleicht misstrauisch. Wenn noch etwas anderes gestört ist, sind sie eventuell eher bereit, darüber hinwegzusehen.«

»Sie fragen, warum ein Schiff fehlt und warum einige unserer Schiffe Gefechtsschäden aufweisen.«

Nun fluchte auch Carmichael. Der Raumoffizier senkte den Blick und seine Gedanken überschlugen sich. Melissa hielt unbewusst die Luft an, als könnten ihre Atemgeräusche den Mann irgendwie aus dem Tritt bringen und die Mission auf diese Weise bereits in ihren Anfängen zunichtemachen.

»Sagen Sie Folgendes: Das fehlende Schiff ist immer noch im Barinbau-System zur Reparatur. Bei Barinbau gibt es Partisanenaktivität versprengter menschlicher Einheiten. Die Situation ist jedoch geklärt und der Feind mit geringen eigenen Verlusten zurückgeschlagen.«

Unschlüssig schaute der Kommunikationsoffizier seinen Kommandanten an, bis dieser ihn wütend anfunkelte und sagte: »Na los! Sagen Sie ihnen das!«

Melissa neigte leicht den Kopf in Richtung Carmicheals. »Das ist aber sehr dicht an der Wahrheit.«

»Ich weiß, aber etwas anderes ist mir nicht eingefallen.«

»Hoffen wir, dass die Fledermausköpfe das schlucken.«

»Ja. Beten wäre im Moment gar keine so schlechte Idee.«

Niemand auf der Brücke sagte ein Wort, während die Männer und Frauen auf die Antwort des Drizilschiffes warteten. Das Flaggschiff der Intruder-Klasse kreuzte keine dreihundert Kilometer vor dem Bug der Führungsfregatte. Falls die Drizil die Geschichte nicht schluckten, würde eine einzige Salve reichen, um den Konvoi zusammenzuschießen. Die meisten von ihnen würden gar nicht wissen, wie ihnen geschah.

Der Kommunikationsoffizier drehte sich erneut um.

»Sie sagen, es gäbe keine Berichte über Partisanen bei Barinbau. Sie wollen ein Inspektionsteam an Bord schicken.«

Melissa warf Carmichael einen unschlüssigen Blick zu. »Sonst noch brillante Ideen?«

»Nur noch eine«, erwiderte der Lieutenant Commander und wandte sich erneut an den Kommunikationsoffizier. »Sagen Sie ihnen, wir sind bereit, ihr Inspektionsteam zu empfangen, aber der Captain ihres Schiffes soll eine Meldung nach Vector Prime schicken. Der Garnisonskommandant soll wissen, weshalb die Lieferung, auf die er wartet, sich so sehr verspätet.«

Der Kommunikationsoffizier tat wie ihm geheißen, während Melissa Carmichael fragend musterte. Dieser zuckte lediglich die Achseln. »Auf Vector Prime befindet sich der feindliche Kommandant für dieses System. Wenn die Drizil auch nur entfernt menschlichen Streitkräften ähneln, dann wird sich ein kleiner Schiffskommandant nicht gern mit einem der hohen Bosse anlegen wollen. Ein menschlicher Captain würde es sich dreimal überlegen, ob er tatsächlich den Garnisonskommandanten stören soll, um ihm zu sagen, er wäre für eine verspätete Lieferung verantwortlich.«

»Das ist aber sehr weit hergeholt.«

»Wie schon gesagt, etwas Besseres ist mir nicht eingefallen.«

»Na wenigstens sind Sie ehrlich.«

Carmichael zuckte erneut mit den Achseln. »Hoffen wir nur, dass die Drizil darauf hereinfallen. Genauso gut könnte der feindliche Captain in diesem Moment Verbindung mit Vector Prime herstellen und erfahren, dass der Garnisonskommandant gar nicht auf eine Lieferung wartet.«

»Falls das passiert, sind wir am Arsch.«

»Ich würde es vielleicht anders ausdrücken ... aber ja.«

Der Kommunikationsoffizier drehte sich mit ungläubiger Miene um. »Sie befehlen uns, sofort die Raumstation zur Reparatur anzusteuern und anschließend umgehend unsere Ladung zu löschen. Und sie wünschen uns weiterhin guten Flug.«

Im selben Moment drehte das feindliche Flaggschiff ab und gab den Weg frei.

Melissa atmete hörbar auf. Auch Carmicheals Schultern sackten ein ganzes Stück ab.

»Na also«, sagte er, doch Melissa fiel auf, dass er nicht so überzeugt gewesen war, wie er vorgegeben hatte. »Antrieb mit dreiviertel Kraft voraus. Kurs auf die Raumstation. Der Konvoi soll uns folgen.«

Carmichael konsultierte sein Chronometer und wandte sich mit verkniffener Miene an Melissa. »Wir erreichen in etwa drei Stunden die Station. Fünf Stunden danach erreichen Lestrade und die Flotte das System. Wenn man die Zeit hinzuzählt, die Lestrade brauchen wird, um sich durch die Blockade zu kämpfen – ich rechne mal vorsichtig mit drei bis vier Stunden –, dann dringen die ersten imperialen Schiffe in zwölf Stunden in die Todeszone der Kampfstation ein. Zu diesem Zeitpunkt muss die Station um jeden Preis gesichert sein. Schaffen Sie das?«

Soweit es ihr möglich war, zuckte sie die Achseln. »Die Station ist zwar riesig, aber ich glaube kaum, dass wir eine große Wahl haben.« Sie sah auf den Bildschirm im Zentrum der Brücke, auf dem Vector Prime nur als ferner Lichtpunkt zu sehen war und die Station selbst noch überhaupt nicht.

»Nimm dich in Acht, Troja, die Griechen kommen.«

Lestrade starrte zum wiederholten Male auf das Brückenchronometer, als ob das irgendetwas an den Gegebenheiten ändern würde. Die Zeit war ein gleichbleibender Fluss, das war erwiesen. Ein Fakt.

Er seufzte.

Warum zum Teufel kam es ihm dann so vor, als würde die Zeit gar nicht vergehen wollen?

»Feuertrupp *Schneller Tod*! Fertig machen!«, brüllte Edgar, um sich über die allgemeine Aufbruchsstimmung bemerkbar zu machen. »Überprüft gegenseitig eure Ausrüstung. In knapp zwei Stunden begeben wir uns in die Konserven.«

Schneller Tod und einige andere Feuertrupps befanden sich an Bord der VENGEANCE und der anderen Schlachtkreuzer der Flotte. Sie würden in Bullfrogs abspringen, lange bevor die Hauptstreitmacht landete. Es würde ihre Aufgabe sein, feindliche Stellungen auszuheben, die eine Gefahr für die Landung sein würden, und – falls möglich – Kontakt mit einheimischen Kräften herzustellen.

Edgar rief sein Anzugchronometer auf. Es dauerte noch gut fünf Stunden, bevor sie Vector Prime erreichten, doch Colonel Castellano bestand darauf, dass alle Einheiten frühzeitig in die Bullfrogs stiegen, um sich auf die beengten Verhältnisse einzustellen.

Edgar beobachtete seine Leute dabei, wie sie Ausrüstung und Waffen ihrer Kameraden begutachteten. Vincent überprüfte Beckys und ließ dabei besondere Sorgfalt walten.

Der Junge war ganz eindeutig in Becky verknallt. Das war an und für sich kein Problem – falls er es nicht übertrieb und darüber seine Pflichten vergaß. Das Team bestand nicht nur aus Becky. Die anderen waren genauso auf ihn angewiesen, darauf, dass er den Kopf bei der Sache hatte.

Ein Lächeln stahl sich unbewusst auf Edgars Lippen. Wie schön musste es sein, jung und verliebt zu sein.

Colonel René Castellano stürmte in den Raum. »In die Bullfrogs!«, rief er ohne Umschweife. Der Colonel war wirklich kein Mann vieler Worte. »Falls alles gut läuft, sehen wir uns in einigen Stunden auf Vector Prime. Viel Glück, Leute!«

Amen, dachte Edgar insgeheim.

14

»Andockerlaubnis erteilt«, teilte der Kommunikationsoffizier mit.

Carmichael nickte voller Anspannung. Seine Pupillen huschten von einer Seite zur anderen und wieder zurück. Der Lieutenant Commander studierte jede Waffenstellung, jedes Geschütz, das in Sicht kam. Er nahm jede Kleinigkeit auf und fügte sie in Gedanken einer immer länger werdenden Liste potenzieller Bedrohungen hinzu. Seine Miene wurde mit jeder Sekunde, die verging, verdrießlicher.

Melissa konnte es ihm nicht verdenken. Die Station füllte inzwischen den ganzen Bildschirm aus. Die Station umkreiste Vector Prime in einem hohen Orbit. Derzeit befand sie sich über der Tagseite der Kolonie.

Der zentrale Kern der Raumstation bestand aus zwei kreisrunden Segmenten, die übereinander angeordnet waren. Aus beiden Segmenten wuchsen jeweils fünf Ausläufer ins All, die allesamt gleichschenklige Dreiecke bildeten. Somit formten beide Segmente fünfstrahlige Sterne. In dem unteren Segment waren Mannschaftsquartiere, Frachträume und Jägerhangars untergebracht. In dem oberen die Kommunikationseinrichtungen, die Kommandobrücke sowie die Feuerleitzentrale.

Es waren jedoch die insgesamt zehn Ausläufer, die Melissas Aufmerksamkeit besonders fesselten. Sie beherbergten die Andockbuchten für Schiffe, die Reparatureinrichtungen der Station und nicht zu vergessen, die Hauptbewaffnung der Station. Die Kampfstation verfügte selbstverständlich über die obligatorische konventionelle Bewaffnung: Torpedos, Laserbatterien und Zwillingslaserbatterien von den Kategorien 1 bis 6. Doch in den Spitzen eines jeden Dreiecks befand sich eine schwere Laserbatterie der Kategorie 7. Sie waren stark genug, die Panzerung eines Drizilkriegsschiffes schon mit der zweiten oder dritten Salve zu knacken. Diese Waffen waren so enorm platz- und energieraubend, dass sie nie in Kriegsschiffe verbaut worden waren. Sie existierten lediglich in dieser Station und in ihren baugleichen Ebenbildern. Vor dem Fall des Imperiums gab es nur fünf – allein zwei davon im Solsystem. Gut möglich, dass diese hier die Letzte ihrer Art war.

Melissa bezweifelte ernsthaft, dass es den Drizil gelungen war, alle intakt zu erobern. Wesentlich wahrscheinlicher war, dass die Besatzungen die Drizil dazu gezwungen hatten, diese Stationen zu zerstören.

Melissa hatte gehört, dass die Drizil eine ganze Flotte verloren hatten, um dieses Gebilde zu erobern. Sie hatten dies lediglich durch den hemmungslosen Einsatz von Schiffen und Truppen geschafft. Sie konnte sich keinen Grund vorstellen, der den Drizil wichtig genug gewesen war, einen solchen Verlust in Kauf zu nehmen.

Sie zuckte innerlich die Achseln. Diese Station zu behalten, war ein Fehler gewesen, den die Drizil noch vor Ablauf dieses Tages bitter bereuen würden. Ohne diese Station wäre eine Befreiung des Systems nicht machbar. Selbst für das Aufgebot, das sich derzeit mit Lichtgeschwindigkeit auf sie zubewegte, wäre das System zur Todesfalle geworden.

Nun ja, schalt sie sich in Gedanken. *Das kann immer noch passieren.*

»Haben Sie etwas auf den Sensoren, Carmichael?«, fragte sie mit vor Erregung vibrierender Stimme.

»Zum Beispiel?«, fragte er, ohne aufzublicken.

»Die imperialen Kräfte im System verfügten bis vor einigen Monaten noch immer über Schiffe. Das wissen wir. Können Sie sie ausmachen?«

Carmichael warf dem Offizier an den Sensoren einen fragenden Blick zu. Dieser schüttelte als Antwort lediglich leicht den Kopf.

»Gut möglich, dass sie inzwischen ausradiert wurden.«

»Das will ich nicht hoffen. Die zusätzliche Verstärkung hätten wir gut gebrauchen können.«

Carmichael ließ sich das Gesagte durch den Kopf gehen und sah sie mitfühlend an. »Selbst wenn Schiffe überlebt hätten, dann wären sie nach all dieser Zeit in einem denkbar schlechten Zustand und kaum zu gebrauchen. Nein, wir müssen das allein durchstehen.«

»Wie lange noch bis zum Andocken?«

»Etwa zehn Minuten.«

»Dann geht es gleich los. Sind Schiffe an der Station angedockt?«

»Vierzehn«, bestätigte er. »Aber nur drei Kriegsschiffe. Die anderen sind alles Frachter.«

»Was für Kriegsschiffe?«, wollte sie wissen.

»Zwei Fregatten und ein Zerstörer.«

Melissa presste die Luft zwischen ihre Vorderzähne hindurch und erzeugte einen leisen Pfiff. »Dann müssen wir uns mit deren Besatzungen auch auseinandersetzen.«

»Darum kümmern wir uns«, beschied ihr Carmichael gelassen.

»Und wie? Sie werden doch nichts Dummes tun?« Sie blickte ihn scharf an. »Oder?«

»Kommt auf den Blickwinkel an. Diese Kriegsschiffe sind angedockt und ihre Energie ist heruntergefahren. Sobald Ihre Marines draußen sind, koppeln wir von der Station ab und nehmen die feindlichen Schiffe unter Beschuss. Vielleicht schaffen wir es sogar, die beiden Fregatten auszuschalten, bevor man uns erwischt. Mit etwas Glück sogar den Zerstörer.«

Melissa starrte den Raumoffizier mit offenem Mund an. »Das kann unmöglich Ihr Ernst sein. Das ist Selbstmord.«

»Sobald wir Sie abgesetzt haben, sind wir nutzlos. Wir können nur noch hier hocken und abwarten. Das ist nicht unser Stil. Auf diese Weise können wir uns immer noch nützlich machen.« Carmichael lachte bellend auf. »Machen Sie sich keine Sorgen, so dicht an der Station können sie keinen Kategorie-7-Laser gegen uns einsetzen. Außerdem haben wir das Überraschungsmoment und damit bleibt uns der erste Schuss.«

»Sie sagen das, als hätte das was zu bedeuten. Die Station verfügt über genügend Waffen, um sie über jede Distanz hinweg ausschalten zu können. Von den ganzen Raumschiffen da draußen will ich noch nicht mal reden.«

»Vector Prime *muss* fallen, Melissa«, sagte er, zum ersten Mal ihren Vornamen benutzend. »Jedes bisschen hilft.«

Sie wollte noch etwas sagen, doch einer der Brückenoffiziere kam ihr zuvor. »Noch fünf Minuten bis zum Andocken.«

Sie klappte ihre Kiefer beinahe mechanisch aufeinander. »Viel Glück, Lieutenant Commander.«

»Ihnen auch, Major.«

Melissa drehte sich um und verließ die Brücke der erbeuteten Drizilfregatte. Bei jedem Schritt baute sich in ihr der Drang auf, sich umzudrehen. Doch sie widerstand ihm. Sie widerstand ihm in dem Wissen, dass sie Lieutenant Commander Nelson Carmichael nie wiedersehen würde.

Lestrade wusste nicht zum wievielten Mal er auf sein Brückenchronometer sah. Sein XO stand hinter ihm mit seiner professionellen, unaufdringlichen Präsenz.

Als das Chronometer einen bestimmten Punkt überschritt, stieß Lestrade einen tiefen Seufzer aus und wandte sich zu seinem XO um.

»Jetzt geht es los.«

Aus den Eingeweiden von sieben erbeuteten Drizilschiffen ergoss sich eine Flut von dreitausend imperialen Marines ins Innere der Station.

Die Griechen erstürmten die Mauern Trojas.

Zunächst trafen sie hauptsächlich auf Arbeiter. Die Befehle jedoch waren eindeutig. Selbst die bloße Möglichkeit aufkeimenden Widerstands musste erstickt werden. Die Marines machten jeden Drizil, auf den sie trafen, nieder. Bilder durchzuckten die Gedanken der Männer und Frauen in den dunklen Kampfanzügen. Bilder von längst vergangenen Schlachten. Bilder von blutigen Kämpfen und verzweifelten Niederlagen. Bilder von furchtbaren Massakern und zerstörten Welten.

Heute war Zahltag und die Marines füllten ihre Herzen mit dem Wunsch nach Vergeltung. Vereinzelt brandeten Feuergefechte auf, die die kampferprobten Soldaten jedoch schnell für sich entschieden. Zu groß war die Übermacht, der sich die Drizil gegenübersahen. Die Marines erkämpften sich einen blutigen Weg durch die Andockbuchten in die zentralen Segmente – wo sie auf den ersten ernsthaften Widerstand trafen.

»Alle Marines abgesetzt«, verkündete der Offizier an der Navigation – sein Name war Jefferson, meinte sich Carmichael zu erinnern. Vor dem heutigen Tag hatte er den Mann noch nie gesehen.

»Abkoppeln und Kurs auf die erste angedockte Fregatte nehmen.« Er wandte sich an die Frau, die ihm als XO diente – Lieutenant Phillys MacBride. »Status unseres Schwesterschiffes?«

»Hat bereits abgekoppelt und nimmt Kurs auf die zweite angedockte Fregatte.«

»Ausgezeichnet. Falls wir mit den beiden Schiffen schnell fertigwerden, könnten wir uns sogar noch gemeinsam um diesen Zerstörer kümmern.«

Seine XO warf ihm einen schrägen Seitenblick zu, den er belustigt erwiderte. »Hey, träumen darf man doch noch.«

»Der Stationscommander will wissen, warum wir ohne Erlaubnis ablegen«, informierte der Komm-Offizier.

Carmichael schnaubte abfällig. »Er will eine Antwort?«

Auf seinem Bildschirm registrierte er, wie sein Schiff über einer der angedockten Fregatten Position bezog. »Dann soll er eine Antwort bekommen. Feuer!«

Melissa und die Marines arbeiteten sich durch einen verwirrenden Irrgarten aus verwinkelten Gängen. Hätten die Soldaten nicht den Grundriss der Station in die Datenbanken ihrer Kampfanzüge geladen, wäre es tatsächlich im Bereich des Möglichen gewesen, sich zu verlaufen.

Die Besatzung der Station leistete erbitterten Widerstand und sie kamen weit langsamer voran als erhofft. Ein Marine zu ihrer Linken erlitt einen Streifschuss am Helm. Der Treffer an sich war nicht lebensbedrohlich, doch das Drizilgeschoss fraß sich zischend durch das Metall. Der Mann riss sich den Helm vom Kopf und warf ihn von sich.

Fast augenblicklich griff er sich an die Ohren, versuchte, sich gegen die tödlichen, für Menschen unhörbaren Schallwellen der Drizil zu schützen. Doch ohne Helm gab es keinen Schutz. Melissa musste hilflos mit ansehen, wie Blut aus Mund, Ohren und Nase des Mannes schoss und er nach wenigen Sekunden tot auf dem Deck zusammenbrach. Unter der Leiche breitete sich eine immer größer werdende rote Lache aus, als der arme Kerl ausblutete.

Voraus zog sich eine Gruppe Drizil in die Sicherheit der nächsten Ecke zurück, doch Melissa war nicht bereit, die Bastarde so einfach davonkommen zu lassen. Sie pflückte eine Sprenggranate vom Gürtel und drehte den oberen Teil um hundertachtzig Grad, um sie zu aktivieren. Die Granate gab mit einem durchdringenden Signal zu erkennen, dass sie scharf war. Das Signal wurde mit jeder Sekunde, die verging, penetranter. Ohne Zögern warf Melissa den Sprengkörper gegen die Wand der nächsten Kreuzung. Sie prallte ab und flog in Richtung des in Deckung gegangenen Trupps. Eine Explosion füllte die Kreuzung mit Feuer und Rauch.

Melissa und die Marines, die ihr folgten, warteten einige Sekunden, bis die Detonation abklang, schließlich rückten sie nach, um die gesäuberte Stellung zu sichern. Von den Drizil war nicht mehr viel übrig. Einer lebte noch und bewegte sich schwach. Mit letzter Kraft versuchte er, von den Menschen wegzukriechen. Einer der Marines schoss ihm in den Nacken. Seine Bewegungen erstarben.

Melissa aktivierte ihr Komm. »Hier Able. Statusmeldung!«, verlangte sie knapp.

»Hier Baker. Äußerer Andockbereich gesichert. Rücken weiter vor.«

»Hier Charlie. Dringen gerade in das untere zentrale Segment vor. Widerstand ist stark, aber wir drängen sie zurück.«

Die anderen Trupps sprudelten ihre Statusberichte herunter und alles in allem sah es ganz gut aus. Die Trupps der Invasionsstreitmacht schienen ihre Ziele weitestgehend zu erreichen. Wenn das alles so weiterging, würden sie die Kommandozentrale innerhalb der nächsten drei bis vier Stunden erreichen und sichern. Damit lagen sie gut in der Zeit.

»Achtung!«, drang es plötzlich aus ihrem Komm. »Hier Lima. Sind auf starken feindlichen Widerstand gestoßen. Sie drängen uns zurück.«

Melissa öffnete eine Verbindung. »Lima. Hier Able. Wo seid ihr jetzt?«

Statt einer verbalen Antwort öffnete sich auf ihrem HUD ein kleines Fenster mit einer miniaturisierten Karte der Station. Ein kleines rotes Licht leuchtete auf. Lima befand sich noch im Andockbereich der Backbordseite, wo ihr Frachter angedockt hatte. Und ganz in der Nähe befand sich ... Sie fluchte. Der Zerstörer.

»Lima, ihr habt es vermutlich mit der Besatzung des Zerstörers zu tun. Haltet durch. Hilfe ist auf dem Weg.«

»Und wen wollen Sie schicken?«, fragte einer ihrer Marines. »Lima ist relativ isoliert und die wenigen Trupps in der Nähe sind selbst im Gefecht.«

»Keine Ahnung, aber wenn ich Lima keine Hilfe schicke, dann könnte das für uns der Anfang vom Ende sein.«

Die feindliche Fregatte löste sich brennend von der Andockbucht und riss dabei die Verankerung mit sich. Das Schiff trieb nach unten weg und verlor in beeindruckender Menge Atmosphäre und um sich strampelnde Besatzungsmitglieder.

Aus der Bruchstelle fauchte eine Sekundärexplosion in Form einer Stichflamme ins All und versengte die Außenhülle der feindlichen Fregatte auf ganzer Breite. Das Schiff trudelte um die eigene Achse und prallte gegen einige Streben der Station, wobei der Bug abbrach.

So viel dazu, dachte Carmichael zufrieden.

Dieses Schiff und seine Besatzung würden für die Marines an Bord der Station keine Bedrohung mehr darstellen. Es blieb jedoch keine Zeit, sich auf den Lorbeeren auszuruhen. Die Station feuerte erneut und erwischte Carmichaels Fregatte über dem Steuerbordbug und in der Nähe der Antriebssektion. Eines der Antriebsaggregate verstummte augenblicklich. Carmichael spürte die Veränderung sofort. Das Schiff bewegte sich merklich schwerfälliger und er spürte ein leichtes Zittern unter seinen Füßen. Die Trägheitsdämpfer hatten etwas abbekommen.

»Wie ist der Status unseres Begleitschiffes?«, fragte er zwischen zwei Atemzügen.

»Wir haben sie nicht mehr auf den Sensoren«, bestätigte seine XO seine schlimmsten Befürchtungen.

Carmichael senkte den Blick. »Dann stehen wir also allein. Ich hoffe, sie sind vorher noch mit der anderen Fregatte fertiggeworden.«

Etwas krachte gegen die Außenhülle des Schiffes und das erbeutete Drizilschiff legte sich schwer auf die Seite. Carmichael dachte schon, das wäre es gewesen, doch wider Erwarten stabilisierte sich die Fluglage der Fregatte erneut.

»Tiefer gehen!«, befahl er. »Wir müssen uns so dicht über der Oberfläche der Station halten wie möglich, da können uns ihre Geschütze nur schwer erfassen.«

Der Offizier an der Navigation antwortete nicht, doch die Schnauze der Fregatte senkte sich und das kleine Schiff brauste über die Oberfläche der Raumstation hinweg.

Phillys MacBride bekam für einen Augenblick einen geistesabwesenden Gesichtsausdruck, als sie einer eingehenden Nachricht lauschte. Ihre Augen vernebelten sich vor Besorgnis.

»Sir? Der Drizilzerstörer setzt Truppen in die Station ab. Die Marines in diesem Abschnitt sind in Schwierigkeiten.«

»Dann erledigen wir doch dieses Mistding. Kurs auf den Zerstörer.«

»Aye, Sir«, bestätigte der Navigator.

Laserbahnen und Raketen tasteten auf kürzeste Distanz nach der Fregatte, doch sie war der Raumstation so nah, dass die meisten weit vorbeigingen oder dort den Kurs der Fregatte kreuzten, wo diese eben noch gewesen war. Nur wenige Strahlbahnen tanzten über die Außenhülle des Beuteschiffes und Streifschüsse versengten die Außenhülle, ohne wirklichen Schaden anzurichten.

»Zerstörer in optimaler Feuerdistanz«, meldete der Offizier an der Taktik.

»Alle Batterien Feuer frei!«

Die Batterien der Beutefregatte spuckten Megajoule an Energie gegen die oberen Deckaufbauten des Zerstörers. Laserstrahlen tanzten über die Oberfläche und brannten Waffenstellungen, Antennen und Panzerplatten weg.

Der feindliche Zerstörer sackte unter der brutalen Gewalt des Angriffs leicht nach unten, ohne jedoch – wie zuvor die Fregatte – von der Andockbucht wegzubrechen.

Carmichael knirschte mit den Zähnen. »Weiterfeuern! Nicht nachlassen!«

Die Batterien der Raumstation nahmen die Fregatte erneut unter Beschuss. Nachdem sie nun gezwungen war, praktisch an Ort und Stelle zu verharren, bot sie den feindlichen Geschützmannschaften eine perfekte Zielscheibe. Der feindliche Zerstörer eröffnete seinerseits das Feuer. Die Fregatte hing im Kreuzfeuer fest, unfähig, sich von der Stelle zu rühren.

Carmichael hielt sich mit aller Kraft an seiner Station fest, während um ihn herum sein Schiff in Stücke geschossen wurde. Die Brücke wurde dominiert von Dutzenden roten Lampen, die allesamt um seine Aufmerksamkeit buhlten.

Seine Fregatte schoss mit allem zurück, was sie aufzubieten hatten. Der feindliche Beschuss kostete das kleine Schiff allerdings ganz erheblich von seiner Feuerkraft. Eine Waffenstellung um die andere fiel aus.

Mehrere Raketen explodierten entlang der Flanke der Fregatte und sie brach nach Backbord aus. Ein weiteres Antriebsaggregat versagte flackernd den Gehorsam.

Auf seinem Zielbildschirm verfolgte Carmichael, welche Auswirkungen der eigene Beschuss auf den Zerstörer zeitigte. Einmal glaubte er, kurz davorzustehen, die Panzerung des gegnerischen Kriegsschiffes zu durchbrechen. Doch dann fegte eine Salve der Raumstation die letzte schwere Waffenstation am Bug davon und Carmichaels Schiff war der letzten Möglichkeit beraubt, sich zur Wehr zu setzen.

Der Bordcomputer meldete mehrere Hüllenbrüche, zwei davon nur ein Deck unterhalb der Brücke. Zum Glück hatten sie keine Besatzung an Bord, sonst hätten sie sich darüber wirklich Sorgen machen müssen.

Carmichaels Gedanken überschlugen sich. Sie konnten unmöglich fliehen. Wenn sie Distanz zur Raumstation aufbauten, würde der erste Kategorie-7-Laser, dem sie vor die Mündung liefen, kurzen

Prozess mit ihnen machen. Und wenn sie hierblieben, blühte ihnen dasselbe. Carmichaels Gesicht verwandelte sich in eine Maske aus Eis. Na schön, wenn sie schon draufgingen, dann wenigstens auf sinnvolle Weise.

Das war es dann also mit meinem ersten Kommando, dachte er mit einem Anflug von Zynismus.

»Alle verfügbare Energie auf den Antrieb und Kurs setzen.«

»Worauf?«, fragte seine XO.

»Auf den Zerstörer.«

Auf Phillys' Gesicht spiegelte sich zunächst Verwirrung wider, gefolgt von Verstehen. Sie nickte zur Antwort.

»Sie haben den Commander gehört«, blaffte sie den Navigator an. »Kurs auf den Zerstörer.«

Der junge Offizier an der Navigation zitterte am ganzen Leib, bestätigte jedoch den Befehl. »Kurs auf den Zerstörer, aye.«

Die Fregatte beschleunigte, langsam zuerst, doch sie nahm schnell an Fahrt auf. Eine Salve traf die Panzerung knapp hinter dem Bug. Scharfkantige Splitter der Panzerung bombardierten die Brücke. Phillys MacBride wurde von drei Bruchstücken in der Größe einer Mango in Nacken und Rücken getroffen. Sie war bereits tot, noch bevor sie auf dem Boden aufschlug.

Der Mann an der Komm wurde gegen den Bildschirm geschleudert, rutschte zu Boden und blieb liegen, ob tot oder nur benommen, war für Carmichael nicht ersichtlich.

Etwas Heißes zupfte an seinem Ärmel. Zunächst beachtete er es nicht, doch dann fing sein Oberarm an zu brennen wie die Hölle. Als er heruntersah, war sein Arm von der Schulter bis zum Oberarm aufgeschlitzt und das Blut pulsierte in Fontänen aus der Wunde.

Es spielte keine Rolle mehr. Der Zerstörer füllte bereits den Bildschirm aus.

Nicht mehr lange, sagte sich Carmichael in Gedanken. *Nicht mehr lange.*

Die Beutefregatte – eine vierhundertfünfzig Meter lange mit Torpedos gefüllte Bombe – raste auf die Oberseite des Zerstörers zu. Das Schiff blutete aus einer Vielzahl von Wunden, aber die Drizil konnten es nicht mehr aufhalten. Das letzte Antriebsaggregat verstummte unter dem feindlichen Feuer, doch die aufgebaute Eigenenergie trug das Schiff weiter – hinein in den Zerstörer.

Zu diesem Zeitpunkt war Carmichael und jeder Offizier seiner Brückencrew bereits tot.

Die Fregatte durchbrach die obere Panzerung des Feindschiffs, als wäre diese nicht vorhanden, und stieß nahezu ungebremst bis zur Unterseite des Zerstörers vor – zerteilte ihn praktisch in zwei Hälften.

Dann explodierte die eingelagerte Munition beider Schiffe.

Die gewaltige Explosion zerriss die Schiffe in Millisekunden und zerstörte noch einen Gutteil der Andockbucht, an der der Zerstörer angelegt hatte.

Die Andockbucht erlitt eine explosive Dekompression und Hunderte Drizilsoldaten wurden ins All befördert. Viele der Drizil – aber nicht alle – schafften es noch, ihre Panzer luftdicht zu versiegeln. Sie waren dazu verdammt, hilflos im All treibend das Ende der Schlacht abzuwarten und auf einen Sieg ihrer Kameraden zu hoffen. Nur falls ihre Kameraden siegten, würde man die Zeit finden, sie zu bergen.

Währenddessen kämpfte sich Melissa im Innern weiter vor. Sie wusste natürlich nichts von Carmicheals Opfer, doch sie realisierte durchaus, dass plötzlich eine Veränderung aufseiten der Drizil eintrat. Sie wirkten mit einem Mal konfus, fast panisch.

Ihre Marines überrannten die Verteidigung von drei Decks innerhalb kürzester Zeit und in weniger als fünf Stunden waren die meisten Andockbuchten gesichert und es standen mehr als tausendfünfhundert Marines im unteren zentralen Segment. Doch ab diesem Moment ging alles schief. Mit jedem Meter, den die imperialen Soldaten eroberten, nahm der Widerstand zu. Die Drizil leisteten erbitterte Gegenwehr. Sie wollten die Menschen um jeden Preis von der Kontrollzentrale fernhalten.

Menschen und Drizil lieferten sich in den engen Korridoren erbitterte Feuergefechte. Die Gänge der Raumstation waren perfekt geeignet, um eine feindliche Entermannschaft aufzuhalten, und die Drizil wussten diesen Vorteil zu nutzen.

Melissa stieg gleichermaßen über die Leichen von Menschen und Drizil hinweg. Ihr Nadelgewehr spuckte Salve um Salve aus. Ein Drizil stellte sich ihr in den Weg, die Waffe erhoben. Er schoss. Melissa wich behände aus und der Schuss ging ins Leere. Sie erwiderte das Feuer und eins der Projektile drang dem Drizil in den Mund und trat am Hinterkopf wieder aus. Blut und Gehirnmasse sprenkelten die Wand hinter ihm mit einem grausigen Muster.

Melissa achtete nicht darauf.

Sie fühlte sich unsagbar müde. Jeder Muskel tat ihr weh und sie hätte sich am liebsten nur noch hingelegt und hätte geschlafen. Doch das war genau das, was sie im Augenblick nicht tun konnte. Ihre ganze Welt bestand nur noch aus Schießen, Ducken, Marschieren, Nachladen.

Der Computer ihres Anzugs registrierte ihre Gemütsverfassung und injizierte ihr ein Stimulans. Fast augenblicklich fühlte sie sich frischer. Das war jedoch nur eine Notlösung. Dieses Stimulans durfte höchstens dreimal injiziert werden. Eine vierte Injektion wäre tödlich.

Ein weiterer Drizil sprang sie aus dem Dunkel einer Nische an, in der er sich versteckt gehalten hatte. Sie wirbelte herum und wusste noch im selben Moment, dass es zu spät sein würde. Ein Dolch blitzte tödlich in seiner Hand auf. Unvermittelt heulte er auf und taumelte zur Seite, ein Projektil seitlich im Hals. Er rappelte sich noch einmal auf, nahm alle Kraft zusammen, um sie ein letztes Mal anzugreifen, doch der nachfolgende Marine schoss ihm ein weiteres Projektil in den Kopf und der Drizil sank zu Boden.

»Danke«, erwiderte sie erschöpft.

»Keine Ursache«, erwiderte dieser.

Sie rückten bis zur nächsten Kreuzung vor. Eine Gruppe Marines hatte dort Stellung bezogen. Aus der Gegenrichtung schlug den Männern und Frauen heftiges Feuer entgegen. Bei ihrer Ankunft drehte sich einer der Männer um.

»Die haben uns hier festgenagelt.«

Melissa beugte sich leicht vor, um hinter die Ecke zu spähen. Sofort schlugen feindliche Geschosse nur Millimeter neben ihrem Helm ein. Hastig zog sie sich zurück.

»Wir müssen da irgendwie durch. Wir müssen einen anderen Weg suchen.«

»Es gibt keinen anderen«, antwortete der Marine, der sie zuvor schon angesprochen hatte. »Die haben sich clever verschanzt.«

Ein anderer meinte: »Ja, die Fledermausköpfe wissen, was sie tun.«

Melissa rief ihr Anzugchronometer auf. Die Zeit lief unerbittlich ab. Lestrades Schiffe konnten jeden Augenblick im System auftauchen und die Marines waren noch nicht einmal in der Nähe der Kommando- und Feuerleitzentrale. Sobald die imperialen Schiffe sich durch die Blockade gekämpft hatten, würden sie Kurs auf Vector Prime nehmen und es gäbe eine Katastrophe.

Sie seufzte schwer. »Leute, es tut mir leid, aber wir müssen da durch. Egal wie.«

15

Die HMS VENGEANCE materialisierte als erstes Schiff der imperialen Flotte im Vector-Prime-System. Von diesem Moment an ging es Schlag auf Schlag. Im Sekundentakt materialisierten nacheinander über fünfzig Großkampfschiffe und mehr als einhundertfünfzig Schnellboote.

Die Träger begannen umgehend damit, ihre Jäger auszuschleusen, und die Schnellboote schwärmten aus. Der ganze Vorgang dauerte keine fünf Minuten, sodass die Flotte nach sieben Minuten einen perfekt funktionierenden Abwehrschirm aus Jägern und Schnellbooten aufzuweisen hatte.

Lestrade war überaus zufrieden.

Schon auf den ersten Blick bemerkte er, dass die Drizil im System in heller Aufruhr waren. Die Blockadelinie am Systemrand war weit dünner, als er vermutet hatte, aber dafür hielten sich viele Schiffe im inneren System auf, vor allem rund um die Raumstation.

Lestrade Miene verdüsterte sich.

»Commodore?«, sprach ihn sein XO an.

»Ja, Eugene. Ich weiß.«

»Was ist los?«, fragte Carlo Rix. Der kommandierende General der 18. Legion hatte darauf bestanden, die Raumschlacht um Vector Prime von der Brücke der VENGEANCE aus zu verfolgen. Lestrade hatte nichts dagegen. Er schätzte Rix. Der Mann war nicht nur scharfsinnig und ein guter Anführer, er war darüber hinaus ein angenehmer Charakter.

»Die Raumstation ist immer noch nicht in unserer Hand. Wäre sie es, dann würden sich nicht so viele feindliche Kriegsschiffe in ihrer Umgebung aufhalten. Irgendetwas muss schiefgegangen sein.«

»So ein Dreck!«, fluchte Rix. »Abbrechen kommt aber zum jetzigen Zeitpunkt nicht infrage.«

»Das hätte ich auch nie vorgeschlagen. Die Station wird noch umkämpft, das heißt, wir haben immer noch eine Chance.«

»Woher wissen sie das?«

Lestrade deutete sein taktisches Hologramm. Lichtpunkte bewegten sich von einigen der feindlichen Kriegsschiffe auf die Station zu. »Das sind kleine Truppentransporter. Sie schicken Verstärkung auf die Station.«

»Das heißt, unsere Marines könnten im Augenblick dabei sein, überrannt zu werden.«

»So weit werde ich es nicht kommen lassen.«

Rix warf ihm einen schrägen Seitenblick zu. »Was haben Sie vor?«

»Unseren Marines Zeit verschaffen, damit diese die Situation in den Griff kriegen können. Wir kämpfen uns zunächst durch die Blockade und reiben die feindlichen Wachschiffe auf. Das zwingt den Gegner von der Station abzulassen, um sich mit uns zu beschäftigen. Dadurch können sie schon keine Truppen mehr auf die Kampfstation schicken. Hoffen wir, dass es ausreicht. Mehr können wir im Augenblick nicht machen.«

»Klingt gut«, versetzte Rix und trat einen Schritt zurück. Dies hier war Lestrades Spielfeld. Der General wusste dies.

»Eugene? Welche feindlichen Kräfte sind in Ortungsreichweite?«

»Rund um die Raumstation halten sich derzeit weit über achtzig feindliche Schiffe auf. Die Blockadelinie selbst wird nur von etwa zwanzig bis dreißig Einheiten in unserem Abschnitt gestellt. In den angrenzenden Abschnitten vielleicht noch einmal so viele. Sie müssen die meisten Schiffe abgezogen haben, um den Angriff auf die Station zurückzuschlagen.«

Lestrade nickte. »Dann ist das unsere Chance. Wir durchbrechen die Blockade, solange die gegnerischen Stellungen am äußeren Rand des Systems schwach besetzt sind. Wir erledigen so viele Drizilschiffe wie möglich.«

»Aber Commodore«, wandte sein XO ein, »die werden recht schnell merken, dass eine Invasion im Gange ist. Achtzig Schiffe im inneren System. Gegen unsere nicht einmal sechzig. Gegen eine Feuerkraft dieser Größenordnung werden wir uns nicht lange halten können.«

»Ich weiß«, versetzte Lestrade tonlos. »Hoffen wir, dass die Marines die Sache in den Griff kriegen, sonst sehe ich schwarz.«

Der Commodore musterte einen Augenblick lang die feindliche Aufstellung auf seinem holografischen Display, bevor er einen tiefen Seufzer ausstieß. Sein XO hatte recht. Sobald sich die Schiffe im inneren System neu formierten und gegen die imperiale Flotte vorrückten, würde es haarig werden. Sein Vorteil war, dass die gegnerische Flotte Stunden benötigen würde, um seine Position zu erreichen. Zeit genug, am Rand des Systems aufzuräumen und die Position zu sichern. Lestrade war nicht naiv. Ihm war absolut klar, dass er Verluste erleiden würde. Er hoffte nur, es würden nicht so viele sein, dass ein Kampf gegen die feindlichen Kräfte im inneren System von Vector Prime aussichtslos würde. Wie dem auch sei, ihm blieb keine große Wahl. Sie waren hier und mussten kämpfen, mit oder ohne Unterstützung durch die Raumstation.

»Flotte in Gefechtsformation vorrücken«, befahl Lestrade mit fester Stimme.

Die imperiale Flotte unter Lestrades Kommando rückte in geschlossener Formation vor. Der erste Feindkontakt ließ nicht lange auf sich warten. Die Drizil – anfänglich überrascht – formierten sich zu einer Abwehrlinie und zogen so viele Schiffe ihrer Blockadelinie zusammen wie nur möglich.

Das Problem dabei war, dass die Linie inzwischen weit auseinandergezogen war und die meisten Großkampfschiffe im inneren System kämpften. Auf diese Weise waren die Drizil lediglich in der Lage, drei kleinere Grüppchen zu bilden, die in der Mehrzahl aus Fregatten, Trägern und Zerstörern bestanden. Bis auf zwei hatten alle Intruder-Flaggschiffe die Raumstation angelaufen, um ihre Truppen zur Verstärkung der Stationsverteidiger überzusetzen. Dies erwies sich als schwerer Fehler, wie sich nun herausstellte.

Eine halbe Stunde später war die imperiale Flotte auf optimale Torpedodistanz an den Gegner heran. Lestrade zögerte nicht lange und gab den Feuerbefehl.

Wie ein gut choreografiertes Orchester eröffneten über fünfzig Kriegsschiffe beinahe gleichzeitig das Feuer. Auf die erste feindliche Gruppe raste eine Wand aus Tod und Vernichtung zu.

Abwehrlaser und Raketen antworteten und fegten Dutzende der Geschosse aus dem All. Explosionen blühten zwischen den konkurrierenden Flotten auf. Es waren jedoch längst nicht genug, um einen Unterschied zu machen.

Die erste Welle raste über den Feind hinweg. Hunderte Torpedos hämmerten brutal auf die gegnerischen Schiffe ein. Panzerung wurde zerfetzt, Detonationen blühten rund um die feindlichen Einheiten auf. Die Außenhülle eines Zerstörers wurde buchstäblich pulverisiert, sodass die zerstörerische Energie sich ungehindert ins Innere des Feindschiffes fortpflanzen konnte. Der Zerstörer wurde von innen heraus in Stücke gerissen.

Eine Fregatte versuchte, dem Feuersturm auszuweichen, und erreichte lediglich, dass sie von neun Torpedos als Ziel aufgefasst wurde. Die Abwehrlaser der Fregatte brannten vier von ihnen weg. Die übrigen schlugen mittschiffs und achtern ein. Eines der Geschosse riss ein Loch quer durch das Schiff, sodass die Explosion sich auf der anderen Seite ihren Weg ins All bahnte. Die Fregatte stellte sowohl Feuer als auch jeden Fluchtversuch ein. Sie lag einfach nur tot im All. Es war zu bezweifeln, dass an Bord noch jemand lebte.

Als der Feuersturm abebbte, waren von neunzehn feindlichen Kriegsschiffen und vielleicht zweihundert Jägern noch sieben halbwegs kampftaugliche Schiffe und etwa drei Dutzend Jäger übrig. Die übrigen Schiffe hatte die Gewalt des Torpedoangriffs buchstäblich hinweggefegt.

»Befehl an die Black Prince: Sie soll sich zehn Schiffe und ein paar Dutzend Schnellboote nehmen und hier aufräumen. Sobald sie fertig sind, soll die Kampfgruppe der Black Prince Flankenposition zur Hauptflotte einnehmen. Die übrigen Schiffe sollen der Vengeance folgen. Wir setzen Kurs auf die zweite feindliche Gruppe in der Nähe des dritten Planeten. Wir hören nicht eher auf, bis auch das letzte feindliche Schiff der Blockadelinie zerstört ist.«

Lestrade studierte aufmerksam sein taktisches Hologramm. Die Drizil im inneren System formierten sich neu. Sie bildeten eine ziemlich große Kampfgruppe, um der Invasion zu begegnen. Einen Kardinalsfehler unterließen sie allerdings, sehr zu Lestrades Verdruss.

Sie machten keinerlei Anstalten, den bedrängten Schiffen der Blockadelinie zu Hilfe zu kommen. Stattdessen formierten sie sich im inneren System und warteten auf die Invasionsstreitmacht.

Dies war zwar einerseits nach Lestrades Dafürhalten ziemlich skrupellos, denn die Blockadelinie war verstreut und jeder der drei – inzwischen nur noch zwei – Gruppen war Lestrades Streitmacht in Sachen Feuerkraft und Anzahl deutlich unterlegen. Andererseits war es auch überaus logisch. Jeder Versuch der Drizilschiffe im inneren System, der Blockadelinie zu Hilfe zu kommen, hätte es Lestrade ermöglicht, die feindlichen Schiffe Stück für Stück auseinanderzunehmen. Gruppe für Gruppe. Die Verluste der Drizil wären ins Unermessliche gesteigert worden, während Lestrade mit relativ geringem Aufwand die Drizil eine Weile hätte beschäftigen können.

Die Drizil schienen ihm diesen Gefallen nicht tun zu wollen.

Man konnte eben nicht alles haben.

»Befehl an die CONQUISTADOR: Captain Estrade soll einige Schiffe nehmen und auf der anderen Flanke Position beziehen. Und sagen Sie ihm, er soll diese Feindschiffe auf Position acht, drei, null, fünf im Auge behalten. In der Nähe des dritten Planeten. Das gefällt mir nicht.«

»Aye, Sir«, bestätigte sein XO.

Rix trat diskret einen Schritt näher. Er hielt es für seine Pflicht, den Commodore auf etwas hinzuweisen.

»Wir sollten so bald wie möglich mit Cests Plan beginnen und die Einflugvektoren verminen. Es wird nicht lange dauern, bis die hiesigen Drizil ihre Kameraden in den angrenzenden Systemen von unserer Ankunft in Kenntnis setzen. Sie werden sicherlich Verstärkung schicken.«

Cest und seine Assistenten hatten unermüdlich gearbeitet und die Torpedos von bisher achtzehn Schnellbooten zu Minen umgerüstet. Diese Geschosse ließen sich nicht mehr für den Fernkampf einsetzen, da sie nun über Störsender verfügten, die die Lenkwaffen für Drizilsensoren unsichtbar machten.

Diese achtzehn Schnellboote hielten sich hinter der Hauptflotte auf, um sie nicht durch ein Gefecht zu gefährden. Diese achtzehn Schiffe stellten im Moment die wichtigsten Einheiten der Flotte dar: ihre neuen Minenleger.

»Alles zu seiner Zeit«, meinte Lestrade, während er die feindlichen Schiffsbewegungen nicht aus den Augen ließ. »Erst müssen wir dafür sorgen, dass die Schnellboote die Minen auch gefahrlos aussetzen können, und dafür müssen wir diese Schiffe aus dem Weg räumen – und hoffen, dass Major Ross die Sache endlich geregelt bekommt. Falls sie nicht bald die Raumstation gegen die feindliche Flotte einsetzt, müssen wir uns ernsthaft mit der Frage auseinandersetzen, ob wir uns zurückziehen oder nicht.«

»Auf keinen Fall! Wir kriegen vermutlich nie wieder die Chance für einen solchen Angriff.«

»Das ist keine Frage des Wollens. Vielleicht haben wir gar keine andere Wahl. Mag sein, dass wir keine zweite Gelegenheit erhalten, aber auf uns allein gestellt, nehmen wir es nicht mit dieser Drizilflotte auf.«

Rix brummte etwas Unverständliches vor sich hin. Lestrade spürte dessen Unzufriedenheit. Bis zu einem gewissen Grad konnte er sie durchaus nachempfinden, doch es ging hier um militärische Notwendigkeiten und nicht um Wunschdenken. Nicht alles, was notwendig war, stellte sich auch als machbar heraus.

Auf dem taktischen Hologramm entfernte sich eine kleine Gruppe imperialer Schiffe von der Hauptmacht der Flotte, als die HMS CONQUISTADOR Flankenposition einnahm.

»Diese Schlacht ist noch lange nicht vorbei«, sagte Lestrade voll düsterer Vorahnung. Er war sich nicht einmal sicher, zu wem er das sagte: zu Rix oder zu sich selbst.

»Zweite Kampfgruppe formiert sich Steuerbord voraus«, meldete Estelle Doriega. Die XO der CONQUISTADOR wirkte hoch konzentriert, während sie ihren Kommandeur mit allen notwendigen Informationen versorgte. »Etwa zwanzig Schiffe, hauptsächlich kleine Einheiten, aber zwei Intruder gehören dazu. Sie nehmen Abwehrposition ein.«

Javier blickte verwirrt auf. »Abwehrposition? Sie greifen nicht an?«

Estelle erwiderte Javiers verwunderte Mimik. »Nein. Das ist seltsam. Vielleicht warten sie auf Verstärkung.«

»Und von wo? Alle ihre Einheiten im System sind entweder zerstört, im Gefecht oder formieren sich, um Lestrades Schiffe anzugreifen. Nein, Verstärkung kann hier nicht im Spiel sein.«

Javier dachte angestrengt nach. »Die feindlichen Stellungen einspeisen«, entschied er schließlich. »Ich will mir das mal ansehen.«

Die Ansicht seines taktischen Hologramms änderte sich leicht. Eine Gruppe Drizilschiffe formierte sich mit den beiden Intruder-Kampfschiffen im Zentrum. Javier hegte nicht den leisesten Zweifel, dass seine Kampfgruppe diese Schiffe erledigen konnte. Zahlenmäßig waren sie etwa ebenbürtig. Hinzu kamen fast siebzig Schnellboote, die nur darauf warteten, den Gegner mit ihren Lenkwaffen zu bombardieren. Wenn diese Schiffe blieben, wo sie waren, saßen sie in der Falle, praktisch mit dem Rücken zur Wand. Der Mond hinter ihnen verwehrte ihnen jedes sinnvolle Manöver. Javier hätte erwartet, dass die Drizil seine Schiffe entweder angriffen oder – was wesentlich sinnvoller gewesen wäre – seine Schiffe ausmanövrierten, um sich mit dem feindlichen Hauptverband im Zentrum des Systems zu vereinen. Auf diese Weise hätten die Drizil erheblich länger durchgehalten und das System vielleicht sogar erfolgreich gegen die imperiale Offensive halten können. Aber so ... nein, auf diese Weise opferten sie lediglich eine Kampfgruppe. Und wofür? Für eine nutzlose Geste des Widerstandes oder in diesem Fall eher des Trotzes.

Es sei denn ...

Javier lehnte sich zurück. Äußerlich wirkte er entspannt, doch seine Gedanken überschlugen sich. Er winkte seine XO näher.

»Estelle? Was sehen Sie?«

»Ein paar Todeskandidaten.«

Javier lachte kurz und bellend auf. »Abgesehen davon.«

Seine XO runzelte die Stirn, während sie das taktische Hologramm eingehend studierte.

»Ich weiß nicht so recht. Die Drizilaufstellung ergibt wenig Sinn. Das ist eine Verteidigungsformation.«

»Und?«

»Man könnte fast den Eindruck gewinnen, sie verteidigen den Mond.«

Javier nickte erfreut. »Genau dasselbe habe ich auch gedacht.

Ich glaube, sie verteidigen nicht den Mond per se, sondern etwas *auf* dem Mond. Irgendetwas dort unten ist so wichtig, dass die Drizil bedenkenlos eine Kampfgruppe opfern würden, nur wegen der entfernten Möglichkeit, uns abwehren zu können.«

»Was könnte den Drizil so wichtig sein?«

Javier schüttelte immer noch leicht verwirrt den Kopf. »Keine Ahnung, aber das finden wir heraus.«

»Wir greifen also an?«

»Selbstverständlich«, bestätigte er. »Selbst wenn ich nicht wissen wollte, was sich dort unten befindet, so müssen wir diese Schiffe ausschalten. Wir können sie hier unmöglich gewähren lassen. Sie würden Lestrades Sechs-Uhr-Position gefährden.« Javier atmete tief durch, bevor er den Befehl erteilte. »Alle Schiffe: Gefechtsformation einnehmen und auf mein Kommando Fernkampf einleiten. Wir konzentrieren uns zuerst auf die Intruder und schalten anschließend die Begleitflotte aus.«

»Soll ich das Flaggschiff rufen und Lestrade über unsere nächsten Schritte informieren?«

Javier dachte ernsthaft über den Vorschlag nach, schüttelte dann jedoch den Kopf. »Lassen Sie uns erst mal sehen, was wir dort haben. Vielleicht jagen wir hier auch nur Gespenstern nach. Ich möchte ungern die Pferde scheu machen, bevor es einen konkreten Grund hierfür gibt.«

Javier war ein vorsichtiger Mann und im Grunde wusste er – oder besser gesagt, er spürte es in seiner Magengrube –, dass er keineswegs Gespenstern hinterherjagte. Je größer der Mond vor ihnen wurde, desto größer wurde das Gefühl drohenden Unheils.

Der Kampf um die Raumstation entwickelte sich zu einem wüsten Gemetzel zwischen Menschen und Drizil. Mehrere Trupps saßen immer noch in den äußeren Andockbereichen fest. Dort wehrten sie nicht nur Drizileinheiten ab, die von den Schiffen außerhalb der Station eingeschleust wurden, sondern auch feindliche Truppen der Stationsbesatzung.

Melissas Einheiten hatten indessen die Kontrolle über Teile der inneren Andockbereiche sowie des zentralen Kerns übernommen.

Die Drizil leisteten auf jedem Fußbreit, den sie vorrückten, erbitterten Widerstand. Trotz des hohen Verlusts an Leben rückten die Marines unter Melissas Führung immer weiter auf die feindliche Kommandozentrale vor.

Je weiter sie vordrangen, desto spärlicher wurde der feindliche Restwiderstand. Die Kapazität der Stationsbesatzung musste an der Grenze des Machbaren sein. Die Drizil waren gezwungen, an einem halben Dutzend Stellen innerhalb der Station gegen die Menschen zu kämpfen, und die von außen eindringenden Driziltruppen wurden von Melissas Marines in den Andockbereichen festgenagelt, wo sich beide Parteien blutige Schusswechsel lieferten. Die Marines, die die Andockbereiche hielten, opferten sich, doch sie taten es auf wirkungsvolle Weise. Sie verschafften Melissas Trupps wertvolle Zeit, um die Kommandozentrale der Station einzunehmen.

Melissas Nadelgewehr hustete in schneller Folge mehrere Projektile und nagelte einen Drizilsoldaten an die nächste Wand. Der feindliche Soldat öffnete seinen Mund zu einem Schrei stiller Qual. Melissa schoss ihm im Vorbeigehen ein weiteres Projektil in den Rachen, um ihn zum Schweigen zu bringen.

Ihr Trupp trieb die Drizil vor sich her. Der Korridor war etwa hundert Meter lang, ohne jegliche Deckung. Beide Seiten beharkten sich auf kürzeste Distanz. Menschen und Drizil fielen gleichermaßen tödlich getroffen. Ein Marine wurde von den Beinen gerissen, als ein halbes Dutzend Drizilgeschosse sich durch seinen Kampfanzug und das Visier seines Helms brannten. Bereits nach wenigen Sekunden erlahmten seine panischen Bewegungen und sein Körper erschlaffte.

»Feuerstellung!«, befahl sie und dreißig Marines nahmen in Doppelreihe Aufstellung, wobei die erste Reihe auf den Boden kniete, damit die zweite über deren Köpfe hinwegschießen konnte.

»Feuer!«, schrie sie. Die Zeigefinger der Männer und Frauen verkrampften sich um den Abzug ihrer Waffen. Ein Hagel aus Geschossen füllte den Korridor und verwandelte ihn binnen weniger Augenblicke in ein Schlachthaus. Drizil tanzten unter den Einschlägen wie unkontrollierte Marionetten. Einige Drizil schossen zurück. Fünf Marines gingen zu Boden, drei weitere sanken verwundet gegen die Korridorwand.

»Feuer einstellen!«, ordnete sie an, als voraus keine Drizil mehr auf den Beinen standen. »Sanchez, kümmern Sie sich um die Verwundeten. Der Rest sichert den Korridor ab.«

Die Marines schwärmten aus, um die kurze Ruhepause so gut wie möglich zu nutzen. Alle wussten, sie würde nicht von langer Dauer sein. Bereits hinter der nächsten Ecke konnte ein weiterer Driziltrupp lauern.

Einer ihrer Marines erreichte eine Tür, öffnete sie, warf eine Splittergranate hindurch und schloss sie den Bruchteil einer Sekunde später gleich wieder. Eine Explosion zerriss den Raum hinter der Tür und beulte die als Druckschott konzipierte Tür nach außen auf. Auf diese Weise wurden alle an diesen Korridor angrenzenden Räume überprüft.

Schließlich nickte Melissa zufrieden. Sie waren allein. Vorerst. »Galverson. Beide Seiten des Korridors absichern. Ich will keine Überraschung erleben – und schicken Sie einen Spähtrupp voraus. Ich will wissen, wo die nächsten Fledermausköpfe auf uns lauern.«

Melissa nahm mit einem erschöpften Stoßseufzer ihren Helm ab. »Fünf Minuten Pause«, entschied sie und ringsum wurden weitere Helme abgenommen. Die Männer und Frauen ließen sich müde zu Boden gleiten. Einige nahmen Proteinriegel aus ihren Taschen und begannen, lustlos darauf herumzukauen. Die weitaus meisten jedoch nahmen einen tiefen Schluck aus der Wasserflasche.

Melissa musterte die Gesichter ihrer Marines. Die Leute waren am Ende ihrer Kräfte. Wenn sie nicht bald eine Entscheidung herbeiführten, würde dieser Tag nicht gut enden.

Captain Galverson, ihre Nummer zwei, trat zu Melissa und reichte ihr seine Wasserflasche, da er wusste, sie hatte in ihrer nichts mehr. Dankend nahm sie zwei kleine Schlucke, da sie ihm sein Wasser nicht wegtrinken wollte. Erleichtert gab sie die Flasche zurück.

Melissa warf einen leicht verzweifelten Blick auf ihr geschrumpftes Kommando. Der Korridor wurde von geschätzten hundertfünfzig bis zweihundert Mann bevölkert – den Überresten von einem halben Dutzend Trupps.

»Stellen Sie fest, wo die anderen Trupps sind«, wandte sie sich an Galverson.

»Schon passiert, Major. Die meisten Einheiten halten den Andockbereich. Die Drizilschiffe schicken so viele Soldaten herüber, wie sie nur können, aber unsere Leute halten stand – noch. Im inneren Kern stehen derzeit etwa tausend Marines, doch die sind über fünf Abschnitte verstreut. Die nächste Einheit steht drei Abschnitte von uns entfernt.«

Melissa unterdrückte nur mit Mühe einen frustrierten Seufzer. »Wir sind einfach zu weit verstreut. Das ist nicht gut. Das hätte niemals passieren dürfen.«

»Ich sehe nicht, welche Alternativen wir gehabt hätten. Es ist eine große Station. Es war von Anfang an eine gewagte Strategie, doch die Kommandozentrale so schnell wie möglich zu erreichen, war die beste von vielen schlechten Möglichkeiten. Und sie ist es noch.«

Melissa nickte. »Wie weit noch?«

Galverson zuckte mit den Achseln. »Etwas zwischen drei- und fünfhundert Metern, würde ich schätzen.« Er zwang sich zu einem aufmunternden Lächeln. »Wir haben es bald geschafft.«

Melissa drehte leicht ihren Helm, um das Chronometer im Inneren betrachten zu können, ohne den Helm wieder aufsetzen zu müssen. Unerbittlich schob sich das Zählwerk weiter, unaufhaltsam bewegten sich die Sekunden und Minuten fort.

»Die Flotte ist längst im System. Seit fast einer Stunde.«

»Lestrade ist ein fähiger Junge«, erwiderte Galverson in dem vergeblichen Versuch, sie aufzuheitern. »Der macht das schon.«

Sie verzog das Gesicht zu einer missmutigen Miene. »Wir sitzen hier und wissen gar nichts. Genauso gut könnte die Flotte bereits zum Rückzug gezwungen – oder schlimmer noch: vernichtet – worden sein.«

»Jetzt malen Sie aber den Teufel an die Wand.«

»Diese Unwissenheit macht mich einfach wahnsinnig.«

»Wen nicht?«, stimmte er zu. »Es bringt aber nichts, sich über etwas den Kopf zu zerbrechen, das man nicht ändern kann.«

Bevor Melissa etwas darauf erwidern konnte, trat ein Marine zu ihnen und flüsterte Galverson etwas ins Ohr. Er entließ den Mann mit einem Nicken.

»Meine Kundschafter kommen zurück«, wandte er sich an Melissa.

Drei Männer und eine Frau drängten sich durch die am Boden sitzenden Marines und salutierten erst vor Melissa, schließlich vor Galverson.

Der Captain forderte die Neuankömmlinge mit einem Nicken zum Reden auf.

»Die Drizil ziehen sich zurück«, vermeldete der Anführer der Gruppe.

Melissa und Galverson wechselten einen schnellen Blick, bevor der Captain seinen strengen Blick auf den Mann richtete. »Ist das sicher?«

»Wir konnten fast vierhundert Meter ohne Widerstand vorrücken. Das ist die gute Nachricht.«

»Und die schlechte?«

»Sie scheinen sich auf die Verteidigung der Kommandozentrale konzentrieren zu wollen. Sie verschanzen sich an allen Zugängen zur Zentrale und bringen dort auch schweres Gerät in Stellung.«

Galverson fluchte unterdrückt.

Melissa stimmte nickend zu. »Das ist übel. Wenn sie die Sache geschickt anpacken, können sie uns ewig aufhalten.«

Der Anführer des Spähtrupps fuhr fort: »Der Bereich vor der Kommandozentrale ist etwa fünfzig Meter lang, ohne Deckung. Man könnte die Stellung überwältigen, aber ...«

»Dafür bräuchte man mehr Leute, als wir hier im Moment haben.«

Der Mann nickte. »Ja, Major. Unsere Truppe schießen die zusammen, bevor wir auch nur zwei Drittel des Weges hinter uns haben.«

Sie entließ die Marines mit einer knappen Handbewegung und wandte sich nachdenklich um. Galverson folgte ihr.

»Major? Was denken Sie?«

»Ich denke, dass wir am Arsch sind.«

Sie warf ihm einen hoffnungsvollen Blick zu. »Irgendeine Möglichkeit, dass die anderen Trupps zu uns durchstoßen können?«

Galverson zerschlug ihre Hoffnung mit einer verneinenden Kopfbewegung. »Wie schon gesagt, die meisten halten die eintreffenden

Driziltruppen im Andockbereich auf. Die übrigen Trupps sind zu weit in der Station verstreut und ich befürchte, die haben im Moment ihre eigenen Probleme. Wir müssen das allein schaffen.«

»Nur wie? Ich bin so langsam mit meinem Latein am Ende.«

»Ihnen fällt schon was ein«, erwiderte der Captain leichthin.

»Ihr Wort in Gottes ...« Sie stutzte mit einem Mal. Galverson warf ihr einen misstrauischen Blick zu.

»Ihr Blick gefällt mir gerade gar nicht.«

»Mir ist nur eben ein Gedanke gekommen. Was befindet sich über der Kommandozentrale?«

Galverson überlegte. »Kommunikationshauptanlage, Krankenstation, so was in der Art. Bis auf die Kommunikationsanlage keine wirklich wichtigen Einrichtungen. Wieso?«

Melissa schmunzelte. »Sie hatten recht. Mir ist gerade eine Idee gekommen.«

Galverson verzog missmutig die Miene. »Wird sie mir gefallen?«

Melissas Schmunzeln wuchs in die Breite. »Das bezweifle ich. Ja, das bezweifle ich sogar sehr.«

»Alle Torpedorohre Feuer frei!«

Die Kampfgruppe der CONQUISTADOR spie eine Geschosssalve gegen den Drizilverband. Die Jäger des Verbands kämpften bereits ihre eigene Schlacht gegen die Driziljäger. Explosionen blühten zwischen den beiden Verbänden auf und Jäger beider Seiten gingen unter dem konzentrierten Beschuss in Flammen aus. Energiewaffen woben ein Netz, das bei geringster Berührung den Tod brachte.

Die Drizilschiffe eröffneten aus ihren Energietorpedowerfern das Feuer. Obwohl langsamer als vergleichbare terranische Lenkwaffen, waren sie doch schlagkräftiger. Was fast noch schwerer wog, einige von ihnen beförderten die Grüne Pest.

Die terranischen Geschosse erreichten ihr Zielgebiet zuerst. Abwehrlaser und Raketen schlugen ihnen entgegen und zerfetzten fast die Hälfte, bevor sie den Drizilschiffen gefährlich werden konnten. Von denen, die durchkamen, verloren etwa zehn Prozent die Zielerfassung. Sie trudelten durchs All davon, bis ihr Brennstoff verbraucht war.

Die übrigen hämmerten auf die feindlichen Schiffe ein.

Zwei Fregatten der Vandal-Klasse und ein Zerstörer wurden innerhalb von Sekunden buchstäblich in Stücke gerissen. Ein feindlicher Träger wurde durch drei Volltreffer mittschiffs perforiert. Schwer beschädigt brach das Schiff aus der Formation aus, um sich in Sicherheit zu bringen, doch dann schoss eine Stichflamme aus der Jägerbucht. Zwei weitere Sekundärexplosionen zertrümmerten Bug, Kommandobrücke und so gut wie jede Sektion zwischen Bug und Antriebssektion. Die Aggregate verstummten und das, was von dem Schiff übrig blieb, trieb langsam auf den Mond zu. Falls die Drizil es nicht schafften, die Fluglage des Schiffes zu stabilisieren, würde es in die Anziehung des stellaren Körpers geraten und auf die Oberfläche stürzen. Javier bezweifelte, dass sie überhaupt den Versuch starten würden, denn die Drizil hatten im Augenblick ohnehin alle Hände voll zu tun.

Die Energietorpedos erreichten den imperialen Verband. Die Punktverteidigungslaser begannen mit ihrer Arbeit – und sie machten sie gut. Mehr als achtzig Prozent der einkommenden Geschosse wurden von den PVL zerstrahlt. Mindestens elf Kapseln mit der Grünen Pest wurden in dieser Salve identifiziert und ebenfalls neutralisiert.

Das Deck unter Javiers Füßen erzitterte bei jedem Einschlag. Der Angriffskreuzer der Ares-Klasse bockte wie ein waidwundes Tier.

Die Brücke wurde in rotes Licht getaucht, als die Hauptbeleuchtung flackernd ausfiel. Meldungen über Schäden und Verluste trafen ein. Javier überflog die Schadensmeldungen nur mit einem Auge und überließ die Koordination der Schadenskontrolle weitestgehend Estelle.

Wenn er sich nicht irrte, hatte die CONQUISTADOR mindestens ein Deck verloren, auf dem jetzt Vakuum herrschte. Jedes Schiff seines Geschwaders wurde mehr oder minder getroffen, doch außer verlorener Panzerung und dem einen oder anderen Hüllenbruch gab es keine schwerwiegenden Schäden. Sie saßen den Beschuss einfach aus.

Dann traf eine weitere Salve auf die angeschlagenen imperialen Schiffe.

Ein Begleitkreuzer der Guardian-Klasse verwandelte sich von einer Sekunde zur nächsten in eine Wolke aus Trümmern und Gas, als fünf Energietorpedos ihn der Länge nach aufrissen und den Antrieb zur Explosion brachten.

Zwei Korvetten erging es ebenso. Es ging so schnell, dass die beiden Schiffe während eines Augenblinzelns von Javiers Plot verschwanden.

Ein Angriffskreuzer der Ares-Klasse und ein Träger ließen sich mit deutlichen Gefechtsschäden zurückfallen, um der nächsten feindlichen Salve zu entgehen und damit Schiffe und Besatzungen zu retten.

»Zweite Salve los!«

Eine zweite Geschosssalve löste sich aus den Rohren des imperialen Kampfverbands. Obwohl erst wenige Schiffe ausgeschaltet waren, hatte der feindliche Verband erhebliche Schäden erlitten. Wenn sie es schafften, den Druck aufrechtzuerhalten, und sie die Distanz zu halten vermochten, dann hatten sie eine reelle Chance, die Drizil mit einem Torpedoduell zu schlagen, und das bei relativ geringen Ausfällen.

Die Drizil standen buchstäblich mit dem Rücken zur Wand. Ihnen blieben nicht viele Handlungsmöglichkeiten. Eine Defensivposition in der Nähe eines stellaren Körpers einzunehmen, war ein schwerer Fehler gewesen. Den feindlichen Schiffen blieb kaum Platz zum Manövrieren.

Der feindliche Kommandant schien zur selben Ansicht gelangt zu sein, denn plötzlich nahmen die Drizilschiffe Fahrt auf und nahmen direkten Kurs auf Javiers Einheiten.

»Estelle! Die Schnellboote!«, befahl Javier gepresst.

Seine XO hatte bereits auf diesen Befehl gewartet und gab ihn augenblicklich durch. Sie hatte kaum ausgesprochen, als die ersten Schnellboote an der CONQUISTADOR vorüberrasten.

Die Drizilschiffe reagierten, indem sie ihre Schiffe weiter auseinanderzogen, damit den Schnellbooten kein Pulk von Großkampfschiffen ein breites Ziel bot.

Die Driziljäger versuchten, die Schnellboote abzufangen, doch Mammoth- und Shadow-Jäger schirmten sie ab. Das Jägergefecht nahm an Intensität zu, als die Drizil danach trachteten, die Abwehrlinie zu durchbrechen. Die Drizil verloren bei dem Versuch fast vierzig Jäger in weniger als zehn Minuten, doch auch die terranischen Opfer waren mit fast zwei Dutzend Maschinen hoch. Außerdem büßten die imperialen Einheiten trotz der Bemühungen der Piloten acht Schnellboote ein.

Die übrigen Schnellboote jedoch überbrückten die Entfernung zu den Drizilschiffen in Rekordzeit – schneller, als es jede andere Schiffsklasse vermocht hätte. Sie brachen in die Drizillinien ein wie ein Rudel Wölfe in eine Schafherde. Schweres Abwehrfeuer zwang die Besatzungen der Schnellboote zu beinahe hektisch anmutenden Ausweichmanövern. Innerhalb der ersten Minuten gingen fast ein Dutzend Schnellboote verloren. Vier weitere mussten mit erheblichen Gefechtsschäden abdrehen.

Schnellboote waren zwar verletzlich und zerbrechlich, doch niemand machte deshalb den Fehler, sie zu unterschätzen. Auf kürzeste Distanz setzten sie ihre Torpedowerfer ein.

Vor Javiers Augen lösten sich fünf Drizilschiffe – zwei Zerstörer und drei Fregatten – buchstäblich auf. Explosionen blühten vom Bug bis zum Heck eines der Intruder-Kampfschiffe auf und brachen die Panzerung an mindestens drei Stellen auf.

Das Schiff blieb trotzdem kampf- und einsatzfähig. Es war erschreckend, wie viel diese Schiffe einstecken konnten. Sie schienen beinahe unverwüstlich.

Der angeschlagene Intruder schlug im nächsten Augenblick zurück und seine mächtigen Energiewaffen zerstrahlten drei im Anflug befindliche Schnellboote. Die Besatzungen waren bereits verdampft, noch bevor sich die Schiffe ganz aufgelöst hatten.

Ein weiterer Angriff der Schnellboote erledigte einen weiteren gegnerischen Träger. Das Schiff erlitt mindestens vier Volltreffer mittschiffs und wurde anschließend von internen Feuern förmlich auseinandergerissen.

Während dieser ganzen Zeit schlossen die Drizilschiffe weiterhin zu Javiers Kampfgruppe auf. Ihm war klar, dass sie die Distanz nicht würden halten können. Die Drizilschiffe waren leichter und dadurch auch schneller als das Gros seiner Einheiten.

Ihm blieb keine Wahl.

Es wurde Zeit für den Nahkampf.

Es wurde Zeit, die Sache zu beenden.

»Energiewaffen auf die beiden Intruder ausrichten und – Feuer!«

Die CONQUISTADOR spie drei kohärente Lichtstrahlen gegen eines der feindlichen Führungsschiffe. Fast zärtlich strichen die Energiestrahlen über die Außenhülle des Intruders, jedoch bei der kleinsten Berührung schmolzen die Strahlen Tonnen an Panzerung von Flanke und oberem Deck des feindlichen Kampfschiffes.

Der Intruder blieb nichts schuldig und feuerte zurück. Ohne den Sicherheitsgurt wäre Javier von seinem Kommandosessel geschleudert worden. Die CONQUISTADOR legte sich schwer auf die Seite, angesichts der Gewalt des gegnerischen Angriffs.

Noch bevor der Ares-Kreuzer zum Gegenschlag ausholen konnte, spie der Intruder zwei Kapseln in Richtung der CONQUISTADOR aus. Auch ohne Warnung des taktischen Offiziers wusste Javier sofort, womit er es zu tun hatte.

»Hart Steuerbord! PVL auf neues Ziel ausrichten!«

Die CONQUISTADOR flog ein hektisches Ausweichmanöver, während die Punktverteidigungslaser die Kapseln mit der tödlichen Grünen Pest aufs Korn nahmen. Die zwei langsam fliegenden Kapseln waren für die Geschützbesatzungen des Ares-Kreuzers kein großes Problem und sie zerstrahlten sie in Bruchteilen von Sekunden. Javier wollte schon erleichtert aufseufzen, angesichts der neutralisierten Bedrohung, doch dann spien beide Intruder in schneller Folge weitere Kapseln aus. Die Kapseln waren nicht direkt auf die CONQUISTADOR gezielt. Vielmehr stießen die beiden feindlichen Schiffe sie beinahe unkontrolliert in alle Richtungen aus. Es dauerte einige Augenblicke, bis Javier klar wurde, was der Feind dort trieb.

Oh nein, sie legen einen Teppich!

Das entsprach nicht gängiger Driziltaktik. Die Fledermausköpfe gingen für gewöhnlich äußerst bedächtig mit dieser verheerenden Waffe um. Sie mussten verzweifelt sein.

»Alle Schiffe zurückfallen lassen!«, befahl er eilig. »Weg vom Mond! Auf Position 8135 neu formieren.«

Seine Kampfgruppe ging augenblicklich auf Umkehrschub und

brachte so viel Distanz wie möglich zwischen sich und die Amok laufenden Drizilschiffe. Beide Seiten tauschten brutale Salven aus. Im Verlauf mehrerer Minuten wurden fünf weitere Drizilschiffe und vier terranische Schiffe zerstört und einige andere auf beiden Seiten schwer beschädigt. Was jedoch weitaus schwerer wog, zwei terranische Guardian-Kreuzer wurden mit der Grünen Pest infiziert.

Die Kommandanten der infizierten Schiffe riefen über Funk um Hilfe und Unterstützung, doch es gab nichts, was Javier oder einer der anderen tun konnte. Kurz darauf verließen Rettungskapseln und Evakuierungsshuttles einen der Kreuzer. Aus dem anderen Begleitkreuzer entkam niemand.

Die Batterien der CONQUISTADOR feuerten ohne Unterlass. Der bereits schwer angeschlagene Intruder wurde mehrfach getroffen. Die restliche Panzerung am Bug schmolz davon und mehrere Salven brannten sich tief in das Innenleben des Kriegsschiffes.

Die beiden Behemoth-Schlachtkreuzer HMS MINOTAUR und HMS SANTA MARIA wichen Javiers Schiff nicht von der Seite. Gemeinsam deckten sie den Rückzug des restlichen Geschwaders. Die drei Schiffe teilten gewaltige Schläge aus. Die Schnellboote und Jäger flogen pausenlos Einsätze und überzogen die feindlichen Schiffe mit Geschossen, Lasern und Torpedos, immer der Gefahr ausgesetzt, von feindlichen Jägern aufs Korn genommen zu werden.

Das schwer beschädigte Intruder-Kampfschiff wurde förmlich tranchiert wie ein Truthahn. Alle drei Schiffe konzentrierten sich mit einer brutalen kombinierten Salve auf dieses Schiff und schlitzten es der Länge nach auf. Das Schiff verging in einer grellen Explosion, die für Sekundenbruchteilen sogar der Sonne Vector Primes Konkurrenz machte.

Der letzte Intruder deckte die drei imperialen Schiffe nun mit einem Lichtgewitter aus allen Geschützen ein. Unterstützt wurde er von vier feindlichen Zerstörern und einer Reihe von Fregatten.

Die Drizil waren entschlossen, dieses Gefecht bis zum bitteren Ende auszufechten.

Doch nun konzentrierten sie sich allesamt auf die CONQUISTADOR. Acht Strahlbahnen trafen sich am Bug und über dem Bug des Ares-Kreuzers. Das war mehr, als die Panzerung verkraften konnte. Die Energie fraß sich durch die Außenhülle und den halben Weg durch die Schiffshülle.

Mit einem Mal wetteiferten Dutzende Lampen und Warnsirenen miteinander. Unvermittelt brach ein Treffer die Brückenpanzerung auf, nicht genug, um das Deck dem Vakuum preiszugeben, doch ausreichend, um verheerenden Schaden anzurichten. Zwei Offiziere wurden von ihren Konsolen geschleudert. Javier verlor sie aus den Augen, als sie an ihm vorbeisegelten, doch er befürchtete ohnehin, dass sie nicht überlebt hatten.

»Nachricht an die SANTA MARIA und die MINOTAUR, wir müssen unbedingt diesen Intruder ausschalten.«

Estelle wankte benommen auf ihn zu. »Kommunikation ausgefallen. Steuerbordbatterien nur noch zu zwanzig Prozent einsatzbereit, außerdem kann ich niemanden auf dem Torpedodeck erreichen.«

»Verflucht. Estelle, bringen Sie das Schiff verdammt noch mal hier raus! Wir müssen hier weg.«

Eine weitere Salve erschütterte die CONQUISTADOR. Plötzlich bemerkte Javier, dass sich das Schiff unkontrolliert um die eigene Achse drehte.

»Wir haben die Kontrolle über den Antrieb und die Manövrierdüsen verloren«, informierte Estelle ihn. »Die letzte Salve hat uns von unserem vorgesehenen Kurs gebracht.«

Das taktische Hologramm flackerte vor Javiers Augen und fiel schließlich ebenfalls aus. Vor dem Ausfall des Systems meinte er jedoch, noch etwas erkannt zu haben. Etwas Schreckliches.

»Bringen Sie die Fluglage wieder unter Kontrolle«, ordnete er an. »Die Schadenskontrolle soll sich vor allem darum kümmern.«

»Es ist zu spät. Wir treten gleich ein.«

»Wir treten wo ein?«, fragte er, obwohl er die Antwort bereits kannte.

»In die Atmosphäre des Mondes.«

16

»Irgendwelche Neuigkeiten von der Station?«, wollte Rix mit kaum verhohlener Ungeduld wissen.

»Sollte es etwas Neues geben, erfahren Sie es als Zweiter – gleich nach mir«, erwiderte Lestrade und machte nicht einmal den Versuch, seinen Ärger zu verbergen.

Bisher war die angestrebte – sowie erwartete – Entscheidungsschlacht um das System ausgeblieben. Lestrades Hauptstreitmacht hielt sich wohlweislich außerhalb der Todeszone der Raumstation. Die Drizil hingegen weigerten sich, diese zu verlassen. Bisher hatte es lediglich einige Scharmützel am Randgebiet gegeben, die jedoch weder auf der einen noch auf der anderen Seite größere Schäden oder gar Verluste gefordert hätten.

Das einzig größere Gefecht, seit sie die Blockadelinie durchbrochen hatten, war von der Kampfgruppe der CONQUISTADOR in der Nähe eines Mondes geführt worden. Es war ein ungewöhnlich heftiges Gefecht gewesen, das zu einem Patt geführt hatte. Beide Seiten hatten sich indessen voneinander gelöst, kurz nachdem das Symbol von Javier Estradas Schiff von Lestrades Taktikhologramm verschwunden war, und warteten in einigem Abstand.

Das verhieß nichts Gutes.

Wie dem auch sei, er konnte sich im Moment nicht mit dem Schicksal der CONQUISTADOR und seiner Besatzung befassen. Die Entscheidung würde auf Vector Prime fallen – natürlich nur, falls sie es endlich schafften, die Batterien der Raumstation auf die feindlichen Schiffe zu richten.

Kommen Sie schon, Ross, beschwor er die Anführerin seiner Marines in Gedanken. *Enttäuschen Sie mich nicht. Kriegen Sie dieses verdammte Ding endlich klein.*

Major Melissa Ross sollte recht behalten. Ihr Plan gefiel Galverson überhaupt nicht.

»Das ist ein echt beschissener Plan«, maulte der Captain zum wiederholten Mal. »Genauso gut könnten wir uns eine Zielscheibe auf die Brust malen.«

»Sehen Sie es mal positiv, Cap. Das Überraschungsmoment ist bestimmt auf unserer Seite. Niemand wäre so verwegen ...«

»Sie meinen dämlich«, unterbrach er sie.

»... dieses Wagnis einzugehen«, vollendete sie ihren Satz, ohne seinen Einwand zu beachten.

»Oh ja«, stimmte er ihr zu. »Und jetzt fragen Sie sich selbst mal wieso? Keiner wäre so dumm, das zu versuchen.«

Melissa schmunzelte in der Abgeschiedenheit ihres Kampfanzugs angesichts seines Unmuts. Dabei konnte sie ihn durchaus verstehen. Ihre aus knapp zweihundert Marines bestehende Truppe watschelte derzeit im Entengang über die Außenhülle der Station.

Über konventionelle Wege war ein Angriff auf die Kommandozentrale ein Himmelfahrtskommando. So wie sich die Drizil eingeigelt hatten, wäre jeder Angriff mit so erheblichen Verlusten verbunden, dass sie die Zentrale zwar einnehmen, aber nicht halten konnten.

Also entschied sich Melissa für einen eher unkonventionellen Weg.

Die Kommandozentrale befand sich im oberen, kleineren Segment der Raumstation, direkt unterhalb der Kommunikationshauptanlage. Ihrer Meinung nach war der beste Weg zur Einnahme der Zentrale, erst einmal die Kommunikationssteuerung oberhalb einzunehmen und anschließend mittels Sprengladungen durch die Decke der Zentrale beziehungsweise den Boden der Kommunikationsstation zu brechen. Mit etwas Glück würden sie die Drizil in der Zentrale überraschen und ausschalten können, bevor diese um Hilfe rufen konnten.

So weit der Plan.

Es gab allerdings ein Hindernis bei der Sache.

Von ihrem Standort aus, den sie sich innerhalb der Station hatten erobern können, führte kein direkter Weg nach oben. zumindest keiner, der nicht von Drizil kontrolliert wurde. Also hatten sie sich einen Weg nach draußen gesprengt und arbeiteten sich nun auf eine

Position vor, von der aus sie sich Zugang zum zweiten Segment verschaffen konnten.

Es war ein Umweg, keine Frage. Doch es war ein Weg, der erfolgversprechender war als jede andere Methode.

Sie bewegten sich in den Schatten der Anlagen, die über die Oberfläche der Station verteilt waren. Zu jeder Zeit waren sie jedoch im Bereich einiger Abwehrwaffen.

»Wissen Sie eigentlich, was mit uns geschieht, wenn nur eine Geschützmannschaft auf uns aufmerksam wird?«

»Klar weiß ich das und jetzt Klappe!«, gab sie zurück. »Wir sind fast da. Maximal noch zwanzig Meter.«

Melissa wollte es sich nicht anmerken lassen, doch sie teilte Galversons Befürchtungen. Es war zwar recht unwahrscheinlich, dass etwas so Kleines wie eine Gruppe Menschen auf der Außenhülle von den Drizil im Inneren der Station entdeckt wurde, jedoch nicht gänzlich ausgeschlossen.

Ein flüchtiger Blick aus einem Bullauge würde schon genügen und sie wären ertappt. Sollte dies tatsächlich geschehen, wäre ein einzelner kleiner Geschützturm in der Lage, sie alle ins Jenseits zu pusten.

Melissa umrundete eine Parabolantenne. Die Antenne gehörte zur Langstreckenkommunikationsanlage der Station. Sie mussten jetzt direkt über ihrem Ziel sein. Voraus sah sie bereits die Wartungsluke, auf die sie es abgesehen hatten.

»Sanchez!« Mit einem Wink befahl sie einen ihrer Marines nach vorn. Der Mann ging in seinem Kampfanzug schwerfällig auf die Knie und begann damit, mit einem Laserschneider zu hantieren. Die übrigen Männer und Frauen warteten ungeduldig im Schatten eines doppelläufigen Geschützes. Es entbehrte nicht einer gewissen Ironie, dass sie sich ausgerechnet diesen Ort aussuchten, um sich zu verbergen.

Melissa beobachtete Sanchez dabei, wie er die Luke aufschweißte. Falls sie den Plan der Station richtig im Kopf hatte, führte die Wartungsluke in einen Bereich, der auch als Luftschleuse eingerichtet war. Sie ließ sich beidseitig öffnen und schließen. Von dort aus sollte es ein Kinderspiel sein, in die Kommandozentrale einzudringen.

Falls alles nach Plan verlief.

Es dauerte beinahe eine halbe Stunde, die Wartungsluke aufzuschweißen. Die Zeit dehnte sich für Melissa endlos. Endlich sah Sanchez auf und gab mit erhobenem Daumen zu erkennen, dass er fertig war.

Melissa öffnete die magnetische Verriegelung ihrer Schuhe und stieß sich sanft ab. Sie segelte die paar Meter auf Sanchez zu, der sie überraschend sanft auffing. Galverson und der Rest der Marines folgten auf konventionellem Weg kurz darauf.

Sanchez öffnete die Luke und die Marines ließen sich nacheinander in die Öffnung gleiten. Galverson machte den Anfang, Melissa bildete das Schlusslicht. Auf ihrem Weg hinein zog sie die schwere Luke hinter sich zu.

Sanchez machte sich sofort daran, sie wieder zuzuschweißen. Es war eine unliebsame, doch notwendige Arbeit. Ohne das Versiegeln der Luke würde das Öffnen der Schleuse zur Station hin einen Druckverlust auslösen, der einen stationsweiten Alarm nach sich zog. Nicht die beste Methode, um unerkannt vorzugehen.

Die Männer und Frauen warteten ungeduldig auf die Fertigstellung seiner Arbeit. Die Luke, die in den angrenzenden Bereich führte, verfügte über kein Bullauge, somit wussten sie nicht, was sie erwartete. Es war mit allem zu rechnen.

Sanchez wurde endlich fertig. Galverson betätigte den Türöffner und die Luke zum Inneren der Station schwang geräuschvoll auf. Eine Gruppe Marines stürmte ins Innere und nahm augenblicklich Kampfstellung ein.

Der Korridor war leer.

Melissa atmete erleichtert auf. Die meisten Drizil mussten wohl bei der Verteidigung der Basis helfen. Umso besser.

Melissa übernahm die Spitze und führte ihre Truppe durch ein Labyrinth miteinander verschachtelter Gänge. Gesprochen wurde nun überhaupt nicht mehr. Es war zwar höchst unwahrscheinlich, dass die Drizil in der Lage waren, die codierten Funkimpulse aufzufangen beziehungsweise zu verstehen, doch Melissa wollte kein unnötiges Risiko eingehen.

Nach einer gefühlten Ewigkeit – es waren jedoch nicht mehr als fünf Minuten – kamen sie an einer gepanzerten Tür an. Hinter jener Tür befand sich die Steuerung für die Langstreckenkommunikation der Station. Diese Kommunikationsanlage war eine von insgesamt acht Anlagen im gesamten imperialen Raum, die stark genug war, auch angrenzende Systeme zu erreichen, sodass Vector Prime nicht gänzlich auf Kurier- und Postschiffe angewiesen war. Diese Anlagen waren jedoch so groß, dass sie auf Raumstationen untergebracht werden mussten. Sie funktionierten nicht in Echtzeit. Eine abgesandte Nachricht brauchte immer noch Tage, ein angrenzendes System zu erreichen, trotzdem stellte sie einen enormen taktischen Vorteil dar. Im Moment einen Vorteil zugunsten der Drizil, doch Melissa gedachte, ihnen diesen Vorteil in den nächsten Minuten zu nehmen.

Sie und Galverson postierten sich zu beiden Seiten der Tür. Für einen Augenblick war sie irritiert, dass hier keine Wachen standen, doch bei näherem Überlegen ergab dies sogar Sinn. Die Drizil brauchten jeden Mann, um gegen die Menschen in den unteren Ebenen zu kämpfen. Diesen Teil der Station hielten sie für sicher. Melissa würde ihnen vor Augen halten, wie fatal dieser Irrtum war.

Sie warf Galverson einen kurzen Blick zu. Durch sein Helmvisier vermochte sie nicht, seine Augen zu sehen, doch der Helm ihres Stellvertreters neigte sich in stummer Zustimmung.

Melissa betätigte den Türöffner. Die Luke schwang auf. Acht Drizil sahen von ihren Konsolen auf. Marines stürmten in den Raum. Es gab einen winzigen Augenblick, in dem sich beide Seiten gegenüberstanden und einfach nur anstarrten. Dann eröffneten die menschlichen Soldaten das Feuer.

Fünf Drizil wurden von den Beinen gerissen, als panzerbrechende Geschosse sie regelrecht durchsiebten. Drei Drizil besaßen die Geistesgegenwart, ihre Waffen zu heben und das Feuer zu erwidern.

Ein Energieblitz durchschlug das Helmvisier eines Soldaten, der Melissa am nächsten stand. Das Visier zersplitterte in tausend Scherben und der Mann wurde rücklings gegen die nächste Konsole geschleudert. Ein weiterer Mann ging zu Boden, als ein Drizil ihn mit einer bösartig aussehenden Klinge ansprang. Der Drizil durchtrennte versiert die Verbindung zwischen Helm und Kampfanzug und stieß seine Klinge anschließend in die entstandene Öffnung. Blut spritzte aus der Wunde, als der Drizil die Klinge herauszog und noch mal zustieß. Galverson richtete sein Nadelgewehr auf den Kopf des Drizil und drückte ab. Die Wand hinter dem Drizil wurde mit dessen Blut und Gehirnmasse tapeziert. Mit den anderen zwei Drizil machten die Marines kurzen Prozess. Einer wollte noch einen Alarmknopf erreichen, doch drei Nadelgeschosse im Rücken bereiteten diesem Versuch ein schnelles Ende.

Der ganze Kampf hatte nicht einmal eine Minute gedauert. Seltsam, wie lange einem diese Dinge vorkamen, solange sie passierten.

»Sanchez! Die Ladungen! Schnell!«, ordnete Melissa eilig an. Gut möglich, dass der Kampf in der Kommandozentrale unter ihnen nicht bemerkt worden war, doch sie wollte lieber kein Risiko eingehen.

»Galverson, sobald wir unten sind, wird es ihre Aufgabe sein, die Kommandozentrale zu versiegeln. Sie müssen uns ein- und die Drizil ausschließen. Das wird Ihre einzige Aufgabe sein.«

»Verstanden, Major«, bestätigte der Captain. »An euch anderen: Sobald die Drizil ausgeschaltet sind, richtet ihr die Waffen der Station auf ihre Schiffe. Das hat oberste Priorität.«

Die Männer und Frauen antworteten nicht. Das war auch gar nicht nötig. Melissa wusste, dass sie verstanden hatten. In den nächsten Minuten würden sie entweder ihre Mission beenden – oder bei dem Versuch ihr Leben lassen.

Sanchez befestigte mehrere Sprengladungen in einem großen Kreis auf dem Boden der Kommunikationsstation. Bei diesen Sprengsätzen handelte es sich um Richtladungen, die ihre Zerstörungskraft nur in eine Richtung entfalteten. Melissa, Galverson und einige Marines stellten sich in die Mitte des Kreises. Die übrigen Marines würden ihnen folgen, sobald ein Loch in den Boden gesprengt war.

Melissa nahm von Sanchez den Auslöser entgegen.

Also schön, dachte sie. *Jetzt gilt es.*

Mit entschlossenem Druck, löste sie die Sprengsätze aus. Die Welt um sie herum schien sich aufzulösen. Der Boden unter ihr gab mit schockierender Plötzlichkeit nach.

Der freie Fall schien ewig zu dauern, obwohl sie lediglich drei Meter tief fiel. Unten angekommen, ging sie instinktiv in die Knie, um den Sturz abzufedern.

Noch in derselben Sekunde riss sie ihr Gewehr hoch und jagte zwei gezielte Salven in zwei Drizil, die ihr am nächsten standen. Die Marines hielten ihre kreisförmige Formation und feuerten auf die feindlichen Soldaten an den Konsolen. Völlig überraschte Drizil erhoben sich, hoben ihre Waffen und fielen, wo sie standen. Blut spritzte in Fontänen durch die Gegend, bedeckte gleichermaßen Boden, Konsolen und die Kampfanzüge der Marines. Galverson stand hinter ihr. Sie wagte es nicht, ihm einen Blick zuzuwerfen. Sie konnte nur hoffen, dass er die Türverriegelung erreicht hatte. Sonst würden hier gleich Dutzende weitere Drizilsoldaten in den Raum stürzen.

Melissa und ihre Soldaten öffneten den Kreis und machten Platz für die zweite Welle Marines, die von oben in die Kommandozentrale sprang. Es entbrannte ein brutales Feuergefecht. Drei Marines gingen beinahe gleichzeitig zu Boden. Zwischen einigen menschlichen und Drizilsoldaten kam es zu einem Handgemenge, in der beide Parteien mit ihren Kampfmessern aufeinander losgingen. Am Ende starben sieben Marines und elf Drizil durch die Klingen der jeweils anderen.

Ein Schuss aus einer Drizilwaffe streifte Melissas Helm. Benommen taumelte sie zur Seite. Einer ihrer Männer fing sie auf, bevor sie stürzte. Es war Sanchez. Das Antwortfeuer ihrer Soldaten mähte den Drizil förmlich nieder.

Und plötzlich war alles vorbei.

Der Kampf endete genauso schnell, wie er begonnen hatte. Es hatte etwas Surreales. Sie ließ es zu, dass Sanchez sie auf einen Stuhl setzte und ihr vorsichtig den Helm abnahm. Er legte ihn vor ihr auf die Konsole. Auf einer Seite waren deutliche Brandspuren.

»Das war knapp«, bemerkte Sanchez. »Nur zwei Zentimeter weiter rechts ...« Er ließ den Satz vielsagend ausklingen.

Melissa nickte. »Besetzt die Konsolen. Richtet die Geschütze neu aus. Ihr kennt die Ziele.«

Der Treffer machte sie immer noch benommen. Sie schüttelte leicht den Kopf, um das Gefühl der Trägheit loszuwerden. »Galverson hat es also geschafft«, meinte sie erleichtert und mit geschlossenen Augen.

Als sie keine Antwort erhielt, blickte sie auf. Sanchez nahm seinen Helm ab und nickte wortlos in eine Ecke des Raumes.

Galverson lag dort bäuchlings auf einer Konsole, die Hand fest auf einen Knopf gepresst. Eine Drizilklinge hatte seinen Kampfanzug auf Höhe des fünften Wirbels durchstoßen und den entsprechenden Wirbel durchtrennt. Die Klinge steckte noch bis zum Griff in der Rüstung.

Galverson hatte sein Leben gegeben, um diese Mission zum Erfolg zu führen. Melissa wandte den Blick ab. Zum Trauern war später noch Zeit.

»Besetzt die Tür!«, befahl sie mit fester Stimme. »Die Drizil versuchen bestimmt, hier hereinzukommen.« Sie warf einen Blick auf den großen Bildschirm, der eine Seite des Raumes einnahm. Man konnte deutlich ein Feuergefecht zwischen Lestrade und der Drizilflotte erkennen. »Und nun, sorgen wir dafür, dass die Drizil es bedauern werden, je einen Fuß in dieses System gesetzt zu haben.«

Ohne jegliche Vorwarnung schoss aus einer der Spitzen der Raumstation im Orbit Vector Primes ein karmesinroter Energiestrahl. Der Strahl verband für einen Augenblick die Station mit einem feindlichen Zerstörer. Als Reaktion platzte das Drizilschiff angefangen beim Heck förmlich auf. Das Schiff verging in einem Sekundenbruchteil und zurück blieben lediglich unzählige Trümmer.

Weitere Energiestrahlen tasteten mit chirurgischer Präzision nach den Schiffen der Drizilflotte. In schneller Folge zerbarsten mehrere Fregatten, drei Träger und zwei weitere Zerstörer. Einem Intruder-Kampfschiff wurde die Hecksektion sauber wie mit einem Skalpell abgetrennt. Beide Bruchstücke trieben voneinander weg, bevor sie in weitere Bruchstücke zerbrachen.

»Ist es das?«, fragte Rix erleichtert. »Ist es das, worauf wir die ganze Zeit gewartet haben?«

Lestrade lächelte. »Allerdings.« Er wandte sich an seinen XO. »Befehl an die BLACK PRINCE. Sie soll mit ihrem Geschwader in Richtung der Systemgrenze vorstoßen und den Weg für unsere Minenleger frei machen. Die Schiffe sollen mit dem Legen der Minen beginnen, sobald es halbwegs sicher ist. Für alle anderen gilt: Angriff. Wir stoppen erst, wenn wir den Orbit um Vector Prime gesichert haben. Sobald wir in der Nähe der Kampfstation sind, schicken wir Verstärkung für unsere Marines an Bord. Alle Einheiten vorwärts!«

17

Die VENGEANCE spie in schneller Folge zwanzig Bullfrogs aus der Öffnung unter dem Bug aus. Zwei Schlachtkreuzer der Behemoth-Klasse positionierten sich über der nördlichen Hemisphäre des Planeten und spien ebenfalls jeweils fünfzehn Bullfrogs aus. Jedes dieser Landefahrzeuge beförderte einen Feuertrupp der Legion, die Vorauskommandos für die im Anflug befindlichen Truppentransporter der imperialen Armee und der 18. Legion.

Der Andruck presste Lieutenant Edgar Cutter und die Mitglieder von Feuertrupp *Schneller Tod* in ihre Sitze, als der Bullfrog im freien Fall auf die Oberfläche von Vector Prime zustürzte.

Sein Kampfanzug und die Trägheitsdämpfer des Bullfrog milderten die Auswirkungen, doch trotzdem fühlte sich Edgar, als würden zwei Sumoringer auf seiner Brust gerade einen Wettstreit austragen.

Auf dem HUD seines Anzugs lief die Höhenangabe in rasantem Tempo ab. Es war eine schmerzhafte Erinnerung daran, wie schnell sie sich der Oberfläche näherten.

Der Bullfrog durchstieß die oberen Atmosphäreschichten. Das verdammte Ding bockte beim kleinsten Windstoß, der das Vehikel traf. Über Funk hörte er Vincent würgen, als dieser darum kämpfte, sein Frühstück für sich zu behalten. Der Junge hatte vergessen, die Funkverbindung zu schließen.

Edgar schmunzelte. Aus diesem Grund aß er nie etwas vor einem Gefechtsabwurf.

Erneut traf etwas den Bullfrog. Das Landefahrzeug warf sich etwas aus der Fluglage, stabilisierte sich jedoch wieder. Vincent sah auf, fürs Erste abgelenkt von seiner Übelkeit.

»Das war kein Wind.«

»Nein«, sagte Edgar mit trügerischer Ruhe. »Das ist feindlicher Beschuss.«

»Blaue Staffel, holt sie euch!«

Captain Solomon DeVries zog am Steuerknüppel seines Shadow-Abfangjägers. Der mittelschwere Jäger legte sich leicht auf die Seite und flog eine enge Kehre. Die anderen fünf Maschinen der blauen Staffel vom Trägerschiff HMS NAPOLEON BONAPARTE folgten ihm in perfekter Keilformation.

Voraus durchstießen fast ein Dutzend Bullfrogs die Wolkendecke. Von der Oberfläche tastete Laserfeuer nach den wehrlosen Landefahrzeugen und feindliche Jäger vom Typ Flüsterwind verfolgten sie durch die Wolken hindurch.

In dieser Phase waren die Bullfrogs besonders gefährdet. Sie waren auf Jagdschutz angewiesen, um die Oberfläche sicher zu erreichen.

Voraus durchbrachen drei Driziljäger die Wolken und nahmen Kurs auf einen der Bullfrogs. Solomon gab Vollschub, wusste jedoch, dass er den Ort des Geschehens nicht rechtzeitig würde erreichen können.

Die drei Jäger vom Typ Flüsterwind eröffneten das Feuer. Zunächst hielt die Panzerung des Bullfrog noch stand, doch dann durchbohrten erste Geschosse den Rumpf der Maschine.

»Hier Feuertrupp *Kaltes Grauen*«, drang plötzlich eine gehetzt klingende Stimme über einen Notkanal aus seinem Funkgerät. »Wir sind getroffen. Ich wiederhole: Wir sind getroffen. Helft uns! Bitte helft uns!«

Weitere Geschosse durchstießen die Außenhülle. Plötzlich trudelte der Bullfrog um die eigene Achse und schließlich unkontrolliert um alle Achsen. Dort, wo sich die einzelne Schubdüse befand, quoll Rauch aus dem Vehikel. Der Bullfrog stürzte zur Oberfläche hinab. Diesen Moment suchten sich die Drizilpiloten aus, um abzudrehen und sich ein neues Ziel zu suchen.

Solomon verfluchte sie inbrünstig. Sie besaßen nicht einmal das bisschen Anstand, die Sache zu beenden.

Über den Notkanal kamen jetzt nur noch furchtbare Schreie aus dem Funk. Solomon stellte den Kanal ab. Sie befanden sich knapp acht Kilometer über der Oberfläche. Es war ein langer Weg nach unten und eine grausame Art zu sterben – eingepfercht in eine Konservendose, wissend, dass es keine Rettung gab. Zu lang, um seinen Kameraden beim Sterben zuzuhören.

Solomon blendete das Schicksal der Legionäre innerlich aus und konzentrierte sich auf etwas anderes – Rache.

»Blaue Staffel, paarweise ausschwärmen! Schützt die Bullfrogs, so gut ihr könnt. Mike, du kommst mit mir.«

»Verstanden, Boss.«

Solomon und die Maschine von Lieutenant Michael Drayman – seinem Flügelmann – verfolgten die abdrehenden Flüsterwind-Jäger. Diese hatten bereits Kurs auf einen weiteren Bullfrog genommen, doch die beiden Shadows schlossen schnell auf.

Kurz bevor Solomon in Schussweite kam, bemerkten die Drizilpiloten die Annäherung der terranischen Maschinen und flogen ein halsbrecherisches Manöver, das sie nach Backbord und über Solomons Bug brachte.

Solomon folgte ihnen, seinen Flügelmann immer hinter sich wissend.

Flüsterwind-Jäger waren Shadows im Steigflug überlegen, im Gegenzug waren Shadows schneller. Die Drizil konnten ihm also nicht entkommen, er durfte sich nur nicht abschütteln lassen.

Ein heftiger Kampf entbrannte, als weitere Staffeln der NAPOLEON BONAPARTE und anderer Träger in den Kampf eingriffen und die Driziljäger von den Bullfrogs ablenkten. Solomon ließ sich jedoch nicht beirren. Er hatte es auf die Piloten abgesehen, die gerade einen ganzen Feuertrupp ermordet hatten.

Die Drizil drehten in einem waghalsigen Manöver nach Steuerbord ab, wohl in der Erwartung, ihn in den Wirren des Luftkampfes abschütteln zu können.

Solomon jedoch sah das Manöver voraus, und noch bevor die Drizil abdrehten, hatte er seinen Shadow bereits in Position gebracht. Die Drizil flogen unabsichtlich genau durch sein Schussfeld. Ohne Zögern löste er seine Bordwaffen aus.

Die Lichtimpulse der Laser schlugen in den Jäger ein, der der Führungsmaschine folgte. Die ersten Salven prallten von der Panzerung des Feindjägers ab. Doch dann perforierten mehrere Treffer eine der Tragflächen. Der Jäger brach seitlich aus, in dem Versuch, seinem Peiniger zu entkommen, doch Solomon jagte Salve um Salve in das beschädigte Schiff. Die zwei anderen flogen weiter, ohne ihrem in Bedrängnis geratenen Kameraden zu Hilfe zu kommen.

Sein Flügelmann – bisher auf seiner Sechs-Uhr-Position – zog seine Maschine neben ihn und löste zwei Raketen aus. Die beiden Lenkwaffen strebten den fliehenden Driziljägern hinterher. Die erste schlug in den Antrieb des zweiten feindlichen Flügelmannes ein. Rauch quoll aus der Antriebsöffnung. Die zweite Rakete riss das Heck der Maschine vollends auf, die sich daraufhin in einen Feuerball verwandelte.

Solomon blieb an seinem Gegner dran und drückte den Feuerknopf unter seinem Zeigefinger bis zum Anschlag durch. Weitere Lichtimpulse malträtierten die Steuerbordseite des Jägers, durchschlugen die Cockpitkanzel und töteten den Piloten. Brennend und eine Rauchspur hinter sich herziehend, stürzte der Flüsterwind-Jäger zur Oberfläche hinab.

»Mike, hast du den Führungsjäger noch auf dem Schirm?«

»Negativ, Boss. Ich hab ihn …«

Sein Flügelmann kam nicht mehr dazu, den Satz zu beenden. Seine Maschine schüttelte sich plötzlich von einer Unzahl Treffer. Die Panzerung wurde buchstäblich pulverisiert. Mike Drayman bemühte sich noch, die Maschine unter Kontrolle zu halten, doch ein weiterer Treffer durchbrach den letzten Rest Panzerung und brachte den Treibstoff zur Explosion.

Die Explosion des Jägers hätte beinahe auch Solomons Jäger erfasst, doch er war ein erfahrener Pilot, und sobald der Staffelführer erkannte, was unweigerlich geschehen würde, zog er seine Maschine steil nach unten, um den schlimmsten Auswirkungen der Druckwelle zu entgehen.

Im ersten Augenblick dachte er, der feindliche Führungsjäger hätte kehrtgemacht, um den Tod seiner Kameraden zu rächen, doch als sich Solomon umdrehte, realisierte er die Wahrheit. Mehr als drei Dutzend Driziljäger durchstießen die Wolkendecke und begannen, Jagd auf die Bullfrogs und die imperialen Jäger zu machen.

»Hier Blau eins an alle Staffeln«, sprach er in sein Funkgerät. »Feindliche Verstärkung nähert sich auf vier Uhr hoch. Macht euch auf einen harten Kampf gefasst, Leute. Und schützt um jeden Preis die Bullfrogs.«

Solomon zog seinen Jäger in einer engen Kehre hoch. Das Manöver würde ihn mit etwas Glück hinter die heranbrausenden Feindjäger bringen. Die Piloten der Blauen Staffel sammelten sich um ihn. Solomon leckte sich über die trockenen Lippen, als immer mehr feindliche Jäger auftauchten.

Na dann: Auf zur Jagd!, motivierte er sich in Gedanken und gab Vollschub.

Einige Hundert Meter über dem Boden zündete die Schubdüse und brachte Edgars Feuertrupp relativ sanft zum Boden. Edgar schnallte sich sofort ab und zwängte seinen Körper durch die schmale Öffnung in der Decke des Vehikels.

Hinter ihm folgten nacheinander Becky, Galen, Li und Vincent, Letzterer ein wenig wacklig auf den Beinen.

»So weit, so gut«, sagte Edgar und überprüfte anhand einer gespeicherten Karte ihren aktuellen Standort.

»Nett«, frotzelte Galen, sobald er festen Boden unter den Füßen hatte. »Diesmal sind wir nicht in der Kanalisation gelandet.«

Edgar entschloss sich, den Kommentar zu übergehen. »Es ist sogar noch besser«, versetzte er stattdessen, »wir sind beinahe genau da, wo wir sein sollten. Am östlichen Stadtrand von Cibola.«

Li sah nach oben und betrachtete den immer noch tobenden Luftkampf. Dutzende Bullfrogs sanken zu Boden, einige stürzten unkontrolliert ab. Von verschiedenen Positionen bestrichen Laserbatterien vom Boden aus den Himmel. Immer wieder trafen sie imperiale Jäger oder Landefahrzeuge. Eine Staffel Mammoth stürzte aus dem Himmel und belegte ein paar Straßenzüge entfernt eine Drizilstellung mit Dauerfeuer, bevor der führende Mammoth eine unter dem Bauch montierte Bombe abwarf. Eine Flammenzunge leckte zum Himmel und die feindliche Stellung verstummte für immer.

»Die Luftverteidigung ist stärker geworden seit unserem letzten Besuch«, bemerkte Li.

»Gut möglich, dass sie wegen unseres letzten Besuchs stärker ist«, gab Edgar ein wenig zerknirscht zu bedenken.

»Dann sollten wir wohl besser ein paar von diesen verdammten Batterien ausschalten«, meinte Galen.

Hinter dem Visier seines Helms lächelte Edgar. »Genau das hab ich vor.«

Die Raumstation fügte den Drizilverbänden erhebliche Verluste zu. Die Wracks von beinahe zwei Dutzend feindlichen Schiffen trieben in der Todeszone. Die Kategorie-7-Batterien der Station feuerten ohne Unterlass und fast jeder Schuss bedeutete das Ende eines feindlichen Schiffes. Die Intruder-Kampfschiffe benötigten mehr Zuwendung, doch auch sie waren der Feuerkraft der Station nicht gewachsen

Doch eines musste man den Drizil lassen. Sie gaben nicht so schnell auf. Sie mussten sich der Station und Lestrades Streitkräften gleichzeitig erwehren, doch sie weigerten sich, ihre Stellungen aufzugeben. Im Gegenteil feuerten einzelne Schiffe sogar auf die Station selbst, und das, obwohl sich noch eine große Anzahl Driziltruppen an Bord aufhielt.

Wann immer möglich, versuchten die Kommandanten der Drizil, die imperialen Schiffe in Nahkämpfe zu verwickeln oder sie sogar als Deckung vor den Batterien der Station zu nutzen. Lestrades Schiffe bemühten sich um Abstand, was nicht immer möglich war.

Lestrade krallte sich instinktiv fest, als die VENGEANCE sich unter einem schweren Jägerangriff der Drizil schwer auf die Seite legte, um den Angreifern unbeschädigte Panzerung zuzuwenden.

Zwei von Lestrades Trägern entsandten sofort Jäger zur Unterstützung des Flaggschiffs, doch die Panzerung der VENGEANCE erlitt erheblichen Schaden.

Lestrade fluchte. »Die Fledermausköpfe haben wesentlich mehr Jäger zur Verfügung als wir, und das, obwohl sie beinahe die gleiche Anzahl Träger haben.«

»Bodenstützpunkte?«, hakte Eugene Mueller nach.

»Mit Sicherheit«, nickte Lestrade. »Das könnte ein Problem werden. Wir müssen unsere Jäger aufteilen, um sowohl die Bullfrogs als auch die Flotte zu schützen. Die Drizil haben das Problem nicht, da sie über größere Reserven verfügen.«

Die VENGEANCE und der Schlachtkreuzer der Behemoth-Klasse HMS KONSTANTINOPEL vereinigten ihre beträchtliche Feuerkraft und bedrängten ein bereits angeschlagenes Intruder-Kampfschiff. Die Laser der beiden Kriegsschiffe schnitten tief in die Panzerung des Feindschiffs. Schicht um Schicht schmolzen sie davon. Eine weitere Salve drang quer durch den Backbordrumpf und trat auf der anderen Seite wieder aus. Das Schiff drehte schwerfällig nach Backbord ab.

Eine Gruppe aus sechs Schnellbooten brauste heran und brachte ihre Torpedolast ins Ziel. Sieben Volltreffer in Bugnähe besiegelten das Schicksal des Feindschiffes. Ein Drizilzerstörer flankierte das Wrack des Intruders und eröffnete auf die Schnellboote das Feuer, gerade als diese abdrehten. Die Salve riss zwei Schnellboote augenblicklich in Fetzen und ein drittes während des eilig durchgeführten Ausweichmanövers.

»Wie ist der Status der Luftverteidigung und der feindlichen Raumschiffe in Orbitnähe?«, fragte Lestrade.

»Unverändert«, gab Mueller zurück, nachdem er die Sensoren konsultiert hatte.

»Das geht alles einfach zu langsam. Wir müssen so bald wie möglich mit der Landung beginnen.«

»Keine Sorge«, meinte Rix, der die Raumschlacht gebannt, doch ohne Besorgnis verfolgte. »Meine Leute kriegen das hin.«

Sieben Feuertrupps unter der Führung von *Schneller Tod* rückten auf eine schwer verteidigte Feindposition vor.

Edgar warf sich hinter die rauchenden Trümmer einer Drizilgeschützstellung und lud sein Nadelgewehr nach. Er streckte sich, um über das ausgebrannte Gerippe zu spähen. Augenblicklich schlugen Geschosse in seiner Nähe ein und er zog eilig den Kopf ein.

»Becky! Li! Flankiert sie links. Galen, gib ihnen Feuerschutz. Halt die Mistkerle in Deckung. Vincent, du bleibst bei mir.«

Becky und Li eilten davon. Sie waren kaum aus der Deckung, da tasteten bereits die ersten Drizilgeschosse nach ihnen. Galen erhob sich, seinen schweren A8-Nadelwerfer in den Armen.

Das verdammte Ding machte einen furchtbaren Lärm, als es röhrend anfing, die feindlichen Drizil zu beschießen. Edgar konnte zwar nicht sehen, ob es ein paar der Fledermausköpfe erwischte, doch er konnte sich nicht vorstellen, dass Galen diesen Radau veranstaltete, ohne etwas zu treffen. Der gegnerische Beschuss wurde merklich schwächer.

Edgar war nun in der Lage, ihre Situation zu überdenken. Die feindliche Stellung bestand noch aus sechs feindlichen Geschützstellungen, die die imperialen Jäger über ihnen mit mörderischem Feuer belegten. Der Sinn bestand darin, ein Flugfeld abzuschirmen, von dem die Drizil immer wieder Jägerangriffe auf die Bodentruppen und Lestrades Schiffe durchführten. Im Moment standen keine Jäger darauf. Sie waren alle in der Luft und bekämpften Lestrades Shadows und Mammoths. Sie würden jedoch schon bald einen Platz zum Landen, Auftanken und Aufmunitionieren brauchen. Edgar würde dafür sorgen, dass sie kein intaktes Landefeld mehr vorfanden.

»Wo zum Teufel stecken die Legionäre der 24. und 26. Legion?«, fragte Vincent unvermittelt. »Man sollte meinen, die hätten inzwischen gemerkt, dass eine Invasion im Gange ist.«

»Wer weiß?« Edgar schüttelte den Kopf. »Vielleicht ist keiner mehr übrig.«

»Meinst du wirklich, Boss?« Vincents Stimme klang leicht schockiert.

»Keine Ahnung, Vincent. Konzentrier dich auf deine Arbeit. Falls unsere Freunde noch leben, werden sie früher oder später schon auftauchen. Beschäftige dich nicht mit Dingen, die du nicht ändern kannst.«

Er gab einem Feuertrupp Aufklärungslegionäre, die sich etwa fünfzig Meter entfernt verschanzt hatten, ein knappes Handsignal. Der Truppführer gab das Zeichen, verstanden zu haben. Die fünf Legionäre machten sich in entgegengesetzter Richtung davon.

»Und jetzt?«, fragte Vincent. »Was machen wir jetzt?«

»Wenn du mich so fragst: Jetzt gibst du mir erst mal Deckung«, ordnete Edgar an, erhob sich geschmeidig und sprintete im Zickzackkurs bis zur nächsten Deckung – dem Wrack eines abgeschossenen Blutstachel-Jägers.

Es geschah so schnell, dass Vincent beinahe seinen Einsatz verpasst hätte, doch in dem Moment, in dem Edgars Körper in die Höhe schnellte, lugte Vincent hinter der Deckung hervor und gab kurze, präzise Salven auf die Position der feindlichen Streitkräfte ab. Mindestens einer der Drizilsoldaten wurde am Kopf getroffen und verschwand außer Sicht. Die übrigen ließen sich davon jedoch nicht beeindrucken. Sie teilten ihre Feuerkraft zwischen Edgar, Vincent und Galen auf.

Ein Geschoss traf Galen am rechten Arm, doch seine Panzerung war so dick, dass ein einzelner Treffer keine große Beeinträchtigung darstellte.

Der Legionär bestrich mit seinem schweren Nadelwerfer den Gegner und durchlöcherte drei von ihnen, bevor die anderen zu der Meinung gelangten, den Kopf einzuziehen, wäre vielleicht doch gar keine so schlechte Idee.

Edgar gab Vincent ein knappes Handzeichen. Der Junge legte denselben Weg sprintend zurück wie vor ihm Edgar, während der Truppführer ihm nun seinerseits Deckung gab.

Die Drizil blieben jedoch nicht untätig. Sie nahmen den Legionär aufs Korn. Feindliche Geschosse suchten sich ihren Weg und einige schlugen beunruhigend dicht ein.

Vincent hechtete den letzten Meter in Sicherheit. Er blieb neben Edgar liegen, der ihn mit einem milden amüsierten Blick bedachte. »Nett, dass du mal reinschneist.«

»Sehr witzig«, kommentierte Vincent und rappelte sich auf.

Weitere Geschosse schlugen ein.

»Unsere Situation hat sich nicht verbessert«, erklärte Vincent. »Wir haben nur die Position gewechselt.«

»Abwarten.«

»Worauf?«

»Hab Geduld«, versetzte Edgar ruhig.

Von ihrer Position ließ sich die linke Flanke der feindlichen Position einsehen. Im ersten Moment bemerkte Vincent nicht wirklich viel. Dann jedoch schien die Umgebung lebendig zu werden und die fünf Aufklärungslegionäre schälten sich aus den Schatten.

Einmal mehr verdeutlichten die Legionäre, dass sie Meister ihres

Fachs waren. Die Drizil bemerkten nicht einmal, dass sie da waren – bis es zu spät war.

Die Aufklärungslegionäre schlugen ohne Mitleid zu – und wie viele Soldaten ihrer Profession bevorzugten sie den Nahkampf. Mit gezückten Klingen wandelten sie unter den Drizil wie unberührbare Geister. Ihre Kampfmesser hoben und senkten sich im Gleichklang und am Ende einer jeden Bewegung fiel ein Gegner. Sie wüteten unter den völlig überraschten Drizil wie Berserker.

Doch die Drizil waren in der Überzahl und erholten sich schnell von ihrem Schock. Einige der feindlichen Soldaten warfen sich mit Klingen in den Händen den Aufklärungslegionären in den Weg, während andere auf Abstand gingen.

Zwei Aufklärungslegionäre fielen, einer mit einer Drizilklinge im Herzen, der andere unter den Dolchstößen eines halben Dutzends Gegner.

Edgar erkannte ihre Absicht auf den ersten Blick. Einige der Drizil opferten sich, damit ihre Kameraden die Aufklärungslegionäre mit Fernwaffen bezwingen konnten. Er hatte nicht die Absicht, es so weit kommen zu lassen.

»Jetzt?«, fragte Vincent, der die Situation völlig richtig interpretiert hatte.

»Jetzt«, bestätigte Edgar.

Die beiden Legionäre schnellten aus der Deckung und eröffneten das Feuer. Gleichzeitig schlossen sich Becky und Li dem Beschuss von der anderen Flanke aus an. Gemeinsam mit Galens tief röhrendem Nadelwerfer nahmen die Legionäre die feindliche Position ins Kreuzfeuer. Die Drizil wussten nicht mehr, in welche Richtung sie sich wenden sollten. Sie fielen beinahe im Sekundentakt. Gegenfeuer flackerte nur vereinzelt auf. Schließlich hatten die Drizil genug und zogen sich ungeordnet zurück.

Edgar nahm sich die Zeit, tief durchzuatmen. Er öffnete einen Kanal. »Hier Feuertrupp *Schneller Tod*, Flugfeld bei Marke acht, acht, sieben ist gesichert.« Er sah sich zufrieden um. »Mit intakten Treibstoffvorräten, wie ich hinzufügen möchte.«

»Hier Feuertrupp *Tiefes Elend*«, kam eine weitere Meldung über den Äther, »feindliche Geschützstellung bei Marke sieben, zwo, vier ausgeschaltet, Gebiet gesichert.« Es folgten weitere Meldungen, die in der Regel von Erfolg zeugten. Es gab nur wenige, die von Misserfolg sprachen. Ein paar Feuertrupps waren bei der Erstürmung eines Drizilposten aufgerieben worden, zwei weiteren Feuertrupps war die Einnahme einer feindlichen Geschützstellung nicht gelungen, doch im Großen und Ganzen hatten die Vorauskommandos ihre Ziele erreicht.

Galen, Becky und Li gesellten sich zu Edgar und Vincent. Der Führer des Trupps *Schneller Tod* vermochte ihre Gesichter wegen der geschlossenen Visiere nicht zu sehen, doch ihre Haltung drückte einen erheblichen Anteil persönlicher Befriedigung aus. Edgar nickte jedem Einzelnen persönlich zu.

»Gute Arbeit«, lobte er. Er warf einen Blick nach oben. Das Jägergefecht ebbte langsam ab. Auch dieses Scharmützel ging an das Imperium. Die imperialen Geschwader waren gerade noch mit dem letzten Aufräumen beschäftigt. Ohne Unterstützung durch Luftabwehrwaffen und ohne Platz, wo die eigenen Jäger auftanken und Munition nachfassen konnten, waren die Drizil gezwungen, sich zurückzuziehen, um sich an anderer Stelle neu zu formieren. Für heute waren sie geschlagen und sie wussten es.

Weitere Feuertrupps des Vorauskommandos strömten auf das Flugfeld, um diese Position für die eigenen Jäger nutzbar zu machen. Dieses Flugfeld würde bei der Befreiung der Kolonie noch gute Dienste leisten.

Die Schlacht um Vector Prime würde noch lange andauern, doch dieser Tag ging eindeutig an das Imperium. Es wurde auch Zeit, dass sich die Frontlinie wieder in die richtige Richtung schob.

Etwas erschütterte den Boden unter Edgars Füßen.

»Was zum ...?! Habt ihr das auch gespürt?«

Verwirrte Blicke antworteten ihm.

Bevor einer seiner Legionäre etwas sagen konnte, brachen zwei Gebäude in der Nähe in sich zusammen und etwas schob sich durch die Trümmer. Etwas Großes.

Der Staub legte sich nur langsam. Aus dem Nebel aus Beton und Putz schob sich ein riesiges, gekrümmtes Bein hinaus auf das Flugfeld, dann ein weiteres.

Edgar wich einen Schritt zurück und sog scharf die Luft ein, dann schrie er: »Panzerschleicher! In Deckung!«

Augenblicklich kam Bewegung in die Legionäre auf dem Flugfeld. Die Soldaten stoben in alle Richtungen auseinander, doch leider nicht schnell genug. Die beiden Plasmawaffen an den Seiten der riesigen Kreatur spuckten blaues Feuer. Ein Feuertrupp, der in Deckung springen wollte, wurde davon erfasst. Edgar hörte ihre Schreie – sowohl über Funk als auch real –, als die Männer in ihren Kampfanzügen bei lebendigem Leib geröstet wurden.

Die Kampfanzüge stürzten schwer zu Boden, sie schwelten noch. Hier und da lugte verbranntes Fleisch hervor.

Edgar erinnerte sich an die Einsatzeinweisung an Bord der VENGEANCE. Nadelwerfer hatten keine Chance. Nicht einmal Galens A8 würde hindurchkommen.

»Granaten!«, schrie Vincent, zog drei Splittergranaten vom Gürtel, zog die Stifte und warf sie in hohem Bogen in Richtung der feindlichen Bestie. Die Mitglieder seines Trupps taten es ihm gleich. Aus verschiedenen Richtungen wurden gleichfalls Granaten gegen das riesenhafte Ding eingesetzt.

Was folgte, war ein wahres Feuerwerk zu Füßen des Panzerschleichers. Doch das schien das Biest nicht zu beeindrucken. Tatsächlich schien es davon eher wütend zu werden. Es bäumte sich auf vieren seiner sechs Beine auf, stampfte mit den in der Luft hängenden Gliedmaßen auf den Boden zurück und eröffnete erneut das Feuer.

Fast ein ganzer Feuertrupp wurde ausgelöscht, die zwei Überlebenden sprinteten in die entgegengesetzte Richtung, doch sie waren nicht schnell genug. Der Panzerschleicher setzte mit einem gut platzierten Schuss nach und sie vergingen im Plasmafeuer.

Edgar wandte von Trauer erfüllt den Blick ab. Vereinzeltes Nadlerfeuer flackerte auf. Edgar wusste, dass es sinnlos war. Wenn ein Dutzend Splittergranaten nichts gegen dieses Ding ausrichteten, dann Nadelgewehre mit Sicherheit auch nicht. Die Legionäre, die Widerstand leisteten, wussten dies auch sehr genau, doch was sollten sie schon anderes tun? Wenn sie schon starben, dann sollte es wenigstens kämpfend sein.

Edgar hatte jedoch nicht vor zu sterben.

Er öffnete einen Funkkanal. »Hier Feuertrupp *Schneller Tod.* An die Jäger, die derzeit über dem Flugfeld bei Marke acht, acht, sieben kreisen. Wir werden von einem Panzerschleicher angegriffen. Wiederhole, wir werden von einem Panzerschleicher angegriffen.« Er lauschte auf Antwort. Es folgte jedoch nur statisches Rauschen. Keine Antwort, keine Bestätigung.

»Was zum Teufel ist denn nur da oben los? Sitzen die auf ihren Ohren?«

»Äh ... Boss«, sagte Becky. »Ich glaube, er kann dich hören.«

»Was? Das ist ...«

Edgar lugte über den Rand ihrer Deckung. Ihm stockte der Atem. Der Panzerschleicher hatte tatsächlich gestoppt und den im Verhältnis zum Rest des Körpers winzigen Kopf gedreht – in *ihre* Richtung. Zu ihrem Schrecken begann er, sich zu drehen.

»Oh Gott!«, hauchte Galen. »Das wird übel.«

»Verteilt euch!«, befahl Vincent gepresst. »Auseinander!«

Die Mitglieder des Feuertrupps schnellten auseinander. Andere Feuertrupps erkannten, was passieren würde, und verstärkten ihr Feuer, in der Hoffnung, die Kreatur ablenken zu können. Diese war jetzt jedoch auf Feuertrupp *Schneller Tod* fixiert.

Edgar sah beim Rennen über die Schulter. Die beiden Plasmawaffen richteten sich direkt auf ihn. Als ob das verdammte Ding wusste, dass *er* um Hilfe gerufen hatte.

Edgar konnte sogar die Ladespiralen im Inneren der Waffen sehen, die sich bläulich aufluden und darauf vorbereiteten, ihn bei lebendigem Leib zu kochen. Trotz aller Bemühungen wusste er, es gab kein Entrinnen.

Plötzlich schlug etwas in die Flanke der Kreatur ein. Es war ein seltsam unspektakuläres Ereignis. Doch dann explodierte das Objekt – im Inneren der Kreatur. Der Panzerschleicher schrie herzzerreißend und bäumte sich auf. Die Plasmawerfer gingen los und feuerten weit über Edgars Kopf hinweg. Doch selbst auf diese Entfernung und durch seinen Kampfanzug meinte er, die Hitze des Plasmas fühlen zu können. Möglicherweise bildete er sich das auch nur ein.

Weitere Projektile schlugen in die Kreatur ein, zwei unterhalb des Kopfes und zwei in der Nähe der Glaskuppel, die als Cockpit diente. Er sah die Drizil innerhalb der Kuppel verzweifelt hantieren. Es nützte jedoch alles nichts. Die vier panzerbrechenden Projektile detonierten und rissen die Kreatur in Stücke. Was von ihr übrig war, prallte auf das Flugfeld. Legionäre strömten auf die Kreatur zu, verschafften sich Zugang zum Cockpit und bereiteten den noch lebenden Drizil ein schnelles Ende. Der Kampf um das Flugfeld war endgültig entschieden.

»Da haben Sie aber Glück gehabt, Lieutenant. Hätte auch ins Auge gehen können.«

Edgar wandte sich um. Vor ihm stand ein Legionär in den Farben der 24. Legion. Als Wappen zierte ein mit der Spitze nach unten gerichteter schwarzer Dolch in einem grünen Kreis die linke Brustseite des Kampfpanzers. In seinem Anzug lächelte Edgar.

»Feuertrupp *Dolchstoß*. Jonas Grey Wolf, wenn ich mich nicht irre.«

Der Legionär neigte anerkennend den Kopf. »Sehr freundlich von Ihnen, sich an mich zu erinnern, Lieutenant.« Mit einem Mal hörte er Jonas' Stimme über einen allgemeinen Kanal, den alle Legionen benutzten. »Hier *Dolchstoß*. Ich hab sie gefunden. Ich wiederhole, ich habe Kontakt zur 18. Legion.«

»Das war Rettung in letzter Sekunde«, meinte Edgar. »Vielen Dank dafür.«

»Ganz im Gegenteil«, erwiderte Jonas. »Wir haben zu danken. Sie können sich nicht vorstellen, wie froh wir sind, dass sie auf unseren Hilferuf reagieren.«

Edgar sah sich vielsagend auf dem Schlachtfeld um. »Ich denke, inzwischen habe ich so eine Ahnung.« Er hob den Blick zum Himmel. »Aber merken Sie sich diesen Tag gut. Heute beginnt der Anfang vom Ende für die Drizil auf Vector Prime.«

Über ihnen schob sich der mächtige Rumpf der Truppentransporter der Legion durch den Wolkenvorhang. Kurz darauf folgte der etwas kleinere Transporter der imperialen Armee. Ja, der erste wichtige Schritt zur Befreiung Vector Primes war getan – und die Drizil sollten sich ruhig schon mal in Acht nehmen. Ab jetzt würde einiges anders laufen.

Die Drizil waren auf dem Rückzug, das war eindeutig. Doch sie lieferten einen kämpfenden Rückzug, der sich gewaschen hatte.

Die Raumstation feuerte einen kohärenten Strahl ab und ein feindlicher Zerstörer zerplatzte wie eine überreife Frucht.

Energietorpedos explodierten auf dem gepeinigten Rumpf der VENGEANCE und rissen die letzten Panzerplatten über Deck acht beiseite. Eine Sekundärexplosion verheerte das gesamte Deck.

»Deck acht abschotten!«, befahl Lestrade. Auf seinem Holodisplay bemerkte er, wie das gesamte Deck in tiefen Rot pulsierte. Dort war niemand mehr am Leben. Sie drängten die Drizil vom Planeten ab, doch zu was für einem Preis.

Zwei Korvetten beharkten eine feindliche Fregatte. Die Batterien schnitten mühelos durch den geschwächten Rumpf. Eine Explosion riss die Achtersektion des Feindschiffes auseinander, bevor eine zweite dasselbe mit dem Bug machte.

Zwei feindliche Zerstörer kombinierten ihre Feuerkraft und verwandelten im Gegenzug eine der Korvetten in eine Trümmerwolke und beschädigten die andere so stark, dass sie sich aus dem Gefecht zurückziehen musste.

Lestrade fühlte die Müdigkeit bleischwer an seinen Gliedern zerren. Es fühlte sich nach Jahren an, seit er zuletzt geschlafen hatte, doch er durfte jetzt nicht nachlassen. Die Drizil standen kurz davor, die Todeszone der Raumstation zu verlassen. Rix' Truppen hatten bereits mit der Landung begonnen. Der Sieg rückte in greifbare Nähe. Seine Einheiten trieben den Feind vor sich her.

Unvermittelt nahm einer der Intruder Fahrt auf. Alle feindlichen Schiffe zogen sich zurück, aber dieses machte genau das Gegenteil.

Lestrade riss die Augen auf. »Abdrehen! Feindschiff auf Kollisionskurs!«

Die Raumstation feuerte – und verfehlte den Intruder, weil dieser plötzlich die Richtung nach schräg unten änderte.

Lestrade fluchte. Die VENGEANCE feuerte mit allem, was sie hatte, doch der Intruder ließ sich einfach nicht aufhalten. Die feindliche Besatzung schien entschlossen, das kampfstärkste Feindschiff noch mit in den Untergang zu reißen.

Der Intruder schoss zurück und spießte die VENGEANCE mit

zwei Laserstrahlen auf. Weitere Schadensmeldungen rollten über Lestrades Holodisplay.

»Nach Steuerbord abdrehen. Wir müssen versuchen, neben sie zu kommen.«

Die VENGEANCE machte einen Satz nach vorn, als die Schubdüsen auf volle Kraft beschleunigten. Doch im selben Moment erkannte Lestrade, dass es nicht reichen würde. Der Schlachtkreuzer war zu groß und zu schwerfällig, um schnell manövrieren zu können, und der Intruder viel zu nah.

Lestrade knirschte unbewusst mit den Zähnen.

Der Intruder hatte sie beinahe erreicht.

Doch plötzlich überzogen Dutzende Explosionen Steuerbordseite und unteren Rumpf des großen Feindschiffes. Eine Explosion pflanzte sich sogar quer durch das ganze Schiff fort und löste mehrere Sekundärexplosionen aus. Zwei Antriebsaggregate wurden weggesprengt und trudelten davon.

Der Intruder geriet außer Kontrolle und drehte kurz vor der Kollision nach unten weg. Noch während er die VENGEANCE passierte, löste er sich in einer Folge verheerender Explosionen auf. Die VENGEANCE war so nah, dass sie durch das Ende des Feindschiffes einiges an Schäden erlitt, doch sie blieb intakt.

Bevor Lestrade fragen konnte, was gerade passiert war, sprach ihn sein XO an. »Ein Ruf für Sie, Commodore.«

»Stellen Sie durch.«

Vor Lestrades Nase baute sich das Abbild eines Offiziers in den Fünfzigern auf.

»Commodore Lestrade«, begann der Mann zu sprechen. »Ich bin Commodore Jacob Lone Wolf und bringe ihnen insgesamt dreizehn Schiffe zu Ihrer Unterstützung. Das ist alles, was von der 8. Flotte noch übrig ist.« Ein wehmütiges Lächeln hellt das Gesicht Lone Wolfs auf. »Aber ich bin froh, dass wir helfen konnten.«

Teil III.

Kampf um Vector Prime

18

In den Höllenrachen, ins Todestal,
noch voll in Zahl,
reiten die Sechshundert
(»The Charge of the light Brigade« – Alfred Lord Tennyson)

Terranisch-Imperiale Liga
Innerer Sektor 12/8-C
(umkämpftes Territorium)
Koloniewelt Vector Prime

25. Mai 2850

Edgar nahm den Helm ab und schüttelte sein Haupt, um einen klaren Kopf zu bekommen. Seit der Invasion auf Vector Prime waren mehrere Tage vergangen und die Kämpfe in und um Cibola ebbten langsam ab. Die Drizil gaben ihre Stellungen auf und sammelten sich irgendwo nördlich oder westlich der planetaren Hauptstadt.

Er hatte das Gefühl, sein Kampfanzug würde buchstäblich an seinem Körper kleben. Er rümpfte die Nase. Der Gestank unterstützte diesen Eindruck. So bald wie möglich wollte er nur noch eines: eine heiße Dusche.

Ringsherum ließen sich die Feuertrupps der Legion erschöpft zu Boden sinken. Fast eine Woche hatten sie beinahe ununterbrochen im Kampfeinsatz gestanden und das machte sich bemerkbar. Edgar blickte sich neugierig um. Es waren nicht nur Legionäre der 18. hier. Auch die 24. und 26. waren vertreten. Die Legionen hatten sich im Kampf vermischt, was nicht weiter verwunderlich war.

Becky hatte bereits die Augen geschlossen und ihre Brust hob und senkte sich gleichmäßig in ihrem tiefen Schlaf. Es gab nur eines, was sich Edgar mehr wünschte als eine heiße Dusche: sich ebenfalls ausstrecken und schlafen. Eine ganze Woche lang schlafen.

Jemand schlug ihm heftig auf die Schulter. Edgar wollte sich umdrehen und der Person sehr deutlich machen, was er von derlei Scherzen hielt. Doch als er erkannte, wer ihm gegenüberstand, verzogen sich seine Lippen zu einem erfreuten Lächeln.

»Simon! Jonas!«, begrüßte er die zwei Legionäre der 24. Er hatte die beiden seit dem ersten Tag der Invasion nicht mehr gesehen. »Schön, dass ihr beide noch lebt.«

Die Legionäre nickten dem Truppführer freundlich zu, setzten ihre Helme ab und ließen sich auf dem Boden nieder. Edgar gesellte sich zu ihnen.

»Wie ist es euch ergangen?«

»Wir sind so froh, dass ihr hier seid. Ihr könnt euch gar nicht vorstellen, wie es war«, erklärte Simon Running Deer.

Edgar nickte mitfühlend.

»Einige von uns dachten ernsthaft, es wäre zu Ende«, stimmte Jonas Grey Wolf zu. Ein Lachen hellte seine ernste Miene auf. »Und dann tauchten Bullfrogs am Himmel auf. Es war wie ein Geschenk Gottes.«

»Tut mir leid, dass wir nicht schon früher kamen, aber wir hatten auch so unsere Probleme.«

»Ja, haben wir gehört«, sagte Simon. »Auf Perseus muss es eine Weile ziemlich hässlich gewesen sein.«

»Kein Vergleich mit hier«, wiegelte Edgar ab, »aber ja, wir mussten auch um unser Überleben fürchten.« Edgar sah sich nach allen Seiten um, als ihm unvermittelt das Fehlen einer bestimmten Person auffiel. »Wo ist eigentlich Daniel?«

Simon und Jonas wechselten einen düsteren Blick. Es war schließlich Jonas, der antwortete: »Tot.«

»Das weißt du doch gar nicht!«, brauste Simon auf. »Er wird nur vermisst.«

»Wenn er hier auf Vector Prime vermisst wird, ist das so gut wie tot«, hielt Jonas dagegen. Er wandte sich in Edgars Richtung. »Wir hatten eine Operation laufen und wurden mit einem Mal angegriffen. Wir wurden von Daniel getrennt und er wurde seitdem nicht mehr gesehen. Er ist bestimmt tot.« Jonas breitete die Arme aus. »Was du hier siehst, ist der traurige Rest des *Dolchstoß*-Feuertrupps.«

Betroffen senkte Edgar den Blick. Er erinnerte sich gern an den zähen, etwas melancholischen Lieutenant, der ihnen während ihres kurzen Aufenthalts auf Vector Prime geholfen hatte. Ohne ihn wäre sein ganzer Feuertrupp nicht nach Perseus zurückgekommen. Der Tod des Mannes war ein großer Verlust. Jonas Grey Wolf hatte recht. Vermisst war bei den Drizil gleichbedeutend mit Tod. Daniel würde ihm sehr fehlen.

Edgar schwor sich, im Gedenken an seinen Freund ein paar Drizil ins Jenseits zu schicken.

Captain Javier Estrada erwachte mit hämmernden Kopfschmerzen. Als er die Augen aufschlug, stach das unerwartet helle Licht wie tausend Nadeln in seine Netzhaut. Reflexartig schloss er sie sofort wieder. Ein heiseres Krächzen drang aus seiner Luftröhre.

»Commander, er ist wach.«

Javier fühlte eine Gestalt neben seinem Körper auf die Knie sinken und eine Wasserflasche wurde an seine spröden Lippen gehalten. Er begann, hastig zu trinken. Javier hustete und spuckte die Hälfte des Wassers wieder aus. Die Wasserflasche wurde weggezogen.

»Langsam, Captain. Sie haben seit fast drei Tagen keine Flüssigkeit mehr zu sich genommen.«

Die Flasche wurde erneut an seine Lippen geführt. Diesmal trank er vorsichtiger und seine trockene Speiseröhre fühlte sich nach einigen Minuten wieder halbwegs normal an.

Er öffnete erneut die Augen, langsamer diesmal. Seine Pupillen, die seit zweiundsiebzig Stunden kein Tageslicht gesehen hatten, gewöhnten sich allmählich an die Helligkeit.

Neben ihm saß seine XO, Estelle Doriega. Sie musterte ihn aus besorgten Augen.

»Drei Tage?«, fragte er. »So lange war ich weggetreten?«

Sie nickte. »Und davor waren sie tagelang wie im Fieberwahn. Wir befürchteten schon, Sie zu verlieren.«

»Die Lage?«, fragte er.

»Wir sind auf dem Mond runtergegangen. Das Schiff ist beim Eintritt in die Atmosphäre in vier Teile zerbrochen. Wir haben ein provisorisches Lager etwa acht Kilometer vom Absturzort eingerichtet. Wir sind auf einem Bergrücken.«

»Überlebende?«

»Etwas mehr als achthundert. Etwa ein Drittel davon verletzt. Sie eingeschlossen.«

Javier schloss erneut die Augen. Das bedeutete, er hatte fast zweitausend Mann seiner Besatzung verloren.

»So viele Tote?«, fragte er, obwohl Javier keinen Grund hatte anzunehmen, seine XO wäre nicht umfassend über ihre Lage informiert. Er klammerte sich lediglich an Strohhalme, in der Hoffnung, es würde irgendetwas geben, das dieses Debakel auch nur entfernt in einem besseren Licht erstrahlen ließe.

Estelles Kopfschütteln zerschlug diese Hoffnung jedoch wieder. »Hin und wieder stoßen noch Überlebende zu uns, jedoch selten. Die meisten sind tot, einige vielleicht gefangen.«

»Gefangen?«

»Der Mond wird immer noch von den Drizil kontrolliert.«

Javier stieß ein frustriertes Schnauben aus. »Dann haben wir wohl die Raumschlacht um das System verloren, sonst hätte der Commodore uns bereits gefunden.«

»Ist anzunehmen.«

»Haben die Drizil Patrouillen nach uns ausgesandt?«

Estelle schüttelte erneut den Kopf. »Ihre Suche beschränkt sich bisher auf das Wrack der CONQUISTADOR.«

Javier schlug die Augen auf und musterte seine XO eindringlich. »Das ist ungewöhnlich. Ich hätte erwartet, dass sie sicherstellen, alle Menschen aufzuspüren und auszuschalten, damit ihre Operationen hier gefahrlos weiterlaufen können.«

»Vielleicht haben sie dafür nicht genügend Männer. Sie haben das Wrack durchsucht und ein paarmal sind Jäger über die Umgebung geflogen, aber das war's. Sie haben uns nicht entdeckt. Wir sind gut geschützt.«

Javier sah sich erstmals um. Die Überlebenden seiner Besatzung drängten sich um mehrere Feuer, die man mit Absicht klein hielt, um die Drizil nicht auf sie aufmerksam zu machen. Seine Besatzung machte einen heruntergekommenen, ja fast abgerissenen Eindruck. Das war kaum verwunderlich nach allem, was sie erlebt hatten. Was ihn jedoch mehr als alles andere verstörte, war der Ausdruck der Hoffnungslosigkeit in den Augen der Männer und Frauen. Sie waren besiegt worden und es würde Zeit und Energie kosten, dieses Gefühl aus ihrem Geist zu bekommen, mal ganz davon abgesehen, dass sie auf einem Mond hinter den feindlichen Linien gestrandet waren.

Zumindest der Mond selbst war im Moment auf ihrer Seite. So weit das Auge reichte, erstreckte sich ein dichter Dschungel, über ihnen breitete sich ein fast undurchdringliches Blätterdach aus. Es würde für feindliche Jäger tatsächlich schwierig werden, sie aus der Luft ausfindig zu machen. Vielleicht war auch der Dschungel der Grund, weshalb man ihnen noch nicht auf der Fährte war. Die Drizil empfanden keine Zuneigung zu solchen Umgebungen.

Ein Marine gesellte sich zu ihnen und reichte Javier einige Notrationen. Der Mann kniete sich neben Estelle, nahm den Helm ab und legte ihn auf dem Boden ab. Der Mann war noch recht jung. Er wirkte entschlossen, doch in seinen dunklen Augen nahm Javier denselben Ausdruck der Hoffnungslosigkeit wahr wie in den Augen der anderen Überlebenden.

»Das ist Sergeant Major Rayan Assir«, erklärte Estelle, »unser ranghöchster überlebender Marine.«

Javier nickte dem Sergeant freundlich zu, während er lustlos an den Notrationen knabberte. Aber mit jedem Bissen, den er zu sich nahm, fühlte er die Kraft in seine Gliedmaßen zurückkehren. Das flaue Gefühl in seinem Magen verschwand. Es würde noch einige Zeit dauern, bis er wieder auf der Höhe war, doch es war auf jeden Fall ein Anfang.

»Berichten Sie, Sergeant«, forderte Javier den jungen Unteroffizier auf.

»Ich habe in einem Abstand von zwanzig Schritten je eine Doppelwache aufstellen lassen. Die Männer wechseln sich in drei Schichten ab. Es wird niemandem gelingen, sich an uns heranzuschleichen, Sir.«

»Gut gemacht, Sergeant.« Javier überlegte, ob er die nächste Frage überhaupt stellen sollte, doch er musste die Wahrheit wissen, wollte er die Zügel über das Geschick seiner Leute wieder fest in die Hände nehmen. »Wie viele Marines sind noch übrig?«

Assir wechselte einen vorsichtigen Blick mit Estelle, ein Umstand, der Javier nicht entging. Dann antwortete der Marine. »Ungefähr achtzig.«

Achtzig. Von vierhundert!, schoss es Javier durch den Kopf. Nur mit Mühe unterdrückte er einen derben Fluch.

»Wir sind acht Kilometer von der CONQUISTADOR entfernt?«, hakte er stattdessen nach. Estelle nickte.

»Kann man sie von hier aus sehen?«

Estelle nicht erneut, diesmal vorsichtiger. »Da ist ein Felsen, der sich gut als Aussichtspunkt eignet. Nur knapp einen Kilometer in diese Richtung.« Sie deutete über die Schulter.

»Helfen Sie mir auf. Ich will mein Schiff sehen.«

Assir und seine XO begehrten gleichzeitig auf.

»Das ist zu gefährlich«, beharrte Assir.

»Und Sie sind zu schwach«, fügte Estelle hinzu.

»Ich sagte, ich will mein Schiff sehen. Das ist ein Befehl. Ab sofort übernehme ich wieder die Leitung.«

Estelle zuckte zurück. In diesem Moment überkam Javier der Gedanke, er wäre vielleicht zu schroff zu ihr gewesen. Das Kommando wieder zu übernehmen, war keinesfalls der Entzug des Vertrauens ihr gegenüber. Doch ihm wurde klar, dass man seine Worte auch durchaus in den falschen Hals bekommen könnte.

»Aye, Sir«, erwiderte sie steif und packte ihn unter dem Arm. Assir nahm den anderen. Gemeinsam hievten sie den immer noch schwachen Captain auf die Beine.

Er erwog, sich für seine unbedacht harten Worte zu entschuldigen, doch das hätte ihn in den Augen der übrigen Besatzung schwach wirken lassen, also unterließ er es. Estelle war imperialer Offizier. Sie würde das wegstecken. Falls nicht, wäre sie ohnehin die falsche Person, um als seine XO zu dienen.

Halb stützten und halb schleiften die beiden Offiziere den verletzten Javier durch den Dschungel bis zu einem kahlen Felsen, der am höchsten Punkt eines Berges in die Höhe ragte. Gemeinsam schafften es Estelle und Assir, Javier hinaufzuwuchten, sodass er einen ungehinderten Ausblick genießen konnte.

Der Ausblick wäre tatsächlich atemberaubend gewesen, wäre nicht ein beträchtlicher Teil des Dschungels mit brutaler Gewalt gerodet worden. Etwas hatte eine mindestens zehn bis zwölf Kilometer lange Schneise geschlagen und eine braune Narbe inmitten des grünen Blätterdachs hinterlassen.

Am Ende der Furche lag das, was von der einstmals so stolzen CONQUISTADOR noch übrig war. Estelle hatte ihn durch ihren Bericht bereits darauf vorbereitet, doch all dies in natura zu sehen, war noch weit schlimmer. Er fühlte Trauer in sich aufsteigen und mit eiserner Kraft zwängte er die Tränen zurück, die sich zu sammeln drohten.

Die CONQUISTADOR war tatsächlich in mehrere Teile zerbrochen. Der Bug mit der Brücke lag am Ende der Furche. Schwacher Rauch stieg noch immer an verschiedenen Stellen der Absturzstelle auf. Über der Furche zog eine Staffel Driziljäger ihre Bahn. Sie suchten noch immer nach Überlebenden.

»Dafür werden die verdammten Fledermausköpfe bezahlen«, flüsterte er. »Das schwöre ich!«

19

Lord General Alexander Great Bear breitete die Arme aus, um Carlo zu begrüßen. Die zwei alten Freunde fielen sich freudestrahlend in die Arme.

Carlo betrat den unterirdischen Bunker und versuchte, sich seinen Schock über die Zustände hier nicht anmerken zu lassen. Sowohl Legionäre als auch Ausrüstung hatten deutlich bessere Tage gesehen. Viel wirkte, als wäre es zusammengeschustert oder notdürftig geflickt worden. Wie man mit so wenig so lange hatte durchhalten können, war ihm ein Rätsel.

Carlo zwang sich zu einem Lächeln und erwiderte die herzliche Umarmung Lord General Alexander Great Bears. Der Mann löste sich nach wenigen Herzschlägen wieder und musterte ihn eindringlich.

»Ist lange her, Carlo.«

»Viel zu lange, alter Freund«, erwiderte der Kommandant der 18. Legion.

Great Bear trat beiseite, damit Carlo und seine Begleiter eintreten konnten. Der Raum war eine Mischung aus Planungs- und Besprechungsraum. Eine Seite des Raumes wurde von einer Miniaturausgabe der Stadt Cibola und ihrer Umgebung eingenommen, in der anderen hingegen standen einige Sofas um einen alten Ofen, der allerdings nur unzureichend Wärme so tief unter der Oberfläche spendete.

Great Bear führte die Männer zielstrebig zu einem der Sofas und bedeutete ihnen, Platz zu nehmen. Außer Carlo waren noch Colonel Janneck sowie Commodore Lestrade erschienen. Commodore Jacob Lone Wolf erwartete sie bereits. Der Mann wirkte äußerlich gut zwanzig Jahre älter, als er tatsächlich war. Carlo schob das auf die Last der Verantwortung. Es war nicht einfach, über einen solch langen Zeitraum einen Guerillakampf im Raum gegen weit überlegene Kräfte anzuführen.

Carlo hatte tausend Fragen zu den militärischen und zivilen Gegebenheiten auf Vector Prime, doch er bezähmte seine Ungeduld. Diese Männer hatten gerade erst zu realisieren begonnen, dass Rettung eingetroffen war. Sie würden dieses Thema anschneiden, sowie sie bereit dazu waren.

Great Bear schenkte jedem Einzelnen ein großzügiges Glas Cognac ein und reichte sie nacheinander an seine Gäste, bevor er erst seine eigenen Offiziere und schließlich sich selbst bediente.

Great Bear ließ seine massige Gestalt in einen der Sessel nahe des Ofens fallen und musterte Carlo mehrere Augenblicke über den Rand seines Glases hinweg. Carlo ließ dies geduldig über sich ergehen.

»Ich hatte nicht mehr zu hoffen gewagt, dass ihr kommt, Carlo.« Er seufzte. »Ich bin mir ehrlich gesagt nicht wirklich sicher, ob ich schon bereit bin, es zu glauben. Wir waren alle nahe dran, die Hoffnung zu verlieren.«

»Glaub es ruhig, wir sind jetzt hier. Und wir werden bleiben, solange es nötig wird. Die Drizil dachten, der Krieg sei so gut wie vorbei.« Carlo stieß ein wütendes Schnauben aus. »Wir werden ihnen diesen Irrtum vor Augen führen.«

»Deine Worte lassen mein Herz höher schlagen.« Great Bear lachte leise in sich hinein. Doch seine Miene verdüsterte sich zusehends. Der alte General der 24. Legion warf einen langen Blick in sein Cognacglas hinein, aber Carlo erkannte, dass die Gedanken seines Gegenübers weit weg waren.

»Diese Flasche ist ein guter Tropfen«, sagte er schließlich. »Es gibt kaum noch Cognac oder andere Alkoholika auf Vector Prime.« Die Stimme Great Bears klang wehmütig, fast entschuldigend. Plötzlich stürzte er den Inhalt des Glases in einem Zug hinunter. »Ich habe diese Flasche für einen besonderen Augenblick aufgehoben.« Er schenkte sich noch ein Glas ein.

Great Bear schwenkte den Inhalt eine Weile gedankenverloren im Glas herum, bevor er sich im Raum umsah.

»Ich weiß, was du denkst, Carlo. Alles hier macht einen recht provisorischen Eindruck. Wir mussten uns mit dem behelfen, was da war. Viele unserer Rüstungen werden nur noch durch Spucke und gute Wünsche zusammengehalten.«

Carlo nippte leicht am Cognac. Nicht weil er Lust darauf hatte, sondern weil er hoffte, sein Beispiel, würde die Situation etwas auflockern. Der Alkohol brannte sich seinen Weg die Speiseröhre hinunter und hinterließ ein warmes Gefühl im Magen.

Entgegen seiner ursprünglichen Meinung, entschied er, das Thema anzuschneiden, das er eigentlich Great Bear hatte überlassen wollen. Der Mann musste dringend abgelenkt und an seine Pflichten erinnert werden, bevor er sich im Selbstmitleid vergaß. Man musste kein Psychologe sein, um zu sehen, dass Great Bear am Ende seiner Kräfte war. Der Mann kämpfte seit nunmehr zwei Jahren einen Guerillakrieg gegen einen Gegner, der über einen unendlichen Nachschub an Schiffen und Truppen zu verfügen schien. Great Bear hatte länger durchgehalten als die meisten. Es war kein Wunder, dass dies Spuren hinterließ.

»Alexander, meine Leute sind ganz wild darauf zu erfahren, wie es hier auf Vector Prime steht. Wie sieht die Verteidigungsfähigkeit eurer Legionen und Miliz aus? Worauf können wir bauen?«

Great Bear räusperte sich und straffte seine Gestalt. »Ja ... ja, du hast ganz recht.« Er fixierte Carlo mit festem Blick. »Die 24. und die 26. Legion bringen gemeinsam noch eine Stärke von dreieinhalb Kohorten auf, und auch das nur bei optimistischer Schätzung.«

Fassungslose Stille antwortete ihm. Es war schließlich Carlo, der das Schweigen brach. »Dreieinhalb Kohorten? Von zehn? Großer Gott!«

Great Bear nickte. »Ja, ich weiß, wie du dich jetzt fühlst. Und ich kann mir sehr gut vorstellen, wie sich das für dich anhören muss, aber es ist nun mal so, wie es ist. Daran kann keiner was ändern. Die Drizil haben uns ganz schön zugesetzt.« Er nahm erneut einen tiefen Schluck aus dem Glas in seinen Händen. »Wir haben getan, was wir konnten, um die endgültige Niederlage hinauszuschieben. Falls möglich, bargen wir die Kampfanzüge, Waffen und Ausrüstung gefallener Legionäre. Wir unterhalten Ausbildungszentren unter der Erde und an verschiedenen Orten außerhalb der großen Städte, wo sie von den Drizil nicht so leicht entdeckt werden. Dort bilden wir all jene Zivilisten aus, die willens und vor allem fähig sind, ihre Heimat zu verteidigen. Die meisten stecken wir in die Miliz, die begabteren erhalten die Kampfanzüge meiner Legionäre und wir stopfen mit ihnen die gröbsten Lücken in den Kohorten. Es ist jedoch nicht dasselbe. Trotz all unserer Mühen sind sie natürlich nicht mit voll ausgebildeten Legionären zu vergleichen. Wir versuchen, diesen Menschen in Wochen und Monaten Wissen beizubringen, das wir früher in Jahren vermittelt haben. Doch dazu fehlt uns jetzt die Zeit. Vor eurer Ankunft verloren wir unsere Soldaten schneller, als wir sie ersetzen konnten.«

»Wie steht es um die Miliz?«, wagte Colonel Janneck zu fragen.

»Da sieht es im Moment ein wenig besser aus – knapp fünftausend Mann –, doch auch nur aus dem einen Grund, weil wir die Miliz im Rahmen unserer beschränkten Möglichkeiten ständig mit Frischfleisch versorgen.«

Beim Wort Frischfleisch wandte Janneck peinlich berührt den Blick ab und auch Great Bear wirkte mit einem Mal nicht mehr so mitteilsam. »Tut mir leid, falls ich Ihren Sinn für Anstand beleidigt habe. Ich befürchte, wir sind hier alle ein wenig abgestumpft.«

Carlo nickte. »Ich schätze, so was passiert, wenn das Gros zweier Legionen nach und nach abgeschlachtet wird. Was ist mit dem Kommandanten der 26.?«

»Tot«, erwiderte Great Bear knapp. »Ich führe jetzt beide Legionen – oder besser gesagt, was von ihnen noch übrig ist. Es ist noch schlimmer geworden, seit sie begonnen haben, diese verdammten Kreaturen gegen uns einzusetzen. Zu Beginn der Drizilinvasion haben wir die Stellung noch gehalten, und das sogar verdammt gut. Es wurde erst in den letzten Monaten so katastrophal, seit sie diese Biester auf unsere Welt losgelassen haben. Allerdings haben wir ein paar halbwegs effektive Taktiken gegen sie entwickelt und auch ein paar alte Technologien wiederbelebt. Alt ist eben manchmal doch besser.« Er lachte heiser.

»Wie es um die Flotte hier steht, brauche ich wohl nicht groß zu beschreiben«, brachte sich Commodore Lone Wolf ein. »Wir verfügen noch über ganze siebzehn Schiffe und ein paar Torpedoboote.

Allerdings kann man sie kaum noch als einsatztauglich bezeichnen.« Er zwinkerte Lestrade verschmitzt zu. »Seit Sie die Raumstation zurückerobert haben, können wir jetzt wenigstens wieder die gröbsten Schäden beheben, doch das wird seine Zeit dauern.«

»Wie lange?«, fragte Carlo rundheraus.

»Monate«, erwiderte Lone Wolf ohne Beschönigung. »Vielleicht länger als das.«

Carlo schüttelte bedauernd den Kopf. »Dann stehen uns Ihre Schiffe auf absehbare Zeit nicht zur Verfügung.«

»Wohl kaum«, stimmte Lone Wolf zu.

Carlo zwang sich zu einem Lächeln. »Wie dem auch sei, es ist bemerkenswert, wie lange Sie durchgehalten haben, und das ohne Unterstützung und mit kaum Nachschub.«

Lone Wolf nahm das Lob mit einem dankbaren Nicken entgegen. »Ich hatte eigentlich schon meinen Frieden mit meinem Schöpfer gemacht. Dass Hilfe kommen würde, daran habe ich nie gezweifelt, doch ich hätte nie erwartet, zu diesem Zeitpunkt noch am Leben zu sein.«

»Respekt für Ihre Leistung«, schloss sich Lestrade Carlos Lob an. »Und auch für die Leistung Ihrer Leute. Wie haben Sie das nur geschafft?«

Lone Wolf zuckte die Achseln und senkte den Blick. Carlo meinte, einen Schatten über das Antlitz des Offiziers huschen zu sehen. Gut möglich, dass ihm gerade die Gesichter und Namen von Männern und Frauen durch den Kopf schossen, die unter seinem Kommando gefallen waren. Als Lone Wolf weitersprach, hatte seine Stimme an Kraft gewonnen, doch sie täuschte Carlo keinen Augenblick über die Gemütslage des Mannes hinweg. Zu realisieren, man würde überleben, wo man doch schon mit allem abgeschlossen hatte, kam einem Schock gleich.

»Nachdem wir der GUARD OF THE EMPIRE beim Ausbruch geholfen hatten, war von meinem Kommando eigentlich nicht mehr viel übrig. Die Drizil hatten uns richtig übel zusammengeschossen. Wir konnten im Gegenzug zwar auch ein paar gute Treffer anbringen und ihrer Blockadelinie schweren Schaden zufügen, doch nach dieser Schlacht war klar, dass die 8. Flotte in der Schlacht um Vector

Prime keine Rolle mehr spielen würde. Das nächste größere Gefecht würde unser letztes sein – da war ich mir sicher. Während die Drizil also noch versuchten, der GUARD OF THE EMPIRE nachzurennen, nahm ich jeden Überlebenden der Flotte, den ich finden konnte, und zog mich zurück im Chaos, das nach der Schlacht folgte. Wir versteckten uns in den tieferen Atmosphäreschichten des neunten Planeten des Systems – ein Gasriese.«

Lestrade pfiff beeindruckt.

Lone Wolf nickte. »Wir haben uns dort versteckt, wo es schon richtig ungemütlich wurde. Die Drizil haben ein paarmal das ganze System gescannt und auch den Gasriesen dabei sehr gründlich überprüft, doch ihre Sensoren reichen nicht so tief. Sie konnten unsere Schiffe nicht von den Turbulenzen dort unten unterscheiden.«

»Das war aber ziemlich riskant.«

»Es war notwendig, wollte ich auch nur einen Teil meiner Leute retten.« Er senkte erneut seinen Blick. »Drei Schiffe haben es nicht geschafft. Sie waren schwer beschädigt. Unter anderem durch einige Brüche in der Außenhülle, dadurch war die gesamte Integrität gefährdet. Der Druck innerhalb des Gasriesen hat die Schiffe zusammengedrückt wie Blechdosen. Gott sei Dank hielt die Panzerung der anderen Schiffe. Würde zu gern wissen, was sich die Drizil für Gedanken machten. Über unseren Verbleib meine ich.«

»Entweder dachten sie, Sie wären ebenfalls aus dem System entkommen, oder sie hielten Sie für tot«, meinte Lestrade. »Wie dem auch sei, das war verdammt gute Arbeit.«

»Und verlustreich«, fügte Lone Wolf hinzu und nahm einen zaghaften Schluck aus seinem Glas. Carlo fiel angenehm auf, dass sich der Commodore vornehm zurückhielt, was den Alkohol betraf.

Es klopfte dezent an der Tür. Alle Augen wandten sich um. Im Türrahmen stand – flankiert von zwei Legionären der 24. – René und tippte ungeduldig mit einem Fuß auf.

Carlo winkte ihn zu sich.

»Alexander, das ist Colonel René Castellano, meine rechte Hand und Kommandeur von Sturmkohorte Aquila.« Great Bear und René nickten sich wortlos, aber freundlich zu, bevor der Befehlshaber der Sturmkohorte Carlo ein Datenpad gab.

Carlo überflog die ersten paar Seiten des Berichts und seufzte erleichtert. »Cibola ist gesichert«, verkündete er. »Die letzten Drizil haben sich im Lauf der letzten Stunde aus jedem Viertel der Stadt zurückgezogen. Sie sammeln sich an einem Punkt knapp siebzig Kilometer nördlich. Das heißt, das Umland der Stadt ist ebenfalls feindfrei.«

Great Bear setzte das Glas ab, legte den Kopf zurück und atmete auf. Für Carlo schien es, als würde eine Last von seinen Schultern fallen.

»Das war eigentlich abzusehen«, sagte Great Bear. »Nachdem die Drizil die Raumüberlegenheit und den Raumhafen von Cibola am selben Tag verloren hatten, blieb ihnen eigentlich keine andere Wahl. Trotzdem bin ich etwas überrascht, dass sie so schnell klein beigeben.«

»Die Fledermausköpfe haben sehr schwere Verluste erlitten«, sah sich René zu einer Entgegnung genötigt. »Ihre einzige Hoffnung besteht jetzt darin, lange genug durchzuhalten, bis eigene Verstärkung eintrifft.«

»Und dass es dazu kommt, bezweifle ich«, fügte Lestrade hinzu. »Wir sind uns sicher, dass kein Drizilschiff aus dem System fliehen konnte.« Er runzelte nachdenklich die Stirn. »Sie schienen das auch zu keinem Augenblick zu erwägen. Ihre überlebenden Raumstreitkräfte im System sammeln sich um einen Mond des dritten Planeten. Sieht nach einem Dschungelmond aus, aber ansonsten ziemlich uninteressant.«

»Wie viele Schiffe?«, fragte Carlo.

Lestrade zuckte die Achseln. »Vierzig oder fünfzig, alle ziemlich mitgenommen, keines ohne Gefechtsschäden – nichts, mit dem wir nicht fertigwerden. Die Raumstation hat ihre Reihen ziemlich ausgedünnt. Ich habe Schiffe abgestellt, deren Besatzungen ihre Wracks nach Verwertbarem durchsuchen sollen. Unsere Versorgungslage ist so angespannt, dass wir sicherlich einiges finden werden, was uns nützt: Waffen, Ersatzteile, Panzerung für unsere Schiffe.«

Carlo kratzte sich über sein Kinn. »Trotzdem seltsam, dass ihnen dieser Mond so wichtig ist. Ich hätte angenommen, dass sie abhauen, um mit Verstärkung wiederzukommen.«

»Ihre Dummheit kann für uns nur gut sein«, meine Great Bear lachend.

Carlo schüttelte den Kopf. »Die Drizil sind vieles, aber dumm sicher nicht.«

Great Bear zuckte die Achseln, für ihn schien das Thema bereits erledigt zu sein. Carlo zwang sich daher zu einem Lächeln. »Wie dem auch sei, dieser Tag gehört uns und das sollten wir nicht vergessen. Alle anderen Dinge, über die wir uns vielleicht Sorgen machen sollten, sind Probleme für morgen.« Er wandte sich an Lestrade. »Ich nehme an, Ihre Schiffe haben den Gegner bei diesem Mond eingekesselt?«

Lestrade nickte. »Wir lassen die Drizil nicht aus den Augen. Außerdem haben wir bereits mit der Verminung des Systems begonnen. Also selbst falls Entsatztruppen auftauchen, erleben die eine herbe Überraschung.«

»Vorausgesetzt, das Minenfeld ist rechtzeitig fertig«, gab Colonel Janneck zu bedenken, der bisher auffällig still gewesen war. Die Soldaten der imperialen Armee hatten sich – wenngleich es ihnen auch an Erfahrung mangelte – auffallend gut gehalten. Sie hatten während der Landung den Raumhafen genommen und gegen einen Drizilgegenangriff gehalten, wobei sie einen Teil des Vorauskommandos unter Führung von Feuertrupp *Schneller Tod* abgelöst hatten.

Lestrade warf dem Armeeoffizier einen scharfen Blick zu. »Meine Leute arbeiten, so schnell sie können, aber es dauert nun mal, ein Minenfeld dieser Größe anzulegen.«

Janneck sah den Commodore leicht schockiert an. »Ich wollte damit keinesfalls andeuten, Ihre Leute ...«

Lestrade winkte ab. »Schon gut, Colonel. Ich habe vielleicht zu empfindlich reagiert. Schwamm drüber. Ich bin einfach nur müde.«

»So wie wir alle«, stimmte Carlo zu. »Damit sollten wir es für heute bewenden lassen. René? Behalte die Drizil im Auge, der Kampf um die Kolonie ist noch nicht entschieden und ich habe wirklich keine Lust auf Überraschungen. Lestrade wird deine Leute mit Luftaufklärung versorgen.«

»Verstanden«, nickte René.

Die Offiziere erhoben sich der Reihe nach und strebten dem Ausgang zu, als sich ein Tumult erhob. Zwei Legionäre bemühten sich, ein Energiebündel in Zivilkleidung im Zaum zu halten, das partout an den beiden breitschultrigen und gepanzerten Soldaten vorbeiwollte.

Es handelte sich um Professor Nicolas Cest.

Carlo unterdrückte ein Rollen der Augen, da er so was als ungemein unhöflich empfand. Als er Cest jedoch wahrnahm, änderte er die Richtung und ließ Cest im Griff der beiden Legionäre zurück.

»General, ich muss Sie sprechen«, schrie Cest ihm hinterher. »Sagen Sie diesen beiden Primaten, sie sollen mich gefälligst durchlassen.«

»Es ist schon sehr spät, Professor, und ich will mich einfach nur noch hinlegen«, antwortete Carlo, ohne sich zu dem Professor umzusehen.

»Aber es ist wichtig. Ich muss Ihnen unbedingt etwas sagen.«

Carlo war sich sehr sicher, dass der Mann bestimmt mal wieder maßlos übertrieb. Es konnte sich nur um sein geplantes Labor auf Perseus handeln oder um eines der anderen tausend unwichtigen Dinge, die die Gedanken des Professors beanspruchten und die nichts mit dem Krieg zu tun hatten.

»Es ist morgen bestimmt noch genauso wichtig«, erwiderte Carlo mehr als nur etwas genervt.

»Aber General ...«

»Gute Nacht, Professor!«

20

Der Krieg schien weit weg zu sein und doch tobten keine fünfzig Kilometer entfernt schwere Kämpfe zwischen Einheiten der Drizil auf der einen Seite und Elemente der imperialen Armee sowie der 18. und 26. Legion auf der anderen Seite.

Edgar rekelte sich schläfrig in der warmen Sonne Vector Primes. Der Kampf gegen die Drizil wurde im Rotationsverfahren geführt. Mehrere Einheiten wurden für den Frontdienst abgestellt, andere für den Garnisonsdienst, um die Gebiete, die sie eroberten, auch zu halten, und der Rest ... nun, der Rest durfte entspannen. Da Feuertrupp *Schneller Tod* zum Vorauskommando gehört hatte, gehörten sie nun auch zu den Glücklichen, die ausspannen durften – wenn auch nur kurz. Es war geplant, sie bereits in zwei Tagen erneut an die Front zu schicken.

Die Landung auf Vector Prime war drei Tage her. Die Drizil befanden sich praktisch die ganze Zeit auf dem Rückzug. Es gab wenig mehr, was sie tun konnten. Ihre Flotte im System war de facto neutralisiert und Lestrades Jäger flogen pausenlos Luftangriffe, um auch noch die letzten feindlichen Flugfelder und Jäger des Gegners auszuschalten. Nicht wenige dachten, der Krieg auf Vector Prime neige sich dem Ende entgegen. Es war schwer, sich gegen die allgemeine optimistische Stimmung zu stemmen, die unter den Truppen die Runde machte.

Doch Edgar misstraute dem Frieden. Wenn die Drizil eines nicht waren, dann leicht zu schlagen. In der Vergangenheit hatten sie bereits viel zu oft unter Beweis gestellt, dass sie es verstanden, einen sicher geglaubten Sieg doch noch in eine Niederlage zu verwandeln. Aus diesem Grund – Optimismus hin oder her – hielt Edgar seinen Kampfanzug jederzeit griffbereit und er hielt seine Leute dazu an, es ihm gleichzutun.

Die Sonne Vector Primes war für Edgars Augen ungewohnt hell, sodass er seine Augen immer ein wenig zukniff, sobald er außerhalb seines Kampfanzugs weilte.

Neben ihm schnarchte Galen genüsslich vor sich hin und machte dabei einem Sägewerk alle Ehre. Li legte sich selbst die Karten und schien mit dem Ergebnis nicht wirklich glücklich zu sein.

»Wie sieht's aus? Was sagen die Karten, Li?«, wollte Edgar gut gelaunt wissen.

Dieser rümpfte lediglich die Nase. »Dass wir bald wieder mit der Nase im Dreck robben«, antwortete er, ohne von seinen Karten aufzublicken.

»Hätte ich dir auch sagen können«, meinte Edgar augenzwinkernd. Galen grunzte im Schlaf und wälzte sich auf die andere Seite. Edgar schmunzelte leichte, bevor er sich umblickte. »Wo sind eigentlich Vincent und Becky?«

Li zuckte nichtssagend mit den Achseln. »Keine Ahnung. Interessiert mich auch nicht.«

Edgars Schmunzeln wuchs in die Breite, als er aufstand und den griesgrämigen Legionär auf der Wiese zurückließ. Dieser Ort hatte sich in den letzten Tagen zu einem beliebten Treff entwickelt. Soldaten der imperialen Armee sowie der auf Vector Prime vertretenen Legionen kamen hier zusammen, erholten sich von den brutalen Kämpfen und lernten einander besser kennen. Etwas, das unverzichtbar für die bevorstehende letzte Kraftanstrengung zur Befreiung des Systems war. Lestrades Schnellboote flogen pausenlos Einsätze, um das System zu verminen und gegen einen unweigerlich folgenden Gegenschlag zu sichern. Cest und seine Assistenten schliefen kaum noch, weil sie zu beschäftigt damit waren, genügend Torpedos zu Minen umzurüsten, um das im Entstehen begriffene Minenfeld damit zu bestücken.

Edgar schüttelte in Gedanken versunken den Kopf. Er war Legionär mit Leib und Seele und verstand von derlei Dingen nichts, doch eines verstand er durchaus: Sollte das Minenfeld versagen, würde bald wieder ganz Vector Prime zum Schlachtfeld werden und dieses Mal würden die Drizil in solch hoher Zahl landen, dass sie die Menschen einfach hinwegfegten.

Edgar wandte verlegen den Blick ab, als er in einer stillen Ecke der Wiese eine Soldatin der 26. Legion mit einem Legionär der 18. in inniger Umarmung sah. Trotzdem stahl sich bei diesem Anblick ein Lächeln auf seine Lippen. Einige der Soldaten fanden auf eine Art zusammen, die man nicht geplant oder beabsichtigt hatte, doch niemand gebot dem Einhalt. Verhindern konnte man es ohnehin nicht. Falls man ein dahingehendes Verbot aussprach, würden die Betreffenden einfach heimlich zueinanderfinden, also ließ man sie kurzerhand gewähren.

Edgar verstand das Ganze sogar. Die Männer und Frauen hatten auf Vector Prime die Hölle erlebt. Trotz des Entlastungsangriffes der 18. Legion konnten diese Soldaten immer noch jeden Tag sterben. Es war nur natürlich, dass sie etwas Lebensbejahendes taten. Sie wollten spüren, dass sie noch am Leben waren, und dieses Gefühl wollten sie so lange wie möglich auskosten.

Edgars Blick fiel auf eine Gruppe Legionäre in voller Kampfrüstung, die die Umgebung mit Argusaugen beobachteten. Gruppen wie diese waren dafür da, die Soldaten auf Freigang zu beschützen und dafür zu sorgen, dass sich keine versprengten Drizil an die größtenteils unbewaffneten und ungepanzerten Soldaten anschlichen und diese überraschten.

Eine vernünftige Vorsichtsmaßnahme, doch sie erinnerte alle daran, wie nahe der Krieg immer noch war und dass der Tod überall lauerte.

Es war purer Zufall, dass Edgars Blick ein Gebäude am Stadtrand streifte und er Vincent entdeckte, der gelangweilt an der Hauswand lehnte.

Edgar schlenderte entspannt hinüber – bis er Vincents Gesichtsausdruck bemerkte. Etwas nagte an dem jungen Kerl. Etwas nagte sogar ganz gewaltig an ihm.

Er gesellte sich wortlos zu seinem Untergebenen und lehnte sich neben ihn an die Hauswand. Er wollte schon fragen, was seinem Kameraden über die Leber gelaufen war, als er eindeutige Geräusche aus dem Inneren des Gebäudes hörte.

Edgar schmunzelte erneut. Da waren eindeutig zwei über die Kennenlernphase hinausgekommen. Bei einem weiteren Blick auf Vincents Gesicht verging Edgars Schmunzeln. Der Junge durchlitt Höllenqualen.

Einen Augenblick später wusste Edgar auch warum. Die Frau in dem Gebäude stieß vor Lust einen spitzen Schrei aus.

Es war unzweifelhaft Becky.

Edgar seufzte. »Warum tust du dir das an, Junge?«

Vincent antwortetet nicht, zuckte schlicht die Schultern. In diesem Augenblick wirkte er nicht wie ein kampferprobter Legionär, sondern eher wie ein schmollendes Kind, dem man das Spielzeug weggenommen hatte.

»Sei nicht eifersüchtig, Vince«, machte Edgar einen erneuten Versuch und benutzt erstmals die Kurzform von Vincents Namen, die sich in den letzten Monaten innerhalb des Trupps mehr und mehr durchgesetzt hatte. »Sie nimmt sich von dem Typen da drin nur das, was sie im Augenblick braucht. Nicht mehr und nicht weniger. Das bedeutet gar nichts.«

»Es bedeutet mir etwas«, erwiderte Vincent. Es handelte sich mehr um ein Flüstern. Edgar musste sich anstrengen, die Worte überhaupt zu verstehen.

Es war definitiv unpassend – keine Frage –, dennoch stieß Edgar ein bellendes Lachen aus, was ihm einen giftigen Blick Vincents einbrachte.

»Du bist sauer, weil sie damit nicht zu dir kommt, oder?!« Es war als Frage formuliert, war jedoch eigentlich eine Feststellung. Edgar konnte nicht behaupten, den Jungen zu einem gewissen Grad nicht verstehen zu können. Männliches Ego war manchmal eine furchtbar hinderliche Sache.

Vincent reagierte nicht.

»Hast du dir schon mal überlegt, dass sie nicht zu dir kommt, *weil* du ihr zu viel bedeutest?«

Vincent schaute verwirrt auf. Wenigstens hatte Edgar nun dessen Aufmerksamkeit. »Ich meine es ganz ernst«, fuhr er fort. »Das da drin ist doch gar nichts. Nur Sex. Denkst du, der Typ bedeutet ihr etwas? Oder sie ihm? Ich wäre schon überrascht, falls Becky überhaupt seinen Namen kennt.«

Diese Bemerkung löste ein kurzes amüsiertes Schnauben bei Vincent aus. Edgar schüttelte den Kopf. »Warum sagst du ihr nicht einfach, was du empfindest?«

Noch während er das sagte, hätte er sich am liebsten auf die Zunge gebissen. Das war so ziemlich der dämlichste Vorschlag, den er hätte einbringen können. Eine Liebschaft innerhalb des Trupps war zwar nicht direkt verboten, doch auch alles andere als erwünscht. So was schaffte nur Komplikationen.

Zum Glück warf Vincent ihm einen ungläubigen Blick zu. Der Junge hatte das Problem, das in dem Vorschlag lag, verstanden. Edgar stieß einen Schwall Luft aus.

Denk gefälligst nach, bevor du dein großes Maul aufreißt!, schalt er sich in Gedanken.

Die Geräusche aus dem Inneren wurden lauter, als Becky und ihr Spielgefährte sich Richtung Höhepunkt vorarbeiteten.

»Hier zu stehen und denen zuzuhören, grenzt ja schon an Selbstgeißelung.«

»Gibt nicht viel, was ich sonst tun könnte«, gab Vincent bekannt.

Edgar blickte genervt gen Himmel. »Herrje, Bursche, du machst mich wahnsinnig. Wir haben nur ein paar Tage frei und du verbringst deine Zeit mit Trübsal blasen und dich selbst in den Wahnsinn treiben. Mach es doch wie Becky. Lenk dich ab. Such dir auch eine kleine Spielgefährtin. Junge, wir sind hier auf Vector Prime Helden. Sollte nicht schwierig für einen von uns werden, etwas fürs Bett zu finden.« Edgar schmunzelte anzüglich, als er so darüber nachdachte. Langsam fand er selbst Gefallen an der Idee.

Die Geräusche im Inneren waren inzwischen verstummt. Edgar hoffte, dass die beiden es da drin überlebt hatten. Plötzlich wurde die Tür aufgestoßen und ein halb angezogener Legionär der 24. taumelte mit leicht benommenem Gesichtsausdruck ins Freie. Ihm folgte die verschwitzte, aber zufrieden wirkende Becky. Die Legionärin war gerade noch dabei, ihr T-Shirt überzustreifen, und offenbarte für zwei Sekunden zu viel von ihrem verboten wohlgeformten Körper, bevor ihr Oberteil alles verdeckte.

»Na? Hat euch die Show gefallen?«, fragte sie keck.

»Der Kerl kann ja noch halbwegs gerade gehen«, erwiderte Edgar lachend. »Ich befürchte, du lässt im Alter langsam nach.«

Als Antwort streckte Becky ihm die Zunge raus. Edgar genoss die Frotzelei, doch er bemerkte, wie sie Vincent immer wieder verhaltene Blicke zuwarf. Er drehte den Kopf zur Seite, damit keiner der beiden das amüsierte Funkeln in seinen Augen bemerkte. Es war Becky ganz und gar nicht recht, dass Vincent all das mitbekommen hatte, was sich in diesem Gebäude abgespielt hatte. Er war mehr denn je davon überzeugt, dass seine Vermutung ins Schwarze traf. Sie mochte den Jungen lieber, als sie eigentlich wollte. Möglicherweise gab das noch Probleme. Edgar war sich nicht sicher, wie er das finden sollte.

Bevor einer der drei etwas sagen konnte, zerriss eine Detonation die Stille dieses Nachmittags. Die drei Legionäre wirbelten herum. Über den Baumwipfeln türmte sich eine große Explosionswolke auf.

»Das ist etwa fünfzehn Kilometer entfernt«, schätzte Edgar.

»In einem Vierzig-Kilometer-Umkreis sollte doch alles sicher sein?!«, meinte Becky erschüttert.

»Das hat den Drizil wohl niemand gesagt.« Edgar stieß einen wütenden Laut aus. »Sucht Galen und Li. Ich will den ganzen Trupp in zehn Minuten in den Kampfanzügen sehen. Ich befürchte, unser Urlaub hat sich gerade verkürzt.«

»Was ist passiert?«

Carlo rannte beinahe einen Adjutanten um, als er in Alexander Great Bears Kommandostand stürzte.

Great Bear stand über einer Miniaturausgabe der Hauptstadt und beobachtete, wie einige Ordonnanzoffiziere Symbole für eigene und feindliche Truppen verschoben, um die veränderte Sachlage darzustellen.

»Wir sind uns noch nicht hundertprozentig sicher«, erklärte Great Bear, während er die Miniaturstadt musterte. »Aber so, wie es aussieht, haben sich ein paar Driziltrupps durch unsere Linien geschlichen. Nicht viele, aber genug, um Ärger zu machen.«

Carlo stellte sich hinter seinen alten Freund und sah diesem über die Schulter. »Der Schaden?«, fragte er rundheraus.

»Sie haben einen unserer Verteidigungscheckpoints überrannt und eins unserer Waffendepots in die Luft gejagt.«

Carlo nickte. »Das wirft uns zwar zurück, aber es hätte schlimmer kommen können.«

»Natürlich, doch das hätte gar nicht erst passieren dürfen.«

»Du hast recht, jetzt ist es allerdings zu spät, sich darüber Gedanken zu machen. Wir müssen dafür sorgen, dass das nicht wieder passiert.«

»Da gibt es nur eine Möglichkeit: Wir rotten die Drizil auf Vector Prime aus. Endgültig!«

Obwohl er diesem Gedanken grundsätzlich durchaus etwas abgewinnen konnte, horchte Carlo bei der Formulierung auf. Sie war etwas martialischer, als er es von seinem Freund und Offizierskollegen eigentlich gewohnt war.

»Das wird aber nicht einfach«, erwiderte Carlo vorsichtig.

»Ist mir egal.« Great Bear winkte ab. »Es ist mir egal, wie lange es dauert oder was dafür nötig ist. Diese Bastarde haben in den letzten vierundzwanzig Monaten Zehntausende meiner Leute umgebracht. Ich will, dass sie dafür bezahlen, und ich will, dass Vector Prime sicher ist.«

»Das wollen wir alle, aber wir sollten überlegt vorgehen. Wären die Drizil leicht zu besiegen, hätte der Krieg einen anderen Verlauf genommen.«

Great Bear schüttelte den Kopf. »Carlo, du verstehst das nicht. Du kennst das Gefühl der Hilflosigkeit nicht, wenn deine Welt von diesen fledermausköpfigen Barbaren überrannt wird und es kaum etwas gibt, das du tun kannst.«

Carlo lächelte mitfühlend. »Vergiss nicht, dass auch Perseus angegriffen wurde. Auch wir kennen das Gefühl des Verlusts.«

Great Bear schnaubte verächtlich. »Perseus wurde *ein Mal* angegriffen. Wir befinden uns seit Jahren im Dauerkriegszustand. Das lässt sich wohl kaum vergleichen.«

Carlo versteifte sich. Es war schwer, Great Bears letzte Bemerkung, gepaart mit dessen abfälligem Tonfall, nicht als Beleidigung zu verstehen. Der Kommandant der 24. Legion implizierte, Perseus hätte es wesentlich besser getroffen als Vector Prime. Carlo fragte sich, ob der Mann immer noch dieser Meinung gewesen wäre, hätte er die gewaltigen Zerstörungen mit eigenen Augen gesehen, die die

Drizilinvasion hinterlassen hatte. Ja, es ließ sich nicht leugnen, Perseus war wesentlich weiter gekommen als Vector Prime, aber auch mit wesentlich weniger Ressourcen, als diesem System zur Verfügung gestanden hatten.

Carlos Gedankengänge mussten sich auf seinem Gesicht widergespiegelt haben, denn Great Bear machte plötzlich eine verkniffene – beinahe schuldbewusste – Miene.

»Tut mir leid, mein Freund. Tut mir wirklich leid. Das wollte ich so nicht sagen. Ich bin einfach müde.«

Carlo fiel auf, dass Great Bear sich zwar für die Art entschuldigte, in der die Worte gefallen waren, jedoch nicht für die Worte an sich. Dies legte nahe, dass Great Bear tatsächlich dieser Meinung war und diese Worte nicht nur im Zorn gesprochen hatte. Er entschied sich jedoch, nichts darauf zu erwidern. Jedes weitere Wort hätte die Situation nur eskalieren lassen und dazu war er nicht bereit, nicht wegen eines so nichtigen Grundes. Stattdessen wechselte er das Thema.

»Du willst die Drizil loswerden? Einverstanden. Meine Kundschafter berichten, dass die zerschlagenen Überreste ihrer Truppen sich nördlich und östlich von Cibola und an einem Punkt westlich von hier sammeln. Es scheint, als geben sie die Verteidigung der Ballungszentren auf.«

Great Bear nickte. »Sie sammeln sich, um Kraft für einen neuen Schlag zu finden.«

»Es wäre das Beste, wir kommen ihnen zuvor.«

Great Bear nickte. »Einverstanden. Meiner Meinung nach wäre es das Beste, wir gehen koordiniert gegen alle drei feindlichen Truppenansammlungen vor – unter massiver Deckung durch Jäger.«

»Klingt gut.«

Great Bear deutete auf die feindliche Truppenkonzentration westlich von Cibola. »Außerdem möchte ich endlich wissen, was die Drizil dort vor uns verstecken.«

Carlo sah verwirrt auf. »Wovon redest du?«

»Die Drizil sind dort mit irgendetwas beschäftigt. Schon seit einer Weile. Ich habe bereits zweimal versucht, Leute in dieses Gebiet zu entsenden. Wir wurden beide Male zurückgeschlagen. Wir vermuten aber, es könnte sich um eine Art geheime Anlage handeln. Vielleicht eine Militärbasis oder etwas Ähnliches.«

»Ach ja! Und warum höre ich jetzt zum ersten Mal davon?« Carlo gab sich dieses Mal nicht die geringste Mühe, seinen Ärger zu verbergen.

»Die Sicherung Cibolas und seiner Bevölkerung hatte Vorrang.«

»Trotzdem hättest du es mir sagen sollen. Das könnte wichtig sein.«

»Nun weißt du es ja.«

»Ja, nun weiß ich es ja«, antwortete Carlo zähneknirschend. Um seinem Unmut die Gelegenheit zu geben, zu verrauchen, konzentrierte er sich erneut auf die Karte. Der Ort, auf den Great Bear deutete, war in jeder Hinsicht unauffällig. Er war aus strategischer Sicht nicht einmal besonders wichtig. Was auch immer die Drizil dort versteckten, war ihnen jedoch wichtig genug, dafür erhebliche Ressourcen zu bündeln. Ressourcen, die sie an anderer Stelle dringend benötigten.

Es wäre vielleicht das Risiko wert, den Schleier zu zerreißen, um zu sehen, was die Drizil dort trieben.

»Ich würde sagen, wir schlagen los, sobald unsere Truppen alle in Stellung sind.« Carlo lächelte. »Und ich habe genau die richtige Einheit für diesen Einsatz.«

Die Drizil bewegten sich überaus vorsichtig durch das Unterholz. Sie waren aufmerksam und rechneten zu jedem Zeitpunkt mit unliebsamen Überraschungen. Trotzdem waren sie sich nicht der Augen bewusst, die jede ihrer Bewegungen belauerten.

Sergeant Major Rayan Assir bedeutete seinen Männern wortlos zurückzubleiben. Es bestand kein Grund, die Drizil zu einem Kampf zu provozieren. Nicht, wenn es sich vermeiden ließ. Der Instinkt des Marines drängte ihn dazu, den Kampf zu suchen, doch sein Verantwortungsgefühl hielt ihn zurück. Er musste sich ständig vor Augen halten, dass es nicht allein um ihn und die Marines in seiner Begleitung ging. Sie waren vor allem für mehrere Dutzend Verwundete verantwortlich, die den Drizil schutzlos ausgeliefert wären, sollte er sich auf irgendein Abenteuer einlassen.

Die Überlebenden der CONQUISTADOR hatten sich tief in den Dschungel zurückgezogen. Dort warteten sie. Sie warteten, sahen zum Himmel und hofften auf Rettung.

Assir wartete so lange, bis die Drizil außer Sicht waren. Das Wrack der CONQUISTADOR war jetzt ganz nah. Der Sergeant Major leckte sich über die spröden, trockenen Lippen. In seinem Kampfanzug herrschte eine Gluthitze, die ihm das Wasser aus allen Poren trieb. Sein Anzug war während des Absturzes beschädigt worden, weshalb dieser nicht mehr in der Lage war, eine adäquate Temperatur im Inneren aufrechtzuerhalten.

Assir wartete zur Sicherheit noch mehrere Minuten, nachdem die Drizil verschwunden waren, und gab seinem Trupp schließlich ein kurzes Handsignal. Die Männer und Frauen schlichen aus ihren Verstecken und überbrückten die kurze Distanz zum Wrack der CONQUISTADOR in wenigen Sätzen.

Assir öffnete einen allgemeinen Befehlskanal auf einer alten Frequenz. Das Risiko war vertretbar. Er wäre sehr überrascht, sollten die Drizil tatsächlich eine so alte Frequenz überwachen.

»Wir gehen rein und wieder raus, ohne dass uns jemand bemerkt. Schnappt euch an Ausrüstung und Vorräten, was ihr in zehn Minuten zusammentragen könnt. Länger bleiben wir auf keinen Fall.«

Es folgte eine Litanei an Bestätigungen, die Assir jedoch nur mit einem Ohr wahrnahm. Seine ganze Aufmerksamkeit galt erneut ihrer Umgebung. Jeden Moment konnten weitere Drizilpatrouillen auftauchen und dann würde ihr kurzer Ausflug höchstwahrscheinlich in einem Desaster enden. Es war schwierig genug gewesen, Estrada die Erlaubnis zu diesem Einsatz abzuluchsen. Nur die Not ihrer Verwundeten hatte den Captain schließlich bewogen zuzustimmen.

Die Marines schwärmten in das mittlere Bruchstück der CONQUISTADOR. Dieses war ganz bewusst ausgewählt worden. Es enthielt mehrere Vorratsräume, Waffenkammern, die Kombüse sowie die Krankenstation. Die Möglichkeit, noch Verwertbares zu finden, war hier am größten.

Zwölf Marines hielten angespannt Wache, während zwei Dutzend weitere in aller Eile zusammentrugen, was nicht niet- und nagelfest war. Assir musterte ihre Ausbeute mit wachsender Befriedigung. Zumindest Hunger musste in näherer Zukunft niemand mehr leiden und auch die schlimmsten Verletzungen konnten sie nun problemlos behandeln – vorausgesetzt, sie schafften es, all dies ins Lager zu bugsieren.

»Wie lange noch, Michael?«, fragte Assir ungeduldig.

»Ein paar Minuten«, antwortete Lance Corporal Michael Dugan. »Wir arbeiten uns gerade Richtung Heck vor. Vielleicht können wir noch ein paar Waffen ergattern.«

»Packt nicht zu viel zusammen. Wir müssen das verdammte Zeug auch irgendwie ins Lager schaffen.«

»Verstanden.«

»Sharon?«, wandte er sich an eine Marine, die auf Wache stand. »Sie übernehmen hier. Ich seh nach, ob ich da drinnen helfen kann. Wir sollten machen, dass wir hier schnellstens verschwinden.«

Die Marine nickte wortlos, ohne die Umgebung aus den Augen zu lassen. Das professionelle Verhalten der Soldatin imponierte ihm. Sollten sie hier lebend herauskommen, würde er prüfen, ob sie reif für eine verantwortungsvollere Position war.

Assir stieg über einige Trümmer und arbeitete sich ins Innere des Wracks vor. Hin und wieder sah er von Weitem seine Marines auf der Suche nach Dingen, die sie gebrauchen konnten, durch die Korridore huschen.

An mehreren Stellen passierte er die Leichen gefallener Besatzungsmitglieder. Als Marine war ihm die Natur des Krieges nicht fremd und er hatte schon so einiges gesehen, doch er musste trotzdem einige Male den Blick abwenden. In einem Fall bedeckte er die verbrannte Leiche eines Flottenoffiziers mit einer zerrissenen Uniformjacke, die er fand. Was ihm besondere Magenschmerzen bereitete, war der Umstand, dass einige der Offiziere *nach* dem Absturz gestorben waren. Es brauchte nicht viel Fantasie um sich auszumalen, dass die Drizil sie umgebracht hatten, als sie das Wrack des Angriffskreuzers durchsuchten.

Nach fast zehn Minuten fand er endlich Michael Dugan. Der Marine mühte sich damit ab, einen schweren Nadelwerfer aus einem der Waffenschränke zu hieven.

»Lassen Sie das verdammte Ding stehen. Ist viel zu sperrig. Nehmen Sie lieber Munition für die kleineren Waffen mit. Damit ist uns mehr gedient.«

Mit enttäuschtem Ächzen ließ der Marine die unhandliche Waffe fallen und drehte sich zu seinem Vorgesetzten um.

»Schade. Hätten wir sicher noch gut gebrauchen können.«

»Wir werden hier ganz sicher keinen eigenen Kleinkrieg anfangen«, erwiderte Assir schmunzelnd. »Falls Sie es noch nicht bemerkt haben, wir sind dabei, uns zu verstecken.«

»Das kann sich schnell ändern«, lachte Dugan und gab dem Nadelwerfer einen leichten Fußtritt. »Na ja, sei's drum. Brechen wir schon wieder auf?«

»Bald«, bestätigte Assir. »Es wundert mich sowieso, dass hier nicht mehr Drizil sind. Man sollte meinen, die Absturzstelle eines feindlichen Schiffes wäre besser abgesichert.«

Der andere Marine zuckte ungelenk mit den Achseln. »Entweder glauben sie nicht, dass jemand überlebt hat, oder ...«

»Oder?«

»Oder sie brauchen die Soldaten an anderer Stelle.«

»Das mag ich so an Ihnen«, frotzelte Assir, »Ihren grenzenlosen Optimismus.«

Bevor Dugan etwas darauf erwidern konnte, drang Sharons gehetzt klingende Stimme aus dem Helmfunk. »Transportschiffe! Drizil. Von Osten!«

Assir und Dugan sprangen augenblicklich an die nächste Bruchstelle in der Außenhülle und spähten nach Osten. Seinen Leuten musste er gar keine Anweisung geben, sich zu verbergen. Die professionellen Marines zogen sich ins Innere des Wracks zurück und duckten sich in die Schatten.

Die Transportschiffe der Drizil kamen beängstigend schnell näher. Es war das Standardmodell der Fledermausköpfe. Das konnte alles bedeuten, vom Frachter bis hin zum Truppentransporter.

Michael Dugan entsicherte seine Waffe. Assir gab ihm mit einem Wink zu verstehen, sich nicht zu rühren. »Vielleicht fliegen sie einfach vorbei.«

»Oder sie suchen nach uns«, gab Dugan zu bedenken. »Wenn die

Typen da drin halbwegs gute Sensoren haben, wissen sie ohnehin von unserer Anwesenheit.«

»Aber nur, wenn sie wirklich auf der Suche nach uns sind. Wenn die Drizil keinen Grund haben, auf die Sensoranzeigen zu achten, haben wir immer noch eine Chance, mit heiler Haut davonzukommen.«

Als die Transportschiffe direkt über ihnen waren, hielt Assir unwillkürlich den Atem an. Das Gefühl drohenden Unheils über dem eigenen Haupt war überwältigend.

Doch die Transportschiffe flogen Richtung Westen, ohne auch nur innezuhalten. Assir stieß erleichtert den angehaltenen Atem an.

»Ein Glück, sie waren nicht hinter uns her.«

»Oder wir sind in ihren Augen nicht einmal wert, getötet zu werden«, schoss Dugan wütend zurück. »Verdammte Mistkerle!«

Assir schüttelte den Kopf. »Hätten sie von uns gewusst, hätten sie angegriffen. Es liegt nicht in ihrer Natur, einen Gegner unzerstört zurückzulassen. Das können sie einfach nicht.«

»Sehen Sie!« Dugan deutete nach Westen, wo sich im Dunst des morgendlichen Nebels ein schmaler Gebirgsrücken abzeichnete. Unmittelbar in der Nähe des Berges, verharrten die Transportschiffe in der Luft, bevor sie elegant zur Landung ansetzten.

»Da ist eine Menge Drizilaktivität.«

»Eine ganze Menge«, stimmte Dugan zu.

»Wie weit? Was schätzen Sie?«

»Acht ... neun Kilometer. Zehn, wenn's hochkommt. Wieso?«

»Ich seh mir das mal an.« Assir lud sein Nadelgewehr durch und überprüfte das Magazin.

»Gute Idee, ich komme mit.«

»Nein, Sie und die anderen schaffen das ganze Zeug ins Lager. Unsere Leute brauchen das.«

»Sie können doch nicht ganz allein dorthin?!«

»Allein bin ich schneller«, beruhigte Assir ihn. »Und die Gefahr, entdeckt zu werden, ist geringer. Nur keine Sorge, die Drizil werden nicht einmal wissen, dass ich dort gewesen bin.«

21

Edgar überprüfte die Zeit auf seinem Anzugchronometer. Er fluchte unterdrückt.

»Becky? Welche Zeit hast du auf deinem Chronometer?«

»Etwa drei Minuten später als das letzte Mal, als du gefragt hast«, gab sie zurück. Sogar über die Funkverbindung hörte er den Spott aus ihrer Stimme heraus.

»Wo zum Teufel bleiben die Feuertrupps der 24. und 26.? Die Typen sind verdammt spät dran.«

»Deren Uhren laufen vielleicht anders als unsere.«

»Sehr witzig. Der Angriff sollte eigentlich bereits laufen.«

Die Vorbereitungen für die letzte Offensive liefen seit Stunden auf Hochtouren. Die meisten Einheiten befanden sich bereits in Position, um einen massiven Schlag gegen die feindlichen Truppenkonzentrationen zu führen. Es waren sämtliche Kräfte mobilisiert worden. Jeder einzelne Soldat – egal ob imperiale Armee, Legionen oder Miliz –, den man irgendwo entbehren konnte, war voll bewaffnet im Einsatz. Dieser Tag würde die Entscheidung bringen, das war jedem klar. Morgen früh wäre Vector Prime entweder frei oder die Drizil hatten die Oberhand.

Und ausgerechnet jetzt verspätet sich die 24., dachte Edgar mit einem Anflug von Verärgerung.

»Ich hake am besten mal beim Hauptquartier nach.«

»Nicht nötig«, sagte unvermittelt eine Stimme hinter ihm. »Wir sind schon da.«

Edgar drehte sich um und sah sich unvermittelt Jonas Grey Wolf und Simon Running Deer gegenüber, die eine Truppe aus ungefähr zwanzig Feuertrupps anführten.

Edgar atmete hörbar erleichtert auf. Er aktivierte eine Funkverbindung.

»Hier *Schneller Tod* an Mother. Wir sind vollzählig und bereit für Einsatz.«

»Ich wiederhole: Einheit ist bereit für Einsatz.«

Carlo nickte beifällig, als er die Meldung empfing. Alexander Great Bear wich ihm nicht von der Seite und musterte mit besorgter Miene die Abbildung von Cibola, die sich vor ihm ausbreitete.

»Alle sind in Position«, meinte Carlo. »Wir sollten jetzt zuschlagen.«

Great Bear nickte. »Einverstanden.« Er wandte sich an einen jungen Legionär, der als Kommunikationsoffizier Dienst tat. »Befehl an alle: Phase eins starten!«

»Phase eins starten!«

In seinem Kampfanzug lächelte Colonel René Castellano. Mit einem Wink befahl er einen Feuertrupp nach vorn, der mit schweren Waffen ausgerüstet war. Es würde nicht lange dauern, bis die Drizil ihre Schocktruppen einsetzten. Diese Kreaturen waren ihre einzige Hoffnung, diesen Tag zu überleben.

Möge Gott uns beistehen, dachte er bei sich.

»Commodore?«

»Ja, was gibt es, Eugene?« Commodore Horatio Lestrade wandte sich seinem XO zu, der äußerlich völlig ruhig neben ihm stand. Doch Lestrade kannte den Mann schon lange und hatte keine Mühe, die Anzeichen der Vorfreude in Haltung und Körpersprache des Offiziers zu entdecken.

»General Rix und Lord General Great Bear gehen jetzt am Boden gegen die Drizil vor. Es hat begonnen.«

»Ausgezeichnet«, nickte Lestrade. »Dann ist das auch für uns das Signal.«

Der Commodore drehte seinen Kommandosessel zurück in die Position, von der aus er den besten Blick auf das Hologramm hatte, das sein Schlachtfeld darstellte. »Befehl an die Flotte: Angriffsformation einnehmen! Wir gehen jetzt gegen die restlichen Drizilschiffe im System vor.«

»Sind Sie sich sicher?«

Assir kniete sich vor das kleine Lagerfeuer und starrte einen Augenblick in die tanzenden Flammen, bevor er antwortete.

»Ganz sicher, Captain. Die Drizil verbergen dort etwas. Etwas, das ihnen sehr wichtig ist. Ich bin nicht nah genug gekommen, um etwas Genaueres zu erkennen, doch es scheint sich um eine Art Bunker zu handeln. Der Eingang ist direkt in den Berg gebaut und scheint in die Tiefe zu führen.«

Captain Javier Estrade kratzte sich nachdenklich am Kinn. »Wie viele Drizil?«

»Gesehen habe ich so um die hundert. Im Bunker selbst werden sicherlich weitere sein. Die Drizil landen außerdem wie verrückt Ausrüstung und weitere Truppen. Sie scheinen sich dort einzugraben und auf die Verteidigung vorzubereiten.«

Javier verzog die Miene zu einem hämischen Grinsen. »Das bedeutet, unsere Leute kommen.«

»Sir?«, fragte seine XO, Estelle Doriega.

»Das ist die einzige Erklärung. Unseretwegen würden die sich nicht so große Sorgen machen. Sie befürchten, dass Lestrade ihre Blockade um den Mond durchbricht und Truppen landet. Was immer sich in diesem Bunker befindet, ist ihnen wichtig genug, dort ihre Einheiten zu massieren.«

»Sollten unsere Leute wirklich landen, wird das ein Blutbad. Die Drizil werden sicherlich nicht kampflos klein beigeben.«

»Unwahrscheinlich«, stimmte Javier zu. »Wenn Lestrades oder Rix' Truppen landen, werden die Fledermausköpfe bereits in ihren vorbereiteten Stellungen auf sie warten. Das könnte tatsächlich hässlich werden.«

»Es sei denn, wir kommen ihnen in die Quere«, gab Assir mit einem Mal zu bedenken.

Javier und Estelle sahen beide zum exakt gleichen Zeitpunkt auf. »Verstehe ich Sie richtig? Sie wollen sie angreifen?«, fragte der Captain der CONQUISTADOR.

»Warum nicht? Mit einem Angriff von unserer Seite werden sie nicht rechnen.«

»Das ist verrückt«, meint Estelle.

»Ja«, stimmte Javier zu. »Das ist es – aber es ist leider auch logisch.«

»Captain? Sie haben doch nicht allen Ernstes vor ...«

»Es gibt keine Alternative, Estelle. Wir sind zwar gestrandet, aber wir sind immer noch imperiale Soldaten. Es ist unsere Pflicht, den Feind anzugreifen. Vor allem, wenn unser Angriff Leben retten könnte.« Er lachte kurz und humorlos auf. »Außerdem, wenn diese Anlage für die Drizil so wichtig ist, ist das für mich Grund genug, sie ihnen wegzunehmen.«

»Ich bin nicht überzeugt«, hielt Estelle dagegen. »Wir sind kaum in der Verfassung für ein größeres Gefecht.«

»Es wird kein größeres Gefecht geben, wenn wir sie überraschen können.«

»Das ist trotzdem verdammt riskant.«

»Ich weiß, aber alles ist besser, als hier herumzusitzen und darauf zu warten, dass uns jemand rettet.«

Estelle senkte betreten den Blick. »Wie ich sehe, haben Sie sich bereits entschieden.«

Javier nickte. »Die Verwundeten bleiben mit einer kleinen Truppe zu ihrem Schutz hier im Lager. Alle anderen, die eine Waffe tragen können, sollen sich abmarschbereit machen. Wir rücken in einer halben Stunde aus.«

22

Renés Truppe schlug heftiges Abwehrfeuer entgegen, als sie sich der Drizilstellung nördlich von Cibola näherte. Der Feind war zahlreicher, als ihre Kundschafter und Lestrades Aufklärer gemeldet hatten. Wie dem auch sei, sie konnten nun nicht mehr zurück.

René bewegte sich mit geübter Sicherheit über das Schlachtfeld, jedes bisschen Deckung ausnutzend. Ein Feuertrupp seiner Aquila-Sturmkohorte folgte ihm auf dem Fuß. Der Rest seiner zusammengewürfelten Streitmacht schwärmte fächerförmig aus.

Renés Truppe hatte im Vorfeld mehrere kleine Gehöfte und Farmen im Umkreis der Stadt Cibola gesichert. Diese dienten nun als vorgeschobene Posten und provisorische Befehlszentren.

Es waren insgesamt drei. Man hatte ihnen die Codenamen Oktavian, Romulus und Augustus gegeben, wobei sich Oktavian an der äußeren linken Flanke befand, Romulus im Zentrum und Augustus an der äußeren rechten Flanke. Wie auch immer sich Carlos und Great Bears Strategie entwickeln würde, die Kämpfe um diese drei Gehöfte würden bestimmt am heftigsten toben. Es gab für die Drizil nicht viele Möglichkeiten, der Offensive zu begegnen – die Einnahme der Gehöfte gehörte definitiv dazu.

Driziljäger flogen über ihnen paarweise Angriffe. Kaum fünf Meter hinter René schlugen die ersten Geschosse aus ihren Bordwaffen ein. Mehrere eigene Symbole verschwanden vom HUD seines Helms, als Legionäre unter dem unbarmherzigen Feuer zerrissen wurden.

Kurz darauf warf einer der Driziljäger eine Bombe ab. Sie explodierte mehrere Meter über dem Boden und überschüttete die imperialen Truppen mit Tausenden scharfkantiger Splitter, die in der Lage waren, problemlos einen Kampfanzug zu zerteilen. Weitere Symbole verschwanden von Renés HUD.

René sprintete in Deckung. Einige der Projektile verfehlten ihn um Haaresbreite. Er spürte einen stechenden Schmerz in der Seite und keuchte auf, halb vor Schmerz, halb vor Überraschung.

Er betastete vorsichtig die Perforationsstelle seines Kampfanzugs. Als er die Hand zurückzog, waren die Finger voller Blut.

»Colonel?« Einer seiner Legionäre beugte sich besorgt über ihn, doch René rappelte sich auf und winkte lediglich ab.

»Halb so schlimm. Mein Anzug wird die Wunde versiegeln, bis man sie versorgen kann.«

»Sie sollten vielleicht einen Sanitäter aufsuchen«, beharrte der Mann.

»Keine Zeit.« René sah sich um, konnte jedoch in dem morgendlichen Dunst, in den sich der Qualm von Explosionen mischte, kaum etwas ausmachen. »Wo zum Teufel steckt Janneck?«

»Bringt die Geschütze dort in Stellung!«, wies Janneck seine Männer an. Die Soldaten der imperialen Armee ächzten unter dem Gewicht dreier schwerer Laserkanonen. Mit fachkundigen Handgriffen montierten sie die schweren Waffen auf Dreibeinen.

Janneck warf einen säuerlichen Blick auf das Schlachtfeld vor ihm. Hätte er keinen Helm getragen, so hätte er ausgespuckt.

»Beeilt euch! Die Jäger der Fledermausköpfe setzen Colonel Castellanos Truppen ganz schön zu.«

Major Adrian Koor gesellte sich zu ihm. An der Art und Weise, wie der Offizier auf das Schlachtfeld spähte, erkannte Janneck, dass der Mann die Sichtvergrößerung aktiviert hatte, um näher an das Schlachtfeld heranzuzoomen.

»Wo zum Teufel sind unsere Jäger?«

»Wenn sie noch nicht hier sind, dann sind sie vermutlich anderweitig beschäftigt. Wir müssen ohne sie auskommen.«

»Wir sind fertig, Colonel«, rief unvermittelt einer der Soldaten von der Geschützstellung herüber.

»Na endlich!« Unter dem Helm verzog sich Jannecks Gesicht zu einer hasserfüllten Miene. »Gebt ihnen Zunder!«

René erkannte praktisch im selben Moment, dass sich etwas verändert hatte. Der Druck auf seine Truppen ließ buchstäblich von einer

Sekunde zur anderen nach. Feuer füllte den Himmel, als mehrere Laserkanonen die angreifenden Driziljäger unter Beschuss nahmen. Bereits in den ersten Sekunden wurde ein halbes Dutzend vom Himmel gefegt. Ihre brennenden Bruchstücke regneten auf das Schlachtfeld herab. Ein weiterer Jäger wurde an der linken Tragfläche und am Heck getroffen. Die unglückselige Maschine überschlug sich einmal in der Luft und trudelte schließlich zur Oberfläche hinab, wo sie in einem Feuerball verging. Mehrere andere Jäger gewannen schnell genug an Höhe, um dem schwersten Feuersturm zu entkommen. Sie kreisten über dem Schlachtfeld, außer Reichweite der Laserkanonen. Sie kreisten und warteten auf ihre Chance für einen weiteren Anflug. Fürs Erste waren sie keine Bedrohung mehr. René war für den Augenblick zufrieden mit dieser Situation. Sollten sie dort oben hilflos kreisen. Solange sie nicht seine Leute bombardierten, war es ihm gleich.

»Colonel Janneck?«, fragte einer der Legionäre und spähte in Richtung der Geschützstellung.

»Vermutlich«, grinste René. »Besser spät als nie.«

Er erhob sich aus der Mulde und führte seine Truppe zurück ins Gefecht. »Vorwärts!«

Sie bewegten sich im Zickzackkurs über das Schlachtfeld. Die Drizil bekamen sie so gut wie nie zu sehen. Sie griffen aus dem Dunst heraus an und zogen sich genauso schnell wieder zurück. Als würde man Geister jagen.

Es dauerte fast eine Stunde, bis sie Gehöft Romulus erreichten. Das Gehöft bestand aus acht Gebäuden, die von einer Mauer eingerahmt waren. Hier hielten gut zweihundert Legionäre, ebenso viele Milizionäre und etwa das Doppelte an Soldaten der imperialen Armee die Stellung.

Als sich seine Truppe dem Gehöft näherte, wurden sie beschossen. Nur die schnelle und entschlossene Reaktion der Legionäre unter Renés Kommando verhinderte eine Katastrophe. Die Männer und Frauen warfen sich flach in den Dreck, waren zum Glück jedoch besonnen genug, auf Antwortfeuer zu verzichten. Doch zwei von ihnen wurden von Projektilen aus Nadelgewehren getroffen. Einer an der rechten Hüfte, der andere erlitt einen Streifschuss am Helm.

René öffnete eilig die allgemeine Befehlsfrequenz. »Hier ist René Castellano«, sprach er in sein Komm-Gerät. »Feuer einstellen! Ihr feuert auf eigene Truppen!«

Rings um Renés Position schlugen noch weitere Projektile ein, bevor jemand die Einheit innerhalb des Gehöfts lautstark zur Räson brachte. In Renés Ohren knackte es.

»Tut mir leid, Colonel. Sie dürfen sich nähern.«

René zögerte keine Sekunde. Hier auf offenem Feld waren seine Leute und er perfekte Ziele. Er führte seine Truppe durch den einzigen Zugang ins Innere der kleinen Farmanlage. Dort wurde er bereits von einem Offizier der 26. Legion erwartet.

»Major André Flying Eagle«, stellte sich der Mann vor. »Tut mir wirklich leid, aber einige der Milizionäre bemerkten Bewegung im Nebel und drehten durch.«

»Schon gut«, wiegelte René ab. »Kann man irgendwie verstehen. Die Sichtverhältnisse machen uns alle verrückt. Wenn das noch länger so weitergeht, wird es bald schwer, Freund von Feind zu unterscheiden.«

»Die Fledermausköpfe sind verdammt verschlagen«, stimmte Flying Eagle zu.

»Irgendwelche größeren Probleme?«, wollte René wissen.

»Keine. Ein paar Heckenschützenaktionen. Außerdem bin ich sicher, dass einige Driziltrupps durch die Maschen geschlüpft sind und in unserem Hinterland operieren.«

»Davon können Sie ausgehen. Wir wurden auf dem ganzen Weg von Cibola angegriffen. Dabei haben wir den Feind so gut wie nie gesehen.«

»Wie sehen die Befehle aus?«

»General Rix und Lord General Great Bear wollen, dass die Offensive innerhalb der nächsten Stunde startet. Wir sollen den Drizil richtig Dampf machen. Sie sollen sich ganz auf uns konzentrieren. Die Stellungen auf den anderen Farmen bekommen gerade dieselben Befehle.«

»Luftunterstützung?«

»Sollte schon auf dem Weg sein, doch es bleibt die Frage, wie wirkungsvoll sie sein wird. Sie kann uns die feindlichen Jäger vom Hals halten, aber im Kampf gegen gegnerische Bodentruppen werden sie beinahe nutzlos sein. Es sei denn, das Wetter klart auf.«

Flying Eagle führte René zu einem der Gebäude. Vor dem Haus standen mehrere Legionäre auf Posten, woraus er schloss, dass es sich um Flying Eagles Befehlsstand handeln musste.

Das Innere war mit einem einzelnen Holztisch spartanisch ausgestattet. Auf dem Tisch lag eine Karte der Umgebung ausgebreitet. Eigene Stellungen und bekannte feindliche Positionen waren darauf mit farbigen Fähnchen markiert. Um den Tisch hatten sich mehrere Offiziere von Armee, Miliz und Legion versammelt.

Eine Legionärin mit feurig roter Lockenmähne erregte seine besondere Aufmerksamkeit. Aufgrund ihres niedrigen Dienstgrads schien sie nicht richtig in diese illustre Runde zu passen.

»Das ist Corporal Denise Cloud Dancer, Aufklärungsfeuertrupp *Dämonen der Nacht* der 24. Legion«, stellte Flying Eagle die Legionärin vor. Die Frau schien erschöpft zu sein, trotzdem hielt sie sich aufrecht, den Helm unter den rechten Arm geklemmt. Cloud Dancer und René nickten sich freundlich zu, bevor Flying Eagle sie mit einem Nicken zum Reden aufforderte.

»Die Drizil in unserem Abschnitt haben sich in einem kleinen Dorf etwa zwölf Klicks nördlich von uns verschanzt. Dort gibt es ziemlich viel Bewegung. Mein Trupp kam nicht so nahe ran, wie ich gern gewollt hätte, doch aufgrund der Feindaktivität nehme ich an, dass es einer ihrer verbliebenen Kommandoposten sein muss. Außerdem gibt es ein Flugfeld in der Nähe, vom dem immer noch Driziljäger aufsteigen.«

»Die Einnahme des Dorfes könnte für die Drizil ein herber Schlag sein«, warf Flying Eagle ein. »Ich hatte eigentlich vor, es anzugreifen.«

René blickte scharf auf. »Ohne Befehle?«

»Die Kommunikation mit dem Hauptquartier ist von hier aus momenatan leider nur sporadisch möglich. Die Drizil setzen verstärkt Störsender ein. Ich wollte diese Chance nicht ungenutzt verstreichen lassen.«

René musterte den anderen Offizier aufmerksam. Dieser ließ die Begutachtung ungerührt über sich ergehen und gab mit keiner Regung zu erkennen, ob ihn der Blick seines Gegenübers in irgendeiner Form tangierte.

Schließlich kam René zu dem Schluss, dass der Mann kein Heißsporn war, wie er anfangs befürchtet hatte, sondern tatsächlich nur eine großartige Chance hatte ergreifen wollen.

Der stellvertretende Kommandant der 18. Legion nickte. »Der Angriff auf das Dorf ist hiermit genehmigt.«

René wandte sich wieder an die Aufklärungslegionärin. »Zivilisten in der Nähe?«

»Das Dorf ist von menschlichen Zivilisten praktisch seit Beginn der Kämpfe um Vector Prime verlassen. Doch ich befürchte, die Drizil nutzen es als Sammelstelle für Gefangene. Ich habe mehrere Drohnen in das Dorf entsandt. Die Drizil halten die Menschen in mehreren Kellern fest. Es sind im Ganzen vielleicht vier- oder fünfhundert. Wir konnten nicht feststellen, ob es sich um Zivilisten oder Soldaten handelt.« Cloud Dancer zögerte. »Und da gibt es noch etwas.«

»Und das wäre?«

»Das feindliche Flugfeld wird von zwei Panzerschleichern verteidigt.«

René runzelte die Stirn, während ihm bereits verschiedene Strategien zur Einnahme von Dorf und Flugfeld durch den Kopf gingen. Diese zwei Kreaturen konnten sich als Problem erweisen, doch sollte die Offensive als Ganzes erfolgreich sein, musste dieses Dorf fallen. So oder so hatten sie keine große Wahl.

René seufzte. »Dadurch wird die Aktion um einiges interessanter.«

Edgars Trupp arbeitete sich mit Hochdruck auf die feindliche Anlage vor, die Great Bears Leute entdeckt hatten. Seine Streitmacht bestand inzwischen aus etwa vierhundert Soldaten, die sich aus Legion, Miliz und Armee zusammensetzten. Er hoffte, es würde reichen. Nach allem, was er gehört hatte, wurde dieses Gebiet geradezu verbissen verteidigt. Egal, was die Drizil dort beschützten, es war ihnen einen hohen Blutzoll wert.

Er überprüfte sein Anzugchronometer zum x-ten Mal. Die Offensive sollte seit mehreren Minuten laufen. Wenn alles nach Plan verlief, würde der Angriff die Hauptkräfte des Gegners eine Weile beschäftigen. Lange genug, dass Edgars Einheit die feindliche Anlage angreifen, erobern und nach Möglichkeit sichern konnte. Wenn er ehrlich zu sich selbst war, fühlte sich Edgar nicht ganz wohl in seiner Haut. Bei genau so einem Einsatz hatten die Legionäre der 24. Daniel verloren. Seine Leiche war nie gefunden worden.

»Boss?«, meldete sich Becky über Komm.

»Ja?«

»Wir sind gleich da.«

Edgar schaltete die Verbindung auf stumm, während er ihren Standort auf einer Karte überprüfte, die er sich auf sein HUD lud.

Anschließend aktivierte er die Verbindung erneut.

»Alle mal herhören. Wir sind fast da. Waffen entsichern und durchladen. Bleibt bei euren Truppführern. Egal, was passiert, wir lassen uns nicht aufhalten, bis die Anlage erobert ist.«

Es folgte eine Reihe von Bestätigungen. Edgar hatte keine Mühe, die Nervosität und Anspannung in den Stimmen der Offiziere zu hören. Wer konnte es ihnen schon verdenken? Ihm selbst erging es ja nicht besser.

Eines stand auf jeden Fall fest: Falls die Anlage nicht innerhalb der nächsten vier oder fünf Stunden gesichert war, würden die Drizil es problemlos schaffen, Verstärkung heranzuführen. Sollte das geschehen, wäre alles aus.

Edgar schüttelte innerlich den Kopf. Jetzt war nicht der Zeitpunkt für solche Gedanken. Er musste unbedingt einen klaren Kopf behalten, sollte er seine Leute sicher durch die vor ihnen liegende Schlacht führen.

Er atmete ein letztes Mal tief ein. Ein Ritual, das ihm half, die Anspannung vor einer sich anbahnenden Schlacht loszuwerden.

Noch während er ausatmete, gab er den Befehl: »Alle Einheiten – vorwärts!«

Die drei Schallgranaten detonierten zwischen den beiden Drizilgeschützstellungen, die die erste feindliche Linie bildeten.

Mehrere Drizil gingen beinahe simultan zu Boden. Die meisten rührten sich nicht mehr. Einige wälzten sich unter Schmerzen auf dem Boden und hielten sich die Ohren, aus denen Blut sickerte.

Javier führte seine Truppe aus dem Dschungel ins Freie. Estelle Doriega kam direkt hinter ihm. Die überlebenden Marines der CONQUISTADOR führten den ersten Schlag, die bewaffneten Besatzungsmitglieder des Angriffskreuzers die zweite.

Die Nadelgewehre der imperialen Soldaten spuckten Projektile. Die scharfkantigen Geschosse fegten über die Lichtung und durchschlugen Drizil und deren Deckung gleichermaßen. Weitere feindliche Soldaten gingen zu Boden – mit imperialen Geschossen gespickt.

Doch einmal mehr bewiesen die Drizil, was für erfahrene, kampferprobte Soldaten sie doch waren. Anstatt sich erst einmal zurückzuziehen, um sich neu zu formieren, gingen sie stattdessen augenblicklich zum Gegenangriff über.

Gegnerische Geschosse fuhren zwischen die angreifenden Menschen. Einige von Javiers Leuten wurden von den Beinen gerissen. Soldaten versuchten, ihre verwundeten Kameraden aus der Gefahrenzone zu ziehen.

Die Drizil verteilten sich und bildeten eine Schützenlinie vor dem Bunkereingang. Ein halbes Dutzend feindlicher Soldaten eilte quer über das Schlachtfeld, um eine der jetzt führerlosen Geschütze neu zu bemannen.

Assir reagierte augenblicklich und führte eine Truppe seiner Marines zu einem halsbrecherischen Angriff auf das Geschütz. Die Marines feuerten im vollen Sprint und vier der feindlichen Soldaten gingen zu Boden. In einem Fall wurde der Helm des Drizil sogar von drei Projektilen durchschlagen und Kopf sowie Gehirn des feindlichen Soldaten verwandelten sich in eine unidentifizierbare graue Masse.

Zwei der Drizil brachen jedoch zu dem Geschütz durch und brachten es in Rekordzeit in Anschlag. Das Geschütz stieß eine hellviolette Kugel aus, die einen Marine direkt hinter Assir buchstäblich in zwei Hälften teilte. Einem zweiten Marine wurde der Oberkörper weggerissen. Nur die Beine von der Hüfte an abwärts blieben von dem armen Kerl übrig. Assir selbst entkam nur durch einen hektischen Sprung zur Seite.

Doch noch in derselben Bewegung zog er eine Splittergranate vom Gürtel, zog den Stift und warf sie in Richtung der feindlichen Stellung. Die Detonation zerriss das Geschütz und die beiden feindlichen Soldaten, die es bemannt hatten.

Assir rollte sich über die Schulter ab und nutzte die eigene Bewegungsenergie, um wieder auf die Beine zu kommen.

»Feuerlinie bilden!«, schrie Javier über den Gefechtslärm hinweg, um sich bemerkbar zu machen. Eine gemischte Gruppe aus Marines und Besatzungsmitgliedern kam dem Befehl nach, die erfahrenen Marines ohne Verzögerung und in höchstem Maße professionell, die Besatzungsmitglieder, die diese Art des Kampfes nicht gewöhnt waren, deutlich langsamer. Nachdem sie sich am Verhalten der Marines orientiert hatten, verbesserte sich die Reaktion der Männer und Frauen jedoch.

Die imperiale Feuerlinie fegte mit ihrem Beschuss mehr als vierzig Drizil aus dem Weg. Die feindlichen Soldaten blieben als zerbrochene, verrenkte Leiber auf dem Boden liegen, durchsiebt von imperialen Geschossen. Doch auch die Menschen mussten Opfer bringen.

Estelle erlitt einen Streifschuss im Gesicht, der sie um Haaresbreite ihren Kopf gekostet hätte, wenn der feindliche Soldat nur ein paar Millimeter weiter links gezielt hätte. In den wenigen Minuten, in denen das Gefecht auf der Lichtung andauerte, verloren die Menschen über dreißig Männer und Frauen und mehr als zwei Dutzend Verwundete mussten nach hinten gebracht werden, falls sie auch nur die geringste Chance haben wollten, am Leben zu bleiben.

Die Drizil verteidigten den Bunkereingang mit todesverachtender Verbissenheit. Sie hielten die Stellung über jedes vernünftige Maß hinweg. Selbst für Drizil war diese Beharrlichkeit erschreckend. Sie wichen erst zurück, als Assir die zwei verbliebenen Geschützstellungen durch seine Marines einnehmen und besetzen ließ.

Die Batterien wurden gedreht und kurzerhand gegen die Drizil selbst eingesetzt. Trotzdem hielten die Fledermausköpfe noch mehrere Minuten lang stand, bis sie sich endlich Mann für Mann in die Dunkelheit des Bunkereingangs zurückzogen.

Assir ließ die beiden Geschütze noch ein paarmal in den Bunker feuern, um sicherzugehen, dass die Drizil nicht gleich hinter dem

Eingang auf unaufmerksame Menschen lauerten. Erst als er überzeugt war, dass die Gefahr vorläufig gebannt war, ließ er das Feuer einstellen.

Zwei Dutzend Marines sicherten den Eingang der Anlage, während sich Javier, Assir und Estelle dort einfanden.

»Alles in Ordnung?«, fragte Javier besorgt.

Estelle winkte ab. »Nur ein Kratzer. Andere sind schlimmer dran.«

»So weit, so gut«, nickte Assir. »Der leichte Teil wäre geschafft.«

»Ja, jetzt kommt die richtige Arbeit«, stimmte Javier zu. »Die Drizil werden sich nicht leicht aus der Anlage vertreiben lassen.«

Plötzlich schrie einer der Marines und deutete auf den fernen Horizont.

Javier wusste zunächst nicht, was der Mann meinte. Doch dann kniff er die Augen zusammen und erkannte mehrere Objekte am Himmel, die sich schnell näherten.

»Transportschiffe der Drizil«, erklärte Assir. »Verstärkung. Das ging schnell.«

»Ein wenig zu schnell für meinen Geschmack. Sieht aus, als müssten wir uns in zwei Richtungen verteidigen.«

Javier spuckte aus. »Assir, die Geschütze ausrichten. Wir werden sie brauchen. Estelle, die Verwundeten herbringen. Wir haben keine Zeit, sie ins Lager zu schaffen, und hier inmitten unserer Position sind sie im Moment am sichersten.«

Die beiden wollten sich schon davonmachen, um die Befehle auszuführen, als Javier sie noch einmal ansprach. »Falls jemand ein Gebet weiß, das wäre jetzt der richtige Augenblick dafür.«

23

»Alle Schiffe haben ihre Positionen eingenommen, Commodore«, meldete Commander Eugene Mueller.

»Sehr gut. Dann geben Sie den Befehl weiter: Einsatz starten!«

Die VENGEANCE führte den Angriff auf die verbliebenen Raumstreitkräfte der Drizil an. Seit der Invasion Barinbaus und dem darauf folgenden Angriff auf Vector Prime war Lestrades Streitmacht stark geschrumpft. Viele Schiffe waren zerstört oder so schwer beschädigt worden, dass sie derzeit an der Raumstation notdürftig repariert wurden. Die militärischen Notwendigkeiten zwangen ihn darüber hinaus, seine Flotte aufzuteilen, da er Schiffe abstellen musste, um die Minenleger zu verteidigen.

Daher stellten die Schnellboote im Moment seinen wichtigsten Aktivposten dar – sehr zu Lestrades Verdruss. Doch die Schnellboote waren etwas, mit dem die Drizil nur schwer umgehen konnten. Sie waren schnell, wendig, gut bewaffnet und vor allem billig herzustellen. Im Prinzip handelte es sich um leicht zu ersetzende Wegwerfschiffe, mit denen man eine feindliche Flottenformation aufbrechen konnte. Der Gedanke gefiel ihm nicht, aber er musste seine Skrupel beiseiteschieben, sollte Vector Prime befreit werden. Insgeheim sehnte er die Zeiten herbei, in denen imperiale Flotten aus Hunderten von Schiffen bestanden hatten. Nun mussten sie mit dem auskommen, was sie hatten. Und das war nicht viel.

Der Verband beschleunigte nur mit halber Kraft in Richtung des Mondes und der letzten verbliebenen Raumkräfte der Drizil im System. Dies gab Lestrade ausreichend Zeit, sich über seine taktische Situation klar zu werden.

Die Drizilschiffe nahmen eine Verteidigungsposition nahe des Mondorbits ein. Sie verfügten über weniger als fünfzig Schiffe. Das Rückzugsgefecht aus der Todeszone der Stationsbatterien hatte ihnen einen hohen Blutzoll abverlangt. Trotzdem kam ihre Stärke, verglichen mit dem Zustand, in dem sich Lestrades Flotte im Moment befand, einem Ungleichgewicht von zwei und eins bei den Großkampfschiffen gleich. Im Gegenzug verfügte Lestrade über eine große Anzahl Schnellboote und die konnten durchaus eine Schlacht zu seinen Gunsten beeinflussen. Außerdem verfügten die Drizil über weniger Träger, wodurch Lestrade in die beneidenswerte Lage versetzt wurde, mehr Jäger gegen den Feind einsetzen zu können.

Lestrade lehnte sich in seinem Kommandosessel zurück und nickte zufrieden. Alles in allem war er der Meinung, die Drizil schlagen zu können. Er würde Federn lassen müssen – keine Frage. Die Schlacht jedoch würde er gewinnen können, wenn nichts Unvorhergesehenes eintrat.

Auf seinem taktischen Hologramm bemerkte er, wie Bewegung in die Reihen der feindlichen Schiffe kam. Sie formierten sich zu einer Abwehrlinie mit den schwersten Schiffen im Zentrum, den Fregatten an den Flanken und den Trägern in der zweiten Linie. Noch während er die feindliche Aufstellung musterte, stießen die Träger Schwärme kleiner Objekte aus, die sich dicht um die Großkampfschiffe formierten.

Lestrade schnaubte.

»Sir?«, hakte sein XO nach.

»Sie haben bereits ihre Jäger ausgeschifft.«

»Die verlieren keine Zeit.«

»Nein«, erwiderte Lestrade. »Allerdings nicht.«

Er ließ seine Augenlider sinken und musterte die Aufstellung erneut aus halb offenen Augen. Aus militärischer Sicht war es völlig unsinnig, jetzt schon die Jäger auszuschiffen. Es verbrauchte lediglich Treibstoff. Lestrades Einheiten waren noch mindestens vierzig Minuten außer Schussweite. Nein, die Drizil bezweckten etwas ganz Bestimmtes damit. Sein Wangenmuskel zuckte leicht, als ihn die Erkenntnis wie ein Blitz traf. Diese Vorgehensweise war eine Botschaft – an *ihn*.

Auf diese Weise ließen die Drizil ihn wissen, dass das kommende Gefecht eine Entscheidungsschlacht werden würde. Es würde keinen Rückzug geben, keine Kapitulation. Die Drizil würden bis zur

Vernichtung kämpfen. Sie wussten, dass sie vermutlich unterliegen würden, doch sie würden vor ihrem Untergang so viele imperiale Schiffe wie möglich mit sich in den Abgrund reißen.

Lestrade knirschte leicht mit den Zähnen. So viel zum Thema sauberer Sieg. Wenn sich die Drizil in die Enge gedrängt fühlten, war mit allem zu rechnen, letzten Endes sogar mit Kamikazeangriffen. Nein, die kommenden Stunden würden mit Sicherheit nicht hübsch werden.

»Befehl an die Flotte: Nach Plan Alpha drei ausschwärmen und bereit machen für Eröffnung des Fernkampfes!« Lestrade seufzte. »Es geht los.«

Lieutenant Commander Mary O'Donnell blickte hinaus ins All, als die BLOODY MARY einen weiteren Schwall zu Minen umgerüsteter Torpedos ausstieß. Zufrieden registrierte sie, wie sich die Lenkwaffen beinahe exakt gemäß dem berechneten Zerstreuungsmuster verteilten.

Sie nickte erfreut.

»Bereiten Sie einen weiteren Abschuss auf die nächsten Koordinaten vor.«

»Aye, Commander«, bestätigte Marcel Deveraux, ihr taktischer Offizier.

Ihr Navigationsoffizier, Barney Collins, nahm bereits Kurs auf den nächsten Abschusspunkt. Die BLOODY MARY schwenkte unter seinem kundigen Befehlen gehorsam herum.

Mary nahm sich die Zeit und gähnte herzhaft, eine Geste, die ihrem XO, Daniel König, ein leichtes Lächeln entlockte.

»Nur keine Sorge. Wir sind ja bald fertig.«

»Definieren Sie bald«, gab sie widerwillig zurück.

»Nur noch drei Tage.«

Sie schnaubte belustigt. »Sie haben einen verdammt makabren Sinn für Humor.«

Er wiegelte mit einer lapidaren Handbewegung ab. »Drei Tage sind doch gar nichts, verglichen mit den fünf Tagen, die schon hinter uns liegen.«

Mary zuckte die Achseln. »Auch wieder richtig.«

Ihr Blick wurde für einen Sekundenbruchteil abgelenkt, als sich ein Sonnenstrahl in der Ferne auf etwas Metallischem widerspiegelte. Die BLACK PRINCE und einige Begleitschiffe verharrten dort an Ort und Stelle und wachten mit Argusaugen über die Schnellboote, die damit beschäftigt waren, das System in eine nahezu uneinnehmbare Festung zu verwandeln.

Hinter den Kriegsschiffen lagen acht Munitionstender, die für einen steten Nachschub an Minen sorgten. Diese acht Schiffe pendelten zwischen der Raumstation, wo Torpedos zu Minen umgerüstet wurden, und dem im Entstehen begriffenen Minenfeldes hin und her.

Mary rief auf ihrem taktischen Hologramm eine schematische Darstellung des bisherigen Minenfelds auf. Sie studierte es eine Weile und schüttelte schließlich missbilligend den Kopf.

»Probleme?«, fragte ihr XO.

»Nicht direkt, aber wir arbeiten einfach bei Weitem nicht effektiv genug. Das Minenfeld weist immer noch ein paar gewaltigen Löcher auf.«

»Das wird schon.«

»Ihr Vertrauen möchte ich haben«, lachte sie, wurde jedoch schnell wieder ernst. »Aber mal Spaß beiseite. Das Minenfeld muss noch viel enger werden. Wir müssen ...«

»Commander?«, meldete sich plötzlich ihr taktischer Offizier zu Wort.

Mary war augenblicklich hellwach. »Ja? Was gibt es denn, Marcel?«

»Ich habe hier ein paar sehr seltsame Anzeigen.«

Mary runzelte die Stirn. »Seltsam? In welcher Hinsicht?«

»Ich bin mir nicht sicher. Es wirkt fast so, als ...« Unvermittelt sah er sich hektisch über die Schulter. Mary erkannte den Schock in den Augen ihres Offiziers. »Hyperraumereignisse. Etwas springt ins System.«

»Rufen Sie die BLACK PRINCE.«

Noch bevor der Befehl ausgeführt werden konnte, tauchten mit einem Lichtblitz mehrere riesige Silhouetten in einer Entfernung von kaum mehr als eine Million Kilometern vor dem Bug der BLOODY

Mary auf. Sie tauchten die Brücke des kleinen Schnellbootes in bedrohliche Schatten.

»Großer Gott!«, hauchte ihr Erster Offizier.

»Eine Entsatzstreitmacht der Drizil«, erklärte Mary mit erzwungener Ruhe. »Wie viele Schiffe?«

»Ich orte einunddreißig Schiffe«, meldete Marcel, der sich an der Gelassenheit seiner Kommandantin ein Beispiel nahm. »Sieben von ihnen Großkampfschiffe der Intruder-Klasse.«

»Na großartig«, meinte Mary. »Sieben Intruder.«

»Einunddreißig Schiffe sind eine relativ kleine Entsatzstreitmacht«, gab ihr XO zu bedenken.

»Vielleicht sind noch mehr Schiffe unterwegs und diese waren einfach näher als die anderen«, meinte Mary. »Oder diese Schiffe waren gerade hierher unterwegs, als wir auf Vector Prime landeten, und all das ist nur Zufall.«

»Sieben Intruder nebst Begleitflotte und das soll ein Zufall sein?« Daniel schüttelte zweifelnd den Kopf.

»Im Endeffekt ist es auch egal. Sie sind hier und wir müssen mit ihnen umgehen. Einunddreißig Schiffe sind nicht genug, um das System zurückzuerobern, aber wenn sie das Minenfeld durchbrechen und Lestrade in den Rücken fallen, können sie seinem Kampfverband schwersten Schaden zufügen. Zwischen zwei feindlichen Verbänden eingekesselt, könnte Lestrades Kampfgruppe sogar vernichtet werden.« Sie zischte wütend. »Wo zum Teufel bleibt meine Verbindung zur Black Prince?«

Das Hologramm vor ihrer Nase veränderte sich, bis es das ernste Abbild eines Offiziers in den Fünfzigern zeigte. Sein Haar wirkte leicht zerzaust, als hätte er es sich gerade erst gerauft.

»Captain Desoto«, begrüßte Mary ihn.

Captain Harriman Desoto erwiderte den Gruß mit zurückhaltendem Nicken.

»Wir haben große Probleme«, erklärte Mary ohne Einleitung.

»Schon gesehen. Wir sind auf dem Weg. Meine Schiffe beziehen Position dreihundert Kilometer vom Rand des Minenfelds entfernt. Mit etwas Glück werden die Minen den Vormarsch des Gegners aufhalten oder zumindest verlangsamen. Wir werden das Feuer auf jeden Gegner eröffnen, der Anstalten macht, das Minenfeld zu durchbrechen.«

Desotos Gesicht verschwand für einen Augenblick, dann kehrte es zurück. Falls überhaupt möglich, wirkte es noch besorgter.

»Die Drizil beginnen damit, die Schnellboote zu beschießen. Nummer 125, 279 und 441 sind bereits zerstört. Ich setze hiermit Direktive Hannibal in Kraft. Alle Schnellboote zurückziehen und als Teil der Verteidigungslinie neu formieren!«

»Tun Sie das bitte nicht, Captain!«, wehrte sich Mary verzweifelt gegen den Befehl.

»Commander, die Schnellboote sind gegen eine solche Feuerkraft wehrlos. Wenn Sie sich nicht zurückziehen, sind Sie so gut wie tot.«

»Die Drizil werden noch nicht wissen, was wir hier tun. Wir müssen das Minenfeld beenden oder zumindest alle bedrohten Vektoren bestücken. Das ist die einzige Chance, Lestrade den Rücken freizuhalten.«

»Das schaffen Sie niemals. Das Minenfeld ist noch längst nicht fertig. Früher oder später werden die Drizil einen Weg hindurch finden.«

Mary überlegte fieberhaft. Desoto hatte zweifelsohne recht. Mit der Fertigstellung war nach ihrem Zeitplan erst in drei Tagen zu rechnen. Die Drizil würden ihnen wohl kaum so viel Zeit lassen. In ihrem Geist reifte ein verwegener Plan – manch einer mochte vielleicht sogar sagen, es war ein selbstmörderischer Plan.

»Wir müssen das Minenfeld gar nicht völlig fertigstellen.«

»Ich kann Ihnen nicht ganz folgen.«

»Wir warten einfach ab, ob die Drizil einen Weg finden, und falls ja, rücken die Schnellboote vor und machen den Weg dicht, indem wir die Lücken, auf die die Drizil zusteuern, mit Minen pflastern. Auf diese Weise verlieren sie vielleicht früher oder später die Lust am Kampf. Wir müssen nur den Preis für die Fledermausköpfe so hoch treiben wie möglich.«

Desotos Mimik waren die Zweifel deutlich anzusehen. Sein Gesicht verschwand erneut aus dem Sichtfeld des Hologramms. Als er schließlich zurückkehrte, wirkte er zwar immer noch nicht gänzlich überzeugt, aber zumindest aufgeschlossen.

»Ihr Plan ist hiermit genehmigt, Commander.« Desoto musterte sie eindringlich. »Viel Glück!«

»Danke, Captain.«

Mary beendete die Verbindung. »Befehl an alle Schnellboote: Auf Position Beta drei, eins zurückziehen und weitere Befehle abwarten. Mal sehen, wie die Drizil reagieren, sobald ihnen klar wird, dass sie mitten in ein Minenfeld fliegen.«

Ein Drizilzerstörer explodierte unter dem koordinierten Beschuss dreier Angriffskreuzer der Ares-Klasse. Die imperialen Schiffe rückten siegessicher auf die Position vor, die der feindliche Zerstörer eingenommen hatte.

Lestrade jubelte innerlich. Wenn es ihnen gelänge, diese Position zu halten, dann hätten sie einen Fuß in der Tür – sprich, sie hätten die feindliche Linie durchbrochen. Die Drizil schienen ihnen diesen Triumpf jedoch nicht gönnen zu wollen.

Wie auf Kommando zog sich die gesamte feindliche Frontlinie um gut tausend Kilometer zurück. Zwar näher an den Planeten ran, doch dies bot auch Vorteile. Die Drizil konsolidierten ihre in Auflösung begriffene Linie und waren durch den größeren Abstand zu den imperialen Schiffen erneut in der Lage, Lestrade ein Fernkampfgefecht aufzuzwingen.

Der Commodore bezwang nur mit Mühe seine aufkeimende Wut. Immer wenn er fest davon überzeugt war, kurz vor einem entscheidenden Sieg zu stehen, schlugen die Drizil ihm ein Schnippchen.

»Feindliche Torpedowelle im Anflug«, meldete sein taktischer Offizier. Noch während er die Warnung ausstieß, hämmerte er auf seine Tastatur ein und die Punktverteidigungslaser der VENGEANCE stießen rote Lanzen gegen die einkommenden Geschosse der Drizil.

»Navigator, Ausweichmanöver. Dreißig Grad Steuerbord.«

»Dreißig Grad Steuerbord liegt an, Aye, Sir.«

Die VENGEANCE brach nach Steuerbord aus, eskortiert von zwei Begleitkreuzern der Guardian-Klasse und einem halben Dutzend Jagdstaffeln. Zeitgleich erwachten die PVL des Schlachtkreuzers zum Leben und zerstrahlten gut fünfzig Prozent der feindlichen Geschosse, die der VENGEANCE gefährlich werden konnten.

Die beiden Kreuzer und die eskortierenden Jäger kümmerten sich um etwa dreißig weitere Prozent, darunter auch fast vierzig Kapseln mit der Grünen Pest.

Trotzdem gelang es einigen feindlichen Energietorpedos, die imperiale Abwehr zu durchbrechen. Explosionen blühten auf dem Backbordrumpf der VENGEANCE auf. Funken stoben aus mehreren Konsolen auf der Brücke des Schlachtkreuzers, Offiziere schrien, Feuer brachen aus. Lestrades Fingernägel krallten sich in seine Lehnen. Mit eisernem Willen ignorierte er das Chaos, das auf seiner Brücke ausbrach, und konzentrierte sich auf das Hologramm vor seinen Augen.

»Gegenangriff starten!«, ordnete er an. »Sofort!«

Zwei Schlachtkreuzer der Behemoth-Klasse, unterstützt von einem halben Dutzend Kreuzer nebst Jägergeleitschutz, stießen in Richtung der feindlichen Schlachtreihe vor. Ihre Waffen spien Tod und Vernichtung. Drei feindliche Schiffe lösten sich vor Lestrades Augen auf. Jäger beider Seiten prallten mit brutaler Gewalt aufeinander, um der jeweils anderen Seite ihren Willen aufzuzwingen. Flugzeuge beider Seiten detonierten und verteilten Tausende kleiner Trümmer über das Schlachtfeld.

Ein Ares-Kreuzer wurde von drei feindlichen Zerstörern unter Beschuss genommen und erlitt mehrere Brüche der Außenhülle. Einer der Behemoth-Kreuzer wurde von einer feindlichen Torpedowelle getroffen. Seine Fluglage wurde zusehends unregelmäßig, doch das Kriegsschiff hielt stoisch die Stellung, mit seinen Waffen gewaltigen Schläge austeilend.

Die Drizil versuchten, die Behemoth-Schlachtkreuzer und ihre Eskorte abzudrängen, was ihnen nur teilweise gelang. Aufgrund ihrer enormen Tonnage erzwangen sich die Schiffe einfach den Durchbruch. Dabei gingen jedoch drei imperiale Kreuzer und fast dreißig Jäger verloren. Einer der Behemoth-Kreuzer erlitt mehrere Volltreffer auf dem Waffendeck und der zweite entging nur um Haaresbreite einen Volltreffer direkt oberhalb der Brücke. Schon bald war das direkte Umfeld des Mondes übersät mit den Trümmern zerstörter Kriegsschiffe und Jäger. Doch die imperialen Verbände besaßen eindeutig die Oberhand. Lestrade hatte den Sieg vor Augen.

Ein Ausruf Muellers holte ihn jedoch in die Realität zurück.

»Commodore, eine Nachricht von der BLACK PRINCE. Feindliche Verstärkung erzwingt sich den Weg durch das Minenfeld.«

Lestrade fühlte die Last der Verantwortung wie Gewichte auf seinen Schultern ruhen. »Wie viele?«

»Etwa dreißig. Die BLACK PRINCE wird sie nicht lange aufhalten können.«

»Nein, wohl eher nicht.« Lestrades Gedanken überschlugen sich. »Schicken Sie die Träger NAPOLEON BONAPARTE und HELSINKI zur Unterstützung der BLACK PRINCE und ihrer Kampfgruppe.«

»Sir?«, wagte sein XO einen Einwand. »Die beiden Träger sollten mit ihren Jägern Rix' Bodenoffensive unterstützen.«

»Ich weiß, Eugene, ich weiß.« Lestrade fühlte sich selbst nicht glücklich mit dieser Entscheidung, doch er sah schlichtweg keine andere Möglichkeit. Das Minenfeld musste unbedingt gehalten werden. »Colonel Castellano wird eine Weile ohne Hilfe auskommen müssen.«

Vor Mary O'Donells Augen lösten sich drei Torpedoboote unter dem unerbittlichen Feuer der Drizil auf. Die BLACK PRINCE und ihre kleine Begleitflotille hatte sich entlang der Vorstoßrichtung der feindlichen Verstärkung positioniert und konterten den Angriff mit koordiniertem Abwehrfeuer.

Die Drizil hatten längst gemerkt, dass sie mitten in einem Minenfeld saßen. Bereits in den ersten Minuten der Schlacht verloren sie vier Schiffe an die Minen, eines davon sogar ein Flaggschiff der Intruder-Klasse. Die zu Minen umfunktionierten Torpedos erwiesen sich als äußerst effektiv. Angesichts eines Minenfelds, das sich nicht orten ließ, hätten menschliche Kommandeure mit Rückzug und Neubewertung der Lage reagiert, hauptsächlich aus dem einen Grund, eigene Schiffe und Soldaten zu schonen. Doch nicht so die Drizil, sie senkten einfach die Köpfe und versuchten durchzubrechen. Sie taten dies jedoch auf äußerst effektive Art und Weise. Ihre Bordwaffen legten einen Teppich vor ihre Schiffe und brachten die Minen in ihrer Flugrichtung zur Explosion, zwar nicht alle, aber doch einen beeindruckenden Prozentsatz.

Die Bloody Mary und die übrigen Minenleger flogen pausenlos Einsätze, um weitere Minen zu platzieren und die zerstörten zu ersetzen, nach Möglichkeit so dicht vor den Drizilschiffen, wie es machbar war. Es war ein notwendiges, doch äußerst gefährliches Unterfangen, das nicht selten mit dem Verlust mehrerer Schnellboote endete.

»Weiteren Abschuss vorbereiten«, ordnete Mary an. »Wir müssen uns auf die größeren Pötte konzentrieren. Wenn die durchkommen, machen die Hackfleisch aus der Black Prince und ihren Begleitschiffen.«

Ein Beinahetreffer ließ die Bloody Mary gefährlich schlingern. Ihr XO hielt sich an einer Halterung über seinem Kopf fest. »Lange halten wir das nicht mehr durch«, beschied er ihr. »Die Fledermausköpfe müssen nur einen guten Treffer landen und wir sind Geschichte.«

»Wir müssen durchhalten, solange es geht«, hielt sie dagegen. »Ich sagte: Weiteren Abschuss vorbereiten! Diesmal müssen wir noch näher ran.«

Commodore Jacob Lone Wolf betrat eiligen Schrittes die Brücke der HMS Hunting Shadow. Er wurde bereits von seinem XO, Commander Christopher Little Crow, erwartet.

Lone Wolf hielt sich nicht mit großen Vorreden auf, sondern kam direkt zur Sache. »Wie schlimm ist es?«

Little Crow rief unverzüglich eine schematische Darstellung des Systems auf Lone Wolfs Hologramm auf. Das Schema zeigte sowohl das unvollständige Minenfeld als auch Lestrade Flotte, die den Mond angriff.

»Lestrade macht Fortschritte«, erklärte Little Crow ohne Umschweife, »aber eine Drizilentsatzstreitmacht greift unsere Einheiten am Minenfeld an und es sieht nicht so aus, als könnte man sie auf lange Sicht gesehen dort aufhalten.«

Lone Wolf studierte die Anzeigen mehrere Minuten lang, während sich seine Gedanken überschlugen. Er merkte gar nicht, wie er verhalten mit den Zähnen knirschte.

»Wie ist der Zustand unserer Schiffe?«, fragte er schließlich.

Diese Frage überraschte Little Crow dann doch. Er wusste natürlich augenblicklich, was Lone Wolf mit *unsere Schiffe* meinte.

»Die HUNTING SHADOW ist weit davon entfernt, als einsatzbereit durchzugehen. Wenn's hochkommt, ist gerade mal die Hälfte unserer Bewaffnung einsatzbereit und ein Deck ist immer noch zum Vakuum hin offen. Den anderen Schiffen geht es kaum besser, den meisten sogar weit schlechter.«

»Wie viele Schiffe könnten im Notfall auslaufen?«

Als Little Crow schwieg, sah Lone Wolf mit scharfem Blick auf. »Wie viele, Commander?«

»Neun«, meinte dieser schließlich. »Mit viel Glück vielleicht elf, das wäre aber auch alles.«

»Dann muss das reichen. Sagen Sie den Kommandanten der Schiffe Bescheid. Sie sollen sich kampfbereit machen.«

»Sir ... mit elf schwer beschädigten Schiffen halten wir die Drizil auch nicht auf.«

»Mag sein, Chris, aber die BLACK PRINCE braucht jedes verfügbare Schiff und jedes noch so kleine bisschen Feuerkraft. Wir halten die Drizil vielleicht nicht viel länger auf, aber jede Minute zählt.« Lone Wolf lächelte wehmütig. »Also sagen Sie den Kommandanten Bescheid, dass wir auslaufen. Es wird Zeit, dass die 8. Flotte ein letztes Mal ins Gefecht zieht.«

24

Assir ging mit dem Drizilgeschütz um, als hätte er sein Leben lang nichts anderes getan. Die Energieblitze des Geschützturms durchschlugen Tragflächen, Schnauze und Antrieb eines feindlichen Transporters. Das unbewaffnete Schiff fiel wie ein Stein vom Himmel, eine Rauchspur hinter sich herziehend. Irgendwo im Dschungel schlug es schließlich auf.

Es blieb jedoch keine Zeit, diesen Erfolg zu feiern. Für jeden Transporter, den sie abschossen, setzten drei auf und entluden Hunderte Drizilsoldaten, die den Kreis um Javier und dessen Besatzung enger schlossen. Javiers Mannschaft verteidigte den Bunkereingang verbissen, doch das gegnerische Feuer wurde zunehmend stärker. Der Captain der CONQUISTADOR warf immer wieder abschätzende Blicke in Richtung des Bunkereingangs. Während einer kurzen Feuerpause gesellte sich Estelle zu ihm.

»Einen Penny für Ihre Gedanken«, sprach sie ihn leichthin an.

Javier schüttelte den Kopf. »Ich kann nicht einmal raten, wie viele Drizil sich dort drinnen aufhalten.«

Estelle folgte seinem Blick. »Sie machen sich Sorgen, dass die plötzlich auf der Bildfläche erscheinen und wir zwischen zwei Fronten aufgerieben werden.« Es war eine Feststellung, keine Frage.

Javier nickte zurückhaltend. »Genau das« Er zögerte. »Unter anderem.«

Estelle zog ihre linke Augenbraue hoch, eine unerhört attraktive Geste an ihr. »Unter anderem?«

Javier deutete in Richtung des Dschungels. Zwischen den Bäumen war eine Menge Bewegung auszumachen. Die Drizil formierten sich für den nächsten Angriff neu.

»Die Fledermausköpfe machen meiner Meinung nach weniger Druck, als sie könnten.«

»Ist mir auch schon aufgefallen«, stimmte Estelle zu. »Und was schließen Sie daraus?«

»Ich glaube, unsere Feinde machen sich auch große Sorgen, und zwar, dass wir auf die Idee kommen könnten, uns in den Bunker zurückzuziehen. Deswegen lassen sie uns immer ein klein wenig Luft. Sie wollen uns nicht in den Bunker zwingen. Ich glaube beinahe, würden wir uns in den Dschungel zurückziehen, würden sie uns gewähren lassen. Hauptsache, wir sind weg von dieser rätselhaften Anlage.«

Estelle warf dem dunklen Loch, das tiefer in den Berg führte, einen neuen Blick zu. Dieser war weitaus optimistischer als zuvor. »Wenn die das nicht wollen, dann tun wir es doch. Alles, was die Drizil nervös macht, sollte uns Auftrieb geben.«

Javier schnaubte teils belustigt, teils frustriert. »Wenn es doch nur so einfach wäre.«

»Ist es das nicht?«

»Nein, ist es nicht. Ich würde lügen, würde ich behaupten, ich hätte an diese Möglichkeit noch nicht gedacht. Doch wir wissen nicht, was dort unten lauert. Es könnten Tausende Drizil nur darauf warten, über uns herzufallen. Oder Schlimmeres als Drizil.«

»Das glaube ich nicht. Wären dort unten tatsächlich so viele von ihnen, hätten wir sie schon auf dem Hals und wir wären gar nicht mehr in der Lage, diese Diskussion zu führen.«

»Es sei denn, sie warten auf etwas Bestimmtes.«

»Wie dem auch sei, wir könnten bald keine andere Wahl haben, als uns zurückzuziehen.« Estelle deutete auf den Horizont, wo Transportflugzeuge dabei waren, weitere Verstärkung für die Drizil heranzuführen.

Javier seufzte. »Genau das bereitet mir die größten Sorgen.«

Das Dorf war größer, als er erwartet hatte.

Colonel René Castellano kniete sich in knapp zwei Klicks Entfernung in den Schlamm. Hinter ihm formierte sich eine Truppe von fast zweitausendfünfhundert Mann. Sie waren bereit, die Hochburg des Feindes anzugreifen, doch noch zögerte René, diese Streitmacht in ein Gebiet zu schicken, von dem sie so gut wie nichts wussten.

Der Nebel hatte sich noch verstärkt, was die Situation nicht gerade leichter machte.

Vor Renés Augen teilte sich der Dunst und spie fünf Gestalten aus. Sie tauchten so unvermittelt auf wie Geister. Die Legionäre blieben angesichts der Neuankömmlinge völlig ruhig, doch René bemerkte, wie sich Soldaten der imperialen Armee und Miliz anspannten. Einige hoben sogar alarmiert die Waffen, bis ihre Offiziere sie zur Ordnung riefen.

René war kein bisschen beunruhigt. Im Gegenteil, hatte er diese fünf Neuankömmlinge sogar bereits erwartet. Der Anführer der Gruppe ließ sich vor ihm auf ein Knie nieder und nahm den Helm ab.

Corporal Denise Cloud Dancer warf ihr dichtes, rotes Haar zurück, das vor Schweiß auf ihrer Kopfhaut klebte. Es erinnerte René daran, dass auch die Umweltsysteme eines Kampfanzugs der Legion ihre Grenzen hatten.

»Und?«

»Das Dorf ist schwer befestigt. Ich schätze die Stärke des Gegners oberflächlich auf vielleicht zwei- bis dreitausend Mann zuzüglich zweien dieser riesigen Kreaturen.«

»Oberflächlich?«, hakte René nach.

Cloud Dancer nickte. »Wir konnten nicht bis in die Gebäude vordringen. Man hätte uns entdeckt. Ich bin sicher, dass sich in den Gebäuden noch mehr Drizil aufhalten. Gut möglich, dass wir nur die Spitze des Eisbergs gesehen haben.«

René senkte den Blick, um seine Gedanken zu klären. Wenn auch nur die Hälfte von dem stimmte, was Cloud Dancer da sagte – und René hatte keinerlei Grund, an ihren Ausführungen zu zweifeln –, dann hatten sie ein großes Problem. Ihre Stärke würde vielleicht nicht ausreichen, das Dorf einzunehmen.

René sah zum Himmel. Das Wetter schlug langsam um und klarte merklich auf. Immerhin mal ein Glücksfall. Carlo hatte mit Lestrade vereinbart, dass dieser zwei Träger bereitstellte, deren Jäger die Offensive unterstützen würden. Der Wetterumschwung würde den Piloten gute Dienste leisten. Trotzdem mussten die Bodentruppen die Hauptlast des Angriffs tragen, das war gar keine Frage. Sie mussten Haus für Haus durchsuchen, säubern und sichern. Sollte der Gegner tatsächlich derart deutlich in der Überzahl sein, konnte die Offensive ganz schnell zum Desaster werden.

»Colonel?«, fragte Cloud Dancer leicht ungeduldig. »Was tun wir? Greifen wir an?«

»Ja«, entschied René, »aber noch nicht gleich. Wir schicken zuerst die Drohnen rein. Sollen die erst mal ein wenig Druck auf die Drizil aufbauen.«

Cloud Dancer nickte verstehend, setzte den Helm auf und befahl: »Drohneneinsatz!«

Mehrere Aufklärungsfeuertrupps bezogen daraufhin in der vordersten Linie der Streitmacht Stellung und breiteten kleine Kugeln vor sich aus. Jede der Kugeln maß zehn Zentimeter im Durchmesser und jeder Aufklärungsfeuertrupp verfügte über fünf von ihnen, sodass jeder Legionär eines Aufklärungstrupps eine steuern konnte.

Diese Hunter/Killer-Drohnen waren zwar klein, aber für die Aufklärung unerlässlich. Die Aufklärungslegionäre steuerten sie über das HUD ihrer Helme. Die Drohnen waren klein genug, die engmaschige Verteidigung einer feindlichen Stellung zu infiltrieren und in Echtzeit Daten an die Legionäre zu liefern. Die Reichweite betrug bis zu zwanzig Kilometer. Damit ließen sich feindliche Stellungen bequem auskundschaften, die für den Einsatz der Legionäre zu gut verteidigt wurden. Als Tüpfelchen auf dem i war jede Drohne mit einem Sprengsatz ausgestattet, wodurch man mühelos feindliche Geschützstellungen oder Truppenansammlungen aus der Ferne angreifen und ausschalten konnte.

René gedachte, durch den Einsatz der Drohnen nicht nur weitere Informationen zu sammeln, sondern auch die gegnerische Verteidigung aufzuweichen, bevor der eigentliche Angriff erfolgte.

René hielt sich wohlweislich zurück, während die Aufklärungslegionäre ihrer Arbeit nachgingen. Die Drohnen waren schnell ausgepackt und mit den HUD der Soldaten verlinkt. Als Oberbefehlshaber dieser Operation war er in der Lage, sich in die Übertragung der Drohnen einzuklinken und die Bilder live zu verfolgen. Er entschied sich für Cloud Dancers Drohne.

Die Legionärin warf ihm einen fragenden Blick zu. René nickte. Fünfundvierzig Drohnen erhoben sich etwa zwanzig Zentimeter über den Boden.

Wie auf Kommando jagten die kleinen Flugkörper auf unterschiedlichen Vektoren davon. Aus Erfahrung wusste er, dass die Aufklärungslegionäre die Drohnen auf verschiedenen Wegen in die Stadt bringen würden. Er hoffte nur, sie würden nicht entdeckt. Wären sich die Drizil der Anwesenheit auch nur einer Drohne bewusst, wäre die ganze Operation in Gefahr. Den Drizil würde unweigerlich klar werden, dass es hier draußen mehr gab als nur Schlamm und Nebel.

René verfolgte gebannt die Bilder, die Cloud Dancers Hunter/Killer-Drohne übertrug. In der Nähe der Ortschaft verringerte Cloud Dancer die Geschwindigkeit der Drohne merklich und ließ sie nur noch einen Zentimeter über den Boden gleiten.

Die Aufklärungslegionärin hatte nicht zu viel versprochen. Das Dorf wimmelte nur so vor Drizil. Der Eingang des Dorfes wurde von zwei schweren Geschützstellungen flankiert und auf mindestens einem Dach in der Nähe erkannte René eine Luftabwehrstellung. Die konnte für Lestrades Jäger ein großes Problem werden. An verlockenden Zielen gab es also keinen Mangel.

Die Drohne arbeitete sich weiter am Boden vor. In der Ferne schob sich die Silhouette eines Panzerschleichers vorbei. René schluckte. Dieser Waffengang versprach alles andere als einfach zu werden. Die Drizil würden sicherlich nicht klein beigeben und sich mit allem wehren, was ihnen zur Verfügung stand.

Fast eine halbe Stunde durchsuchten die Drohnen das Dorf. Dabei fanden sie nicht nur mehrere Gebäude, die den Drizil als Kasernen dienten, sondern auch mehrere Keller, in denen Menschen eingesperrt waren. Zu welchem Zweck, das wusste René nicht so recht einzuordnen. Möglicherweise sollten diese Gefangenen als menschliche Schutzschilde herhalten, um Angriffe vonseiten imperialer Truppen von Anfang an zu vereiteln. Das könnte richtig hässlich werden. René schüttelte den Kopf. Davon durfte er sich keinesfalls beeindrucken lassen. Wenn möglich, würde er die Gefangenen befreien lassen, doch hier stand noch wesentlich mehr auf dem Spiel.

Einer nach dem anderen signalisierten die Aufklärungslegionäre grünes Licht. Sie hatten Ziele für ihre Drohnen ausgemacht und markiert. Cloud Dancer war eine der Letzten, die sich für ein geeignetes Ziel entschied. Es handelte sich um eine der Geschützstellungen am Stadtrand.

Sie wechselte noch einmal einen um Bestätigung bittenden Blick mit René. Dieser nickte abgehackt. Die Aufklärungslegionäre sandten die Bestätigungscodes für die Detonation der Drohnen – und in dem Dorf brach die Hölle los.

Edgar spürte die Detonationen sogar noch auf seiner mehrere Kilometer entfernten Position. Was aber noch wichtiger war, die Drizil verfielen sofort in helle Aufregung. Der Truppführer von *Schneller Tod* wartete angespannt, bis sich der Kampf um das Dorf richtig ausweitete. Falls René Castellano seine Aufgabe gut meisterte, musste er die Drizil bereits jetzt richtig unter Druck setzen.

»Boss? Es geht los«, informierte ihn Becky über Komm. Sie flüsterte, obwohl dies in der Abgeschiedenheit ihrer Funkverbindung gar nicht notwendig war. Der Drang war jedoch überwältigend. Man dachte instinktiv, der Feind könne einen hören, wenn man nur laut genug redete.

»Ich sehe es, Becky«, flüsterte er zurück. Auch Edgar war vor solchen Emotionen nicht gefeit.

Unter seinem Helm lächelte er, als die zwei Panzerschleicher, die diesen Abschnitt kontrollierten, in Richtung des umkämpften Dorfes abrückten. Castellanos Plan ging also auf. Die Drizil verfügten auf Vector Prime nicht mehr über genügend Bodentruppen, um die breite Front lückenlos zu besetzen. Sie mussten Abstriche machen. Indem Castellano das feindliche Zentrum angriff, zwang er die Drizil dazu, Truppen von anderen Punkten abzuziehen oder das Risiko einzugehen, dass den Menschen der Durchbruch gelang und die Front zweigeteilt wurde.

Na also, dachte er. *Sie haben nach Verstärkung gerufen. Ich hoffe nur, der Colonel hat genug Feuerkraft, um durchzuhalten.*

Er wartete noch weitere zehn Minuten, um sicherzugehen, dass die beiden Kreaturen bereits ein gutes Stück entfernt waren. Erst dann gab er seinen Truppen das Signal zum Vorrücken.

Noch aus der Bewegung heraus ließ er die Optik seines Helms den Horizont heranzoomen. Mehrere Grüppchen aus Drizilsoldaten patrouillierten die Gegend oder verharrten nahezu regungslos in ihren ausgebauten Stellungen. Es würde nicht mehr lange dauern, bis sie die im Anmarsch befindlichen Menschen entdeckten.

Edgar überschlug im Kopf die Truppenansammlungen, die er entdecken konnte. Er kam auf grob geschätzt fünf- bis sechshundert Drizil in diesem Abschnitt, nicht mitgerechnet die Drizil mit dieser neuen Technik, die sie unsichtbar für die Scanner der imperialen Kampfanzüge machte. Dass diese Tarnkämpfer hier auch herumschwirrten, das war für ihn gar keine Frage. Die Drizil wären schlichtweg dumm, wenn sie sie nicht ebenfalls einsetzten. Edgar markierte die sichtbaren feindlichen Stellungen und Soldaten in seinem HUD und sendete diese Informationen schließlich an die anderen Soldaten unter seinem Kommando.

Edgar gab ein weiteres Signal. Die imperialen Truppen beschleunigten ihre Schritte. Aus Schleichen wurde ein langsamer Trab. Nach einigen Minuten wurde aus dem Trab ein Lauf und danach ein Sprint.

Die imperialen Soldaten erhoben sich endgültig aus ihrer geduckten Haltung. Das HUD informierte ihn in diesem Augenblick über zwei Dinge: Die nächste feindliche Stellung war noch etwa siebenhundert Meter entfernt – und die Drizil hatten sie entdeckt.

Energiegeschosse des Feindes tasteten nach den angreifenden imperialen Truppen. Eine Geschützstellung eröffnete mit einem kohärenten Strahl das Feuer. Symbole, die imperiale Soldaten darstellten, verschwanden mit einem Mal von Edgars HUD. Ein Soldat der imperialen Armee wurde von dem Strahl einer feindlichen Geschützstellung praktisch eingeäschert. Der arme Kerl hatte nicht einmal die Chance zu schreien.

Explosionen blühten zwischen den menschlichen Soldaten auf. Legionäre und Milizionäre wurden beiseitegefegt. Einige erhoben sich wieder und schlossen sich dem Angriff erneut an, andere rührten sich nicht mehr.

Einige Symbole auf Edgars HUD begannen zu blinken. Die betreffenden Soldaten waren verwundet. Sanitäter krochen unter dem andauernden Beschuss des Feindes zu ihnen, um sie notdürftig zu versorgen, bis man sie in ein Lazarett bringen konnte.

»Gruppe Beta, linke Flanke!«, ordnete Edgar an. Eine gemischte Gruppe aus Legionären, Miliz und Armeesoldaten spaltete sich von Edgars Hauptmacht ab und schwenkte nach links.

»Zeta-Gruppe nach rechts.«

Eine weitere Gruppe vollführte dasselbe Manöver auf der rechten Seite. Edgars Kampftruppe zog ihre Linie immer weiter auseinander. Auf dem HUD überschritten sie die Marke von fünfhundert Metern zur nächstgelegenen feindlichen Stellung.

»Schwere Waffen! Dauerfeuer!«

Die Legionäre, die die schweren Nadelwerfer trugen, richteten sie aus. Mit ohrenbetäubendem Röhren eröffneten sie das Feuer. Edgar konnte Galen nicht sehen, nur das Symbol, das ihn darstellte. Demnach war er leicht schräg rechts hinter ihm. Tausende Hochgeschwindigkeitsprojektile sausten an ihm vorbei und schlugen in die vorderste feindliche Stellung ein.

Drizil gingen zu Boden. Einige wurden buchstäblich perforiert. Der feindliche Kanonier fiel mit einem Dutzend Projektilen im Leib. Die Geschützstellung starb einen langsamen und qualvollen Tod. Mehrmals versuchten andere Drizil, das Geschütz erneut zu bemannen, und wurden umgehend niedergemacht.

Dreihundert Meter.

Die Drizil waren nicht bereit, sich kampflos geschlagen zu geben. Die Geschützstellung war ausgeschaltet, die Infanterie noch lange nicht. Hunderte Energiegeschosse suchten sich ihre Ziele unter den imperialen Soldaten. Ein Schuss streifte Edgars linken Arm. Der Kampfpanzer hielt stand, doch er meinte, die Hitze des Streifschusses sogar durch die Panzerung spüren zu können. Ob eingebildet oder echt – er ignorierte es.

Hundert Meter.

Je näher sie kamen, desto verzweifelter wurde der feindliche Widerstand. Erste Drizil erkannten, dass sie die Menschen nicht würden aufhalten können, und zogen sich zurück. Weitere folgten.

Einige imperiale Soldaten hatten den Sieg schon fast vor Augen und preschten voraus, brachen dabei die Formation. Es handelte sich überwiegend um Milizionäre, auch wenn ein paar Armeesoldaten unter ihnen waren. Die Legionäre blieben in Formation.

»Kampflinie halten!«, schrie Edgar über Funk. »Kampflinie unbedingt halten!«

Einige vorausgeeilte Einheiten kehrten in die Formation zurück, aber nicht alle.

Seine beiden Flankeneinheiten überrannten zwei weitere feindliche Geschützstellungen und waren dabei, die feindliche Linie von den Seiten her aufzurollen. Wie vorausgesehen, hatten die Drizil nicht mehr genügend Truppen, um überall in gleicher Weise präsent zu sein.

»Sofort in die Formation zurückkehren!«, ordnete er erneut an. Auf seinem HUD bemerkte er, dass der Ausbruch einiger Milizeinheiten eine Lücke in seiner Linie hinterlassen hatte. Er knirschte frustriert mit den Zähnen.

Plötzlich verlöschten die Symbole einiger Milizionäre. Es handelte sich ausnahmslos um Soldaten, die der Hauptmacht vorausgeeilt waren. Auf seinen Scannern war in der unmittelbaren Umgebung dieser Soldaten nichts auszumachen. Die Drizil befanden sich auf dem Rückzug.

Edgar benötigte einige Sekunden, um zu erfassen, was gerade geschah.

»Anhalten! Sofort alles anhalten!«, schrie er in sein Komm. »Linien konsolidieren! Verteidigungsformation bilden! Das ist eine Falle!«

»Hinterhalt!«, schrie Becky im selben Augenblick. Edgar wirbelte herum. Ihm blieb der Mund offen stehen, als sich Hunderte Gestalten erhoben, die sich unter dem Grasboden verborgen gehalten hatten. In aller Eile überprüfte er seine Scanner, doch der Kampfanzug weigerte sich, die Bedrohung wahrzunehmen.

Edgar fluchte lautstark. Dass seine Komm-Verbindung noch immer offen war, realisierte er nur am Rande.

Die Drizilsoldaten waren bereits so nahe, dass sie darauf verzichteten, ihre Energiewaffen einzusetzen. Ihre tödlichen, klauenartigen Kampfmesser einsetzend, griffen sie die imperialen Soldaten an. Die Kampfmesser der Drizil waren darauf ausgerichtet, in die Kerben der Rüstungen einzudringen und den Soldaten darin buchstäblich aufzuspießen. Milizionäre und Armeesoldaten fielen gleichermaßen. Auch Legionäre waren gegen diesen Überraschungsangriff nicht gefeit.

Einem Legionär zwei Schritte von Edgar entfernt wurde das Kampfmesser in die weiche Verbindungsstelle unterhalb des Kinns gerammt. Blut spritzte aus der Wunde und lief in Strömen den Unterarm des Drizil herab. Dieser riss das Messer in einer plötzlichen Seitwärtsbewegung heraus und schlitzte dem unglückseligen Legionär den Hals auf ganzer Länge auf. Edgar hörte über die immer noch geöffnete Komm-Verbindung nur ein schmerzerfülltes Gurgeln und schon erlosch das Symbol, das den Legionär darstellte.

Edgar schrie seine Wut über den Tod des Kameraden heraus, ließ sein Nadelgewehr fallen und zog nun ebenfalls seine Kampfmesser. Mit einem gewaltigen Sprung stürzte er sich auf den Gegner und hieb ihm die beiden Klingen seitlich durch den Helm. Der Drizil öffnete den Mund zu einem stummen Schrei. Durch das Visier seines Helms sah Edgar die weit aufgerissenen Augen des feindlichen Soldaten.

Stirb, du Hurensohn, stirb!

Edgar ließ die Klingen im Schädel des Gegners, bis dieser erst auf die Knie und schließlich zu Boden sank. Erst dann zog er seine Kampfmesser heraus. Trotz aller Verachtung, die er für den Feind hegte, kam er nicht umhin, deren Zähigkeit Respekt zu zollen. Ein Mensch wäre bei einer solchen Verletzung augenblicklich zusammengebrochen.

Die Schlacht entwickelte sich zu einem wüsten Handgemenge, in dem es schwer war, die Übersicht zu behalten. Die Drizil waren in die imperiale Schlachtordnung eingebrochen und es machte nicht den Anschein, als ob es sich nur um einen Ex-und-hopp-Angriff handelte. Die Drizil waren entschlossen, die Stellung zu halten.

Edgar fletschte kampflustig die Zähne. Nun, das war er auch.

Colonel Justin Janneck lief hinter seinen Männern unruhig auf und ab. Die Geschützstellung unter seinem Kommando spie einen Lichtstrahl um den anderen in den Himmel, um die Driziljäger auf Abstand zu halten.

Janneck konnte gar nicht sagen, wie stolz er auf seine Leute war. Ihr Kampfgeist musste sich vor dem der Legionäre nicht verstecken.

Er beobachtete aufmerksam das Schlachtfeld. Colonel Castellano konnte er schon lange nicht mehr sehen. Nicht, seit dieser das Dorf angegriffen hatte. In der Ferne stapfte die Silhouette eines Panzerschleichers vorüber. Kurz darauf blühten mehrere Explosionen dort auf, wo sich die Kuppel mit dem Cockpit befinden musste. Die Kreatur feuerte aus seinen Plasmawerfern zurück, doch weitere Explosionen ließen das riesige Ding einknicken und es verschwand aus Jannecks Sichtfeld.

Eins weniger, honorierte er in Gedanken. Er warf einen Blick zum Himmel. *Wo zum Teufel bleiben nur die versprochenen Jäger?*

Er schüttelte verständnislos den Kopf. Trotz Lestrades Zusagen verfügte Castellanos Offensive bisher über keinerlei Deckung aus der Luft. Jannecks Geschützstellung war das Einzige, was die Driziljäger auf Abstand hielt.

»Colonel?«, rief einer seiner Unteroffiziere und zeigte plötzlich zum Himmel. »Neue Jägerwelle.«

Janneck folgte dem Wink. Eine Gruppe Jäger durchstieß die Wolkendecke und hielt direkt auf die Stellung der imperialen Armee zu. Ihre Absicht war kaum misszuverstehen.

»Batterien ausrichten! Feuer frei!«

Jannecks Männer reagierten augenblicklich. Die Batterien belegten den Luftraum, den die angreifenden Jäger passieren mussten, mit Sperrfeuer. In den ersten Sekunden wurden zwei Dutzend von ihnen vom Himmel geholt. Ihre brennenden Bruchstücke regneten zur Oberfläche hinab.

Die feindlichen Jäger stoben auseinander. Jannecks Kanoniere versuchten, ihnen zu folgen. Zwei weitere Jäger zerbarsten unter dem imperialen Beschuss. Janneck bemühte sich, sie alle im Blick zu behalten.

Einer der Jäger schwenkte urplötzlich herum und nahm direkten Kurs auf die Stellung. Einer der Kanoniere nahm ihn aufs Korn. Energiestrahlen fegten an der Drizilmaschine vorbei. Der Pilot war beileibe kein Anfänger und flog komplizierte Ausweichmanöver. Seine Bordwaffen eröffneten das Feuer. Eines von Jannecks Geschützen ging in Flammen auf. Der Kanonier schrie schrill auf, als er in eine menschliche Fackel verwandelt wurde.

Ein anderes Geschütz übernahm die Funktion des zerstörten und tatsächlich erlitt der Jäger drei Volltreffer an der Schnauze und der rechten Tragfläche. Diese riss ab und die Maschine drehte sich in der Luft um die eigene Achse. Außer Kontrolle geraten stürzte sie ab – mitten in die Geschützstellung.

»Janneck? Colonel Janneck bitte kommen!«

Frustriert schloss René die Verbindung.

»Und?«, fragte Corporal Denise Cloud Dancer, während sie ein neues Magazin in ihr Nadelgewehr lud.

»Nichts«, erwiderte René. »Der Colonel antwortet nicht.«

»Das muss nichts heißen.«

»Stimmt, aber es ist trotzdem kein gutes Zeichen.«

Ein Legionär der 26. kroch zu ihnen herüber. Das leider viel zu effiziente Feuer der Drizil zwang ihn, den Kopf tief zu halten. Trotzdem kamen ihm mehrere der Geschosse unangenehm nahe. Geschickt nutzte der Mann das ausgebrannte und zerschlagene Gerippe eines Panzerschleichers als Deckung. Aus der verbrannten und geschwärzten Panzerung der Kreatur floss das eklige Blut in Strömen. Das Tier war erst wenige Augenblicke zuvor zu Fall gebracht worden, was jedoch das Leben von gut drei Dutzend Soldaten gefordert hatte. Einige panzerbrechende Raketengeschosse, die nicht explodiert waren, steckten noch in der Hülle.

Der Mann neigte kurz den Kopf, sobald er René und Cloud Dancer erreichte. »Wir haben uns bis zur Mitte des Dorfes vorgearbeitet, aber die Fledermausköpfe haben sich verschanzt und uns festgenagelt. Wenn das so weitergeht, kommen wir weder vor noch zurück. Außerdem haben die noch mindestens einen Panzerschleicher, der uns zu schaffen macht.«

René fluchte unterdrückt. »Wir müssen diesen Status quo beenden und das Dorf endlich einnehmen. Nur damit können wir diese Schlacht beenden.« Er überlegte fieberhaft. Der Colonel merkte auf. »Ich habe eine Idee. Vielleicht überwinden wir ihre Stellungen auf diese Weise. Es ist aber sehr riskant.«

In groben Zügen umriss René den Legionären seinen Plan. Er war in der Tat äußerst riskant.

Seine Gegenüber waren begeistert.

»Zurück! In den Bunker! Sofort alle in den Bunker!« Javiers Stimme überschlug sich beinahe, als er die Überlebenden seiner Besatzung in Richtung Tunneleingang dirigierte. Fast einen Tag hatten sie am Zugang zur versteckten Drizilanlage durchgehalten, doch nun rückten die Fledermausköpfe in voller Stärke an. Sie waren entschlossen, die Sache nun zu einem Ende zu bringen. Javier war absolut klar, dass seine Leute das nicht überleben würden. In den letzten Stunden war – trotz aller Gefahren – der Bunkereingang immer verlockender erschienen, nun war er ihre einzige Hoffnung, wenigstens noch ein paar Stunden länger durchzuhalten.

Assirs Marines bauten die zwei noch funktionsfähigen Geschütztürme der Drizilatellung ab und schleppten sie auf die verheißungsvolle Öffnung im Berg zu. Vielleicht würden sie diese Feuerkraft noch brauchen können.

Aus dem Dschungel fegten Drizilgeschosse über die kleine Lichtung. Zwei Männer und eine Frau wurden getroffen. Einer der Männer und die Frau waren auf der Stelle tot. Der zweite Mann wand sich unter Schmerzen auf dem Boden, bevor auch er gnädigerweise starb.

Estelle gesellte sich zu ihm. »Wir müssen weg. Sie sind nahe.«

Javier nickte. »Bringen Sie alle in den Tunnel. Ich führe die Nachhut an.«

»Captain ...«, sagte sie beschwörend.

Er versuchte sich an einem aufmunternden Lächeln. »Keine Sorge, ich habe nicht vor, den Heldentod zu sterben. Gehen Sie!«

Seine XO zögerte noch für einen Moment, schließlich drehte sie sich um und half bei der Evakuierung in den Bunker. Javier packte sein Nadelgewehr fester.

Die ersten Drizil brachen mit flammenden Waffen aus dem Dschungel. Assirs Marines und einige bewaffnete Besatzungsmitglieder belegten sie mit Sperrfeuer. Die erste Linie ging nahezu zeitgleich zu Boden, durchsiebt von Dutzender scharfkantiger Projektile. Die nächste Welle rückte an. Zwei Marines wurden getroffen und starben lautlos.

Assir kommandierte seine Leute mit bewundernswertem Elan, doch es war klar, dass man sie über kurz oder lang überrennen würde. Es waren einfach zu viele Drizil und zu wenige Menschen. Javier war sich bewusst, es gab keine Hoffnung, diesen Kampf zu gewinnen.

Er warf einen schnellen Blick zurück. Die letzte Gruppe zog sich gerade unter Estelles Anweisungen in den Tunnel zurück. Sie führten mehrere Verwundete mit sich, was sie zu langsam machte. Javier knirschte mit den Zähnen.

Nur noch ein paar Minuten, beschwor er in Gedanken. *Wir müssen sie nur noch ein paar Minuten aufhalten.*

Gestikulierend dirigierte Estelle die Männer und Frauen auf die trügerische Sicherheit der dunklen Öffnung zu. Die Drizil bedrängten sie von allen Seiten. Javier feuerte beinahe mechanisch. Seine ganze Welt bestand nur noch aus Feuern, Nachladen und Weiterfeuern. Die Lichtung war inzwischen übersät mit toten Drizil und für Javiers Geschmack viel zu vielen toten Menschen.

Zu seiner Rechten brachen drei Drizil durch das Unterholz. Der Captain der CONQUISTADOR fuhr herum, doch er wusste bereits, es war zu spät.

Zu seinem Entsetzen zielten sie jedoch nicht auf ihn, sondern auf die letzte Gruppe Überlebender unter Estelles Führung. Die Drizil und Javier eröffneten beinahe zeitgleich das Feuer. Die Drizilsoldaten fielen unter seinem unbarmherzigen Dauerfeuer. Noch während die Fledermausköpfe stürzten, warf Javier einen Blick zum Tunneleingang. Ein halbes Dutzend Menschen lagen dort in ihrem eigenen Blut – eine von ihnen war Estelle.

»Assir! Feuerschutz!«, befahl er augenblicklich. Der erfahrene Marine stellte keine Fragen, sondern zog seine Nachhut ohne Zögern um einige Meter zurück und stellte sie neu auf, sodass mit seinen beschränkten Möglichkeiten ein optimaler Schutz gewährleistet wurde.

Javier eilte zu seiner XO und drehte sie vorsichtig auf den Rücken. Sie atmete noch, wenn auch stoßweise. Sie war von einer Säureladung an der Hüfte getroffen worden. Die Ladung war noch immer dabei, sich durch ihr Fleisch zu brennen. Es roch ekelhaft süßlich. Javier kämpfte gegen aufkeimenden Brechreiz an. Estelle schlug ihre Augen auf. Er erkannte den Schmerz darin.

Ohne zu zögern, zog er sein Kampfmesser aus dem Gürtel. »Die Zähne zusammenbeißen, das wird jetzt wehtun«, wies er sie an. Sie war vor Schmerz nicht fähig zu reden, stattdessen nickte sie. Die Bewegung wirkte, als wäre sie ein Roboter.

Er wusste, was zu tun war, um ihr Leben zu retten, doch es würde nicht einfach werden. Javier biss selbst die Zähne zusammen und stieß sein Messer in die Wunde. Mit knappen, präzisen Bewegungen schnitt er erst die Säureladung heraus und anschließend alles abgestorbene Gewebe rund um die Eintrittswunde, um sicherzugehen, dass er auch nichts von der Säureladung übersah. Zu Anfang stöhnte Estelle herzzerreißend, doch schon nach wenigen Sekunden wurde sie zum Glück ohnmächtig, sodass ihr der Rest erspart wurde.

Javier blendete die immer noch ringsum tobende Schlacht aus, kauterisierte und verband anschließend die Wunde. Zu guter Letzt gab er ihr Antibiotika gegen Wundbrand. Es handelte sich nur eine Notlösung aus seinem Erste-Hilfe-Beutel, doch es war alles, was er im Augenblick für sie tun konnte. Der gesamte Vorgang dauerte nur wenige Minuten.

Assir kniete sich neben ihn. »Sir? Wir müssen hier weg. Sofort!«

Javier nickte.

»Soll ich sie tragen?«, bot sich der Marine hilfreich an.

Der Captain der CONQUISTADOR schüttelte den Kopf. »Ich trage sie. Für Sie habe ich eine andere Aufgabe. Versiegeln Sie den Tunnel, sobald wir drin sind.«

»Sir?«

»Sie haben richtig gehört. Den Tunnel versiegeln. Die Drizil dürfen uns nicht folgen, sonst erledigen sie uns.«

Assir machte den Eindruck, widersprechen zu wollen, besann sich dann jedoch eines Besseren und nickte lediglich.

Javier nahm die bewusstlose Estelle auf die Arme. Sie war erstaunlich leicht. Mit den Marines im Rücken trug er sie auf die Tunnelöffnung zu.

Assir ließ am Bunkereingang Sprengladungen deponieren, bevor er Javier mit dem Rest seiner Marines folgte. Als sie in sicherer Entfernung waren, zündete er.

Die folgende Explosion erschütterte den Boden unter ihren Füßen und ließ ihre Ohren klingeln. Javier schloss reflexartig die Augen und beugte sich über seine bewusstlose XO, falls sich Steine von der Decke lösten. Doch nichts dergleichen geschah. Der Bunker war recht stabil gebaut.

Als Javier seine Augen wieder öffnete, war der Bunkereingang verschüttet. Die Marines zündeten mehrere Leuchtstäbe, um die Dunkelheit zu vertreiben.

Javier sah sich um. Sie befanden sich in einem lang gezogenen Korridor, der nur stur geradeaus führte. Seine Leute boten einen mitgenommenen Anblick. In den Augen vieler bemerkte er Hoffnungslosigkeit. Wer hätte es ihnen auch verdenken können, nach den Erlebnissen der letzten Tage.

»Und jetzt?«, fragte Assir.

Javier lachte humorlos auf. »Nun gibt es für uns kein Zurück mehr. Der Weg liegt klar vor uns. Von nun an geht es nur noch geradeaus.«

»Das haben sie also verteidigt.«

Becky stand über der Öffnung im Boden und spähte angestrengt hinein. Edgar konnte sich nicht erinnern, wann er sich zum letzten Mal so zerschunden gefühlt hatte. Seine Rüstung war über und über mit Drizilblut gesprenkelt. Das Schlachtfeld reichte, so weit er sehen konnte. Diese Fanatiker hatten bis zum letzten Mann gekämpft, waren nicht bereit gewesen, auch nur einen Fußbreit zurückzuweichen. Edgars Truppe hatte sie alle ausnahmslos erledigen müssen. Eine solche Schlacht hatte er nicht einmal während der Invasion auf Perseus erlebt und er verspürte auch nicht den Wunsch, eine solche Schlacht erneut zu erleben.

Vor wenigen Minuten hatte Becky dann das entdeckt. Auf den ersten Blick lediglich ein normales Loch im Boden, auf den zweiten jedoch schimmerte dieses auf seltsame Art und Weise. Es bedurfte keiner großen Fantasie, um sich auszumalen, dass die Fledermausköpfe die ganze Verteidigung dieses Abschnitts nur um dieses Loch herum aufgebaut hatten.

»Rix wollte herausfinden, was die Drizil vor uns verbergen wollen. Ich denke, nun wissen wir es.«

»Dieses Loch?«

»Es scheint so.«

»Sollen wir Bericht erstatten?«

Edgar dachte ernsthaft über Beckys Vorschlag nach, schüttelte dann jedoch den Kopf. »Noch nicht, erst wenn wir mehr wissen. Bevor ich den General oder Colonel Castellano kontaktiere, will ich genau wissen, was dort unten ist. Das werden sie nämlich zuerst fragen.«

Sie neigte leicht den Kopf. »Und wie willst du das herausfinden, oh du mein Anführer?«

Er seufzte. »Da gibt es leider nur einen Weg«, sagte er und sprang in das Loch.

25

Die Black Prince brannte aus einem Dutzend Lecks in der Außenhülle. Das Vakuum hätte die Flammen eigentlich längst ersticken müssen – zumindest wenn die Druckschotten und Sicherheitskraftfelder funktioniert hätten. Dass dies nicht geschehen war, ließ Böses erahnen, was den Zustand des Schiffes betraf. Die Flammen wurden weiterhin durch den Sauerstoff im Inneren des Schiffes genährt. Für ein Raumschiff eine tödliche Bedrohung. Trotzdem feuerte der Schlachtkreuzer ohne Unterlass aus allen verfügbaren Rohren auf den Feind.

Die Black Prince schaltete mit einer Salve einen feindlichen Zerstörer und kurz darauf eine Fregatte aus. Die Drizil erlitten erhebliche Verluste, sowohl durch das Minenfeld als auch die imperialen Kriegsschiffe, doch die feindlichen Schiffe bahnten sich mit beinahe bewundernswerter Hartnäckigkeit einen Weg durch das verminte Areal.

Das führende Intruder-Kampfschiff feuerte eine Salve Energietorpedos auf die Black Prince ab. Der Behemoth-Schlachtkreuzer erbebte unter den Einschlägen. Ganze Panzerplatten lösten sich vom Rumpf und wirbelten davon.

Zwischen den Giganten lieferten sich Jäger beider Seiten ein tödliches Duell. Mammoth- und Shadow-Jäger stellten sich Flüsterwind- und Blutstachel-Maschinen entgegen. Unzählige Explosionen glühten auf und vergingen ebenso schnell wieder.

Die Taktik der Drizil – so plump sie auch war – funktionierte. Sie legten mit ihren Waffen einen Teppich, um die Minen zur Explosion zu bringen. Es gelang nicht immer, aber oft genug. Trotzdem fügte das Minenfeld den Invasoren schweren Schaden zu, vom dem sich der Gegner jedoch nicht beirren ließ.

Die Bloody Mary und ihre Schwesternschiffe flogen waghalsige Manöver, um die Minen zu ersetzen, die von den Drizil zerstört worden waren. Die Schnellboote luden die Minen direkt in Flugrichtung des Gegners ab. Dazu mussten sie den feindlichen Schiffen unangenehm nahe kommen. Allzu oft endete es mit der Zerstörung des betreffenden Schnellbootes.

Mary O'Donnell schmeckte Blut auf der Lippe. Sie hatte gar nicht gemerkt, wie sie sich selbst in die Zunge gebissen hatte. Die Brücke der BLOODY MARY glich einem Hexenkessel. Es war brütend heiß. Sie hatte Energie von der Lebenserhaltung abziehen und dem Antrieb zuführen müssen. Ihre Uniform klebt an ihrem Körper wie eine zweite Haut.

»Oh nein ... Commander!«, schrie ihr XO auf.

»Schon gesehen«, informierte sie ihn weit ruhiger, als sie sich fühlte. Auf ihrem taktischen Hologramm beobachtete sie, wie der führende Intruder sich langsam aus dem Minenfeld schob, um sich der BLACK PRINCE zu stellen. In seinem Kielwasser folgten etwa ein Dutzend Schiffe. Das größere Schiff hatte die Minen für seine Begleiter aus dem Weg geräumt und nun standen sie kurz davor, die BLACK PRINCE und ihre Begleitschiffe zu überrennen.

Die Außenhülle des Intruders war übersät mit Dutzenden pockennarbiger Vertiefungen, doch das Schiff blieb weiterhin kampf- und einsatzfähig.

Noch während sie hinsah, schwärmten die Begleitschiffe des feindlichen Flaggschiffes aus und nahmen die Einheiten unter Beschuss, die die BLACK PRINCE eskortierten. Ein Guardian-Kreuzer und ein Ares-Kreuzer wurden bereits in den ersten Minuten des Kampfes derart schwer angeschlagen, dass ihre Feuerkraft um beinahe die Hälfte reduziert wurde.

Der BLACK PRINCE und ihren Begleitschiffen blieb nichts anderes übrig, als sich zurückfallen zu lassen, ansonsten hätten die Drizil die Gefechtslinie des terranischen Geschwaders durchbrochen. Trotzdem setzten die Drizil die imperialen Einheiten gehörig unter Druck. Driziljäger schwärmten aus und lieferten sich eine heftige Schlacht sowohl mit den Großkampfschiffen als auch den Geleitjägern. Der Träger HMS SABER geriet in ein mörderisches Bombardement zweier Drizilgeschwader und dreier feindlicher Zerstörer. Es machte zunächst noch den Anschein, die SABER würde standhalten, doch dann verheerte nach einem Treffer eine Sekundärexplosion die Startbucht. Die Detonation weitete sich aus und riss schließlich den halben Bug mitsamt der Brücke auseinander. Den Drizil genügte dieser Erfolg jedoch nicht. Zwei weitere Salven gaben dem Schiff den Rest.

Mary konzentrierte sich auf ihre Aufgabe. Es waren immer noch feindliche Schiffe dabei, sich durch das Minenfeld vorzuarbeiten. Dieses wies inzwischen klaffende Löcher auf.

Trotzdem erfüllten die Minen ihren Zweck. Acht feindliche Schiffe trieben steuerlos und schwer beschädigt zwischen den Torpedos. Den Trümmern nach zu urteilen, waren mindestens drei weitere zerstört worden.

Mary rief den Statusbildschirm des Schnellbootkampfverbands auf. Bei dem Anblick krampfte sich ihr Herz schmerzhaft zusammen. Wenn diese Aufstellung genau war – und sie zweifelte keinen Augenblick daran –, dann verfügten die imperialen Kräfte an dieser Front nur noch über knapp achtunddreißig der kleinen und schnellen Einheiten. Ihr Einsatz hatte einen hohen Preis gefordert.

Sie wechselte erneut zur taktischen Ansicht ihres Hologramms. Stirnrunzelnd musterte sie die Situation. In den nächsten Minuten würden sechs weitere feindliche Schiffe durch das Minenfeld brechen und der BLACK PRINCE höchstwahrscheinlich in die Flanke fallen. Die Schiffe wurden von einem Intruder angeführt.

»XO? Nachricht an alle Schiffe. Sämtliche anderslautenden Aktionen einstellen und diese Vektoren verminen.« Sie tippte mehren Zahlenreihen in ihren Computer und überspielte das Ganze an die Station ihres XO. Dieser studierte die Daten einen Augenblick und hob dann den Kopf.

»Sind Sie sicher?«

Sie zuckte die Achseln. »Ist die einzige Chance, die die BLACK PRINCE hat.«

»Und ich hatte schon gehofft, ein reifes Alter zu erreichen«, schmunzelte der Offizier. »Komm? Die Nachricht der Kommandantin an alle Einheiten weitergeben.«

Solomon DeVries' Shadow-Abfangjäger tanzte zwischen dem Drizilgeschwader hin und her wie ein Balletttänzer. Der schlanke Rumpf des Jägers spie in unregelmäßigen Abständen Lichtimpulse. Feindjäger zerbarsten unter seinen Angriffen.

»Führer Blau an Führer Gelb«, sprach er ruhig in sein Komm.

»Hier Führer Gelb, ich höre«, erfolgte prompt die Antwort.

»Feindliche Staffel im Anflug auf die KAISER AUGUSTUS. Deine Staffel ist am nächsten.«

»Verstanden! Wir sind dran.«

Rechts von ihm schwenkte eine weitere Shadow-Staffel ab, um den Angriffskreuzer der Ares-Klasse KAISER AUGUSTUS zu verteidigen. Das Schiff war nach einem Schlagabtausch mit zwei feindlichen Zerstörern deutlich angeschlagen. Nur noch die Hälfte der Frontbatterien feuerte und das Schiff hatte schon seit einigen Minuten keine Torpedos mehr abgefeuert. Entweder hatte es keine Munition mehr oder das Torpedodeck war ausgefallen. Letzteres wäre die schlimmere Möglichkeit.

Eine Staffel Schnellboote sauste über sein Kanzeldach hinweg, so dicht, dass er das Gefühl hatte, sie kratzten seine Außenhülle an. Todesmutig stürzten sie sich auf mehrere feindliche Schiffe und warfen ihnen Minen in den Weg.

»Boss? Hast du das gesehen?«, fragte Lieutenant Beatrice Sumner, seine neue Nummer zwei.

»Klar hab ich das. Das schaffen die nicht allein. Blaue Staffel beidrehen. Die Schnellboote brauchen mehr Feuerschutz.«

René schlich sich geduckt durch die Straßen der Ortschaft, die die Drizil als Kommandoposten ausgewählt hatten. In seiner Begleitung befanden sich Denise Cloud Dancer sowie ein gemischter Trupp aus fünfzig Soldaten. Der Kampflärm war weit entfernt. Drizil waren kaum zu sehen. Es war schwer, sich nicht in ein falsches Gefühl der Sicherheit einzulullen.

Renés Plan war im Prinzip recht simpel. Das Dorf wurde derzeit aus zwei Richtungen angegriffen. Die imperialen Truppen bedrängten die Drizil und zwangen sie, ihre Reserven in den Kampf zu schicken.

Währenddessen schlich sich René mit einer handverlesenen Einheit ins Hinterland des Gegners und schaltete – mit etwas Glück – dessen schweres Gerät aus. Es war diese Ausrüstung, die die Einnahme der Ortschaft verhinderte. Der Gegner verfügte immer noch über Artillerie und mindestens zwei Panzerschleicher. Diese genmanipulierten Kreaturen bewachten allem Anschein nach die feindliche Artilleriestellung. Der Scheinangriff von zwei Seiten sollte außerdem den Zweck dienen, diese beiden waffenstarrenden Kreaturen von der Artillerie fortzulocken, sodass Renés Kampftruppe die Möglichkeit erhielt, beide Ziele – Artillerie und Panzerschleicher – voneinander zu trennen und auszuschalten.

Zumindest in der Theorie.

Ein simpler Plan.

Simpel von der Idee her, aber schwierig zu realisieren.

René stand vor dem Problem, die Truppe, die er mitnahm, musste groß genug für die bevorstehende Aufgabe sein, aber so klein, dass sie durch die Maschen der feindlichen Linien schlüpfen konnten.

René hob die Hand. Die Truppe hinter ihm kam augenblicklich zum Stehen.

Einige Augenblicke geschah gar nichts. Die Soldaten verharrten in der Regungslosigkeit.

Corporal Denise Cloud Dancer hielt es schließlich nicht mehr aus. »Colonel?«, fragte sie über die allgemeine Befehlsfrequenz.

Mit einer knappen Geste bat René um Ruhe. Er musste sich konzentrieren. Was ihn plötzlich hatte innehalten lassen, wusste er selbst nicht ganz genau. Er hatte etwas gespürt, eine minimale Erschütterung.

Er merkte auf. Da war es schon wieder. Definitiv eine Erschütterung im Boden. Rhythmisch, gleichmäßig. René gab erneut ein Handsignal und die Soldaten pressten sich gegen die nächste Hauswand. René konnte nur erahnen, wie es seinen Leuten erging, doch er selbst hielt vor Spannung den Atem an. Auf der anderen Seite des Gebäudes marschierten die beiden Panzerschleicher in Richtung Front. Gleichzeitig flogen Geschosse, eine lange Rauchspur hinter sich herziehend, über sie hinweg. Die Drizil setzten also alles ein, was sie hatten, um dem Angriff zurückzuschlagen.

René streckte sich, um die beiden Kreaturen näher zu begutachten. In ihrer Nähe zu stehen, war beinahe schon Ehrfurcht gebietend. Kein Wunder, dass die Drizil sie zu ihren Schockwaffen auserkoren hatten. Tauchten sie auf dem Schlachtfeld auf, verbreiteten sie Angst und Schrecken.

Aber nicht heute, schwor er sich.

Er zog sich wieder etwas zurück. Die beiden Kreaturen wurden von Drizilinfanterie begleitet. René fletschte die Zähne. Das konnte durchaus hässlich werden, doch sie mussten da durch, auf die eine oder andere Art.

René sah über die Schulter und nickte Cloud Dancer zu. Sie dirigierte zwei Raketentrupps auf die Dächer der umliegenden Gebäude. Die Männer, die die klobigen schweren Waffen trugen, machten sich sogleich auf den Weg. Auf seinem HUD verfolgte René ihren Weg. Sie würden in knapp einer Minute in Position sein.

Die Panzerschleicher waren beinahe an ihnen vorbei. Ganz hervorragend. Ein Angriff von hinten bot bei Weitem die höheren Erfolgsaussichten.

Die Symbole, die die Raktentrupps symbolisierten, pulsierten einmal. René nickte zufrieden. Die Soldaten gaben zu erkennen, dass sie ihre Positionen eingenommen hatten.

Er wandte sich an Cloud Dancer. »Es geht los. Bringen Sie Ihre Leute in Stellung.«

Cloud Dancer hielt sich nicht mit einer Bestätigung oder langen Vorreden auf. Sie nickte und führte zwei weitere Raketentrupps zu einem Straßenzug zwei Blocks entfernt.

René wartete noch einige Augenblicke. Der zweite Panzerschleicher machte gerade Anstalten, an ihm vorüberzustapfen, als er das Signal zum Angriff gab.

»Los!«

Legionäre, Milizionäre und Armeesoldaten erhoben sich wie ein Mann aus ihren Positionen und strömten durch die Seitengassen auf die Hauptstraße.

Ihre Nadelgewehre spuckten Tod und Zerstörung. René schaltete sein Gewehr auf Dauerfeuer und mähte drei völlig überraschte Drizil mit einer Salve nieder. Einer von ihnen besaß vor seinem Ende noch die Geistesgegenwart zurückzufeuern, doch der Schuss ging weit daneben.

Schwerfällig versuchten die von den Drizil gesteuerten Kreaturen, sich umzudrehen, doch die Straße war für ihre Masse zu eng, was ihre Aktion enorm erschwerte. Bei ihrem Wendemanöver ebneten sie versehentlich drei Gebäude ein. Die Probleme der Panzerschleicher verschaffte den Raketentrupps gerade die Zeit, die sie benötigten.

Der Trupp auf dem Dach nahm den vorderen, Cloud Dancers Trupp den hinteren aufs Korn. Sechs Geschosse bewegten sich, eine korkenzieherartige Rauchspur hinter sich herziehend, auf ihr Ziel zu. Sie verursachten ein zischendes Geräusch, als sie die Luft durchpflügten.

Jeweils drei Geschosse schlugen in die beiden Kreaturen ein. Die panzerbrechenden Spitzen durchdrangen den Panzer problemlos und rammten die Sprengladung tief ins Innenleben der Panzerschleicher. Sie stießen einen schrillen, gequält anmutenden Schrei aus. René hoffte, dass es Todesschreie waren.

Das vordere der Tiere taumelte bereits, das zweite versuchte immer noch verzweifelt, sich umzudrehen, um sich dieser Ameisen zu entledigen, die es wagten, es anzugreifen.

Dann – nur Sekunden nach der Penetration – explodierten die Raketen.

Maximal zwei Raketen pro Kreatur hätten bequem gereicht, doch René hatte kein Risiko eingehen wollen. Dem vorderen Tier wurde der Panzer auf ganzer Breite aufgerissen und eine Stichflamme schoss hervor. Ein Geruch, der verdächtig Ähnlichkeit mit verbranntem Hummer hatte, erfüllte die Luft. Was von der Kreatur übrig blieb, krachte zu Boden und wälzte sich um die eigene Achse. Dabei zerquetschte es unabsichtlich das Cockpit mitsamt der Drizilbesatzung.

Das Ende der zweiten Kreatur war jedoch weitaus spektakulärer. Als die Raketen explodierten, wurde das Tier im wahrsten Sinne des Wortes in Stücke gerissen. Es blieb nichts übrig, was größer als eine Handfläche gewesen wäre. Einige der imperialen Soldaten stellten sich unter Vordächern unter, um diesem unwillkommenen Regen zu entgehen.

René sah sich aufmerksam um. Erst als er sicher war, dass kein Drizil mehr aufrecht stand, gestattete er sich einen Moment der Erleichterung. Er aktivierte sein Komm.

»Corporal?«

»Ja, ich bin noch hier«, antwortete Cloud Dancer. René hörte ihr Lachen sogar noch über die Funkverbindung.

René sah zum Ende der Straße, wo die Aufklärungslegionärin ihm zuwinkte.

»Wie sieht's bei ihnen aus?«

»Keine Drizil mehr am Leben. Unsere Verluste halten sich auch in Grenzen. Ich würde sagen, wir haben zwanzig, dreißig Leute verloren. Außerdem noch ein paar Verwundete, aber ansonsten war's das.«

René nickte beifällig. »Hätte schlimmer kommen können.«

»Allerdings. Das war schon fast zu einfach.«

»Beschreien Sie's nur nicht. Ich bin aber froh, dass noch genügend von uns übrig sind. Wir müssen uns immer noch um diese Artilleriestellung kümmern und die Drizil werden verdammt bald dahinterkommen, was wir gerade dabei sind zu tun. Wir müssen den Job erledigt haben, bevor sie Verstärkung schicken.«

»Verstanden. Ich sammle die Truppe, damit wir uns auf den Weg machen können.«

»Gut, und ich werde ...«

Ein Ruck ging unvermittelt durch den Boden.

René zögerte.

Hatte er sich das nur eingebildet?

Er stutzte. Nein, da war es schon wieder. Ein rhythmischer Erdstoß. Ein Stoß wie bei einem ...

Eine eisige Faust griff nach seinen Eingeweiden.

»Corporal!«, schrie er. »Da kommt ...«

Bevor er den Satz beenden konnte, schob sich die riesige Gestalt eines weiteren Panzerschleichers an einigen Gebäuden vorbei auf die Hauptstraße.

Großer Gott!

Denise Cloud Dancer wirbelte auf dem Absatz herum und sah sich Auge in Auge diesem Albtraum gegenüber.

Das Tier zögerte für einen winzigen Moment und stieß einen unartikulierten Schrei aus, der sich beinahe nach kaum kontrollierbarer Wut anhörte.

Im hintersten Winkel seines Verstands fragte sich René, ob das die Reaktion der Kreatur auf den Tod seiner zwei Artgenossen war.

Die Plasmawerfer an den Seiten des gedrungenen Kopfes leuchteten auf.

Cloud Dancer hob einen Raketenwerfer vom Boden auf und legte auf das Tier an. In den Adern der Aufklärungslegionärin musste Eiswasser statt Blut fließen.

Der Panzerschleicher war jedoch schneller.

Die Plasmawerfer stießen bläulich weiße Energie aus, die das Ende der Straße in ein gespenstisches Licht tauchten. Als der Plasmablitz verging, war von Cloud Dancer und ihrem Raketentrupp nichts mehr übrig als ein paar verkohlte Rüstungsteile.

Die Kreatur schob sich nun vollends auf die Straße. Ihre Waffen luden sich wieder auf. René sprintete los. Die Waffen entluden sich erneut. Unter der Berührung der Plasmaenergie platzte der Asphalt der Straße auf und warf Blasen. Hinter sich hörte er Schreie, als seine Männer bei lebendigem Leib gebraten wurden.

»Verteilt euch!«, schrie er über Komm. »Bietet ihm kein Ziel!«

Auf seinem HUD registrierte er erleichtert, wie die Überlebenden seinen Anweisungen folgten und sich in die Seitengassen zerstreuten.

Dies schien das Tier nicht weiter zu kümmern. Es feuerte erneut und fegte mehrere Gebäude von der Landkarte. Die Nachbargebäude gingen augenblicklich in Flammen auf.

Ich muss das Ding aufhalten, schoss es ihm durch den Kopf. *Irgendwie.*

Er rannte, so schnell er konnte. Die Kreatur bewegte sich auf der Parallelstraße in entgegengesetzter Richtung. René hoffte, hinter dieses Ding zu kommen, auch wenn er noch keine Ahnung hatte, was er dann tun sollte. Falls ihm nichts einfiel, würde das Mistvieh seine ganze Truppe in Asche verwandeln.

René arbeitete sich über mehrere Schuttberge, die einmal Häuser gewesen waren, und spähte um die nächste Ecke.

Da war das Tier. Es feuerte seine Plasmawaffen ab, so schnell es sie aufladen konnte.

Die Anstrengungen forderten langsam ihren Tribut. Sein Atem ging nur noch stoßweise.

Es war purer Zufall, dass er den Blick zu der Stelle senkte, wo Cloud Dancer und ihr Trupp ihr schreckliches Ende gefunden hatte.

Er hatte sich geirrt. Cloud Dancers Körper war nicht zur Gänze verbrannt. Der linke Arm bis hinauf zur Schulter war relativ intakt. Und die Hand hielt immer noch den Raketenwerfer fest umklammert.

Ohne zu zögern, lief René zu den Überresten der gefallenen Aufklärungslegionärin. Fleisch, Panzerung und Metall des Raketenwerfers waren miteinander verschmolzen. Er schluckte seinen Ekel vor dem, was er tun musste, hinunter und trat zweimal kräftig zu. Erst beim vierten Tritt löste sich Cloud Dancers Haut und Knochen auf. Sie zersplitterten einfach in Dutzende verkohlte Fetzen.

René hob die schwere Waffe auf seine Schulter und lief los. Im Rohr war nur eine Rakete und er besaß nichts zum Nachladen. Dieser eine Schuss musste sitzen.

Bereits nach wenigen Metern keuchte er. Das zusätzliche Gewicht der Waffe wirkte sich bereits aus. Die Kreatur stand mit dem Rücken zu ihm und war immer noch dabei, diesen Teil der Ortschaft zu Kleinholz zu verarbeiten.

Sie erwischte jedoch nur leere Gebäude. René überwachte den Standort seiner Leute immer noch mittels HUD. Sie hatten sich verteilt und versteckten sich vor der Wut dieses Ungetüms.

Mit einem Mal machte das Wesen Anstalten, sich umzudrehen. René beschleunigte seinen Lauf. Er musste es schaffen. Er musste einfach.

Aus welchem Grund auch immer, das Vieh schien zu spüren – oder vielleicht auch zu wissen? –, dass hinter ihm Gefahr drohte. Einer der Plasmawerfer drehte sich bereits in seine Richtung. Das blaue Leuchten verriet, dass er sich auflud.

René ließ sich fallen und rutschte die letzten Meter – bis er direkt unter dem Tier zum Stehen kam. Er kam in eine halb hockende Position hoch, hob den Raketenwerfer und feuerte.

Das Geschoss bohrte sich zwischen die Verbindung zweier Panzerplatten. Fünf Zentimeter weiter rechts oder links und es hätte keinen großen Schaden angerichtet.

Doch René hatte gut gezielt – und sich dabei auch etwas gedacht.

Das panzerbrechende Geschoss brach die Verbindungsstelle glatt auf und bohrte sich in das weiche Fleisch darunter. Das Tier stieß einen beinahe menschlichen Seufzer aus, fast so, als würde es sein Ende spüren.

Dann explodierte die Rakete und riss den halben unteren Torso auseinander. René sprang auf und sprintete los. Den leeren Werfer ließ er fallen. Der vordere Torso des Panzerschleichers krachte herunter. René entkam seinem vorzeitigen Ende nur durch einen beherzten Hechtsprung aus der Gefahrenzone.

Bitte lieber Gott, lass mich das nie wieder tun müssen!, bat er in Gedanken, während er sich langsam aufrappelte. Er wandte sich um und musterte die Überreste des Tieres. Das aufgerissene, aufgedunsene Fleisch dampfte.

Danke, Denise, dachte er.

Die Überlebenden seiner Truppe kamen aus ihren Verstecken hervor. Laut seinem HUD waren es knapp zwanzig. Er seufzte frustriert. Hoffentlich reichten die paar Mann. Sie hatten immerhin noch einen Job zu erledigen.

26

Die HMS HUNTING SHADOW stieß zwei gewaltige Energiestrahlen aus ihren vorderen Hauptbatterien aus. Sie spießten eine feindliche Fregatte auf und ließen das Drizilschiff als zerschmetterte, leblose Hülle zurück.

»Sir, die BLACK PRINCE ist in großen Schwierigkeiten«, meldete Christopfer Little Crow.

»Wir müssen versuchen, die Fledermausköpfe von dem Schlachtkreuzer abzulenken«, stimmte Lone Wolf seinem XO zu.

Die HUNTING SHADOW und das, was von der 8. Flotte noch übrig war, stießen mit Höchstgeschwindigkeit zur BLACK PRINCE und ihrem Begleitgeschwader, die verzweifelt versuchten, die Stellung zu halten.

Lone Wolf musterte die taktische Lage mit versteinerter Miene. Schließlich schüttelte er den Kopf. »Es ist unmöglich.«

»Sir?«

»Es ist unmöglich. Wir können nicht gewinnen.«

»Das kann unmöglich Ihr Ernst sein!«, hielt Little Crow mit vor Fassungslosigkeit großen Augen dagegen.

Beim Anblick seines XO stahl sich trotz der ernsten Situation ein Lächeln auf Lone Wolfs Lippen. »Sie verstehen mich falsch, Christopher. So meinte ich das nicht. Vielleicht habe ich mich auch nur falsch ausgedrückt. Wir können nicht gewinnen, wenn wir uns an die Spielregeln halten.«

Little Crow runzelte verwirrt die Stirn. »Ich fürchte, ich kann Ihnen nicht ganz folgen.«

»Die Drizil werden unseren Widerstand einfach niederkämpfen, wenn wir uns an die imperiale Raumkampfdoktrin halten. Die sieht vor, als unterlegener Gegner zurückzuweichen und den Gegner mit Dauerfeuer zu belegen – nach Möglichkeit, dem Feind sogar ein

Fernkampfgefecht aufzwingen. Das wird hier nicht funktionieren. Die Drizil haben die Hälfte ihrer Schiffe an das Minenfeld verloren und weitere zwanzig Prozent an die Schnellboote und das Geschwader der BLACK PRINCE. Trotzdem weichen sie nicht zurück.«

»Und das heißt?«

Lone Wolf presste die Lippen aufeinander, bevor er antwortete. »Das heißt, wir müssen etwas Dummes tun, um die Drizil aufzuhalten.« Er warf seinem XO einen verzweifelten Blick zu. »Etwas sehr Dummes.«

Die BLOODY MARY tanzte zwischen den feindlichen Großkampfschiffen und schoss immer wieder Minen in die Flugbahn des führenden Intruders.

Sie wurde von den Schnellbooten 71, der STAR DRAGON, und 387, der MARODEUR, flankiert. Die drei Schiffe waren Moskitos verglichen mit den Kolossen, die sie aufzuhalten versuchten, trotzdem fügten sie den Invasoren immer wieder schmerzhafte Stiche zu.

Die BLOODY MARY führte gerade wieder ein Manöver gegen einen der führenden Intruder an. Die drei Schnellboote kamen dem Großkampfschiff so nahe, dass Mary das Gefühl hatte, nur hinausgreifen zu müssen, um den Rumpf zu berühren. Erst im letztmöglichen Moment drehten die drei Schiffe gekonnt ab und platzierten sechs weitere Minen direkt in der Flugbahn des Drizilschiffes.

Der Intruder war für Feuerkraft und Panzerung gebaut, nicht jedoch für Manövrierfähigkeit. Der Besatzung blieb nichts anderes übrig, als die Kollision mit den Minen auszusitzen. Alle sechs Sprengkörper detonierten am Bug und der Steuerbordseite und rissen Panzerplatten ab, die größer waren als die Schnellboote, die dem Feindschiff diesen Schaden zugefügt hatten. Sekundärexplosionen rissen einen Teil der Rumpfaufbauten auseinander und ließen eine große Antenne und etwas, das aussah wie ein Teil eines Energietorpedowerfers, ins All davontrudeln.

Die drei Schnellboote wendeten und luden neue Minen in ihre Torpedorohre. Der Feind war angeschlagen, keine Frage, doch man durfte ihn deswegen nicht unterschätzen.

Diese Taktik bot nämlich einen gewaltigen Nachteil. Um einen neuen Anflug zu starten, musste die Schnellboote erst einmal eine gewisse Distanz aufbauen. Es war die perfekte Gelegenheit für die Geschützmannschaften der Drizil, die fliehenden Schnellboote aufs Korn zu nehmen – und die Drizil waren hervorragende Schützen.

Die STAR DRAGON löste sich unter der Berührung zweier Drizillaser in Milliarden winziger Partikel auf. Es blieb nichts übrig, was auch nur entfernt als Schiff identifiziert werden konnte. Es war eine schmerzhafte Erinnerung daran, wie stark der Gegner war, den sie bekämpften, und welches Schicksal ihnen allen drohen mochte.

»Ausweichmanöver Steuerbord!«

Der schlanke Rumpf der BLOODY MARY kippte mit einem Mal nach rechts und entging so einem weiteren Feuerstoß, der das Boot mit Sicherheit verdampft hätte. Der Schuss streifte die MARODEUR und das kleine Schiff begann zu schlingern. Der Besatzung gelang es jedoch, die Fluglage erneut zu stabilisieren. Das Schnellboot folgte der BLOODY MARY zu einem neuen Anflug.

»Ganz schön knapp«, bemerkte ihr XO.

»Ein wenig zu knapp für meinen Geschmack«, kommentierte sie, ohne den Blick von ihrem taktischen Display zu nehmen. Plötzlich tat sich etwas. Mary beugte sich in ihrem Kommandosessel interessiert nach vorn.

Daniel bemerkte den Stimmungswechsel seiner Kommandantin und trat neugierig näher. »Was ist?«

Anstatt zu antworten, hauchte sie lediglich: »Oh mein Gott!«

Die HUNTING SHADOW und sieben weitere mehr oder weniger einsatztaugliche Schiffe schoben sich an der BLACK PRINCE vorbei direkt in den Weg der ersten angreifenden Gruppe Drizilschiffe. Die acht Schiffe feuerten aus allen Rohren auf den Gegner. Sie waren in jeder Hinsicht unterlegen, doch weigerten sie sich, den Weg frei zu machen.

Und noch etwas anderes fiel Mary auf. Die HUNTING SHADOW hielt zwar direkt auf das führende feindliche Flaggschiff zu, doch ihre schweren Batterien zielten ausnahmslos auf die Begleitschiffe.

»Sehen Sie dasselbe wie ich?«, hauchte sie erschüttert.

Daniel nickte mit offenem Mund. »Sie dünnen die feindliche Linie aus.«

Mary schüttelte den Kopf. »Sie tun wesentlich mehr als das.« Sie hatte Mühe, nicht in Tränen auszubrechen, als sie die nächsten Worte sprach. »Sie opfern sich.«

In schneller Folge schaltete die HUNTING SHADOW zwei Fregatten und einen Zerstörer mit ihren überlegenen Schiffsbatterien aus. Währenddessen schlug der Intruder mit allem zurück, was er hatte, und fügte dem imperialen Schlachtkreuzer furchtbare Schäden zu. Kleinere Schiffe wären unter diesem mörderischen Bombardement längst zerbrochen. Die HUNTING SHADOW jedoch schien vom Widerstandswillen ihrer Besatzung beseelt und nur noch durch diesen zusammengehalten zu werden.

Zwei weitere Fregatten vergingen unter der Gewalt der imperialen Schiffsbatterien. Nur Sekunden später wurden ein Guardian-Kreuzer und zwei Korvetten unter dem feindlichen Kreuzfeuer in Stücke geschossen. Ein Ares-Kreuzer verlor seine Heckaufbauten mitsamt dem Antrieb. Der steuerlose Rumpf driftete ins Minenfeld ab. Es spielte keine Rolle. Das Schiff verlor aus so vielen Lecks Atmosphäre, dass es unwahrscheinlich schien, dass noch jemand am Leben war.

Die HUNTING SHADOW wurde nur noch durch zwei Korvetten und einen weiteren Guardian-Kreuzer flankiert. Alle vier Schiffe feuerten unbeirrt auf den Gegner. Die beiden Korvetten schossen sich auf eine feindliche Fregatte ein. Praktisch Schicht um Schicht schnitten sie den Rumpf auf, bis ihre Energiewaffen sich den Weg ins Innenleben gebahnt hatten und dort alles verdampften, was sie berührten. Das Schiff verging in einem gewaltigen Feuerball, wobei es noch einen nahebei fliegenden Zerstörer beschädigte.

Das wichtigste feindliche Schiff jedoch – der Intruder – flog unbeeindruckt auf die HUNTING SHADOW zu. Mary glaubte schon, die Schiffe würden kollidieren. Erst im letzten Moment drehte der Schlachtkreuzer nach Backbord ab. Im gleichen Augenblick erwachten seine Breitseitengeschütze zum Leben und perforierten den Rumpf des Feindschiffes.

In diesem Augenblick brachte sich die BLACK PRINCE in Erinnerung. Während die HUNTING SHADOW die Breitseite des Gegners traktierte, nahm der Behemoth-Schlachtkreuzer Bug und Waffendeck des Intruders unter Beschuss. Endlich gab die geschwächte Panzerung nach und die Energiewaffen der beiden schweren Kriegsschiffe stießen tief in das angeschlagene feindliche Flaggschiff vor. Die Geschütze des Intruders schlugen ein letztes Mal zu.

Ein letztes Mal – doch mit verheerender Gewalt.

Alarmsirenen heulten über die Brücke der HUNTING SHADOW. Das rote Licht der Notbeleuchtung ließ die Kommandobrücke erscheinen wie eine Szene aus einem Horrorfilm. Männer und Frauen der Brückenbesatzung lagen zusammengesunken über ihren Konsolen. Warnleuchten buhlten um die Aufmerksamkeit von Offizieren, die längst nicht mehr am Leben waren.

»Status?«, bellte Lone Wolf.

»Waffensteuerung arbeitet nur noch mit minimaler Energie, Batterien vier und fünf an Steuerbord sind ausgefallen und wir haben keinen Kontakt mehr zu jedem Deck unter Deck fünf.«

Commander Christopher Little Crow spulte die Litanei der Schäden mit mechanischer Präzision ab. Lone Wolf überkam der Verdacht, der Mann tue dies, um nicht über die Schäden und Verluste nachdenken zu müssen, die ihr geliebtes Schiff erlitten hatte.

»Aber die BLACK PRINCE rückt wieder vor. Sie stopft das Loch, das der Drizilvorstoß ins Minenfeld gerissen hat.«

»Gut.«

Dann war unser Opfer wenigstens nicht umsonst, dachte er mit einer Mischung aus Trauer und Stolz.

»Status des Feindschiffs?«

»Schwer angeschlagen. Sie laufen nur noch mit weniger als fünfzig Prozent Energie, verlieren Atmosphäre und ihre Fluglage ist unregelmäßig. Ich glaube, die sind so gut wie erledigt.«

In diesem Moment raffte sich der Intruder zu einem letzten Schlag auf und die letzte feindliche Salve traf die HUNTING SHADOW.

Der Beschuss reichte nicht aus, den Schlachtkreuzer zu zerstören, doch allemal, um das Schiff aus dem Gefecht zu werfen.

Die Steuerbordseite riss auf ganzer Länge auf. Atmosphäre und Besatzungsmitglieder wurden ins All gerissen. Die Energieversorgung brach zusammen, wodurch alle Notkraftfelder ausfielen und weitere Abschnitte des Schiffes dem Vakuum des Alls anheimfielen. Wer konnte, suchte eine Rettungskapsel auf. Das Schiff war verloren. An dieser Erkenntnis führte kein Weg vorbei.

Verheerender waren jedoch zwei feindliche Batterien, die jeweils zwei Lichtimpulse in Richtung Kommandobrücke schickten. Sie knackten die geschwächte Panzerung problemlos. Lone Wolfs Kommandosessel wurde aus der Verankerung gerissen. Little Crow und zwei andere versiegelten geistesgegenwärtig ihre Uniformen und legten in Bruchteilen von Sekunden Atemmasken an. Für den Rest der Brückencrew kam jede Hilfe zu spät. Die meisten noch Lebenden wurden bereits durch die Laserenergie getötet, die übrigen durch die Dekompression. Little Crow versuchte noch, Lone Wolf zu Hilfe zu kommen, musste jedoch hilflos zusehen, wie der Kommandosessel seines Befehlshabers ins All gerissen wurde – Lone Wolf war noch immer daran festgeschnallt.

Mary stieß reflexartig den Atem aus. Die BLACK PRINCE nahm blutige Rache für die HUNTING SHADOW. Ihre Energiewaffen tranchierten den wehrlosen Intruder wie einen Truthahn. Der zerschlagene Rumpf der HUNTING SHADOW rührte sich kaum noch. Hin und wieder verließen weitere Rettungskapseln das zum Untergang verurteilte Schiff, doch es waren bedrückend wenige.

Die BLACK PRINCE versiegelte die Bruchstelle in den imperialen Linien mit dem eigenen Rumpf. Die drei überlebenden Schiffe der 8. Flotte und die Überreste ihres eigenen Geschwaders schlossen sich ihr an.

»Mein Gott!«, hauchte Daniel.

Mary nickte wortlos. Ihr Blick fiel auf das taktische Hologramm. Die zweite feindliche Kampfgruppe war immer noch dabei, sich durch das Minenfeld vorzuarbeiten – angeführt von dem angeschlagenen Intruder, den sie bereits attackiert hatte.

Sie knirschte mit den Zähnen. »Neuen Kurs berechnen. Dafür lassen wir diese Bastarde zahlen.«

27

Die Umgebung mutete seltsam an. Es war stockfinster. Edgar und die Soldaten, die ihn begleiteten, hatten ihre Helme auf Restlichtverstärkung geschaltet, um etwas sehen zu können.

»Becky? Was hältst du davon?«, fragte Edgar und fuhr mit der Hand sanft über die filigranen Gravuren, die in die Wände eingelassen waren.

Die Legionärin trat näher und musterte die Schriftzeichen eingehend. Schließlich zuckte sie ratlos die Schultern. »So etwas habe ich noch nie gesehen. Hat etwas Ähnlichkeit mit der Drizilsprache.«

Edgar nickte. »Und doch ist es irgendwie anders. Sehr seltsam.«

»Genauso das Metall, mit dem der Korridor verkleidet ist. Ist dir das Leuchten aufgefallen?«

Edgar warf ihr einen schrägen Blick zu. »Wie kann einem das nicht auffallen. Das Licht scheint aus der Wand selbst zu kommen, spendet aber trotzdem keine Helligkeit.«

»Vielleicht sollten wir umdrehen und Verstärkung rufen«, meinte Vincent. Er bemühte sich, es zu verbergen, doch Edgar hörte das Zittern aus dessen Stimme heraus. Normalerweise hätte er einen Legionär unter seinem Kommando, der ein solches Verhalten zeigte, sofort zur Ordnung gerufen. Diesmal unterließ er es. Er spürte es auch, seit sie die Anlage betreten hatten: ein unterschwelliges Gefühl der Angst. Nein, Angst war vielleicht der falsche Begriff, eher Demut. Er fühlte sich, als ob er sich sofort auf den Boden werfen und um Vergebung bitten sollte, allein aus dem einen Grund, dass er hier war. So etwas hatte er noch nie erlebt. Er sah sich unter seinen Leuten um. Die Männer und Frauen in seiner Begleitung warfen sich verstohlene Blicke zu. Er war sich sicher, sie fühlten dasselbe, auch wenn die wenigsten dies zugegeben hätten.

»Sieh an, unser Küken scheißt sich gleich in den Kampfanzug«, zog Galen Vincent auf. Doch sogar bei dem sonst so zähen und abgebrühten Legionär nahm Edgar eine ungewohnte Anspannung wahr. Eine Stimme tief in seinen Eingeweiden sagte ihm, sie sollten nicht hier sein. Sie hatten nicht das Recht, hier zu sein.

»Wir gehen nirgendwohin«, erklärte Edgar mit aller Zuversicht, die er aufzubringen imstande war. »Der Weg führt uns von jetzt ab nur geradeaus.«

Edgar ging weiter, die Waffe im Anschlag. Die imperialen Soldaten hinter ihm folgten, jedoch keiner von ihnen wirklich willig.

»Wie geht es Ihnen?«, fragte Javier.

Assir setzte die verletzte Estelle ab, sodass sie ihren Oberkörper gegen die Wand lehnen konnte. Das blaue Leuchten schien bei der Berührung durch seine XO intensiver zu werden.

Der Captain der CONQUISTADOR gab mit einer knappen Geste zu verstehen, dass sich alle ausruhen sollten.

»Es ... geht schon. Nur ein wenig ausruhen.«

»Darf ich mir eine persönliche Bemerkung gestatten?«, fragte Javier verschmitzt. »Sie sehen beschissen aus.«

»Charmant«, kommentierte sie die Äußerung. »Kein Wunder, dass Sie noch Single sind.«

Er zuckte die Achseln. »Ich bin mit dem Job verheiratet, das wissen Sie doch.«

»Wie jeder gute Soldat«, gab sie mit einem Lächeln zurück. Das Lächeln wandelte sich jedoch gleich darauf in eine schmerzverzerrte Miene. Sie griff sich an die Wunde. Der provisorische Verband war blutdurchtränkt.

Javier musterte sie besorgt. Er war sich sicher, ein guter Schauspieler zu sein, doch seine XO durchschaute ihn auf Anhieb.

»Es ist schlimm, nicht wahr?!«

»Ach was. Ein wenig Ruhe und ein Pflaster und Sie sind wieder wie neu.«

»Lügner«, schalt sie ihn.

»Es ist unhöflich, seinen Captain einen Lügner zu nennen«, erwiderte er gespielt ernst. »Das könnte sogar Insubordination sein. Dafür kommt man vors Kriegsgericht.«

Javier setzte sich neben sie und lehnte seinen Rücken ebenfalls gegen die Wand.

»Das Kriegsgericht würde ich gerne in Kauf nehmen. Das würde bedeuten, ich überlebe.«

Er bemerkte, wie ihre Augenlider langsam zufielen.

»Nicht einschlafen!« Er stieß sie leicht mit dem Ellbogen an, wonach sie ihre Augen erschrocken aufriss. »Bleiben Sie wach! Das ist ein Befehl.«

»Aye, Sir.« Sie versuchte sich an einem Lächeln. Der Versuch scheiterte kläglich. »Wenn Sie wollen, dass ich wach bleibe, dann müssen Sie schon was dafür tun.«

»Und was?«

»Erzählen Sie mir etwas von sich. Etwas, das ich noch nicht weiß.«

»Hmm ... mal überlegen. Ich muss Sie aber fairerweise warnen, meine Lebensgeschichte ist todlangweilig.«

»Sind das nicht die meisten?«

»Auch wieder richtig.« Er zögerte. »Also gut, zunächst etwas, das sie überraschen wird – ich war tatsächlich mal verheiratet.« Er lachte bellend auf. »Ja, ganz recht. Ich war mal vor langer Zeit verheiratet. Ist schon eine Ewigkeit her. Ihr Name war Jenny und wir waren für ganze fünfzehn Monate verheiratet. Der Job war schuld. Es ist immer der Job.« Er spürte, wie Estelle ihren Kopf an seine Schulter bettete. »Ich hatte sie gewarnt, aber ich befürchte, sie hat sich das Ganze vor der Ehe einfacher vorgestellt. Sie lebt in einer der Marskolonien.« Javiers Gesicht verdüsterte sich, als er sich erinnerte, was dem Solsystem widerfahren war. »Oder vielleicht sollte ich besser sagen, sie lebte in einer der Marskolonien. Wir hatten nach der Scheidung noch sporadischen Kontakt, doch seit der Drizilinvasion – nichts mehr. Vielleicht lebt sie noch, vielleicht ist sie tot. Ich hoffe, sie lebt. Trotz allem war – ist – sie ein feiner Mensch. Ich hoffe sehr, es geht ihr gut.«

»Sir?«, meldete sich Assir unvermittelt zu Wort.

Javier ignorierte den Marine. »Sobald wir ins Solsystem zurückkehren – und das werden wir –, werde ich mich nach ihrem Verbleib erkundigen. Ich würde mich freuen, wenn es ihr gut geht. Vielleicht ist sie ja inzwischen wieder verheiratet.«

»Sir!«, drängte Assir erneut.

»Ja?«

»Es tut mir sehr leid, Sir. Der Commander ist tot.«

Javier wandte sich seiner XO zu. Estelles Kopf lag leicht auf seiner Schulter. Ihre Augen jedoch waren geschlossen, das Gesicht aschfahl. Kein Atemzug hob oder senkte ihren Brustkorb. Der Marine hatte recht. Sie war tot.

Javier schluckte die aufsteigenden Tränen hinunter und bettete Estelles Körper sanft auf den kargen Boden.

»Es tut mir leid, Sir«, wiederholte Assir in Ermangelung besserer Worte.

»Danke, Assir. Das weiß ich zu schätzen. Das ist nun mal der Krieg.«

Der Marine wollte noch etwas sagen, schloss jedoch ruckartig den Mund und nickte lediglich.

»Machen Sie die Leute für den Aufbruch bereit. Wir müssen diese Anlage weiter erkunden. Vielleicht gibt es einen anderen Ausgang und wir kommen hier irgendwo heraus.«

»Ja, Captain«, bestätigte Assir und stand auf.

Javier verweilte noch einige Augenblicke über dem leblosen Körper Estelles. Trotz seiner Worte fühlte er Hass in sich aufsteigen, einen unbändigen, brennenden Hass auf die Drizil. Sie hatten schon wieder ein Leben genommen. Eines, das ihm sehr wichtig gewesen war. Estelle könnte noch leben – wenn es die Drizil nicht geben würde.

Er stand auf und fühlte sich dabei unendlich ausgelaugt. Er hatte immer noch eine Besatzung, um die er sich kümmern musste. Menschen, die ihm vertrauten und seiner Führung bedurften.

Für die Rache an den Drizil war später noch Zeit.

»Boss, ich habe etwas gefunden.«

Der Tunnel voraus wurde heller. In die Decke waren kleine, jedoch sehr effiziente Leuchten angebracht.

Edgar folgte Galens Ruf. In seinem Schlepptau folgten Becky, Li und Vincent. Jonas Grey Wolf und Simon Running Deer sicherten den Trupp nach hinten ab. Die übrigen Soldaten verteilten sich im

Korridor hinter ihnen und vor ihnen. Niemand wollte Überraschungen erleben.

Der Gang voraus wurde endlich breiter, sodass das Gefühl der Klaustrophobie nachließ. Edgar war überaus erleichtert. Er schien in einen großen Raum etwa dreihundert Meter voraus zu münden.

Galen befand sich vor einer Tür. Es gab Dutzende von ihnen. Soweit Edgar das feststellen konnte, führten sie alle in völlig identische Räume. Sie waren alle quadratisch mit einer Kantenlänge von exakt drei Metern. Und sie waren bisher alle leer gewesen.

Bis jetzt.

Galen trat einen Schritt zurück und ließ seinen Truppführer einen Blick riskieren. Edgar blieb im Türrahmen wie angewurzelt stehen.

In dem Raum befanden sich die Überreste mehrerer Menschen, wobei Überreste eher beschönigend war. Die Menschen waren offensichtlich auf schlimmste Art gefoltert worden. Einige trugen noch Uniformen – der Miliz oder der Legion. Andere waren offensichtlich Zivilisten.

Edgar trat mit zitternden Knien einen Schritt näher. »Ob man sie wohl gefoltert hat, um an Informationen zu kommen?«, mutmaßte er.

»Was für Informationen könnten Zivilisten schon gehabt haben?«, meinte Galen. Er setzte kurz den Helm ab und spuckte angewidert aus, bevor er ihn wieder aufsetzte und versiegelte. »Verfluchte Schweinehunde!«

»Durchsucht alle Räume«, ordnete Edgar mit vibrierender Stimme an. »Falls noch jemand am Leben ist, müssen wir ihn finden.«

Die Soldaten schwärmten umgehend aus. In weiteren Räumen fanden sie weitere Leichen, alle genauso übel zugerichtet wie in dem, den Galen geöffnet hatte.

Nach einigen Minuten fanden sie einen Überlebenden, einen Zivilisten. Der Mann war halb wahnsinnig vor Angst und Schmerz. Aus ihm war kein klares Wort herauszubringen. In weiteren Räumen fanden sie weitere Leichen – und weitere Überlebende, einige halbwegs bei Sinnen, andere bewusstlos.

Je näher sie dem großen Raum am Ende des Ganges kamen, desto mehr gefangene Menschen fanden sie. Die Zahl der Überlebenden stieg schnell auf über dreißig. In einem der letzten Zimmer erlebten sie schließlich eine Überraschung.

Becky öffnete die unverschlossene Tür und ein Mann fiel ihr praktisch in die Arme. Sanft ließ sie ihn auf den Boden gleiten und drehte ihn auf den Rücken. Er war dreckig, man hatte ihm seinen Kampfanzug abgenommen und ihn gefoltert, doch es handelte sich unzweifelhaft um Daniel Red Cloud – und er lebte.

Edgar beugte sich besorgt über ihn.

Jonas Grey Wolf und Simon Running Deer stürzten herbei und ließen sich neben ihrem tot geglaubten Anführer niedersinken.

Der Mann riss die Augen auf. Seine Hände griffen nach oben und krallten sich regelrecht in Edgars Helm.

»Nicht …«, flüsterte er.

Edgar beugte sich tiefer.

»Nicht …«, wiederholte Daniel. »Nicht … einschalten.«

»Was meinst du, Daniel?«, fragte Edgar. »Was nicht einschalten?«

Daniel schloss ruckartig die Augen, sein Körper erschlaffte. Edgar glaubte im ersten Augenblick, der Mann sei tot, doch als er dessen Puls prüfte, ging dieser schwach, aber regelmäßig. Er hatte nur das Bewusstsein verloren.

Becky musterte ihren Truppführer. »Was hat er damit bloß gemeint?«

Edgar schüttelte den Kopf. »Wenn ich das nur wüsste.«

Ein halbes Dutzend Drizilsoldaten bewachten den Zugang zum Raum am Ende des Korridors. Javier überließ nichts dem Zufall. Die Marines machten sie ausnahmslos nieder. Einer von ihnen regte sich noch, als Javier an ihm vorüberging. Er zog mit ausdrucksloser Miene seine Waffe aus dem Holster und schoss dem Drizil in den Kopf. Er war heute nicht in der Laune, Gefangene zu machen.

Javier betrat den Raum, den die Drizil beschützt hatten, und blieb von Ehrfurcht ergriffen stehen. Der Raum war weitaus größer, als man hätte annehmen können. Eine Seite wurde von etwas wie einem Bildschirm dominiert, auf dem eine Sternkarte abgebildet war. Javier trat neugierig näher.

»Captain? Sehen Sie sich das mal an«, bat Assir.

Javier gesellte sich zu dem Marine. Er stand vor einem Berg aus acht oder zehn toten Drizil. Sie waren allesamt durch Drizilwaffen getötet worden.

»Seltsam, nicht wahr?«

»Allerdings«, nickte Javier. »Ihrer Aufmachung nach waren das Wissenschaftler. Man wollte nicht, dass sie uns in die Hände fallen. Wirklich kurios.«

Javier musterte den Bildschirm genauer. Die Karte war weitaus detaillierter als alle Sternkarten, die er zuvor gesehen hatte, und als Raumoffizier kannte er viele.

Vor dem Bildschirm stand eine Art Stuhl. Was Javiers Faszination sofort fesselte, war, dass der Stuhl nicht für Drizil gemacht war, sondern offensichtlich für Menschen.

Javier schüttelte nachdenklich den Kopf. Das war keine Anlage des Imperiums, und wenn er es recht bedachte, auch keine der Drizil. Warum sollte hier ein Stuhl stehen, der für Menschen angefertigt worden war? Die Sache wurde merkwürdiger und merkwürdiger.

Javier fuhr mit einer Hand über eine der Lehnen. Das Metall fühlte sich seltsam an. Kalt. Und es hinterließ ein Kribbeln auf der Haut. Der Stuhl übte auf einer tiefen emotionalen Ebene eine unglaublich hohe Anziehungskraft auf ihn aus.

»Sir? Vielleicht sollten Sie das besser lassen.« Assir wirkte in höchstem Maße beunruhigt. Javier war sich nicht sicher, woran das lag. Dass er dem Stuhl so nahe stand oder ihn sogar berührte? Vielleicht war es eine Mischung aus beidem.

Entschlossen blickte Javier in Assirs Augen. »Ich will aber endlich ein paar Antworten.« Mit diesen Worten setzte sich Javier in den Stuhl – und plötzlich leuchteten Dutzende von Lampen und Symbolen auf der Tastatur vor dem Bildschirm auf und Zahlenkolonnen liefen über einen Bildschirm direkt vor ihm. Ein durchdringendes Summen ertönte, als würde tief in den Eingeweiden des Berges ein Reaktor hochgefahren.

Assir und Javier wechselten einen vielsagenden Blick.

»Das hört sich nicht gut an«, meinte der Marine lediglich.

Edgar trat drei Schritte zurück, als der Bildschirm, den sie in dem Raum gefunden hatten, ohne Vorwarnung zum Leben erwachte.

Bei ihrem Eintreffen war der Bildschirm tiefschwarz gewesen und alle Armaturen an den Kontrollkonsolen offline. Doch nun zeigte der Bildschirm eine Sternkarte. Einzelne Systeme waren hervorgehoben. Eines davon war Vector Prime.

»Oh, oh«, war Edgars einziger Kommentar.

Die Drizil hatten die Schlacht verloren und sie wussten es. In den letzten Stunden hatten Commodore Horatio Lestrade und seine Flotte die Drizilstreitmacht beständig zurückgetrieben und diese standen inzwischen so nahe am Mond, dass man nur von *mit dem Rücken zur Wand* sprechen konnte.

Beide Seiten hatten Verluste erlitten, doch Lestrades Einheiten hatten das Gefecht durch eine größere taktische Flexibilität dominiert. Während die Drizil alles darangesetzt hatten, den Mond zu beschützen, hatte Lestrade größere Freiheiten besessen. Es waren noch sechs Drizilschiffe übrig und ihnen standen siebzehn imperiale Schiffe gegenüber, die Schnellboote nicht mitgerechnet. Das Ergebnis der Schlacht war abzusehen.

Eugene Mueller stellte sich mit einem Mal neben seinen Kommandanten. Seine Mimik strahlte eine erhebliches Maß an Verblüffung aus.

»Sir? Unsere Sensoren verzeichnen seltsame Energiewerte von dem Mond.«

»In welcher Hinsicht seltsam?«

»Sie sind sehr hoch. Eine solche Energieabstrahlung habe ich noch nie gesehen.«

»Sir?«, meldete sich sein taktischer Offizier zu Wort. »Die Drizilschiffe brechen den Kampf ab.«

»Was?« Lestrade wäre um ein Haar von seinem Sessel aufgesprungen. Der Mann hatte tatsächlich recht. Die Drizilschiffe hatten das Feuer eingestellt. Doch sie ergaben sich keineswegs und machten auch keine Anstalten zur Flucht. Sie wendeten.

»Sir?«, meinte sein XO. »Ich glaube ...«

»Ja«, bestätigte Lestrade. »Sie wollen den Mond bombardieren.

Was immer dort unten ist, sie zerstören es lieber, als es uns in die Hände fallen zu lassen.« Er warf seinem XO einen drängenden Blick zu. »Eugene, alle Schiffe sofort angreifen! Die Drizil um jeden Preis ausschalten!«

Jäger und Kriegsschiffe Lestrades gingen sofort zum Angriff über. Die Heckbatterien der Drizilschiffe eröffneten das Feuer, um die angreifenden imperialen Einheiten auf Abstand zu halten. Zwei schwere Mammoth-Jäger detonierten, als ihre Flugbahn mehrere Strahlbahnen feindlicher Batterien kreuzten.

Drei Korvetten formierten sich und nahmen eine Fregatte ins Kreuzfeuer. Das Schiff löste sich mit jedem Treffer weiter auf, bis nur noch ein lebloses Gerippe übrig war, das langsam in die Atmosphäre abdriftete.

Eine der Korvetten kam der Breitseite eines feindlichen Zerstörers zu nahe und musste die Quittung durch zwei Volltreffer hinnehmen. Die beschädigte Korvette drehte ab und zog dabei eine Spur aus Qualm und Trümmern hinter sich her.

Vier Torpedoboote erledigten in Gemeinschaftsarbeit einen Träger und ein Geschwader Mammoth-Jäger schoss einen feindlichen Zerstörer zusammen.

Die mächtigen Batterien der VENGEANCE meldeten sich mit brachialer Gewalt zu Wort und schlugen in die Heckpartien eines feindlichen Zerstörers und einer Fregatte ein. Die Fregatte war nicht dafür konstruiert, einer solchen Gewalt zu begegnen. Die Panzerung gab unter dem Feuersturm ohne nennenswerten Widerstand nach und das Schiff brach der Länge nach auf, bevor eine Sekundärexplosion die Vernichtung vollendete.

Der Zerstörer war aus anderem Holz geschnitzt. Er feuerte mehrere Energietorpedos auf die VENGEANCE ab. Die meisten detonierten unter dem Bug und an Steuerbord, fügten zwar der Panzerung erheblichen Schaden zu, konnten sie jedoch nicht durchbrechen. Eines der Geschosse schlug jedoch in der Nähe der Brücke ein. Auf Lestrades Hologramm erschien die gepanzerte Kuppel der Kommandobrücke plötzlich in bedrohlichem Rot, was auf einen bevorstehenden Bruch der Panzerung hindeutete.

»Nach Backbord abdrehen und Vollschub!«, befahl er.

Die VENGEANCE machte einen Sprung nach vorn, als die Schubdüsen das Tempo steigerten. Der Schlachtkreuzer zog an dem Zerstörer vorbei und beharkte ihn mit allem, was dem Schiff zur Verfügung stand. Die vierte Salve knackte die Panzerung und schnitt das Feindschiff fein säuberlich in der Mitte auseinander.

Fünf erledigt, noch einer übrig.

Das letzte überlebende Feindschiff war ein Intruder. Es schoss auf jedes sich bietende Ziel, doch seine wahren Absichten schienen woanders zu liegen.

»Was zum Teufel tut es da?«, fragte sein XO.

»Es versucht, eine bestimmte Position einzunehmen, um die Wirkung des Bombardements zu maximieren. Falls ihm das gelingt, war's das.« Lestrade seufzte. »Dann eben auf die harte Tour. Eugene, bringen Sie uns unter ihn.«

Für einen Augenblick herrschte eisiges Schweigen auf der Brücke. Bis Commander Eugene Mueller nickte.

»Sie haben den Commodore gehört. Schub auf zwei Drittel drosseln und Sinkflug einleiten. Bringen Sie uns unter dieses Ding.«

Die VENGEANCE reagierte für ein so massives Schiff auf beachtliche Weise wendig. Der dreieckige Rumpf des Schlachtkreuzers brach nach Steuerbord unten aus und schob sich unter den Intruder. Die Besatzung des Feindschiffes musste für einen Augenblick perplex gewesen sein, denn es machte beinahe den Eindruck, als würde das Schiff verharren – und dann feuerte es erneut.

Ein Dutzend Warnlampen leuchteten gleichzeitig auf, als der Schlachtkreuzer getroffen wurde. Drei Decks auf Lestrades holografischer Anzeige leuchteten plötzlich rot auf und zeigten Brüche in der Außenhülle an.

»Feuer erwidern!«

Die Lichtwerfer der VENGEANCE tanzten über die Oberfläche des Intruders und schmolzen genug Metall herunter, um darauf ein weiteres Schiff bauen zu können. Trotz all ihrer Bemühungen stießen sie jedoch nicht ins Innere vor.

Das Feuergefecht wogte mehrere Sekunden lang hin und her, ohne dass eine Seite einen nennenswerten Vorteil für sich verbuchen konnte. Die imperialen Schiffe waren durch die Jagd auf die letzten

Drizilschiffe weit verstreut und würden Zeit brauchen, die Richtung zu ändern, um der VENGEANCE zu Hilfe zu kommen.

Nichtsdestoweniger stand der Schlachtkreuzer keineswegs allein da.

Ein Dutzend Schnellboote brausten heran und mehr als zwanzig Torpedos überzogen den Rumpf des Intruders mit Explosionen. Eine Sekundärexplosion löste eine ganze Sektion des feindlichen Großkampfschiffes in nichts auf. Die Feuerkraft des Gegners ließ merklich nach. Für einen Moment schienen die Triebwerke des Intruders schwächer zu werden, doch dann erwachten sie zu neuem Leben und katapultierten das schwere Kriegsschiff nach unten.

»Auf Kollisionskurs!«, bellte Lestrade. »Ausweichmanöver!«

Verrückte Drizil!, fluchte er in Gedanken.

Die VENGEANCE brach, immer noch aus allen Rohren feuernd, nach Backbord aus. Der Intruder raste direkt auf sie zu. Lestrade kam es wie eine Ewigkeit vor – tatsächlich handelte es sich aber nur um wenige Sekunden –, dass sich die VENGEANCE aus dem Weg des Kolosses bewegte, dessen Besatzung offenbar gerade eine Selbstmordmission ausführte. Der Schlachtkreuzer bewegte sich seitlich aus der Gefahrenzone.

Lestrade knirschte vor Anspannung mit den Zähnen. Es würde knapp werden. Verdammt knapp.

»Torpedorohre vorbereiten und nach zwanzig Grad Steuerbord ausrichten.«

»Sir?«

»Tun Sie es! Ich werde nicht zulassen, dass dieses Ding intakt auf den Planeten kracht.«

»Bei dieser Entfernung besteht auch für uns ein erhebliches Risiko, wenn die Geschosse in den Intruder einschlagen.«

»Ich weiß«, entgegnete Lestrade lediglich. »Abschuss vorbereiten!«

Der Intruder kam beständig näher. Sein Bug schob sich bereits am Bug der VENGEANCE vorbei, so nah, dass sich Lestrade einbildete, er könnte das kratzende Geräusch von Metall auf Metall wahrnehmen.

»Noch nicht ...«

Der Intruder hatte die VENGEANCE zu fast einem Drittel passiert.

»Noch nicht ...«

Der Rumpf des Intruders schob sich weiter auf den Mond zu.

»Jetzt!«

Die Rohre des Schlachtkreuzers spien Feuer, als sie eine Salve Lenkwaffen ausstießen. Auf diese Entfernung war die Wirkung wahrhaft verheerend. Der Rumpf des Intruders wurde in sieben Stücke gesprengt. Ein gewaltiger Flammenball verzehrte Bug mitsamt Kommandobrücke. Eines der Bruchstücke kollidierte mit der VENGEANCE und riss eine sechzig Meter lange Furche in die Panzerung des oberen Waffendecks. Zwei weitere Decks erlitten explosive Dekompression und die Antriebssektion wurde von Strahlung überflutet. Außerdem kollidierte ein weiteres, wesentlich kleineres Bruchstück mit der Kuppel, unter der sich die Kommandobrücke befand.

Konsolen spien Funken und zeitgleich brachen zwei Brände aus. Der Kommunikationsoffizier wurde durch umherfliegende Trümmer enthauptet und ein Offizier der Schadenskontrolle verlor drei Finger der linken Hand.

Die Lage beruhigte sich nur langsam wieder. Sanitäter und Hilfsmannschaften strömten auf die Brücke, um zu retten, was man retten konnte.

Die Welt schien sich um Lestrade zu drehen, ein Zustand, der sowohl verstörend als auch nervtötend war.

»Eugene? Bericht! Was ist mit dem Intruder?«

Sein XO eilte herbei. Der Mann war wie durch ein Wunder unverletzt, wenn man von einem Schnitt quer über den rechten Handrücken absah.

»Zerstört. Er ist in mehrere Teile zerbrochen. Die meisten werden beim Eintritt in die Atmosphäre verglühen. Die anderen sind keine Gefahr für was auch immer da unten ist. Sie werden weit entfernt aufschlagen. Und, Sir? Unsere Kommunikation ist ausgefallen, doch kurz vorher haben wir eine Nachricht von der BLACK PRINCE erhalten.«

»Welcher Art?«

»Die Drizil haben einen weiteren Versuch gestartet, durch das Minenfeld zu brechen, der allerdings kläglich gescheitert ist. Die überlebenden feindlichen Schiffe haben kehrtgemacht und sind aus dem System gesprungen. Sie haben sich zurückgezogen.«

Lestrade lehnte sich zurück und schloss die Augen. Sie hatten es geschafft. Endlich geschafft.

Die Schlacht war vorbei.

Vector Prime gehörte wieder ihnen.

Epilog

Die Hoffnung lebt

Wo es Licht gibt, gibt es auch Schatten
(Sprichwort)

Terranisch-Imperiale Liga
Innerer Sektor 12/8-C
(umkämpftes Territorium)
Koloniewelt Vector Prime

22. Juni 2850

Carlo schlenderte leichtfüßig durch die Korridore der Bunkeranlage, die der 24. Legion als Hauptquartier diente. Die Schlacht war seit zwei Tagen endgültig vorbei und das System konnte mit Fug und Recht als befriedet angesehen werden.

Es gab noch immer kleine Gruppen von Drizil, sowohl auf Vector Prime selbst als auch auf diesem vermaledeiten Mond. Doch Kommandos der Legionen würden ihnen schon bald den Garaus machen. Sie würden sich ergeben oder sterben. Eine Alternative gab es nicht.

Vector Prime gehörte wieder ihnen.

Und mit dem System auch eine kampfstarke Raumstation, die Möglichkeit, ihre Schiffe schneller zu reparieren und zu warten, sowie die Bodenschätze, die das System zu bieten hatte und es dadurch so wertvoll für die Menschen und die Drizil machte.

Auf diesem Erfolg konnte man aufbauen. Vorausgesetzt, sie bekamen die nötigen Rohstoffe und qualifizierte Ingenieure zusammen, hätten sie hier sogar die Möglichkeit, Schiffe zu bauen. Ein verlockender Gedanke, wenn auch zum jetzigen Zeitpunkt pure Utopie. Und doch, falls sie das System erneut zu einer imperialen Festung aufbauen konnten, wären sie vielleicht in der Lage, ihre Expansion fortzusetzen und weitere noch umkämpfte oder vom Feind okkupierte Systeme zu befreien und anzugliedern.

Carlo seufzte.

Nur die Ruhe, alter Knabe, ermahnte er sich selbst. *Ein Schritt nach dem anderen. Du denkst zu weit im Voraus.*

Er war so in Gedanken, dass er zunächst gar nicht bemerkte, dass sich ihm eine hagere Figur in den Weg stellte – bis es zu spät war, sich noch umzuwenden.

»Professor«, begrüßte er den Mann, entschlossen, sich seine gute Laune von Cest nicht vermiesen zu lassen.

»General«, grüßte der Mann zurück. »Wie schön, Ihnen *zufällig* über den Weg zu laufen.« Die Art, wie er das Wort zufällig übertrieben aussprach, legte nahe, dass es keineswegs Zufall war.

»Seit fast zwei Wochen versuche ich jetzt schon, Sie zu sprechen. Ich habe Ihnen etwas zu sagen. Und ich werde es Ihnen sagen – jetzt sofort!«

Carlo schnaubte. »Habe ich eine Wahl?«

»Nein!«

»Also, Professor. Was ist denn?«

Wortlos reichte Cest ihm einen Stapel Papiere. Carlo nahm sie stirnrunzelnd entgegen und blätterte sie durch. Bereits nach kurzer Zeit war seine Neugier geweckt. Auf einigen Blättern befanden sich Fotos toter Drizil, auf anderen etwas, das wie die Doppelhelix eines menschlichen DNA-Stranges aussah – und auch wieder nicht.

»Na schön, Professor. Was sehe ich mir da an?«

»Ich habe die Drizilleichen aus dem Barinbau-System obduziert und ihren genetischen Code analysiert. Da die Leichen noch sehr frisch waren, sind mir Erkenntnisse gelungen, wie ich sie mir nie erträumt habe.«

»Und?«

Cest deutete auf das Bild mit der Doppelhelix. »Das dort ist der Aufbau einen Drizil-DNA-Stranges.«

»Ich wiederhole: Und?«

»Die Doppelhelix der Drizil ist ungemein komplex. Schauen Sie sich nur einmal die Chromosomen acht, zwölf und zweiundzwanzig an.«

Carlos Blick huschte mehrmals zwischen Foto und Cest hin und her. Der Professor wirkte, als müsste Carlo jetzt ein Licht aufgehen. Etwas, das allerdings ausblieb.

»Professor, ich bin kein Wissenschaftler«, gab Carlo schließlich auf.

»Sie wurden verändert, und zwar durch gezielte genetische Manipulation.«

Carlo zog eine Augenbraue hoch. »Wollen Sie damit sagen, die Drizil experimentieren an ihrer eigenen Rasse herum?«

»Nein, nein, nein.« Cest schüttelte vehement den Kopf. »Diese Art der Manipulation geht weit über alles hinaus, was die Drizil zustande bringen könnten.«

Carlo musterte das Bild erneut, diesmal eindringlicher. »Sie meinen, jemand hat ihnen das angetan?«

»Ja, allerdings. Und wer immer das war, war den Drizil und uns technisch so weit voraus, dass wir für sie praktisch wie Insekten wirken müssten.«

»Aber wer? Und warum? Was verursachen diese Manipulationen?«

Cest zuckte die Achseln. »Das habe ich noch nicht herausgefunden. Aber das ist schon vor langer, langer Zeit passiert.«

»Wie lange?«

Cest überlegte. »Fünftausend Jahre plus/minus ein paar Jahrhunderte.«

»So lange?«, sagte Carlo fassungslos. »Und man kann diese Veränderungen immer noch in ihrem genetischen Code sehen?«

»Oh ja!«, meinte der Professor. »Ich will nicht behaupten, dass ich alles verstehe, aber ich vermute, die Drizil vererben diese genetischen Marker an ihre Kinder und die wiederum an deren Kinder und so weiter.«

»Und das seit fünftausend Jahren«, hauchte Carlo. »Das ist unfassbar.«

»Ja«, stimmte Cest zu. »Das ist es.«

»Wir müssen unbedingt herausfinden, was das zu bedeuten hat.«

»Aber wie? Ich bin mir nicht sicher, ob ich überhaupt in der Lage bin, an der Oberfläche zu kratzen, was das da betrifft.« Er deutete auf die Abbildung der Doppelhelix.

»Dann müssen wir jemanden fragen, der die Antworten ganz sicher weiß.«

»Und wer sollte das sein?«

»Der gefangene Drizil. Er ist immer noch an Bord der VENGEANCE. Ich kontaktiere Lestrade. Er soll ihn auf den Mond bringen. Ich habe ohnehin noch ein paar andere Fragen, die ich ihm gern stellen würde.«

Die Sanitäter trugen Colonel Justin Janneck zu einem wartenden Shuttle, das den Armeeoffizier auf die Raumstation bringen würde. Die medizinischen Anlagen dort oben waren besser als alles, was Vector Prime derzeit zu bieten hatte.

Sein halber Körper war verbrannt, ebenso ein Teil seines Gesichts. Das linke Auge war zerstört und seine Stimmbänder waren ebenfalls in Mitleidenschaft gezogen worden.

Er konnte von Glück reden, wenn man einen Teil des Schadens beheben konnte und er weiter Dienst in der Armee leisten durfte. Im schlimmsten Fall würde dies nur als Berater sein.

Der abstürzende Driziljäger hatte beinahe die ganze Geschützstellung ausradiert, knapp zweihundertfünfzig seiner Männer getötet und ihn zum Krüppel gemacht.

Wie lange er so unter den Trümmern gelegen hatte, konnte er nicht einmal ansatzweise schätzen, doch es war lange gewesen. Das Erste, was er mitbekommen hatte, nachdem er im Feldlazarett aufgewacht war, waren die Siegesnachrichten von Colonel René Castellano gewesen. Nach allem, was man so hörte, hatte der Colonel nach der Zerstörung mehrerer Panzerschleicher eine feindliche Geschützstellung ausgehoben, was die Einnahme des feindlichen Kommandopostens und die Befreiung ziviler Geiseln möglich gemacht hatte.

Über den Anteil der imperialen Armee an diesem Sieg oder seinem eigenen Beitrag hörte man nichts. Hätten seine Männer und er nicht geraume Zeit die feindlichen Jäger auf Abstand gehalten, wäre Castellano gar nicht nahe genug gekommen, um diese Operation zu einem solchen Abschluss zu bringen.

Er wollte fluchen, doch seine malträtierten Stimmbänder wollten nicht so, wie er wollte.

»Ganz ruhig«, mahnte einer der Sanitäter. »Wir sind gleich auf der Raumstation. Dort wird man Ihnen helfen können. Tut mir leid, dass es etwas länger gedauert hat, aber wir mussten noch vorher Gestrandete von einem Mond holen. Die hatten auch viele Verwundete. Sie werden jetzt allesamt auf die Raumstation gebracht. Die Erholung wird Ihnen guttun.«

Janneck fügte sich. Was hätte er auch sonst tun können? Verfluchte Drizil, die ihm das angetan hatten! Falls er je die Gelegenheit erhielt, würde er sie alle zur Hölle schicken.

Seine Trage wurde ins Transportabteil eines Sanitätsshuttles geschoben. Dort warteten bereits einige Offiziere und mehrere Verwundete.

Einer von ihnen – ein Captain der Flotte – musterte ihn aus trüben Augen. »Sie haben aber auch schon bessere Zeiten erlebt.« Er schlug deprimiert die Augen nieder. »Aber das haben wir wohl alle.« Er streckte seine Hand aus, schob sie in Jannecks unverbrannte und drückte zur Begrüßung leicht zu. »Mein Name ist Javier. Captain Javier Estrada.«

Carlo führte Taran Stuullonor tief in die Eingeweide der geheimen Basis, die Javier Estrada und seine Besatzung auf dem Mond offenbart hatten. Der Drizil trug weder Fesseln noch einen Knebel, um zu verhindern, dass er seine tödlichen Schallwellen einsetzte.

Der Drizilkrieger hatte sein Ehrenwort gegeben, weder zu fliehen noch jemanden zu verletzen. Es gab Leute, die würden ihn deswegen naiv nennen, doch er glaubte Taran. Er vermochte nicht einmal selbst zu sagen, weshalb, doch er war sich sicher, der Drizil fühlte sich an sein gegebenes Wort gebunden.

Um alle anderen zu beruhigen, folgte jedoch eine Doppelwache Legionäre dem Drizil in voller Kampfmontur und mit geschlossenem Helm. Sollten diese auch nur den Anschein eines Verdachts hegen, etwas ginge nicht mit rechten Dingen vor, würden sie dem Drizil augenblicklich zwei Projektile aus ihren Nadelgewehren in den Schädel jagen.

Doch Carlo bezweifelte, dass es notwendig sein würde. Taran war offensichtlich nicht daran interessiert, einem der Menschen zu schaden, vielmehr fesselte die Anlage, in der sie sich befanden, seine volle Aufmerksamkeit.

Je weiter sie kamen, desto nervöser wurde Taran, und wenn der Drizil glaubte, Grund zur Nervosität zu haben, dann empfand Carlo sie auch. Selbst nach seiner Gefangennahme war der Drizil völlig ruhig geblieben. Die Aussicht auf ein Leben hinter Gittern oder auf den Tod hatte ihn nicht so beschäftigt wie dieser Bunker.

Nach etwa zwanzig Minuten, in der sie diesen seltsamen Korridoren aus diesem schimmernden Metall gefolgt waren, erreichten sie die zentrale Kammer. Professor Cest, Alexander Great Bear, einige von Cests Assistenten und ein paar Offiziere – einschließlich René – erwarteten sie bereits.

Sowohl der Schirm als auch das Hologramm zeigten immer noch das Abbild der Galaxis. Die Systeme Sol, Vector Prime, Barinbau und etwa zwei Dutzend weitere glühten in Gelb.

Am Eingang zur Kammer stoppte der Drizil, als wäre er gegen eine Wand gelaufen. Carlo beobachtete ihn genau. Sein Blick haftete am Hologramm, seine großen grauen Pupillen folgten den zarten Linien, die einige der Systeme miteinander verbanden.

»Schaltet es ab!«, schrie der Drizil plötzlich. »Schaltet es sofort ab!« Die Legionäre hinter Taran hoben alarmiert die Waffen.

Carlo trat demonstrativ vor das Hologramm und zeigte darauf. »Was ist das?«

»Schaltet es doch ab! Ihr wisst ja nicht, was ihr tut.«

»Wir werden gar nichts abschalten, Taran. Nicht, solange wir nicht mit Sicherheit wissen, was das ist und wofür es gut ist. Das ist eine neue Art Driziltechnik, nicht wahr? Was ist es? Eine Waffe? Etwas, das gegen die Menschheit eingesetzt werden soll? Du musst es mir sagen, Taran.«

Der Drizil warf Carlo – wenn es dieser richtig interpretierte – einen ungläubigen Blick zu.

»Nein, das kann ich dir nicht sagen.«

»Sag es mir!«

»Ich kann nicht!«, schrie der Drizil erneut. Carlo hatte den Drizil noch nie so aufgeregt gesehen. Taran bemühte sich offenbar, sein Gemüt wieder zu beruhigen.

»Ich kann dir nur so viel sagen: Es handelt sich nicht um Driziltechnik. Ihr seid auf der völlig falschen Spur.«

»Keine Driziltechnik?«, fragte Cest mit vor Enthusiasmus heiserer Stimme. Carlo gebot ihm mit erhobener Hand, ruhig zu sein.

»Keine Driziltechnik«, wiederholte der Anführer der 18. Legion. »Bist du sicher?«

»Natürlich bin ich sicher.« Taran blickte zu Boden. »Carlo, erinnerst du dich noch an unser Gespräch kurz vor Beginn deines Feldzugs gegen Vector Prime?«

Von dem unerwarteten Themenwechsel etwas verwirrt, runzelte Carlo die Stirn, nickte jedoch. »Ja, ich erinnere mich. Wieso?«

»Dies hier.« Der Drizil breitete die Arme aus, es war klar, dass er die gesamte Anlage meinte. »All dies hier ist Teil des Tabus meiner Kultur. Wir haben seit einer unglaublich langen Zeit nicht mehr darüber gesprochen. Ich kann dir nicht sagen, was du wissen willst.«

Carlo trat einen Schritt näher. Er versuchte, Tarans Blick zu fixieren, doch dessen Augen wichen ihm aus. »Willst du, dass wir es abschalten?«

Tarans Blick zuckte hoch. »Ja.«

»Dann erzähl mir, was ich wissen will. Sonst passiert hier gar nichts.«

Taran sah Carlo lange Zeit an und für den Bruchteil einer Sekunde überkam ihn das Gefühl, der Driziloffizier erwog die Chancen eines Angriffs auf ihn. Doch dann senkte Taran den Kopf und er wirkte beinahe niedergeschlagen. Carlo fühlte Mitleid über die Lage des gefangenen Offiziers in sich aufsteigen, aber dem durfte er jetzt nicht nachgeben, sonst würden sie vielleicht nie herausfinden, was hier vor sich ging.

»Ich werde dir sagen, was ich kann«, sagte Taran schließlich, ohne den Kopf zu heben, »doch es wird nicht die ganze Wahrheit sein, weil es Dinge gibt, die so schrecklich für mein Volk sind, dass wir nicht darüber reden können.«

Carlo nickte. »Also gut, dann rede!«

Taran sah auf und musterte erneut das Hologramm. »Wir haben einen anderen Namen für dieses Volk. Sie selbst nannten sich die Nefraltiri.«

»Nannten?«

Taran nickte. »Sie unterhielten Kolonien in dieser ganzen Galaxis und darüber hinaus. Unter anderem waren sie auch in meinem Heimatsystem.« Tarans Blick fixierte Carlo mit einem unheimlichen Ausdruck in den Augen. »Und in eurem Solsystem waren sie ebenfalls.«

»Das ist ja unglaublich!«, warf Cest ein.

Carlo brachte ihn erneut zum Schweigen. »Sprich weiter«, forderte er Taran auf.

»Sie verließen unsere Galaxis vor sehr, sehr langer Zeit.« Er deutete auf den Schirm und das Hologramm. »Zurück blieben nur diese Anlagen.«

»Was ist das?«, wollte Carlo erneut wissen.

»Es handelt sich um ein Netzwerk«, erklärte Taran. »Richtig angewendet, dient es der Kommunikation. In Echtzeit.«

»Zwischen Planeten?«

»Zwischen Planeten, Systemen – und sogar zwischen Galaxien. Die Nefraltiri waren bereits damals technisch sehr weit fortgeschritten. So weit, dass meine Vorfahren sie als Götter verehrten. Als wir ihnen das erste Mal begegneten, beherrschten wir noch nicht einmal die Raumfahrt.«

»Zwischen Systemen und Galaxien«, hauchte Carlo. »In Echtzeit. Der Professor hat recht. Das ist wirklich unglaublich.«

»Ja, das ist es. Wir wissen schon lange von diesen Anlagen.«

»Und als der Krieg begann, habt ihr sie aktiviert, um uns gegenüber einen Vorteil zu haben, stimmt's?« Carlo funkelte den Drizil an, doch überraschenderweise funkelte dieser nicht minder wütend zurück.

»Nein«, sagte Taran, »mein Volk wäre nämlich niemals so dumm gewesen, sie zu aktivieren. Aktiviert habt ihr sie, ihr Menschen.

Oder besser gesagt, ihr habt es versucht. Wir wollten es die ganze Zeit verhindern. Und nun haben wir versagt.«

Carlo zuckte zurück, als hätte ihm jemand eine Ohrfeige gegeben. »Du lügst. Das ist unmöglich. So etwas strategisch Wertvolles hätte uns ermöglichst, euch zu schlagen. Der Krieg hätte eine völlig andere Wendung genommen.«

»Vielleicht hielten eure Anführer es nicht für nötig, ihren Soldaten davon zu berichten. Du kannst mir glauben oder nicht, aber es waren die Menschen, die die ersten Anlagen in Besitz nahmen und an ihnen herumexperimentierten. Als sie endlich wussten, wonach sie zu suchen hatten, fanden sie auf etlichen weiteren Welten weitere Anlagen dieser Art und in ihrer kindlichen Neugier spielten sie damit herum.« Der Drizil stieß ein Zischen aus, das Carlo inzwischen als Verachtung interpretieren konnte. »Mit jeder Kolonie, die wir eroberten, machten sich unsere besten Wissenschaftler sofort an die Arbeit. Sie versuchten mit allen Mitteln, die Anlagen zu neutralisieren, damit sie nie wieder eine Gefahr darstellen. Doch es überstieg unsere Möglichkeiten. Wir gingen sogar so weit, einzelne Anlagen vom Netz zu nehmen, um auf diese Weise das Netzwerk zu unterbrechen.«

»Vom Netz zu nehmen?«, fragte René verwirrt.

»Er meint, sie haben einzelne Planeten ausgelöscht, in der Hoffnung, dass das Netzwerk zusammenbricht.«

René erbleichte. »Marianna«, hauchte er erschüttert. »Ihr habt Welten wie Marianna zerstört, nur um dieses verfluchte Kommunikationsnetzwerk lahmzulegen.«

»Wir hatten keine Wahl«, rechtfertigte sich der Drizil. »Und wir haben immer noch keine.« Sein Blick huschte zwischen René, Professor Cest und Carlo hin und her. »Versucht wenigstens, die Anlage abzuschalten, sonst seid ihr selbst für die Konsequenzen verantwortlich. Mehr werde ich nicht dazu sagen.«

»Oh doch, du wirst uns noch mehr sagen«, drohte Carlo. »Wir haben in den Anlagen etliche Menschen gefunden. Schrecklich zugerichtet. Was bedeutet das?«

»Ich kann nur mutmaßen.«

»Dann tu das.«

»Ich vermute, der hiesige Kommandeur hat versucht, die Anlagen unschädlich zu machen. Bisher arbeiteten sie nämlich nur in so einer Art Stand-by-Modus.«

»Und weiter? Was hat das mit den Menschen zu tun?«

Der Drizil warf Carlo einen giftigen Blick zu. »Nur Menschen können diese Anlagen aktivieren oder deaktivieren.«

Carlo wich zurück, als hätte der Driziloffizier ihn körperlich attackiert. »Was?«

»Die Nefraltiri bauten es in euren genetischen Code ein. Euer Volk ist der Schlüssel zu diesem Netzwerk. Wäre euren Wissenschaftlern das klar gewesen, hättet ihr schon viel früher das Netzwerk voll in Betrieb genommen.«

»Aber warum sind diese Menschen verunstaltet worden?«

Der Drizil schüttelte den Kopf. »Das ist alles schon Tausende von Jahren her. Einzelne Sequenzen eines genetischen Codes können sich anpassen, verändern, mutieren.«

»Du sprichst von Evolution«, brach es aus Cest heraus.

»Ja. Um zu funktionieren, brauchte das Netzwerk eine einzelne unverfälschte Kopie dieser einen Sequenz, die zur Aktivierung dient. Wer das nicht hatte, für den waren die Konsequenzen enorm. Als ob man ein Programm für einen Computer benutzt, für den es nicht gemacht ist. Manchmal stürzt der Computer dann ab und beschädigt das fragliche Programm.«

»Wir reden hier nicht von Programmen, wir reden von Menschen.« Carlo konnte seine Wut kaum bezähmen.

»Beschweren Sie sich nicht bei mir, sondern bei den Nefraltiri. Die haben eurem Volk das angetan. Wer weiß, was sie noch an eurem genetischen Code verändert haben? Die Nefraltiri waren gut in so was.«

»Dann sollten wir die Anlage schnellstmöglich herunterfahren«, riet René.

»Falls das überhaupt noch möglich ist. Und selbst wenn, spielt es keine große Rolle mehr. Die Anlage hat bereits ein Signal gesendet. Sobald das System hochfährt, synchronisiert es sich mit dem gesamten Netzwerk. Innerhalb und außerhalb dieser Galaxis. Das Signal ist längst unterwegs.«

»Ein Signal? Wohin?«, wollte Carlo wissen.

»Das ist wirklich eine sehr gute Frage«, meinte der Drizil. »Ich denke, dass die Antwort keinem von uns gefallen dürfte.«

Alarmsirenen heulten über die Brücke der HMS VENGEANCE und verlangten unbedingte Aufmerksamkeit.

Commander Eugene Mueller erhob sich vom Kommandosessel, um seinem Vorgesetzten Platz zu machen, der sich in den Sessel fallen ließ und die Sicherheitsgurte festzurrte.

»Bericht!«

»Wir haben einen Kontakt auf einem Eintrittsvektor nahe der Systemgrenze.«

»Ist das Minenfeld noch intakt? Wie viele Schiffe?«

»Ja und – nur eines.«

Commodore Horatio Lestrade drehte den Sessel so, dass er seinen XO von unten aufmerksam mustern konnte. »Habe ich Sie richtig verstanden? Nur eines?«

»Aye, Sir. Eine Fregatte, soweit wir das feststellen können.«

»Das schwächste Schiff, das sie haben«, sinnierte Lestrade. »Seltsam. Was haben die Kerle nur vor?«

»Das Schiff sendet uns ein Datenpaket«, informierte der diensttuende Offizier an der Komm.

»Das Schiff ist soeben wieder aus dem System gesprungen«, informierte sein XO ihn nur Sekunden später.

»Hmm ... Wie groß ist das Datenpaket?«

»Acht Terabyte. Und ...«

»Was und?«

»Es enthält wohl so etwas wie eine visuelle Aufzeichnung.«

»Lassen Sie mal sehen.«

Vor Lestrades Nase baute sich das Hologramm eines jungen Mannes in mittleren Jahren auf, der sowohl Kinn- als auch Backenbart trug. Den Mann umgab einen Hauch Arroganz.

Eugene Mueller zog scharf die Luft ein und auch Lestrade riss überrascht die Augen auf. »Beschaffen Sie mir eine Verbindung zu General Rix, und zwar sofort!«

Carlo hatte nicht vor, den Drizil so einfach davonkommen zu lassen. Nach eigener Aussage verbarg er noch so einiges und Carlo wollte unbedingt wissen, was das war. Ein Netzwerk aus Anlagen, die Kommunikation in Echtzeit ermöglichten. Das war bisher nur ein Traum gewesen, genauer gesagt der feuchte Traum aller imperialen Wissenschaftler und Techniker. Doch jetzt war dieser Traum hier – real und einsatzbereit. Aber nach allem, was Taran erzählt hatte, barg dieses Netzwerk mehr Gefahren als Nutzen.

Bevor er dazu kam, die Frage zu stellen, die ihm auf der Seele brannte, knackte es in seinen Ohren.

»Lestrade an Rix.«

»Wir beide sind noch nicht fertig«, sagte Carlo in Richtung des Drizil.

Er aktivierte die Verbindung. »Hier Rix.«

»General, kommen Sie bitte sofort an Bord der VENGEANCE. Wir müssen uns unterhalten.«

»Ich bin gerade sehr beschäftigt, Commodore. Ist es wirklich so wichtig?«

»Ja, allerdings.«

»Worum geht es denn?«

»Ist die Leitung sicher?«

»Ja, ist sie. Was ist denn los?«

»Gerade ist ein Drizilschiff ins System gesprungen und hat uns eine Nachricht übersandt. Das Schiff musste direkt von der Erde hierher gekommen sein.«

»Von der Erde?« Carlo schluckte schwer. »Von wem stammt die Nachricht?«

Eine lange Pause folgte, bevor Lestrade endlich antwortete.

»Vom Kaiser. General, der Kaiser lebt noch!«

Schlachtkreuzer der SWORDMASTER-KLASSE

Zugehörigkeit: Terranisch-Imperiale Liga
Funktion: Kommandoschiff
Besatzung: 4385 Mann
Länge: 980 Meter

Bewaffnung: 10 schwere Torpedorohre, 8 leichte Torpedorohre, 22 Punktverteidigungslaser, 14 Laserbatterien Kategorie 4, 8 Laserbatterien Kategorie 5, 4 Zwillingslaserbatterien Kategorie 6

Schwerer Jäger der Mammoth-Klasse

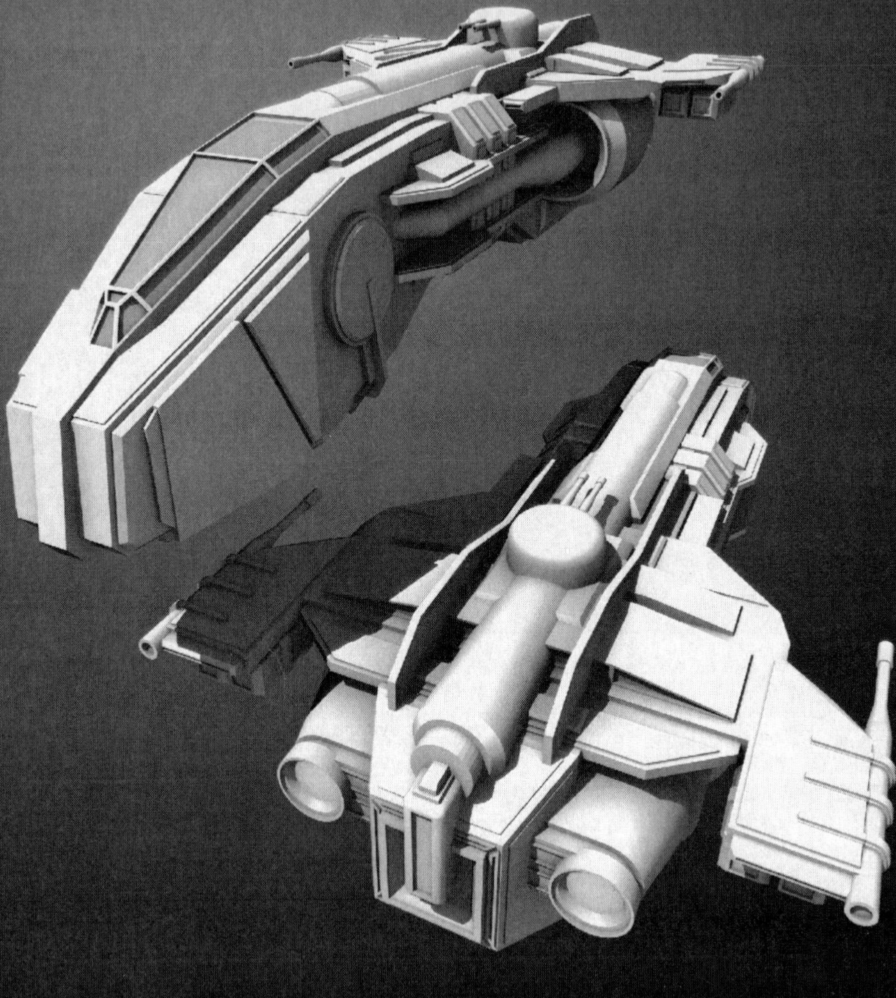

Zugehörigkeit: Terranisch-Imperiale Liga
Funktion: schwerer Angriffsjäger/Jagdbomber
Besatzung: 3 Mann
Spannweite: 44 Meter

Bewaffnung: 1 Zwillingslasergeschütz der Kategorie 4
2 Laserbatterien der Kategorie 4, 2 Aufhängungen
für Schiffskillertorpedos.

Flaggschiff der Intruder-Klasse

Zugehörigkeit: Drizil-Föderation
Funktion: Kommandoschiff
Besatzung: 6122 Mann
Länge: 1022 Meter

Bewaffnung: 12 Torpedorohre, 4 leichte Raketenwerfer zur Geschossabwehr, 8 leichte Abwehrlaser, 16 Laserbatterien

PAUL KEARNEY
DIE KÖNIGREICHE GOTTES
1
HAWKWOODS REISE
»Einer der besten Fantasy-Schriftsteller überhaupt.« - Steven Erikson
ATLANTIS